mare

Jahreswechsel 1978/79. Über Norddeutschland tobt ein Schneesturm, von dem die Menschen bis heute erzählen. In einem kleinen Dorf an der deutsch-dänischen Grenze bricht Paul Tamm, der Wirt des »Grenzkrugs«, plötzlich zusammen. Es beginnen ungewisse Tage, in denen Pauls Ziehsohn Jannis sich an die vergangenen gemeinsamen Jahrzehnte erinnert: wie er selbst nach dem Zweiten Weltkrieg als kleiner Junge in die Familie kam, wie Paul aus dem Lager zurückkehrte, zunächst beim Wiederaufbau der Gastwirtschaft half und sich später immer mehr von der Familie entfernte. Bei Pauls Jagd nach den Spuren einer versunkenen Stadt im Watt begleitet ihn Jannis, der dabei auf die Geschichte eines englischen Soldaten stößt. Auf geheimnisvolle Weise scheint diese mit Jannis' Herkunft verknüpft zu sein. In den dramatischen Tagen der Schneekatastrophe führt Pauls Suche schließlich zu einem Ergebnis, das Jannis nach all den Jahren vor eine Entscheidung stellt.

»Mit seinen vielen Spiegelungen ist *Schneetage* ein klug aufgebautes Buch. Die in einem wunderbar poetischen Ton erzählte Geschichte entwickelt einen ruhigen Erzählfluss, der einen schon bald nicht mehr loslässt und zum Weiterlesen zwingt. Jan Christophersen ist mit *Schneetage* ein großartiger Debütroman gelungen.«

Udo Marquardt, *Deutsche Welle*

»Jan Christophersen hat mit Schneetage einen überraschend erfolgreichen Debütroman geschrieben.«

Petra Schellen, *taz*

Jan Christophersen, 1974 in Flensburg geboren, studierte am Deutschen Literaturinstitut Leipzig. Er erhielt mehrere Stipendien, u. a. ein Aufenthaltsstipendium im Künstlerdorf Schöppingen und im Kloster Cismar sowie ein Stipendium der Akademie der Künste zu Berlin. Heute lebt er mit seiner Familie bei Schleswig. »Schneetage« ist sein erster Roman, der mit dem Debütpreis des Buddenbrookhauses ausgezeichnet wurde.

Unsere Adressen im Internet:
www.fischerverlage.de und *www.mare.de*

Jan Christophersen

Schneetage

Roman

Fischer Taschenbuch Verlag

mare

Für M., die weiß, warum

MIX
Papier aus verantwortungsvollen Quellen
FSC www.fsc.org FSC® C083411

4. Auflage: Februar 2012

Veröffentlicht im Fischer Taschenbuch Verlag,
einem Unternehmen der S. Fischer Verlag GmbH,
Frankfurt am Main, Dezember 2010

Typografie und Satz Farnschläder & Mahlstedt, Hamburg
Druck und Bindung CPI – Clausen und Bosse, Leck
Printed in Germany
ISBN 978-3-596-18622-8

Inhalt

Schnee

Nicht sie hatten sich gemeldet, sondern er rief eines Nachmittags bei ihnen an. Ein Donnerstag war es, der letzte in diesem kalten Jahr. Schnee war vorausgesagt worden, der bislang allerdings auf sich warten ließ. Draußen wie üblich Regen über der gekräuselten Wasserfläche des Tiefs. Die Stimme im Radio dagegen hatte von einem skandinavischen Hochdruckkeil geredet, der sich zügig nach Süden verlagere und mit seiner Kaltluft, sozusagen über unseren Köpfen, auf eine wärmere Tiefdruckrinne stoße, was zu ergiebigen Niederschlägen führe, genauer zu Schnee; obendrein würden die Temperaturen weiter absinken, Nachtfröste seien zu erwarten und Sturm, Stärke soundso, aus Nordost.

»Schöne Aussichten sind das«, hatte Paul gesagt und das Radio ausgeschaltet.

Anschließend war er vom Küchentisch aufgestanden, nach nebenan hinter den Tresen gegangen, wo das Telefon stand, und nachdem er eine Nummer gewählt hatte, die er auswendig wusste, ließ er sich zunächst einmal bestätigen, dass er da richtig verbunden war, mit Schleswig.

In der Küche sollten unterdessen die Vorbereitungen für die Geburtstagsfeier in Angriff genommen werden, die uns für den Abend ins Haus stand, ein Achtzigster. Wir hatten unsere Arbeit lediglich für einen schnellen Kaffee unterbrochen, der so gut wie getrunken war, und die Chefin nutzte die Gelegenheit, allen zum wiederholten Mal einzuschärfen, wie wichtig die heutige Feier für uns, das heißt für den Grenzkrug war. Knapp fünfundvierzig Leute sind angesagt, die, bitte schön, ordentlich bewirtet werden sollen. Delffs hat schließlich Kinder und Enkelkinder, nicht wenige sogar, die allesamt kommen und bestimmt auch mal was zu feiern haben werden. Deswegen muss das klappen diesmal. Keine Patzer, wenn's denn möglich ist. In unserer Lage können wir uns das nicht erlauben. So sieht es aus, leider.

»Verstanden?«, fragte sie.

Wir nickten. Natürlich. Wir hatten verstanden.

»Denn los«, sagte sie und klatschte in die Hände, und noch bevor wir unsere Becher ganz geleert hatten, war sie bereits aufgestanden, zog ihre Schürze zurecht und warf einen Blick zu den doppelten Schwingtüren, hinter denen Pauls heisere Stimme zu hören war. Sie wollte das eigentlich nicht, konnte aber nicht anders: Genau wie wir bemühte auch sie sich, etwas von dem Gespräch mitzubekommen, das er mit denen in Schleswig führte.

Das war keine Selbstverständlichkeit für sie. Immerhin hatte sie erst wenige Wochen zuvor Paul zur Rede gestellt und vor allen bekannt gegeben, dass es so, wie er sich das vorstellt, nicht weitergeht. »Ich werde wohl die alleinige Verantwortung hier übernehmen müssen«, hatte sie zu Paul gesagt. »Und was du daneben treibst, interessiert mich nicht. Ganz allein dein Kram ist das. Ich kann mich nicht auch noch darum kümmern.« Was sie nicht gesagt hatte, war: »Lange mache ich das nicht mehr mit.« Aber genau das war zu hören gewesen.

Gedämpft drangen Pauls Worte zu uns in die Küche, während die Chefin sich am alten Herd zu schaffen machte, in der Glut rührte, darin herumstocherte, alles jedoch auf eine Art, als vermeide sie es, allzu viele Geräusche zu verursachen, um trotz allem mitzubekommen, was nebenan gesprochen wurde. Erst als der Hörer aufgelegt wurde, gab sie plötzlich und ohne ihre Arbeit zu unterbrechen den weiteren Ablauf des Tages bekannt: »Nane und Tacke Küche, Paul Saal, Jannis Obergeschoss.«

Und dann, auf einmal, stand Paul in der Tür. So wie er da stand, schien er selbst zu merken, wie seltsam das wirken musste. Er lehnte am Türrahmen, sein Mund formte ein Grinsen, das misslang und auf halber Strecke hängen blieb. Der Boden unter seinen Füßen knarrte. Ich war der Einzige, der zu ihm hinsah, und unsere Blicke trafen sich.

Kann schon sein, dass er wusste, wie das Bild, das er in diesem Moment abgab, von einem anderen überlagert wurde, das lange zurücklag, mehr als dreißig Jahre, meine Güte; vielleicht wusste er das: Paul in der Tür …

»Ich will nichts hören«, sagte die Chefin. »Kannst du alles für dich behalten.«

Erneut knarrte der Boden, als Paul seine Stellung veränderte und sich vom Türrahmen abstieß. Er stand nun ganz gerade dort. »Kommst mal eben mit mir mit, Jannis?«

Ohne zu zögern, ging ich zu ihm und folgte ihm aus der Küche.

»Der Saal«, rief die Chefin uns hinterher, »denkst du daran? Und die Getränke?«

»Selbstverständlich«, sagte Paul, allerdings wohl zu leise, als dass die Chefin es in der Küche hätte mitbekommen können.

Wir hörten sie fluchen. Danach ein Scheppern. Wasser rauschte auf den Boden. Ihre Worte, die sie mit zischender Stimme ausstieß, waren für uns unverständlich. Aber wir verstanden Tacke, der sich entschuldigte, mehrmals, ihm musste da ein Missgeschick passiert sein. Schon den ganzen Vormittag über war er unkonzentriert und fahrig gewesen, denn heute war sein drittletzter Tag bei uns, und Silvester 1978 würde, leider, leider, sein letzter Arbeitstag im Grenzkrug sein; nicht nur er bedauerte das.

»Undskyld«, sagte er, und noch einmal: »Undskyld.«
Dann war es still in der Küche.

Paul ging vor mir um den Tresen herum, und wie immer in den letzten Monaten, wenn ich ihn so direkt vor mir sah, hatte ich den Eindruck, er sei geschrumpft. Dabei hielt er sich aufrecht wie eh und je, nichts Eingefallenes, Schiefes war in seiner Statur. Dennoch nahm man ihm die Kraft und Stärke, die er ausstrahlte, nicht ab. Man spürte einfach die Anstrengung, die es ihm abverlangte, *wie immer* zu wirken; zumindest ich spürte sie.

Er grüßte zum Tisch in der Ecke der Gaststube, wo im selben Moment ein Arm in die Höhe schnellte. Es war Heiner Bonatz, der dort im Halbdunkel saß, gleich neben dem Weihnachtsbaum, und dort wie üblich sein allzu spätes Frühstück zu sich nahm. Als er mich hinter Paul erspähte, drehte er die zum Gruß erhobene Hand ein und kniff die Augen leicht zusammen; eine fragende Geste sollte das wohl darstellen. Ich wollte schon abwehren, später, Herr Bonatz, geht gerade schlecht, als Paul vor mir sagte: »Du kommst dann gleich nach?« Er ging weiter, und ich verfolgte jeden seiner Schritte, bis er die Gaststube verlassen hatte.

Heiner Bonatz war unser treuester Stammgast. Mehrmals im Jahr kam er von irgendwo im Süden Deutschlands hier herauf in den Norden gezogen, um sich gleich für mehrere Wochen bei uns in Vidtoft einzumieten, drüben in der Ferienwohnung im Anbau, mit freier Sicht auf den Deich des Tiefs und die Grenze nach Dänemark. Er war Kunstmaler von Beruf, ein zurückhaltender, schmaler Mann, und in all den Jahren hatte ich ihn noch nie feste Nahrung zu sich nehmen sehen. Auch jetzt hatte er den Korb mit Brötchen, die ich wie immer frühmorgens aus Nørreby besorgt hatte, den Teller mit Aufschnitt und die Schälchen mit Honig und Marmelade weit von sich geschoben. Stattdessen hielt er sich an das Kännchen Tee, das auf einem ovalen Tablett vor ihm stand und in dem er mit einer seiner übergroßen Hände beständig zwei Teebeutel auf- und abtauchen ließ. Den Kandis hatte er offenbar bereits aus dem Schälchen direkt in die Teekanne geschüttet.

»Wie geht es Ihnen?«, fragte ich, weil er nichts sagte, als ich an den Tisch herantrat.

»Geht so, geht so«, sagte er. »Die Arbeit halt.«

Ich nickte.

Mit der freien Hand führte er die Tasse zum Mund, in der eine ölig schimmernde Flüssigkeit schwappte. Schlürfend nahm er einen Schluck, als wollte er sichergehen, sich die Lippen nicht zu verbrennen, obgleich der Tee kalt zu sein schien.

»Vielleicht«, sagte er dann, die Tasse noch vorm Mund, »ich meine, wenn es sich einrichten ließe, könnte mir etwas Anschauungsunterricht heute sicher nicht schaden. Was denken Sie, Jannis? Tun Sie mir den Gefallen und begleiten mich? Ich wollte gleich zum Schöpfwerk gehen. Dabei könnte ich Ihren Blick gebrauchen, Ihre Worte. Das wäre mir eine große Hilfe. Wissen Sie ja. Ginge das? Bevor es draußen dunkel wird?«

Ich hatte befürchtet, dass er mich das fragen würde. Jedes Mal, wenn er nach Vidtoft kam, bat er mich nach wenigen Tagen, ihn auf einen seiner Spaziergänge zu begleiten, um sich von mir beschreiben zu lassen, was ich sah. Er wollte hören, wie ich die Umgebung wahrnahm. Wie sich die Wolken über dem Horizont stapelten beispielsweise. Wie das Schilf im Wind wogte. So was wollte er von mir hören, damit er es malen konnte. Vor Jahren hatte das angefangen, und eigentlich mochte ich es, wenn er meinen Beschreibungen zuhörte, Skizzenblock und Bleistift in der Hand, Kohle und Radiergummi in der Jackentasche.

Aber diesmal war es anders. Alles war anders. Er konnte das nicht wissen. So ganz genau wusste nicht einmal ich das.

»Heute geht es leider nicht«, sagte ich.

»Nicht?« Er stellte die Tasse ab.

»Wegen der Geburtstagsfeier nachher.«

»Ach so.«

»Außerdem regnet es. Und Schnee ist angesagt.«

»Regen«, sagte er, »genau.« Und es schien beinahe so, als bedeutete ihm dieser Regen irgendetwas.

»Vielleicht in den nächsten Tagen?«, fragte ich.

»Ja, vielleicht.«

Er blickte in seine Tasse und sah ratlos aus. Das aber war für ihn nicht weiter ungewöhnlich.

Von Paul war nichts zu sehen. Als ich die Stube betrat, verriet nur ein Geräusch, das wie ein gehemmtes Atemholen klang, dass er tatsächlich im Raum war und auf mich wartete. Er musste in seinem Sessel sitzen, der mit der Rückenlehne zur Tür ausgerichtet stand, und dieser Gedanke alarmierte mich. Die Lehne des Sessels war niedrig, sie reichte ihm normalerweise höchstens bis zu den Schultern, sodass jeder, der die Stube vom Flur aus betrat, sofort seinen Hinterkopf bemerken musste, wenn er dort saß.

Gleich nach dem ersten Schritt, den ich in die Stube hinein machte, zögerte ich. Seitlich am Sessel vorbei erblickte ich ein ausgestrecktes Bein, das flach über den Boden gegen den Stubentisch gestemmt war, ein anderes angewinkelt und verdreht daruntergeschoben. Schleichend näherte ich mich von hinten. Ich wollte Paul nicht unnötig aufregen, indem ich ihm meine Aufregung zeigte. Sein Kopf war gegen die Rückenlehne gepresst. Ein Arm, den er auf die Seitenlehne gestützt hatte, sorgte für den nötigen Ausgleich, um trotz der verqueren Körperhaltung nicht ganz auf den Boden zu rutschen. Eine Hand, zur Faust geballt, drückte auf den Brustkorb. Die Augen offen und klar.

»Da bist du ja«, sagte er. Die Stimme so gepresst, dass ich sie kaum als seine erkannte.

»Ja.«

Die Muskeln in seinem Arm zitterten, als unternähme er den Versuch, sich im Sessel aufzurichten, aber er schaffte es nicht, sich auch nur irgendwie zu rühren, und so schwer es mir fiel, ich half ihm nicht. Ich unternahm nichts, um ihm seine Lage zu erleichtern, und gab mir alle Mühe, ruhig zu wirken. Mir war klar, dass er genau das von mir erwartete.

So war es bisher immer gewesen, wenn er einen seiner Aussetzer bekam, wie er das nannte. Wenn er auf unseren Fahrten mit einem Mal in die Knie ging, ihm alle Sachen aus den Händen rutschten – das Notizbuch, der Stift, das Maßband, alles –, er zusammengekrümmt in der Hocke kauerte und darauf wartete, dass die Schmerzen in seiner Brust abklangen, dann stand ich neben ihm, die Füße im warmen Watt, ganz in der Nähe die Hallig und unser Boot, und machte dort weiter, wo wir gerade unterbrochen worden waren, genau so, wie er es beim ersten Mal von mir verlangt hatte.

»Weitermachen«, hatte er gesagt. »Mach weiter.«

Und das tat ich. Ich zählte Messdaten zusammen, rechnete aus und verkündete Ergebnisse, als wäre alles in bester Ordnung. Ich machte Fotos von der Umgebung der Hallig, filmte, tütete Funde ein und redete gegen die Stille an. Er hockte zu meinen Füßen und gab keinen Laut von sich. Manchmal dauerte es nur eine halbe Minute, bis er wieder auf die Beine kam, manchmal länger; es gab keine Regel, nur die eine, dass wir währenddessen und vor allem danach weitermachen mussten, als wäre nichts geschehen. Und selbstverständlich waren diese Aussetzer etwas, das wir für uns behielten.

In ein, zwei Metern Entfernung blieb ich neben dem Sessel stehen. Pauls Augen waren weiterhin geöffnet. Abgesehen von der verkrampften Haltung, in der er dort mehr hing als lag, hätte man meinen können, er sei müde und kurz davor einzuschlafen. Ich lauschte auf seinen Atem, jeden Moment bereit, zu ihm zu gehen und zu helfen. Doch er schien sich zu entspannen und unterließ alle Bemühungen, seine Position zu verändern.

»Die meinen das nicht so in der Küche«, sagte ich, nur um endlich etwas zu sagen. »Auch die Chefin nicht.«

»Ich weiß«, sagte er.

»Als du telefoniert hast, haben alle zugehört. Alle.«

»Dachte ich mir.«

»Sie haben heute einfach keine Zeit dafür.«

»Ist schon gut«, sagte er. »Ich weiß, dass sie es nicht böse meinen. Außerdem brauchst du sie nicht in Schutz zu nehmen. Das wird schon alles wieder. Keine Sorge.«

Er hustete, schloss für wenige Sekunden die Augen, krampfte sich zusammen, und im Schrecken darüber trat ich näher an ihn heran; wenn ich nun einen Arm vorstreckte, konnte ich ihn berühren. Als er die Augen aufschlug, schien es zu dauern, bis er mich erneut wahrnahm. Sein Blick wanderte hinüber zum Weihnachtsbaum, zu dem kleinen, privaten, der in der Ecke stand, geschmückt noch, paar Silberkugeln, bisschen Lametta, leer gebrannte Kerzenhalter, dann zu mir, und ich glaubte, verfolgen zu können, wie sich seine geweiteten Pupillen darauf einstellten, dass ich mich mit einem Mal direkt neben ihm befand. Das dünne graue Haar an seinen Schläfen war nass.

»Ich habe mit einem gewissen Metzing gesprochen«, sagte er so leise, dass ich mich gerne zu ihm hinuntergebeugt hätte. »Kennst du den?«

»Noch nie von ihm gehört.«

»Ich auch nicht. Liepert war nicht im Amt und auch sonst niemand, der für uns zuständig sein könnte. Nach Weihnachten sind da natürlich alle im Urlaub.«

»Klar«, sagte ich in der Erwartung, dass er weitersprechen

würde, aber er schwieg. Schnell fügte ich hinzu: »Wusste er denn Bescheid?«

»Kann man nicht gerade behaupten. Nur so ganz allgemein.«

»Und?«, fragte ich, um keine Pause entstehen zu lassen. »Was hat er gesagt?«

»Er hat gesagt, er meine, dass die Ergebnisse der Untersuchung schon zu uns unterwegs sein müssten.« Sein Atem stockte, und ich sah, wie er die Faust fester auf seinen Brustkorb drückte. »Er wollte das noch mal nachprüfen.« Erneut schloss er die Augen, nur einen Moment lang. Und dann grinste er, was ihm schwerzufallen schien, denn das Grinsen verlor sich sogleich wieder. »Er wusste nichts, gar nichts. Hatte noch nie von unserer Scherbe gehört.«

Ich schwieg.

»Ich verstehe das nicht. Wenn es so ist, wie ich denke, dann müsste er etwas gehört haben. Rungholts Kirchenglocke. Ich meine, wer danach nicht schon alles gesucht hat. Wenn unsere Scherbe tatsächlich ein Teil davon ist, dann hätte sich das doch herumgesprochen im Amt.«

»Wahrscheinlich ja«, sagte ich und legte meine Hand auf seine Schulter.

»Uns bleibt wohl nichts anderes übrig, als auf die Post zu warten«, sagte er. »Dann wissen wir Bescheid.« Er blickte mich an, aber er schien mich nicht wahrzunehmen.

»Ja«, sagte ich, drückte seine Schulter und sagte: »Ich hole jetzt Hilfe.«

Sie bemerkten mich nicht. Nane stand über den Ausguss gebeugt und putzte Gemüse, die Chefin wühlte neben ihr im Besteckkasten, suchte dort etwas, fand es nicht und drehte sich unwillig zur offen stehenden Vorratskellertür. Dumpf war von unten Tacke zu hören, wie er eifrige Laute von sich gab.

Er schob wohl Konserven hin und her, ließ einen Kartoffelsack polternd umfallen. Leise Musik kam aus dem Radio, jemand sang von Liebe, die in der Luft hängt.

»Wird das heute noch was?«, rief die Chefin Richtung Kellertür, und das war der Moment, in dem sie mich wahrnahm.

Sie verstand sofort. Mein Anblick genügte, um eine Besorgnis auf ihrem Gesicht hervorzurufen, die mir so vorkam, als wäre sie im Grunde schon immer darauf zu sehen gewesen. Als hätte dieser Ausdruck von jeher zu ihr gehört. Aber warum wusste sie Bescheid? Von mir hatte sie nie etwas erfahren. Nichts hatte ich ihr erzählt, auch nicht, wenn wir von unseren Fahrten zurückgekehrt waren und sie mich mit diesem wundersamen Interesse ausgefragt hatte. Wie war's? Gut, interessant, hat Spaß gemacht. Na, wie schön. Mehr hatte sie nie von mir zu hören bekommen, und ich war sicher, dass auch Paul ihr nichts von seinen Aussetzern erzählt hatte. Trotzdem wusste sie davon, daran bestand kein Zweifel. Zu schnell kam ihre Reaktion, zu vorbereitet.

»Wo ist er?«, fragte sie.

»In der Stube. In seinem Sessel.«

Ohne ein weiteres Wort eilte sie an mir vorbei.

Nane begriff zunächst nicht, was vor sich ging. Sie sah von ihrer Arbeit auf, und ihr Blick war nichts als eine Frage.

»Paul«, sagte ich, »es geht ihm nicht gut.«

»Nicht gut?« Auch in ihren Worten schwang etwas mit, eine Angst, die abrufbereit in ihr gesteckt haben musste.

»Ja.«

Sie ließ das Messer ins Wasser gleiten und wischte sich die Hände an der Schürze ab.

Kein Wort auf dem Weg durch die Gaststube. Als wir auf den Flur traten, stand die Stubentür offen und ich konnte die Chefin sehen. Sie kniete neben dem Sessel, hielt Pauls Hand und sprach auf ihn ein, eindringlich, fordernd. Nane ging sofort zu ihnen, und ich blieb auf dem Flur stehen und traute mich nicht, ihr ins Zimmer zu folgen. Wie angewurzelt fühlte ich mich. Ich konnte nur zuschauen, wie die Chefin und Nane neben dem Sessel kniend beratschlagten, was zu tun war. Beide waren aufgebracht und benötigten dennoch nur wenige Augenblicke, um zu einer Entscheidung zu gelangen. Ein Krankenwagen musste her, das war klar, und zwar so schnell wie möglich. Los, Nane, mach.

Als Nane zurück auf den Flur kam und ich in ihr Blickfeld geriet, verengten sich ihre Augen zu Schlitzen. Ich musste beiseitetreten, damit sie an mir vorbei in die Gaststube gehen konnte. Von dort aus würde sie den Notarzt rufen, und ihr schien nicht eine Sekunde lang der Gedanke zu kommen, dass ich das hätte erledigen können. Im Vorbeigehen fixierte sie mich. Es war nicht nötig auszusprechen, was sie dachte.

Ich hätte etwas sagen können, etwas wie: »Was denn? Ich kann doch auch nichts dafür.« Aber ich ließ es bleiben. Sie hätte mir sowieso nicht geglaubt.

In der Stube bemühte die Chefin sich, Paul in seinem Sessel aufzurichten. Sie hatte sich schräg hinter ihn gestellt, ihre Arme unter seine Achseln geschoben und zog an ihm, so gut sie das eben konnte. Paul bäumte sich auf und stöhnte. Ein Laut kam aus ihm, der mir in die Knochen fuhr. Kein Schreien war das, eher ein Röhren. Die Chefin kniete sofort wieder neben ihm. Sie sprach nicht mehr, streichelte und tätschelte nur immer schneller seine Hand, den Arm, die Wange. Eine ganze Weile war es her, dass ich sie und Paul so eng beieinander gesehen hatte.

Es war rührend und scheußlich zugleich. Pauls schlaffer Arm. Die Hilflosigkeit der Chefin. Ihr leeres Streicheln. Dann ihre Tränen.

Das alles war nicht zu ertragen. Und ich dachte: Im Moment kannst du hier nichts ausrichten. Sie brauchen dich nicht. Sie wissen genau, was zu tun ist. Das dachte ich und glaubte mir selber nicht. Trotzdem half es. Es war die einzige Überlegung, die es mir erlaubte, mich davonzumachen. Denn genau das musste ich. Ich musste hier raus.

Also ging ich zur Tür, öffnete sie und verließ das Haus.

Der Regen kam von der Seite, stürmte durch die Alte Eiche, fegte eiskalt über den Vorplatz und klatschte frontal gegen den Anbau. Im schräg einfallenden Licht wirkte es beinahe so, als stemmte sich das Gebäude gegen diesen Ansturm. Ein Fenster war erleuchtet, oben unterm Dach, in der Gaube: Pauls Fenster. Er musste vergessen haben, das Licht auszuschalten, als er am Vormittag noch drüben gewesen war. Vor einigen Stunden hatte ich durchs Stubenfenster beobachtet, wie er aus dem Anbau getreten und über den Vorplatz zurückgegangen war, langsam, schwer, irgendwie bewegt. Er hatte mich ebenfalls bemerkt. »Geschafft«, hatten seine Lippen gesagt, und: »Endlich«. Wir hatten beide genickt. »Toll«, hatte ich gegen die Fensterscheibe gesagt.

Geduckt lief ich zum Anbau, und schon die wenigen Schritte genügten, dass ich durch und durch nass war. Außerdem hatte ich den Eindruck, dass es mit jeder verstreichenden Sekunde kälter wurde. Als ich die Tür hinter mir zudrückte, trommelte es von außen dagegen, und ich konnte verfolgen, wie das eben noch hinabrinnende Regenwasser in Wellen an der Scheibe gefror, die in die Tür eingelassen war. Es klang, als prasselten Eiskristalle gegen das Glas.

Geradeaus befand sich die Ferienwohnung, und links, hinter einem Filzvorhang, lag die schmale Treppe, die im Bogen nach oben führte. Nach den ersten Stufen erblickte ich den keilförmigen Lichtschein auf dem Absatz. Die Tür war nur angelehnt, Licht brannte dahinter, der Schlüssel steckte von außen – fast so, als wäre Paul in dem Zimmer, als säße er an seinem Schreibtisch und würde mir, wenn ich die verlässlich knarrende drittletzte Stufe erreichte, sein Kommruhigrein entgegenrufen. Meine Kehle trocknete aus, als ich daran dachte, wo Paul in diesem Moment tatsächlich war. Ich schluckte gegen das Gefühl an, schob die Tür auf und betrat sein Zimmer.

Etwas war anders. Ich spürte das sofort, obgleich ich nicht zu sagen gewusst hätte, woran es festzumachen war. In den Schränken und auf den Borden lag anscheinend alles an seinem gewohnten Platz, die Bücher und Aktenordner, die Ferngläser und Maßbänder, das Nivelliergerät, die Zeichenutensilien, und soweit ich es sehen konnte, waren auch die Funde, die wir aus dem Watt geborgen und mit hierher gebracht hatten, nicht verschoben oder verrückt worden. Die beschrifteten, in der Mitte gefalteten Kärtchen, die Paul vor Jahren aufgestellt hatte, um sich umständliche Erklärungen zu ersparen, wenn er Gäste hier hereinführte und ihnen die von uns zusammengetragene Hinterlassenschaft Rungholts zeigte, standen vor den entsprechenden Stücken. Einiges war da mit den Jahren zusammengekommen, jede Menge Tongefäße, glasierte Keramikscherben, Wandteile aus Lehm, Holzwerkzeug, Münzen, Bernstein, poliert wie unpoliert, Ziegelsteine im Klosterformat, zwei pockenbesetzte Schwerter, ein Menschenschädel mit kompliziertem Kieferbruch – es war mehr da, als man auf die Schnelle überblicken konnte, und doch war ich sicher, dass nichts verändert worden war. Meine Augen suchten die Borde ab, die Bücher, Lexika, die grau-grünen Rücken der Zeitschrift *Die Heimat*, Pauls Leib-und-Magen-Lektüre, die er seit Jahren abonniert hatte, obwohl er sich regelmäßig über die Artikel darin ärgerte; ein paar seiner Texte waren in der Zeitschrift abgedruckt worden. Anschließend wanderte mein Blick über die Kartons hinweg, die gestapelt an der Wand lehnten und die Dinge enthielten, die noch nicht untersucht, kategorisiert und bestimmt waren oder keinen Raum auf den Borden gefunden hatten. Alles war so, wie es sein sollte. An den Balken, die unter der Decke verliefen, pinnten die Karten, die Paul gezeichnet hatte, Fundorte waren darauf eingetragen, Deichverläufe, die schrumpfende Hallig. Die Zwischenräume füllten Fotos, auf denen frei gespülte Brunnen im Wattboden zu sehen waren, Warftreste oder die Abbruchkante der Hallig. Aus dem gerahmten, original großen Foto an der Wand neben dem Schreibtisch starrten mich wie üblich die leeren Augenhöhlen des Auerochsenschädels an, den wir zufällig im Watt entdeckt hatten; der Zeitungsartikel, der von diesem Fund berichtete, befand sich, ebenfalls eingerahmt, daneben. Und unter beidem, unscheinbar zwar, aber wichtig, hing Pauls Rungholtschein, wie er ihn nannte, jenes Schreiben aus Schleswig, in dem ihm die offizielle Erlaubnis erteilt wurde, im Watt vor der Hallig archäologische Untersuchungen zu betreiben. Ich erinnerte mich noch an den Tag, an dem er den Schein per Post erhalten hatte. Wie einen Ritterschlag hatte er es empfunden. Minutenlang schweifte mein Blick umher: dort auf dem Tisch die Schreibmaschine, davor der Stuhl, das kleine Sofa in der Ecke. Ich suchte nach Abweichungen und fand alles unverändert. Nichts schien zu fehlen. Nein, nichts fehlte. Und dennoch war etwas anders. Das Gefühl ließ sich nicht vertreiben. Eine Stimmung haftete an allem, etwas wie Abschied.

Auf einmal glomm das Fenster über dem Schreibtisch blau auf, nur einen Moment lang, verdunkelte sich dann für kurze Zeit, bis es erneut aufleuchtete. Obwohl ein Rauschen das Gebäude überzog, ein stürmisches Sirren, konnte ich das Bremsen eines Wagens ausmachen und wenig später Türenschlagen. Der Notarzt war angekommen. Ich hatte nicht erwartet, dass es so schnell gehen würde, trat an den Schreibtisch heran, um hinauszublicken, aber durch die Eisschicht, die sich auch hier auf der Fensterscheibe gebildet hatte, war lediglich das Blaulicht über einem schemenhaften Wagen zu erkennen. Ich meinte, Stimmen wahrzunehmen, aber wahrscheinlich irrte ich mich. Genauso gut konnten es Böen sein, die auf das Reetdach trafen.

Erst jetzt fielen mir die zwei Papierstapel hinter der Schreibmaschine auf. Steine beschwerten sie, damit nichts durcheinanderkam. Und zwischen den Stapeln lag, klein und rund, die Okarina. Sie sah nicht so aus, als läge sie zufällig da. Ich nahm sie in die Hand, und der graue Ton, aus dem die Flöte gemacht war, strömte seine übliche Kälte aus. Ich wog sie in der Hand und betrachtete den Schreibtisch. Die zwei Papierstapel bestanden aus jeweils vielleicht fünfzehn bis zwanzig Seiten, und die Deckblätter waren bis auf ein Detail identisch. In Schreibmaschinenschrift stand auf beiden in der Mitte: *Die Scherbe im Watt. Rungholts Kirchenglocke – einer Legende auf der Spur. Von Paul Tamm.* Nur ein Wort, das in Pauls kritzeliger Handschrift links oben auf beiden Blättern notiert war, unterschied sie voneinander. Doppelt unterstrichen waren diese Wörter und so klein geschrieben, dass ich Schwierigkeiten hatte, sie zu entziffern. Ich beugte mich über die Schreibmaschine und kniff die Augen etwas zusammen. Auf dem einen Blatt stand *Entweder*, auf dem anderen *Oder*, und weil ich damit nichts anzufangen wusste, las ich mir beides noch einmal laut vor: »*Entweder. Oder.*«

Ich begriff nicht, was das sollte. Das musste der Text sein, den Paul am Vormittag beendet hatte, sein Aufsatz für die *Heimat.* Warum aber lagen hier zwei Aufsätze? Und warum dieser Aufbau mit der Okarina? Gerade wollte ich die Texte aufblättern, um zu überprüfen, ob und wie sie sich unterschieden, als ich wieder Stimmen hörte. Diesmal war ich sicher. Jemand rief etwas draußen auf dem Vorplatz. Ganz ruhig. Nach Niebüll, richtig. Wir melden uns. Machen Sie sich keine Sorgen. Jedes Wort konnte ich verstehen. Jetzt also würden sie Paul wegbringen. Und auf einmal kam mir ein Gedanke: Paul hatte die Sachen hier bereitgelegt. Als hätte er gewusst, was passieren würde.

Ich fuhr mir mit der Hand über den Mund und schaute durchs blau erleuchtete Fenster. Ich atmete ein und wieder aus, sah mich um. Pauls Zimmer. All seine Sachen. Draußen wurden Türen zugeschlagen, und der Motor wurde gestartet.

Hastig verließ ich das Zimmer, löschte das Licht und schloss die Tür ab. Ich eilte die Treppe hinunter, öffnete die Tür zum Vorplatz und spähte hinaus. Niemand war mehr da. Der Rettungswagen bereits abgefahren. Regen pladderte mir ins Gesicht, lief mir in die Augen. Es tat weh, und ich trat einen Schritt zurück, schob den Filzvorhang beiseite und setzte mich auf die unterste Treppenstufe.

Ich blickte auf meine Hand, sah den grauen Ton der Okarina und fuhr die feinen Risse in der Oberfläche mit den Fingern nach.

Immer war sie dabei gewesen. Von Anfang an.

Ein Windstoß schlug die Tür auf. Regen fegte auf den Flur, und die ersten Schneeflocken mischten sich darunter.

Okarina

Keiner hat ihn kommen sehen, aber da steht er nun, eingefasst vom Rahmen der Küchentür und wie bestellt für ein Erinnerungsbild. So als erwarte er schon eine kleine Ewigkeit, dass wir ihn bemerken, steht er da und sieht uns an, doch wir müssen uns erst einmal an den Anblick gewöhnen, bevor wir verstehen, was vor sich geht.

Ein Mann in zerschlissener Uniform steht also bei uns in der Küche. Von Ohr zu Ohr verläuft über sein Gesicht ein grieseliger Bart, hinter dem der Mann grinst und schmatzt, denn er ist aufgeregt wie wir. Über einer Schulter hält er einen Stock, daran baumelt ein graues Tuch, in dem er seine Sachen mit sich führt; es können nicht viele sein. Mit überkreuzten Beinen hat er sich gegen den Türrahmen gelehnt und stützt den freien Arm in die Seite. Ein Stiefel klopft mit der Spitze auf den Boden, gleichmäßig und immer wieder, tock, tock.

Das ist Paul Tamm, er muss es sein. Die ganze Zeit über haben wir auf ihn gewartet, ohne zu wissen, wann er zurückkehren würde. Jetzt ist er zurückgekehrt. Und er wird auch dableiben. Die Chefin hat es versprochen.

»Wenn Paul wieder da ist«, hat sie gesagt, »dann lassen wir ihn nicht mehr gehen.«

Ob er denn überhaupt wieder wegwill, haben wir sie gefragt.

Und ihre Antwort war: »Nein, nein. Und selbst wenn, dann halten wir ihn einfach fest. Alle gemeinsam. Versprochen.«

Paul ist da. Paul ist zurück.

Angestrengt bemühen wir uns, diesen Gedanken zu denken, aber keinem von uns fällt es leicht. Schließlich hat das große Ereignis, dem wir in diesem Moment beiwohnen, bis vor ein paar Minuten noch in ungewisser Ferne gelegen. Bis dahin haben Nils und ich nach dem Essen hinausgehen wollen, runter zum Tief. Der Nieselregen, der seit dem frühen Morgen niedergegangen ist, hat die Uferkante in ein sapschendes Feld verwandelt, und unser Vorhaben war es, mit nackten Füßen und hochgekrempelten Hosenbeinen darüber hinwegzutoben, wie wir es manchmal tun. Die Aufgabe hätte darin bestanden, nicht auszurutschen und hinzufallen, weil der, der fällt, verloren hat und dem anderen zur Strafe die Füße säubern muss.

Jetzt aber, niemand hat damit gerechnet, steht plötzlich Paul Tamm in der Küchentür, und all unsere Vorhaben sind von einer auf die andere Sekunde wie weggewischt.

Paul hat Schmutz ins Haus gebracht. Je öfter sein Stiefel auf den Boden trifft, desto mehr feuchte Sandklumpen brechen von der Sohle ab. Das bedeutet, er ist nicht über die Straße und den Vorplatz gekommen. Zuvor muss er unten am Tief gewesen sein. Hat er sich dort vielleicht, ehe er zu uns ins Haus gekommen ist, allein aufgebaut und seinen Blick über die weite, platte Umgebung des Dorfes wandern lassen? Hat er sich, am Ufer stehend, einen Moment der Einkehr gegönnt und sich, wenn auch nur kurz, von der Tatsache überwältigen lassen, die ihm vermutlich erst hier, den Wind im Gesicht, wirklich bewusst geworden ist? *Da bin ich wieder. Man glaubt es fast nicht.* Sind das seine Gedanken gewesen, dort unten am Tief?

Nein, bestimmt nicht. Angeschlichen hat er sich von dorther, ist durch die Hintertür ins Haus gekommen, um uns Ahnungslose in der Küche mit seiner Rückkehr zu überrumpeln. Das ist ihm geglückt.

Paul ist da, denke ich. Paul ist zurück.

Und wir sehen, wie er sich vom Türrahmen abstößt und gerade hinstellt. Den Stock legt er vorsichtig beiseite und breitet feierlich die Arme aus.

Seinetwegen, meint er, können wir ihn jetzt ruhig mal begrüßen.

Das Glück weiß ich noch, tiefes, warmes Glück, und wie es in mir aufstieg beim Anblick dieses Mannes, von dem man mir gesagt hatte, dass ich ihm vieles verdankte, wenn nicht alles. Und die Neugier weiß ich, die sich nur kurz darauf einstellte, denn dieser Mann, der an einem trüb-nassen Tag auf einmal in der Küche stand, der aus der Gefangenschaft entlassen worden und nach Hause zurückgekehrt war, er, Paul Tamm, würde mir all die Fragen beantworten, auf die sonst mit wortkarger Verlegenheit reagiert wurde. Was mit mir geschehen war? Wo ich eigentlich herkam? Und weshalb man mich in diese Familie gegeben hatte, die nicht meine war?

»Warte nur, bis Paul da ist«, hatte es stets geheißen. »Er wird dir alles erklären, Jannis. Auf jede deiner Fragen gibt es eine Antwort. Bestimmt.«

Woran ich mich beim besten Willen nicht erinnere, ist Jubel, überschäumende Freude, die sich, wer weiß, in einem überraschten Kreischen Luft macht, einem fassungslosen Ausruf oder Schluckauf meinetwegen. Zurückhaltend und voller Zweifel lief die Begrüßung ab, und nur Nils erlaubte sich ungewollt einen Ausbruch, als er vom Tisch aufsprang und in der Bewegung eine Tasse umfegte. Sie fiel zu Boden, schlug auf, zerbrach jedoch nicht.

»Guck mal, Mama«, sagte er, nachdem er sich gefangen hatte. Und er ging auf Paul zu, der sich hingehockt hatte, um seinem Sohn besser in die Augen schauen zu können. Sie sahen einander an, einen langen Moment. Dann drehte Nils sich zum Tisch um und sagte, so als könne er selbst nicht glauben, was er erkannt zu haben meinte: »Er hat einen Bart, aber er ist es trotzdem. Sie haben Papa entlassen.« Dabei schlossen sich Pauls Arme von hinten um seinen Bauch, und gemeinsam blickten sie zur Chefin, die noch immer am Tisch saß.

»Du bist wieder da?«, fragte sie endlich und erhob sich nun auch von ihrem Platz am Kopfende des Tisches.

»Jawohl.« Paul richtete sich ebenfalls auf, jetzt befanden sich ihre Gesichter auf gleicher Höhe.

»Sie haben dich entlassen?«

»So ist es.« Er grinste breit und schmatzte.

»Heute schon?«

»Am Morgen, ja. Danach hat man mich hier rausgefahren, freundlicherweise.«

»Wir haben dich noch gar nicht erwartet«, sagte die Chefin. Und mehr fiel ihr offenbar nicht ein.

Sie war enttäuscht. In ihrer Vorstellung hatte das alles ganz anders ausgesehen, wenn ihr Paul nach Hause kam, und wir wussten auch, wie: Die Familie steht einträchtig versammelt draußen vor dem Eingang und schaut dem Pritschenwagen entgegen, der sich auf der Betonstraße in Zeitlupe heranarbeitet, um nach unerträglich langen Minuten hier in Vidtoft, in diesem kleinen Dorf an der deutsch-dänischen Grenze, genauer gesagt im Grenzkrug seine letzte Fracht abzuliefern, nämlich den entlassenen Kriegsgefangenen Paul Tamm. In den Journalen, die die Chefin monatlich verschlang und aus denen sie uns gelegentlich vorlas, gab es jede Menge derartiger Geschichten. Glücklich lächelnde Soldaten kehrten darin in den Schoß ihrer Familie zurück, es wurde gelacht und sich ausgiebig umarmt, während auf dem Stubentisch bereits die erste Tasse dampfender Kaffee, echter Kaffee, im guten Porzellan auf den Heimkehrer wartete. Der echte Kaffee war deshalb wichtig, weil er dem Soldaten den Schritt zurück nach vielen schweren Jahren erleichterte, und wir hatten herausgefunden, dass in einer der Dosen im Küchenschrank ebensolcher Kaffee bereitstand.

Aber das war nicht der einzige Grund, warum die Chefin mit ihrer Begrüßung zögerte. Da war noch etwas.

Sie erkannte Paul nicht wieder. Diese schlotternde Uniform, in der sich sein kantiger Körper verlor. Diese Falten, die sich über seine Stirn zogen. Die tief umränderten Augen. Das zentimeterkurz geschorene Haar. Alt war dieser Paul geworden, und es fiel ihr offensichtlich schwer, ihn mit dem in Übereinstimmung zu bringen, den sie in ihrer Erinnerung vor sich gehabt und auf den sie gewartet hatte.

Es lag mehr zwischen ihnen als nur die vergangene Zeit.

Von ihrem Gesicht konnte denn auch alles Mögliche abgelesen werden, aber nicht unbedingt das, was die Worte ausdrückten, die sie sich extra für diesen Anlass zurechtgelegt hatte: »Ich meine natürlich, wir freuen uns. Willkommen zurück, Paul.« Sie lächelte. Schüchtern wirkte das, beinahe verschämt.

Der Kuss danach misslang auf ganzer Linie. Schon die Annäherung ihrer Gesichter verwackelte, weil sie sich nicht einigen konnten, wer in welche Richtung wie den Kopf neigen sollte. Die Chefin ließ ihren leicht nach links einknicken, hielt die Augen geschlossen. Währenddessen hatte Paul seinen, ebenfalls bei geschlossenen Lidern, nach rechts gelegt, sodass sie unweigerlich mit den Nasen aufeinandergeprallt wären, wenn nicht Paul in weiser Voraussicht noch einmal die Augen geöffnet und seinen Kopf in die zur Chefin passende Position gebracht hätte. Das also war fürs Erste geschafft. Ihre Lippen trafen sich, wie es sich für einen Kuss gehört. Aber die Chefin zuckte zurück und presste eine Hand auf ihren Mund. Es war der Bart, den sie nicht gewöhnt war. Paul strich ihr über die Wange.

»Anscheinend müssen wir das alles erst wieder üben«, sagte er.

Dann, endlich, bin ich an der Reihe. Darauf habe ich nur gewartet, und ich stehe von der Küchenbank auf, als mich Pauls Blick trifft.

»Wie ich sehe, ist mein Überraschungspaket heil eingetroffen«, sagt er und kommt auf mich zu. »Jannis Hamkens – lange nicht gesehen.«

Wie gebannt stehe ich neben dem Tisch, und auf einmal kann ich ihn riechen oder vielmehr das, was aus seiner Kleidung herausströmt, ein Geruch ist das, unfassbar. Ich bemühe mich, nicht weiter darauf zu achten, was nicht einfach ist, und erschrocken merke ich, dass ich zu weinen anfangen werde, wenn ich irgendetwas anderes tue, als stocksteif dazustehen. Paul ist da, kann ich nur denken. Paul ist zurück.

»Schön, dich hier zu sehen«, sagt er und reicht mir die Hand.

»Guten Tag, Herr Tamm.«

»Was soll das denn bitte schön werden? Bin ich etwa nicht mehr Paul für dich? Dein Freund Paul?«

»Doch.«

»Dann sag es mal. Ich würde es gerne hören.«

»Hallo Paul«, sage ich, und er ist glücklich.

Da erst begreife ich, dass dieses Gefühl, welches mich kerzengerade vor ihm stehen lässt, nichts anderes als Freude sein kann. Weil es eben stimmt, was sie über ihn gesagt haben. Er weiß alles über mich. Er wird für mich da sein. Ohne dass er ein weiteres Wort zu sagen braucht, bin ich mir sicher. Gleichzeitig aber bin ich ratlos und auch voller Erwartung. Und das alles ist so schön, dass ich mir wünsche, es möge für immer genau so bleiben.

Wir sehen uns an, lange, lange. Endlose Sekunden, in denen wir nur dastehen und uns anschauen. Bis Paul erneut zu sprechen beginnt. Da wären wir alle beisammen. Sogar mit Zuwachs, sozusagen. Wer hätte das gedacht. Kaum zu glauben, nicht. Und auf einmal muss ich lachen. Und ich kann gar nicht mehr aufhören, weil auch Paul zu lachen anfängt. Und die Chefin lacht. Und Nils lacht. Alle gemeinsam stehen wir da in der Küche und lachen.

Nach und nach erst wird klar, was gerade geschieht: Etwas geht zu Ende, und etwas anderes beginnt.

Es begann damit, dass wir uns umschauten. Paul war lange nicht hier gewesen, deshalb waren die Dinge, die uns umgaben, alle neu und besonders für ihn. Er konnte sich über alles freuen. Über den Tisch an der Seite zum Beispiel, auf dem unsere leer gegessenen Teller vom Mittag standen. Über den Herd mit dem lauwarmen Suppentopf darauf. Über die offenen Schränke mit dem Geschirr. Oder auch über die Kupferkessel an der Wand, die nie in Gebrauch gewesen waren.

»Schön hier«, sagte er mehrmals. »Sehr schön, das alles.«

Danach nahm er Nils und mich an seine Seite. Zur Chefin sagte er, er sollte wohl schleunigst seine Klamotten loswerden und dann gleich mal bei den Alten vorbeischauen oder was sie dazu meint, und die Chefin antwortete: »Ohne mich.«

»Ganz wie du willst.«

Also brachen wir zu dritt auf. Durch die Schwingtüren gelangten wir hinter den Tresen, auf dem das aufgeschlagene Fremdenbuch lag, in das sich lange niemand eingetragen hatte; daneben das Sammelschiffchen der Seenotretter. Wir gingen weiter zum Saal, der vollgestellt war mit Tischen und Stühlen, aber auch Koffer lagen da herum, beschriftete Taschen und in Leinen eingeschlagene Päckchen, außerdem das Geweih eines Zwölfenders, ein leerer Vogelbauer, mehrere aufgerollte Teppiche und eben all die Sachen, die die Flüchtlinge mitgeschleppt hatten, die es aus dem Osten hierher nach Vidtoft verschlagen hatte und die, fürs Erste zumindest, bei uns untergekommen waren, in den Zimmern im Obergeschoss.

Paul lauschte nach oben, ja, da war was zu hören. »Aha«, sagte er, und weiter ging's.

Durch die Gaststube kamen wir auf den Flur und von dort durch die Tür mit der Aufschrift *Privat* in unsere Stube. Sofa, Sessel, Tisch, Kommode gab es hier, nichts hatte sich verändert, alles war noch an seinem Platz, wie Paul zufrieden feststellte, auch die Fotos an der Wand, die er betrachtete, bevor er das Schlafzimmer der Chefin betrat, das nun auch wieder zu seinem wurde. Während Nils und ich in der Tür warteten, riss er sich neben dem Bett die Kleidung vom Leib, schmiss die Uniform in die Ecke, Hemd, Unterhose, Socken hinterher, und stand bald nackt und klapprig vor uns.

»Ich weiß, ich weiß. Sieht grausig aus.«

»Gar nicht«, sagte Nils.

»Finde ich auch nicht«, sagte ich und starrte wie gebannt auf die roten Stellen, die seinen ganzen Körper bedeckten, Insektenbisse waren das, Quaddeln, Ausschlag, Wunden.

Er legte den Kopf schief, sah uns tief in die Augen, bis wir zu lachen anfingen.

»Und stinken tust du auch«, sagte Nils.

»Was macht man denn dagegen?«, fragte er.

»Sich waschen«, sagte ich.

»Ach so.« Er machte den Eindruck, als hörte er das zum ersten Mal. »Sollte ich ausprobieren.«

Über dem Becken an der Wand drehte er den Wasserhahn auf und fuhr sich mit tropfnassem Lappen über Gesicht, Hals und Oberkörper, schrubbte unter den Achseln, rubbelte sich zügig weiter nach unten vor und erzählte dabei etwas von Entlausung und einem Zeug, das dafür verwendet worden war, drei Buchstaben, stinkend und giftig. Nachdem er sich abgetrocknet hatte, schnappte er sich aus dem geöffneten Schrank wahllos einige Sachen, schlüpfte hinein, alles zu groß, zu weit, und verkündete: »Fast schon wieder ein Mensch, was?«

»Ja, fast«, sagte Nils.

»Dann wollen wir uns mal weiter die Welt begucken«, sagte er, und wir folgten ihm durch die Stube auf den Flur, traten hinter ihm aus der Eingangstür auf die Terrasse und blieben nach wenigen Schritten gemeinsam in der Mitte des Vorplatzes stehen.

Wind zog um die Häuserecke, kam kalt vom Tief herauf, aber wenigstens der Nieselregen hatte inzwischen aufgehört. Nur vom Reetdach des Hauses und von der Alten Eiche, die eigentlich eine Buche war, fielen weiterhin einzelne Tropfen zur Erde. Der Alte des Alten oder noch einer davor hatte den Baum an dieser Stelle gepflanzt, zur Erinnerung an irgendwas: einen gewonnenen Krieg oder einen verlorenen, den Durchzug eines Königs – so genau wusste das niemand mehr.

Wie Paul ließen wir unsere Blicke schweifen, und weil wir das auf diese Art noch nie gemacht hatten und weil es das Erste war, was wir mit ihm gemeinsam taten, sahen wir mehr, als wir erwartet hatten. Zuallererst waren da die Häuser des Dorfes, die sich wie auf eine Wäscheleine gereiht am flachen Deich des Tiefs entlangzogen und sich in dessen Schutz zu ducken schienen. Selbstverständlich kannten wir sie alle, wir hätten von jedem sagen können, wer darin wohnte, aber es war lange her, dass sie uns irgendwie aufgefallen waren. Hinterm Vorplatz begann die Dorfstraße, die bis zum Schöpfwerk verlief, durch das alle Entwässerungsgräben des ebenen Marschlandes mit dem Tief verbunden waren und das den Wasserdurchlass regelte. Dahinter dann die Betonstraße, die sich durch die Gegend zog und die wir wie Paul mit unseren Augen abliefen, so weit wir das konnten, vorbei an verstreuten Höfen, einsamen Katen und Schafherden, die geduldig den Deich bearbeiteten und so zur Festigung der Grasnarbe beitrugen. Hier und da einige Sträucher und Büsche als Windschutz. Selten versperrte ein Baum die Sicht. Alles sahen wir mit verändertem Blick, und es gefiel uns, was wir da sahen. Sogar den Himmel, der sich nach dem Nieselregen in einem hellen Grau zeigte und die Landschaft platt zu drücken schien, mochten wir, nicht weil er an diesem Tag besonders schön oder beeindruckend war, sondern weil er zum Bild dazugehörte und wir ihn erkannten, wie man womöglich einen alten Freund erkennt, den man nach Jahren wiedertrifft. Man konnte darüber ins Schwärmen geraten.

Was wir nicht wissen konnten, war, dass Paul, während er mit uns auf dem Vorplatz stand und sich umsah, einen Entschluss fasste. Wie wir schaute er als Letztes zum Holzhäuschen in der Straßenmitte neben dem Krug, vor dem der Grenzer Harro Knutzen stand und seinen Dienst tat – oder aber es war Lorenz Tidick, der zweite Grenzer Vidtofts, das ist nicht wichtig. Im Holzhäuschen saßen zwei Soldaten in kackbrauner Uniform, die Kaugummi kauten und Karten droschen. Sie kümmerten sich nicht darum, als Harro Knutzen – oder Lorenz Tidick – zu uns herübergrüßte und auf Pauls erwiderndes Nicken ratlos die Schultern hob und senkte. So verständigten sich die beiden, die vor Jahren einmal etwas wie Kollegen gewesen waren, mehr war dafür nicht nötig. Es war ja offensichtlich: Der Schlagbaum war heruntergelassen, sodass niemand die Grenze in Vidtoft passieren konnte, und am Fahnenmast über dem Häuschen flatterte eine neue Flagge im Wind, die keine Fragen offenließ, blau und rot und weiß war sie. Die Engländer waren da und hatten hier nun das Sagen. Ihr Jeep parkte auf unserem Vorplatz. So war das eben.

Paul jedoch sah mehr als das. Jahre später würde er es mir erzählen und gestehen, dass er bis zu diesem Zeitpunkt nicht gewusst hatte, was er tun sollte.

In seinen Gedanken, würde er erzählen, fährt noch einmal der Treck mausgrauer Armeefahrzeuge über die Dorfstraße, es ist früher Morgen, und im Osten will gerade die Sonne aufgehen. Bevor der Treck die Grenze überschreitet und damit Dänemark zu besetzen beginnt, steigt ein einzelner Soldat von einem der Fahrzeuge ab und befestigt am Holzhäuschen und am Eingang des Grenzkrugs ein Plakat, demzufolge mit dem Einmarsch und der Besetzung lediglich die Nordflanke des Reiches gegen einen unmittelbar bevorstehenden englischen Angriff gesichert werde, mehr nicht. Gerade will der Soldat sich umwenden und zurück aufs Fahrzeug steigen, als sich eine junge Frau noch im Nachthemd am Fenster zeigt, es öffnet und ihm einen Zettel herausreicht, auf den sie zuvor in aller Eile ihre Anschrift gekritzelt hat: *Kirsten Steensen, Grenzkrug, Vidtoft.* Damit der Soldat ihr schreiben kann von dort, wo er jetzt hinfährt. Heimatkontakt. Und der Soldat verspricht es.

Damit hatte überhaupt erst alles angefangen, denn der Soldat, das war Paul gewesen, und dies das erste Mal, dass er und die Chefin sich begegneten.

Gleich darauf zog etwas Zweites an Pauls innerem Auge vorbei, und auch davon würde ich erst später erfahren. Über dem Holzhäuschen – dem in seinem Kopf – weht die alte Flagge, die die Engländer auf der Dorfstraße verbrannt haben, als sie nach Vidtoft kamen. Ein knappes Jahr ist vergangen, seit Paul zum ersten Mal durch Vidtoft gekommen ist, Briefe, Postkarten sind in der Zwischenzeit geschrieben worden, manches ist passiert, es ist zum Beispiel geheiratet worden, und diesmal steht Paul selbst in Wehrmachtsuniform neben dem Schlagbaum und bewacht eine Grenze, die im Grunde keine mehr ist; sie stellt genau besehen nicht viel mehr dar als einen Kontrollpunkt zum besetzten Dänemark. Hierher hat er sich auf eigenen Wunsch versetzen lassen, um seiner Frau und dem Kind nahe zu sein, das vor wenigen Wochen geboren worden ist. Nils ist dieses Kind. Allerdings wird Paul nicht lange bleiben dürfen. Bald schon, allzu bald wird er verlegt. Er wird woanders gebraucht.

Niemals wieder wollte Paul diesen Abschied erleben müssen. *Das* beschloss er, als er mit uns auf dem Vorplatz stand.

Davon konnten wir nichts wissen, es musste uns erst noch erzählt werden. Dennoch merkten wir, dass etwas mit ihm geschehen war. Plötzlich ergriff er unsere Hände und war voller Tatendrang. Er wollte, dass wir ihm alles zeigten, was sich während seiner Abwesenheit getan hatte. Er wollte, dass wir ihm genau berichteten, was wir erlebt hatten. Und zwar alles.

»Worauf wartet ihr noch? Erzählt, erzählt.«

Überraschend piekste er uns dazu in die Seiten, sodass wir zusammenzuckten und nicht wussten, was er vorhatte. Dann liefen wir los, und er rannte uns nach und klatschte dabei in die Hände, als scheuchte er eine Horde wild gewordener Tiere vor sich her.

Das war es gewesen, worauf wir all die Zeit gewartet hatten, genau das.

»Ach nee, der Paul ist zurück ...«

Es war der Olle Steensen, der das sagte. In seine beige Flatterhose gekleidet, die von Hosenträgern oberhalb des Bauchnabels fixiert wurde, in verwaschenem Feinripp, mit nackten Armen und der Pfeife im Mund: So stand er dort vor der Tür des Anbaus, wer weiß, wie lange schon, und beobachtete uns, wie wir auf die Bootsbank im Garten zugingen.

Diese Bootsbank war eine Erfindung von Nils gewesen und nach seinen Plänen gebaut worden. Sie bestand aus einem ausrangierten Ruderboot, das leckgeschlagen nutzlos im Garten herumgelegen hatte, bis es vor einigen Wochen, hochkant aufgerichtet, mit dem unteren Drittel in der Erde verbuddelt worden war, gleich am Fuß des Deiches. Bloß die Ducht des Bootes hatte noch gekippt werden müssen, um einen herrlichen Sitz zu ergeben, in dem man gegen Wind und Wetter geschützt war und sowohl das dänische Grenzhäuschen an der Holzbrücke als auch das Flüsschen Wiedau im Blick hatte, wie es in der Ferne schmaler und schmaler wurde und, wenn längst nichts mehr davon zu sehen war, irgendwo bei Højer in die Nordsee mündete; dort hieß der Fluss dann schon Vidå. Natürlich konnte Nils es kaum erwarten, Paul seine Erfindung vorzuführen, auf die er zu Recht stolz war, weil man ihm zwar beim Eingraben des Bootes geholfen hatte, die Idee aber allein von ihm stammte. Zunächst jedoch musste wohl oder übel der Olle Steensen begrüßt werden, der rechtschaffen verdutzt wirkte, nachdem er seinen Satz gesprochen und so auf sich aufmerksam gemacht hatte; zumindest wollte er uns glauben machen, dass er verdutzt war. Denn als er hinter sich ins Haus hinein nach seiner Frau rief, die mal schnell rauskommen und sich das ansehen sollte, und diese eigentlich im selben Moment in der Tür erschien, war beiden die Verwunderung auf ihren Gesichtern nicht mehr ganz abzunehmen. Tante Eli schlug obendrein beide Hände vor dem Mund zusammen und murmelte etwas wie, ja, gibt's denn so was und ist es die Möglichkeit.

»Tag«, sagte Paul.

»Moin.«

»Genau, moin Paul.«

Mit steifen Knochen standen sie nun da, die Schwiegereltern vor ihrem Schwiegersohn. Man hatte sich lange nicht gesehen, zu lange, wie man zu sagen pflegt, doch kein Gespräch, auch kein kurzes, wollte sich zwischen ihnen entspinnen. Es war vielmehr so, als wäre Paul gar nicht anwesend und als ständen die Alten vor einem lebensgroßen Bild von ihm, das sie mit Kennerblick begutachteten. Dazu begannen sie eine Unterhaltung. Sie sprachen über ihn, wie er so auf sie wirkte, und er ließ es, für eine gewisse Zeit wenigstens, über sich ergehen. Es schien ihn irgendwie zu amüsieren.

»Ganz schön vom Fleisch gefallen«, sagte Tante Eli und betrachtete Paul mit fachmännischer Miene.

»War ja auch kein Kuraufenthalt, wo der bis jetzt gesteckt hat«, erwiderte der Olle Steensen.

»Stimmt schon. Aber gut sieht es nun nicht unbedingt an ihm aus, so klapprig irgendwie.«

»Wenn du meinst.«

»Gefällt mir jedenfalls ganz und gar nicht.«

»Das wird schon wieder«, sagte der Olle Steensen. »Die Hauptsache ist doch, die blöde Ballerei ist vorbei. Gott sei's gedankt. Bleibt hoffentlich auch so für 'ne Zeit.«

Da erst unterbrach Paul ihren Wortwechsel. »Entschuldigt«, sagte er, und die Alten blickten ihn an. »Eigentlich wollte ich nur fragen, ob ihr nicht Lust hättet, bald mal zu uns rüberzukommen?«

Kurzes Schweigen. Dann fragte der Olle Steensen: »Ihr ladet uns ein?« Als könnte er es nicht fassen.

»Warum nicht?«

»Einfach so?«, fragte Tante Eli. Zweifel in der Stimme.

»Ja«, sagte Paul. »Einfach so.«

Erneutes Schweigen. »Gut«, sagte Tante Eli. »Wir kommen natürlich gern.«

Paul grinste, und wahrscheinlich musste er, genau wie die beiden Alten, an die Geschichte denken, die niemand erzählte …

Vom Grenzkrug handelte diese Geschichte, von der Chefin und den Alten, ihrem Zerwürfnis und wie es dazu gekommen war, dass die Alten einst, Jahre war's her, in den Anbau gezogen waren, den sie eigentlich auf den Tod nicht ausstehen konnten. Miefig, stickig, feuchte Wände, einfach schrecklich, diese Hundehütte, das waren so die Ausdrücke, die sie dafür verwendeten. Es musste schon ein triftiger Grund vorgelegen haben, der ihren Auszug veranlasst hatte, und obwohl keiner darüber sprach, war die Geschichte, die alles erklärte, ständig da. Sie lag griffbereit hinter diesem Lächeln, mit dem sie sich gegenseitig bedachten, hinter verkniffenen Mündern und Wortlosigkeit, wenn man sich auf dem Vorplatz begegnete. In Andeutungen war die Geschichte stets vorhanden. Man konnte sie sich zusammenreimen. Was genau geschehen war, vor allem was und wie es gesagt worden war, damals, das wussten nur die Alten und die Chefin. Mit der Übergabe des Grenzkrugs hatte es zu tun, das wussten wir, und wir wussten auch, dass diese Hals über Kopf vonstattengegangen war, eine Kurzschlussreaktion der Alten. Vom einen auf den anderen Tag hatten sie die Lust an der Arbeit im Grenzkrug verloren und die Verantwortung an die Chefin übergeben. Hier sind die Schlüssel, hier ist der Papierkram, gehört jetzt alles dir. Freust du dich? Zerstritten hatten sie sich darüber. Es ging ja alles zu schnell, und die Chefin fühlte sich nicht bereit, den Betrieb zu übernehmen. Sie hatte Pläne für sich gehabt, Hotelfachschule irgendwo, alles erst mal richtig lernen. Das war nun nicht mehr möglich. Mit einem Mal musste sie Verantwortung übernehmen, ob sie wollte oder nicht, und sollte sich auch noch darüber freuen. Den ganzen Kladderadatsch einfach vor die Füße gekippt – so nannte sie das, was die Alten getan hatten, und sie konnte es ihnen nicht verzeihen. Sie hatten ihr keine eigene Entscheidung zugestanden, und obgleich zwischenzeitlich viel Gras über die Sache gewachsen war, man sich mit allem arrangiert und in die Rollen gefunden hatte, stand die Sache weiterhin unausgesprochen zwischen ihnen. Das war so die Art, wie man hier mit unangenehmen Dingen umging. Nicht zu viel drüber reden. Besser gar nicht.

Auch Paul kannte die Geschichte, natürlich, sie hatte sich ereignet, kurz nachdem die Chefin und er geheiratet hatten, doch anscheinend wollte er sich nicht länger darum kümmern. Was soll's? Einen Neuanfang wagen. Wann, wenn nicht jetzt?

»Dann ist es abgemacht«, sagte er zu den Alten, und darauf

zu Nils und mir: »Ihr müsst mir jetzt aber unbedingt erklären, was es mit diesem seltsamen Boot dort auf sich hat.«

Ein letztes Nicken zu den Schwiegereltern, und wir zogen los, Nils links von Paul, ich rechts. Wir spürten die Blicke der Alten in unseren Rücken. Und gingen weiter.

Gerade brach die Sonne durch, fand ihren Weg durch die graue Wolkendecke. Der Wind hatte nachgelassen.

Dann, wir hatten es nicht mitbekommen, war Paul auf einmal verschwunden. Eben noch war er mit uns unten am Tief gewesen und hatte zugesehen, wie wir über den matschigen Boden schlidderten, er hatte uns angefeuert und schließlich ins Haus geschickt zum Umziehen und Waschen. Als wir damit fertig waren, konnten wir ihn nirgends finden, nicht im Schlafzimmer, nicht in der Stube, nicht im Saal. Wir gingen in die Küche, um die Chefin zu fragen, ob sie ihn gesehen hatte, doch auch sie wusste von nichts.

»Der ist weg«, sagte Nils.

»Quatsch«, sagte ich. »Der versteckt sich bestimmt bloß irgendwo.«

Also suchten wir weiter. Sahen im Schuppen nach – nichts. Hinter der Bollerwagensammlung im Garten – wieder nichts. Suchten ihn im Vorratskeller und im Obergeschoss – ohne Erfolg. Wir schauten sogar unter der Treppe zum Obergeschoss nach, obwohl jeder wusste, dass dort der Niss lebte, unser Hausgeist, der ein guter Geist war, solange man ihn nicht störte. Aber auch dort konnten wir Paul nicht finden. Nils blieb stehen, und ich fürchtete mich vor dem, was er sagen würde.

»Zwecklos«, sagte er. »Ich kenne das. So war es jedes Mal. Immer ohne vorher was anzukündigen. Ganz plötzlich. Den sehen wir erst mal nicht wieder.« Er blickte mich ernst an.

Hilfe suchend sah ich aus dem Fenster, hinaus auf den Vorplatz, und in diesem Moment knatterte ein Moped von der

Dorfstraße heran, und darauf saß – Paul. Augenblicklich eilten wir nach draußen, sahen ihn hinter der Häuserwand verschwinden, rannten ihm nach, und dort vor dem Schuppen stand er und wartete auf uns.

»Was sagt ihr dazu?«, fragte er und breitete die Arme aus.

Wir sagten erst einmal gar nichts. Fassungslos bestaunten wir das chromglänzende, schwarz lackierte Wunder, das vor uns an der Wand lehnte, und kriegten den Mund nicht wieder zu.

»Die Gemeinde hat mir das gegeben«, sagte Paul. »Eigentlich hatte ich mich nur schnell zurückmelden und die Lebensmittelkarten abholen wollen, die mir zustehen, aber jetzt gehöre ich dem örtlichen Flüchtlingsausschuss an. Ich soll auf alle Höfe in der näheren Umgebung fahren, durch alle Häuser des Dorfes gehen und nachschauen, wo Platz ist zur Unterbringung der Flüchtlinge. Und das ist doch wirklich mal eine Aufgabe. Paul, der Flüchtlingsbeauftragte. Das klingt doch nach was. Oder etwa nicht? Aber wer von euch zweien hat denn nun Lust, mit mir eine Runde zu drehen?«

Weil Nils sich nicht schnell genug entscheiden konnte, war ich es, der als Erster den Arm hob, und nur wenig später fand ich mich vor Paul auf dem Mopedsitz wieder, links und rechts seine Arme, ich lehnte mich zurück und fühlte mich sicher wie nie zuvor.

»Wo lang?«, fragte er.

»Da lang.« Ich zeigte geradeaus.

Über den Deich fuhren wir. Ich winkte den Arbeitern auf den Feldern zu, sie winkten zurück. Kinder sammelten Schafwolle, die sich in den Drahtzäunen verfangen hatte, in einen Beutel. Auch sie winkten. Wir fuhren weiter und weiter. Und während wir so fuhren, den Himmel über uns, den Deich unter uns, fragte ich mich nicht zum ersten Mal, woher ich Paul eigentlich kannte. Was hatten wir wo gemeinsam erlebt? Bislang war mir diese Anknüpfung in meiner Erinnerung nicht gelungen. Ich kannte ihn nicht, obwohl ich ihn kennen musste. Aber woher? Von früher? Wann war das? Und wo? War das überhaupt wichtig? Jetzt, in diesem Moment?

Paul hielt das Moped an und zog einen Brief aus der Innentasche seiner Jacke. Er nahm ein Blatt aus dem Umschlag und zeigte es mir.

»Weißt du, was da steht?«, fragte er.

»Nein.«

»Da steht, dass du bei uns bleiben kannst, wenn du das willst.«

»Ja«, sagte ich. »Ja.«

Er steckte den Brief wieder ein, und wir fuhren weiter. Ich wusste nicht, wohin. Aber das war auch nicht wichtig. Wind brauste in meinen Ohren.

Viel zu früh kommt der Abend. Paul schläft schon seit Stunden, er hat sich trotz des starken, säuerlich duftenden Kaffees, den er mit der Chefin in der Stube getrunken hat, aufs Sofa gelegt, die Augen geschlossen und geschlummert wie ein Baby, mit offenem Mund und Sabberfaden, der aufs Polster tropfte. Wir haben ihn, ohne miteinander zu sprechen, beobachtet, bis die Chefin entschied, dass auch wir jetzt ruhig schlafen gehen können, mit Paul wird das heute nichts mehr, und im Bett liegend muss ich daran denken, wie ich nach Vidtoft gekommen bin und dass ich Paul, sobald sich die Gelegenheit dazu bietet, davon erzählen muss.

An die Eisenbahn denke ich, mit der ich hergekommen bin. Außerdem an die Chefin am Bahnsteig, der ich von einer Frau übergeben wurde, die mit mir im Abteil gesessen hat; eine Armbinde trug die, mit einem Kreuz darauf. Ich glaube, sie hieß Ilma oder Elke, aber das muss nicht stimmen. Wie lange das wohl her ist? Ich kann es nicht wissen, dafür bin ich zu jung.

Mit dem Fahrrad sind die Chefin und ich dann nach Vidtoft gefahren. Ob wir auf der Fahrt miteinander gesprochen haben, weiß ich nicht. Vielleicht fragte sie mich nach Paul? Vielleicht sagte ich ihr, dass er Grüße ausrichten lässt und nachkommt, sobald er kann? Vielleicht aber war der Wind auch zu stark und keine Unterhaltung möglich?

Da kommt jemand herein. Die Tür geht auf und wieder zu, ganz leise. Es ist sicher nicht Nils, mit dem ich zwar das Zimmer teile, der jedoch noch im Bad ist. Durch alle Wände hindurch höre ich ihn und die Chefin streiten, das ist immer so, wenn es für ihn Zeit wird. Nein, es ist Paul, der zu mir ans Bett tritt.

»Hallo«, sagt er.

»Hallo«, sage ich.

»Ich wollte eigentlich nur nachschauen, ob es dir gut geht.«

Nicht eine Sekunde muss ich überlegen. »Ja«, antworte ich, obwohl mir klar ist, dass er mehr gemeint hat als den Augenblick. Ja, es geht mir gut.

»Freut mich zu hören«, sagt er. »Weißt du, ich habe oft an dich denken müssen und mich gefragt, wie es dir wohl geht. Ich habe mir dann immer gesagt, dass meine Leute sich schon ordentlich um dich kümmern. Und das haben sie doch auch, oder?«

»Ja.«

»Magst du meine Leute denn?«

»Klar«, sage ich. »Die sind nett zu mir gewesen.«

Er stellt etwas auf das Bord neben meinem Bett. Es ist ein Foto in einem Bilderrahmen aus schwarzem Holz, den er hinterm Rücken gehalten haben muss. Das Foto zeigt eine Frau, die in die Kamera lächelt. Ich weiß sofort, wer sie ist.

»Das habe ich dir mitgebracht«, sagt Paul.

Ich sehe sie mir genau an. Ist dies das Gesicht, das ich vor mir hatte, als ich in der Anfangszeit hier habe weinen müssen? Ich bin mir nicht sicher.

»Sie ist tot, oder?«

Paul nickt.

Wahrscheinlich erwartet er genau wie ich, dass mir nun Tränen in die Augen steigen. Aber das geschieht nicht. Es ist nicht nötig. Weil ich es von Anfang an geahnt habe.

»Sie ist sehr schön«, sage ich, da ich glaube, es sagen zu müssen.

»Ja.«

»Das ist sie wirklich«, sage ich, um Zeit zu gewinnen. Und dann schweige ich. Ich kann nichts mehr sagen. Mit einem Mal sehe ich sie vor mir, sie liegt in einem Bett, die Decke bis unters Kinn hochgezogen. Trotzdem zittert sie vor Kälte. Blau die Lippen. Sie sagt etwas zu mir. Noch einmal. Aber ich kann sie nicht verstehen. Von oben hinunterblickend sehe ich sie im Bett liegen. Jemand hält mich auf dem Arm. Ein Mann. Ich kann ihn nicht sehen, aber spüren. Seine Hände an meinem Bein. Seinen Arm, auf dem ich sitze. Seine Schulter. Wer kann das sein? Wer ist das gewesen?

»Sie war sehr krank«, sagt Paul.

»Ja.«

Wir schweigen. Sehen uns an.

»Danke«, sage ich. »Danke.« Und ich will es noch öfter sagen.

»Du brauchst dich nicht zu bedanken«, unterbricht er mich. »Ich freue mich, dass du da bist. Und überhaupt: Deine Hilfe werden wir gut brauchen können. Ich werde sie brauchen können.«

Ich sehe ihn an.

»Wir beiden haben so einiges zu erledigen, denke ich.«

Dann streicht er meine Bettdecke glatt, geht zur Tür und löscht das Licht.

Als Nils sich kurz darauf ins Zimmer schleicht, liege ich immer noch so, dass ich in der Dunkelheit sowohl die Tür als auch das Bild auf dem Bord neben mir im Blick habe, ohne eines von beidem wirklich sehen zu können. Es tut einfach gut zu wissen, dass beides da ist: das Foto und die Tür und hinter der Tür Paul. Ich werde ruhig, so ruhig wie lange nicht, und die vielen Fragen in meinem Kopf verklingen.

Solch einen Ton hatte ich noch nie in meinem Leben gehört. Es war eine Art Piepen, ein hohles Pfeifen; gleichzeitig aber war es eine Melodie, erst zwei hohe, dann zwei absteigende Töne, wie von einem Vogel, den ich nicht kannte. Von der Zimmertür kam das her, einmal, zweimal, und nur kurze Zeit später tauchte Paul dort auf.

»Seht ihr die Flöte hier? So muss man das machen, ganz leicht eigentlich.«

Es war Paul, der da in unserem Zimmer stand, nur sah er ganz verändert aus. Sein Bart war verschwunden. Rötlich gereizt schimmerte die Gesichtshaut, und an Hals und Kinn zeigten sich kleine Pickel; außerdem hatte er sich an der Unterlippe geschnitten. Langsam zog er die Vorhänge beiseite und ließ die ersten Sonnenstrahlen des Tages herein. Wir hatten lange geschlafen an diesem Morgen.

Um auf der Flöte zu spielen, nahm man das bauchige, aus Ton gemachte Ding zwischen beide Hände, umschloss es so, dass man mit jeweils zwei Fingern der linken und rechten Hand die vier unregelmäßig angeordneten Löcher auf der Oberseite verschließen konnte, und blies in die Öffnung an der Spitze. Dann erklang dieser Ton. Nach Nils sollte auch ich es einmal probieren.

Okarina nannte Paul die Flöte, die sich kalt zwischen meinen Fingern anfühlte. Gleich an mehreren Stellen wies sie dünne Risse auf. Das kam daher, dass die Okarina so alt war, viele Hundert Jahre wahrscheinlich. Paul sagte dies, als er sie mir reichte. Und er sagte noch etwas: Jemand nämlich hatte die Okarina zufällig draußen vor der Küste gefunden, im Watt, und zwar genau dort, wo früher einmal, vor langer Zeit, eine Stadt gestanden haben soll, die Rungholt hieß und unterging.

»Schon mal davon gehört?«, fragte er.

Nils hatte sich die Decke über den Kopf gezogen, er schlief bereits wieder, und ich sagte: »Nein, glaube nicht.« Doch noch während ich es aussprach, bekam ich ein Gefühl im Bauch, eine Ahnung. Es fühlte sich so an, als hätte ich einfach vergessen, schon einmal davon gehört zu haben. Aufmerksam lauschte ich daher Pauls Worten, als er zu erzählen begann.

Rungholt also. Eine reiche, prunkvolle Stadt soll das gewesen sein, die als Handelsplatz mit allen großen Häfen der Welt in Verbindung stand, bis in den Orient hinein und weiter. Im Mittelalter war das, dreizehnhundertsoundso. Bei einer großen Sturmflut ist Rungholt dann in einer Nacht untergegangen, mit Mann und Maus. Und das kam so: Angeblich hatten einige Rungholter im Suff den Prediger des Ortes in die Schenke gelockt, damit dieser einer Sau, die sie zuvor betrunken gemacht und in ein Bett gelegt hatten, die Letzte Ölung verabreichte. Vergib die Sünden, sollte der Gottesmann sagen und die Glieder der Sau salben. Lieber Gott, sei ihr gnädig. Selbstverständlich lehnte der Prediger das entsetzt ab. Eine Unverfrorenheit sondergleichen war das. Unerhört! Ihr Drecksfriesen! Nie im Leben! Die Rungholter aber brachten ihn unsanft dazu. Danach allerdings waren sie noch lange nicht fertig mit ihm. Sie verlangten, dass alle, weil sie es gerade so gemütlich miteinander hatten, also auch er, aus dem heiligen Kelch Bier trinken sollten. Noch so eine Unverschämtheit. Untersteht euch, ihr Friesenpack! Ihr versündigt euch! Gott ist in diesem Becher! Aha, sagten die Rungholter und lachten sich eins. Wenn das so ist, dann soll Gott doch mit ihnen Bier saufen. Und sie soffen, bis sie ihre Namen nicht mehr wussten. Zum Abschied verpassten sie dem Gottesmann noch eine gehörige Tracht Prügel und warfen ihn in einen Graben vor der Schenke. Als der arme Mann nach einiger Zeit wieder auf die Beine kam, flüchtete er sich in die Kirche und klagte dem lieben Herrgott sein Leid. Wo warst du, Gott, als sie mich prügelten? Sieh nur, wie sie mich zugerichtet haben, diese Friesenhunde! Ich mag kaum wiederholen, wie sie Dich genannt haben, diese Ungläubigen! Unverbesserliche sind das. Wenn Du mich fragst, und ich weiß, dass Du das nicht tun wirst, verdienen sie es nicht, länger auf Deinem Land zu leben! Wie auch immer: Unternimm was! Ich bitte Dich! Amen! Und noch in derselben Nacht schickte der Herrgott als Strafe für die Rungholter die Flut, die erste Grote Mandränke, wie sie genannt wurde. Nur der Prediger, der rechtzeitig flüchtete, und drei Jungfrauen, die in einem nahe gelegenen Ort zur Kirchmesse gewesen waren, überlebten.

»So erzählt man sich das«, sagte Paul. »Aber das muss man nicht glauben. Den Ort jedoch, Rungholt, hat es wirklich gegeben, und wenn man richtig auf der Okarina zu spielen versteht, wer weiß, vielleicht erzählt sie einem dann davon, wie es da ausgesehen hat, wo sie herkommt, und wie sie später, viel später gefunden wurde …«

»Wirklich?«, fragte ich.

»Warum denn nicht?«

Ich probierte es aus. Hörte ich etwas? Ich war nicht sicher, machte einen zweiten Versuch, aber es war zwecklos: Die Okarina wusste Geschichten von jener Stadt, die Rungholt hieß und unterging, doch ich verstand sie nicht.

Noch nicht.

Immer wurden wir von der Okarina geweckt, meist sehr früh am Morgen, Dunst stand überm Tief, doch die Ersten verließen bereits das Haus. Durchs Fenster in der Stube konnten wir zusehen, wie sie fröstelnd und in ihre Jacken gehüllt über den Vorplatz verschwanden, eine lang gezogene Gruppe auf dem Weg zur Arbeit oder vielmehr der Suche danach. Vorneweg gingen die langen Zinketöchter Ulla und Gitte, stets gefolgt von Karl und Joachim Hubbatsch, die selbst zu so früher Stunde nicht von den zweien ablassen konnten oder wollten. Es folgte der Vater Hubbatsch mit den beiden Makobens in ihren ewig nass wirkenden grauen Mänteln. Hinterdrein schlurfte der traurige Herr Urbschat, der sich nur schweren Herzens von seinen beiden Zwillingstöchtern losreißen konnte, die in einem der Zimmer im Obergeschoss plärrten und sich von nichts und niemandem beruhigen ließen; ein Krach war das da oben, und das jeden Morgen wieder. Andere, deren Namen keiner wusste, waren ihnen dicht auf den Fersen, alle in der Hoffnung, draußen auf den Feldern bei der Kartoffelernte, beim Fischer Mats Kardell oder sonstwo Arbeit oder doch zumindest etwas zu essen zu finden.

Wenig später stieg die Sonne am Horizont empor, der Dunst verflog, und schon machte sich die nächste Gruppe auf. Diesmal waren es die älteren Kinder, die loszogen, und obgleich die Sonne noch nicht wärmte, hatten die meisten kurze Hosen oder Röcke und Kniestrümpfe an. In Gummistiefeln stapften sie über den Vorplatz und die Dorfstraße. Mit ihnen zog auch Nils davon, der wie sie bereits zur Schule ging, die in einem nahe gelegenen klotzigen Klinkerbau, dem Roten Haus, untergebracht war; Nils hätte eigentlich nicht gemusst, er hätte noch etwas Zeit gehabt, aber er wollte unbedingt, und man ließ ihn. Lief sowieso alles drunter und drüber im Moment. Von allen Seiten her strömten Kinder auf das Rote Haus zu, das sie verschluckte und erst zur Mittagszeit wieder freigeben würde.

Doch es gab auch ein paar, die, aus dem Dorf kommend, am Roten Haus vorbei in unsere Richtung weiterzogen, um hier die Grenze zu überqueren und drüben in Nørreby in die Schule zu gehen. Es waren die Dänenkinder, wie sie genannt wurden, deren Eltern Dänen waren, obwohl sie auf dieser Seite der Grenze lebten. Minderheitsdänen. Damit die Schüler die geschlossene Grenze als Übergang nutzen durften, mussten sie extra ausgefertigte Passierscheine bei sich tragen, die jeden Morgen aufs Neue genauestens von Knutzen und Tidick kontrolliert wurden. Und es gab kein Pardon: Wer ohne Passierschein war, wurde zurückgeschickt. Ausnahmen gab es keine. Wo käme man denn da hin, nicht wahr? Schließlich führten die Engländer jetzt hier die Oberaufsicht, auch wenn sie nur selten in Vidtoft vorbeischauten; hatten Wichtigeres zu tun anscheinend. Trotzdem: Mit den Engländern wollten Tidick und Knutzen es sich auf keinen Fall verscherzen. Wäre ja noch schöner, nur weil ein paar Dänenkinder rüberwollen, die sich nicht ausweisen können, beide Augen zuzudrücken und darüber Ärger mit den Tommys heraufzubeschwören. An der Art, wie die abgewiesenen Schüler morgens ins Dorf zurückliefen oder -schlenderten, konnte man mit einiger Erfahrung ablesen, ob es nun, was alle behaupteten, tatsächlich ein Versehen oder doch schulschwänzerische Absicht gewesen war, dass sie das so wichtige Papier auf dem Küchentisch hatten liegen lassen. Mitunter hatte es eben auch Vorteile, an der Grenze zu leben.

Etwa um diese Zeit setzte auch im Krug ernsthafte Geschäftigkeit ein. Die Chefin hantierte hastig in der Küche herum, stapelte alles, was der Vorratskeller hergab, auf den Küchentisch, überlegte kurz, was daraus zu machen war, und verteilte dann die Aufgaben unter den Frauen, die mit ihr um den Tisch standen. Weil die Chefin es übernommen hatte, für alle, die derzeit im Grenzkrug lebten, zu kochen, hatten unsere Gäste, wie Paul sie standhaft nannte, obwohl sie nichts bezahlten, sich im Gegenzug verpflichtet, ihr dabei zur Hand zu gehen. Außerdem kümmerten sie sich um die kleineren Kinder, hielten das Haus sauber und lieferten vor allem die Lebensmittel ab, die sie auf ihre Karten oder bei der Arbeit als Bezahlung erhielten.

Das war nicht immer so gewesen. Erst nachdem Paul zurückgekehrt war, hatte man beschlossen, es so zu handhaben. Zunächst hatte die Chefin gegen diese Regelung protestiert, weil doch wieder nur alle Arbeit an ihr hängen bleiben würde – und verdienen tun wir daran auch nichts –, nach einigem guten Zureden von Paul hatte sie aber eingesehen, dass es so das Beste für alle war. Doch gewiss hätte sie nie in diese Abmachung eingewilligt ohne die Sicherheit, Thea Zinke an ihrer Seite zu wissen. Denn wenn ihr beim besten Willen nicht einfallen wollte, was aus den vorliegenden Zutaten zubereitet werden konnte, war die ostpreußische Suppenköchin Thea Zinke nie um ein Rezept verlegen. Dann gab es etwa ein Gericht, das sie der Einfachheit halber »Königsberger Klopse« nannte, sodass alle etwas damit anfangen konnten. Dazu verrührte man Grieß, Haferflocken und gehackte Zwiebeln zu einer klebrigen, festen Masse und formte Klöße daraus, die man in Semmelbröseln wendete und anschließend einige Minuten in Salzwasser vor sich hin köcheln ließ; mit etwas Kartoffelmehl wurde die Kochbrühe am Ende abgebunden, paar Kartoffeln gab's dazu. Fertig. Und schmeckt auch noch.

War alles und jeder im Haus in Gang gekommen, fragte Paul mich, was für uns zwei, wenn alle sonst schon so fleißig waren, noch zu tun blieb. Er gab mir immer das Gefühl, als hätte ich die freie Entscheidung über unsere Arbeitsplanung, und fiel mir nicht auf Anhieb etwas ein, erkundigte er sich, ob denn, zum Beispiel, alle Tische und Stühle in Ordnung waren. Nein, es gab tatsächlich jede Menge abgebrochene und angeknackste Tischbeine und mindestens genauso viele Stühle, die in alle Richtungen wackelten oder knarrten. Oder aber das Dach, ob da alles in Ordnung war? Also, ich wusste Dutzende Stellen, an denen es bei Regen durchleckte. Wirklich? Dann sollten wir das vielleicht als Erstes in Angriff nehmen? Genau.

Gemeinsam schleppten wir aus dem Schuppen Bretter, Werkzeug und eine Leiter heran, die wir hinterm Haus aufbauten. Während ich unten blieb und die Leiter sicherte, so gut ich dazu in der Lage war, kletterte Paul aufs Dach, besserte pfeifend die undichten Stellen am Reetdach aus, und damit mir nicht langweilig wurde, begann er bald, wie ein Radioreporter zu referieren, was er von seiner Warte aus so beobachten konnte.

»Vidtoft, hier Vidtoft. Es ist neun Uhr in der Frühe. Alles ist bereits auf den Beinen. Am dänischen Grenzhäuschen an der Holzbrücke stehen sich wie jeden Morgen die Blauen, wie die dänischen Grenzer hier oben der Uniformen wegen gerufen werden, die Beine in den Bauch, trinken Kaffee, essen das erste Smørrebrød des Tages. Nørreby ist ebenfalls längst erwacht. Pferdewagen rattern über Kopfstein. Wohin man sieht, schaukeln Danebrogs an den Flaggenmasten im Wind. Überm Tief kreist ein Entenpaar und setzt zur Wasserung an. Mats Kardell schippert in einem Boot von Netz zu Netz. Möwen im Schlepptau über ihm. Ganz schön was los hier. Und, Moment mal, da vorne am Anbau, da tut sich was ...«

Es war die Tageszeit, da der Olle Steensen den üblichen Kontrollgang über seine Plantage absolvierte, die eigentlich nur ein abgetrennter Streifen des Gemüsegartens war, in dem er Tabak anbaute. Das war erlaubt, solange es für den Eigenbedarf war, und der Olle Steensen hatte Bedarf. Alles war ordnungsgemäß bei den Grenzern in ihrer Funktion als Zöllner angemeldet: fünfzig Pflanzen, für die der Olle Steensen, wenn auch ungern, als Kleinpflanzer Steuern entrichtete. Mit Hingabe hegte und pflegte er seine Plantage. Jeden Morgen um die gleiche Zeit bedachte er jede seiner Pflanzen mit einem genau bemessenen Schluck Regenwasser, das er in einer Tonne hinterm Anbau sammelte, begrüßte alle zusammen und manche gesondert, zupfte die oberen reifen Blätter ab und stopfte sie sich in die ausgebeulten Hosentaschen. Zuletzt stellte er sich an den Rand der Plantage und pinkelte ausgiebig und anscheinend genüsslich gegen den Stängel einer bestimmten Pflanze, die, verglichen mit den anderen, ein wirklich erstaunliches Wachstum zeigte. Damit war seine Arbeit hier draußen erledigt. Manchmal beließ er es bei einem kurzen Gruß, wenn er Paul und mich bei unseren Arbeiten bemerkte, und hatte es erkennbar eilig, zurück ins Haus zu gelangen. Im Gehen deutete er auf den Anbau, als wollte er sagen: Hab was zu tun, ist dringend. Aber was eigentlich hatte er zu tun? Und weshalb diese übermäßige Eile? Jeder hier wusste doch, dass er und Tante Eli die meiste Zeit des Tages auf ihrem engen Zweisitzer nebeneinander hockten und nichts taten, außer sich zu unterhalten. Manchmal allerdings, äußerst selten, kam der Olle Steensen auch auf ein Wort zu Paul und mir herüber, ein bisschen zögerlich immer, doch er kam.

Als Erstes und vor allen Dingen musste dann natürlich seine verzierte, vom Tabaksaft gelb angelaufene Meerschaumpfeife angezündet werden. Sogleich stieg einem der beißende Geruch seines selbst gezogenen Krauts in die Nase, das er nach einem englischen Rezept verarbeitete; durch die ganze Wohnung im Anbau hatte er Drähte gespannt, an denen er die Blätter trocknete. Mehrmals suckelte er an der Pfeife, stopfte, ohne eine Miene zu verziehen, den weiß glühenden Klumpen mit dem Daumen nach und besah sich, was wir da taten. Kritisch beäugte er die Bretter, die Paul überall mit langen Nägeln auf dem Reet befestigt hatte. Nicht nur für ihn war erkennbar, dass der nächste stärkere Sturm ausreichen würde, um diese Vorrichtungen vom Dach herunterzureißen. Und der nächste Sturm würde kommen …

»Glaubst, das bringt was?«

»Fürs Erste muss es einfach so gehen«, sagte Paul vom Dach herunter. »Sonst steht drinnen beim nächsten Guss alles unter Wasser.«

»Ich könnt ja«, sagte der Olle Steensen, paffte ein, zwei Mal in die Luft und blickte irgendwohin, nicht jedoch zu Paul, »ich mein bloß, ich könnt mal bei Kardells anfragen, ob die nicht ein bisschen Reet für dich auftreiben können. Zurzeit sind die doch ständig draußen auf dem Tief und holen mit diesen Flüchtlingen jede Menge davon rein.«

»Würdest du das machen?«, fragte Paul. »Das wäre natürlich das Beste.«

»Ich kann's nur probieren.« Und damit verzog sich der Alte.

Paul klopfte ein weiteres Brett fest, prüfte durch leichtes Rütteln, ob es zumindest vorläufig halten würde, und ich bin sicher, dass er sich in diesem Moment vornahm, die Einladung, die er am Tag seiner Rückkehr an die Alten ausgesprochen hatte, bald in die Tat umzusetzen.

Tatsächlich vergingen nur ein paar Tage, bis ich den Auftrag erhielt, im Anbau Bescheid zu geben, dass wir die Alten im Grenzkrug erwarteten. So gegen sieben. Warum auch nicht? Nichts sprach im Grunde dagegen. Bloß unerzählte Geschichten, aus denen man, so Paul, keine allzu große Sache mehr machen musste. Und die Alten kamen, Hand in Hand, hatten sich schick gemacht, Kleid und Anzug, Blumen dabei für die Chefin – Astern vermutlich –, eine Flasche für Paul – Köm natürlich –, Naschkram für Nils und mich – getrocknete Apfelringe, bisschen Lakritz. Alle setzten sich an den Tisch, es gab etwas zu essen, irgendwas Eintopfartiges, viel Gemüse, Kartoffeln, ordentlich Petersilie drauf. Schön war's. Gesagt werden musste nichts.

Das hätte man ruhig einmal früher machen können.

Was war eigentlich nicht kaputt, damals, im Grenzkrug? Fensterrahmen waren gesplittert und hatten jede Spur von Farbe eingebüßt. Scheiben waren von Sturm und Hagel gesprungen und ganze Fenster provisorisch mit Brettern vernagelt. Die Treppe ins Obergeschoss knarrte verdächtig bei jedem Schritt. Das Geländer war nur noch lückenhaft vorhanden. Betten waren durchgelegen. Hier hing die Tapete in Fetzen, dort lief Wasser in Tropfen die Wand hinunter. Im Keller konnte man nach einem Regenfall die Füße baden. Im Grunde hätte man sich wundern können, was alles unbedingt repariert und gerichtet werden musste, man hatte hier schließlich gelebt, und nicht einmal schlecht, wenn man so überlegt. War der eigene Blick erst einmal auf die Mängel eingestellt, konnte einem das nachträglich nur rätselhaft erscheinen.

Zum Glück blieb einem fürs Rätseln jedoch wenig Zeit, es war ja ständig was zu reparieren, und wenigstens Paul schien bei allem den Überblick zu behalten. Er wusste, was gerade anstand und wie alles vonstattengehen sollte; jedenfalls gab er eines Morgens am Frühstückstisch den *Generalplan Grenzkrug* bekannt, der ziemlich einfach gestrickt war und wie folgt aussah: Wir würden uns in aller Ruhe und mit der gebotenen Sorgfalt von außen nach innen und von unten nach oben vorarbeiten, dabei immer bereit, andere Dinge, die im Moment dringlicher waren, vorzuziehen. So hatte Paul sich das gedacht, und so wurde es gemacht. Die Chefin war's zufrieden.

Irgendwo hatte Paul mehrere Eimer Farbe aufgetrieben, mit der wir die zuvor säuberlich abgeschmirgelten Fensterrahmen und die Eingangstür in ihrem angestammten Dunkelgrün strichen. Kaum waren wir damit nach mehreren Tagen fertig, sodass der Grenzkrug wenigstens von außen – abgesehen einmal von den Regenbrettern auf dem Reetdach – wieder den Eindruck machte, verhältnismäßig gut in Schuss zu sein, holte er die Leiter aus dem Schuppen, lehnte sie gegen die Hauswand und befestigte feierlich das neu gemalte Schild über dem Eingang, ein Ereignis, das sich auch die Alten nicht entgehen ließen, die aus dem Anbau auf den Vorplatz kamen und von abseits zuschauten.

Auf der Rückseite des Schildes stand noch in altdeutscher Schrift der frühere Name des Krugs, der generationenlang *Steensens Krug* gelautet hatte. Seit die Grenze jedoch nach der Volksabstimmung um Schleswig, neunzehnzwanzig war das gewesen, nach Süden verlegt worden war und Vidtoft sozusagen über Nacht zum Grenzdorf wurde, hatte sich ein anderer Name eingebürgert, und der ursprüngliche war nach und nach in Vergessenheit geraten. Für alle und jeden, selbst für die Post, war das reetgedeckte Haus am Rande Vidtofts seit jener Zeit nur noch der Grenzkrug. Der Olle Steensen höchstpersönlich soll es gewesen sein, der den neuen Namen einführte und auch auf ihn bestand. Um eine Form patriotischer Pflichterfüllung hat es sich dabei vermutlich in seinen Augen gehandelt, es war immerhin die »wilde Abstimmungszeit«, von der noch immer alle erzählten und in der so einiges von einigen gesagt oder getan worden war. Mit einem Mal war der Grenzkrug zum letzten Haus auf deutscher Seite geworden, und dahinter begann Dänemark. Der Grenzstein wurde gleich neben dem Krug in die Straße eingelassen: *DRP* für Deutsches Reich Preußen und, unter einem Strich, *D* für Dänemark. Bis ein Gebäude für die Grenzbehörde auf der gegenüberliegenden Straßenseite errichtet und in der Mitte der Straße das Holzhäuschen für die Grenzer aufgestellt worden war, hatten diese sich sogar vorläufig im Saal des Krugs eingemietet und alle Grenzangelegenheiten durch eines der Saalfenster erledigt. Bald schon hatte sich der neue Name für den Krug durchgesetzt, ein einfacher, einprägsamer Name, den alle benutzten, die hier ein- und ausgingen. Aber erst jetzt, erst mit dem neu gemalten Schild, das von Paul an der Hauswand angeschraubt wurde, stand er nun auch über der Eingangstür und war dort für alle Welt zu lesen:

GRENZKRUG
Inhaber Kirsten und Paul Tamm

Bei allen Arbeiten, die am und später im Haus anstanden, wich ich Paul nicht von der Seite. Ich half, wo ich konnte, und genauso machte es Nils, wenn er mittags aus der Schule kam. Natürlich gab es Aufgaben, bei denen unsere Hilfe nicht gefragt war, weil sie zu schwer oder zu gefährlich für uns waren. Das Neudecken des Reetdaches etwa gehörte dazu, dabei konnten wir nur schwerlich von Nutzen sein. Aber es gab ja noch den traurigen Herrn Urbschat, der helfen konnte, wenn Not am Mann war, und das kam öfter vor.

Ein schweigsamer, verschlossener Mensch war dieser Herr Urbschat, der selten mehr als drei Worte am Stück von sich gab, was jedoch nur gut war, weil schon diese genügten, um jeden, der sie hörte, auf unentrinnbare Weise in eine grüblerische Stimmung zu versetzen. Man konnte sich noch so froh und glücklich gefühlt haben, der traurige Herr Urbschat schaffte es allein durch einen Blick aus seinen geröteten, entzündeten Augen, dass man sich fragte, wie um alles in der Welt man bloß so gut gelaunt hatte sein können. Daher kam es wohl auch, dass, wer ihm begegnete, das Bedürfnis verspürte, ihm zu helfen, irgendwie – aber wie? Ihn umgab diese zähe Traurigkeit, und man merkte, wie leid es ihm tat, alle Welt damit anzustecken. Aber was sollte er machen? Da war er nun in Vidtoft gelandet, weit, weit weg von zu Hause, mit seinen beiden Zwillingsmädchen und vor allem ohne seine Frau, über die niemand Genaueres wusste. Ein Mal nur hatte er, weil Paul ihn direkt fragte, einen Namen erwähnt, über den Paul uns später sagte, dass es sich nicht um den Namen seiner Frau, sondern um den eines Schiffes gehandelt hatte, das auf der Ostsee von U-Boot-Torpedos getroffen worden und untergegangen war; wenige hatten das überlebt. Mehr erfuhren wir nicht, doch das genügte vollkommen, und den Rest konnte sich, wer wollte, ausmalen.

Paul mochte ihn, das war offensichtlich, mochte sogar seine Traurigkeit, von der er sich nicht wie die meisten anderen anstecken ließ, und er zog ihn allen Helfern vor, die ihm sonst aus dem Haus zur Verfügung gestanden hätten und die mit Sicherheit handwerklich begabter gewesen wären; Tischler hatten wir zeitweise da, auch einen Maurer, viele Landarbeiter, die gewiss mit angepackt hätten, wenn sie nur gefragt worden wären. Paul aber schwor auf die stille Hilfe des Herrn Urbschat und wollte niemanden sonst an seiner Seite haben. Ein Grund dafür war sicher, dass er auf diese Art Herrn Urbschat einen Gefallen tun konnte, indem er ihm den morgendlichen Gang ins Dorf ersparte, von dem dieser ohnehin zumeist nach wenigen Stunden zurückkehrte, weil er die Abwesenheit von seinen Töchtern nicht ertrug. Tief bewegt zeigte Herr Urbschat sich jedes Mal, wenn Paul ihn an der Treppe abfing, um ihn um Hilfe zu bitten, flüsterte Danke schön, Danke schön und eilte ins Obergeschoss zurück, um seine Zwillinge herunterzuholen, die immer dabei sein mussten, wenn er mit Paul am Haus arbeitete.

Sie deckten also das Reetdach neu. Sie hackten Holz. Sie gruben im Garten ein Beet um, pflanzten etwas an, und Nils und ich beobachteten sie von der Bootsbank aus, wo wir es uns bequem gemacht hatten, die Zwillinge zu unseren Füßen, die unverständliches Zeug brabbelten, was uns bemerkenswert erschien angesichts ihres so schweigsamen Vaters. Und es kam vor, dass mit einem Mal ein Rumpeln zu vernehmen war, leise, dennoch nicht zu überhören, und wir brauchten uns nicht erst umzuschauen, um zu wissen, woher es kam. Über die Holzbrücke näherte sich wieder einmal eine Flüchtlingsgruppe der Grenze, sechs, vielleicht sieben Personen, die einen überfrachteten Bollerwagen hinter sich herzogen. Einer der Blauen warf am dänischen Grenzhäuschen einen flüchtigen Blick in ihre Papiere und winkte sie durch, und Paul machte sich schon einmal auf den Weg, ging um den Krug herum zu Tidick und Knutzen, um die Neuankömmlinge in Empfang zu nehmen. Selbstverständlich folgten wir ihm.

Im Grunde war es nicht üblich, dass jemand den Übergang Nørreby–Vidtoft nutzte, um ins Land zu kommen. Hier war geschlossen, eigentlich, es sei denn, man hatte eine Sondergenehmigung, und Knutzen und Tidick und auch die Blauen schickten immer wieder Leute weg, die es dennoch versuchten. In Böglum, etwas weiter östlich, konnte man es probieren oder über Kupfermühle und Harrislee, drüben bei Flensburg, das waren die offenen Übergänge; man konnte auch den Zug Tønder–Süderlügum oder Padborg–Flensburg nehmen. Aber sonst war alles dicht. Tut uns leid. Kann man nichts machen. Die Flüchtlinge allerdings, die sich gelegentlich hierher verirrten, wurden nicht weggeschickt, nicht einmal von den Blauen. Man wusste schließlich nicht, was diese Leute auf ihrem langen Weg aus dem Osten alles durchgemacht hatten, auf den Schiffen, mit denen sie übers Meer gekommen, in den Lagern, in denen sie gewesen waren, und dann auf der Strecke quer durchs Land bis in diesen entlegenen Ort. Irgendwann ist es einmal gut.

Waren auf deutscher Seite alle Formalitäten erledigt und hatten selbst die Engländer, wenn sie denn mal in der Gegend waren, nichts gegen eine Einreise vorzubringen, lud Paul die Neuankömmlinge, denen er sich als ihr Flüchtlingsbeauftragter für Vidtoft vorstellte, zu uns in den Grenzkrug ein und gab Nils und mir unauffällig den Auftrag nachzuschauen, ob irgendwo im Haus noch Platz für die neuen Gäste zu finden war.

Und der fand sich. Wenn nötig, räumten wir unser Kinderzimmer, schliefen zwischen Paul und der Chefin im Bett, oder wir stellten, falls das nicht ausreichte, Liegen in der Stube auf. Das aber war nur selten nötig.

»Kommen Sie«, sagte Paul. »Sie können bestimmt etwas Ruhe vertragen. Und das Wichtigste natürlich: Willkommen! Willkommen in Vidtoft!«

Später am Abend fragte die Chefin regelmäßig: »Wann hört das alles nur mal auf?«

Wir befanden uns auf einem unserer abendlichen Spaziergänge, die wir häufig unternahmen, um wenigstens für diese Zeit dem Trubel des Grenzkrugs zu entkommen. Ständig war dort etwas los. Flüchtlinge, also Gäste, kamen und gingen den ganzen Tag über. Irgendwo im Haus schrien Babys. Ehestreitigkeiten waren nicht zu überhören und das andere auch nicht. Türen knallten. Auf dem Gang wurde konferiert über dies und das. Obendrein zogen sich die Mahlzeiten, die in der Gaststube serviert und gemeinsam eingenommen wurden, endlos in die Länge, weil niemand zurück aufs Zimmer gehen mochte. Dort war man allein mit sich und dem, was einem im Kopf herumspukte; viel lieber wollte man in der Gaststube sitzen, einigermaßen satt, und nichts sagen, sondern einfach nur still beisammen sein. Besonders die Abendmahlzeiten nahmen und nahmen kein Ende. Der Holzofen in der Ecke bollerte und wärmte nach Kräften. Tee gab es zu trinken. Man saß, schlürfte aus den Bechern, schwieg und dachte nach.

Das wäre an sich nicht weiter schlimm gewesen, es hatte genau genommen sogar etwas für sich, hätte es nicht die Geschichten gegeben, die irgendwann – man konnte die Uhr danach stellen – ausgepackt wurden. Zuverlässig fing irgendjemand an zu erzählen, es ging nicht anders, und obgleich keine Geschichte wie die andere war, ähnelten sie sich doch grundsätzlich: Sie waren alle zum Heulen traurig. Russen kamen darin vor. Mehr als ungewollte Schwangerschaften. Ein Schiff im Hafen, das verpasst wurde, glücklicherweise, weil sich später herausstellte, dass genau dieses Schiff die Fahrt über die Ostsee nicht geschafft hatte. Der Weg übers zugefrorene Haff. Eine Kälte, davon macht man sich gar keine Vorstellung. Ein Lager, bei Blåvand oben, ein Gewitter, eine brennende Hütte und eine Frau, die im Feuer umkam, alle haben es gesehen. Das musste raus, musste noch einmal gesagt werden, auch wenn es niemand gerne hörte. Die ersten verließen bereits nach wenigen Worten die Gaststube, manche hielten länger durch. Am Schluss waren nur noch der jeweilige Erzähler oder die Erzählerin da und Paul, der hinterm Tresen stand, zuhörte und Tee ausschenkte; und manchmal war auch ich dabei, wenn ich wegen Träumen, von denen ich niemandem etwas sagte, wieder nicht schlafen konnte.

»Schlimm«, sagte Paul, wenn die Geschichte beendet war.

»Ja, schlimm. Ich geh dann hoch. Und danke.«

Auch Paul nahmen diese allabendlichen Geschichten mit, genauso wie seine Fahrten übers Land, die er an den Nachmittagen unternahm. Nichts erzählte er davon, kein Wort. Wir erfuhren nicht, wie man ihm in den Häusern begegnete, wenn er die Räumlichkeiten inspizierte und Einquartierungen ankündigte. Nett war man nicht zu ihm, so viel war sicher. »Und?«, erkundigte sich die Chefin stets, wenn er zurückkam, und Paul antwortete: »Wie immer.« Mehr sagte er nicht. Schlürfte einen Tee in der Küche. Schwieg. Bis er mit den flachen Händen auf den Tisch knallte und entschied, dass es nun höchste Zeit war für einen Spaziergang. Unbedingt. Noch vor dem Abendessen. Er schnappte sich die Chefin, Nils und mich. Keine Widerrede. Einfach durchs Dorf gehen, nur so, bisschen die Füße vertreten, ein halbes Stündchen, dafür muss Zeit sein.

Bis zum Schöpfwerk spazierten wir, lehnten uns dort nebeneinander übers Geländer und blickten hinunter auf die Metallrohre mit den großen Klappen, vor denen sich das Wasser staute. Die Seele baumeln lassen, so nannte Paul das. Leise rauschte das Wasser unter uns, ohne erkennbar in Bewegung zu sein.

Und dann, genauso zuverlässig wie die Geschichten der Flüchtlinge später am Abend, stellte die Chefin ihre Frage: »Wann hört das alles nur mal auf?«

Kein vorwurfsvoller Unterton war aus ihrer Stimme herauszuhören. Sie machte sich nur so ihre Gedanken über die Zukunft, über uns, über den Grenzkrug und wie das alles einmal werden soll. Diese Flüchtlinge, die die Gästezimmer belegen. Wann werden die gehen, endgültig? Wann wird alles so sein, dass der Betrieb läuft, wie er laufen soll? So, wie es derzeit ist, kann es schließlich nicht bleiben. Es muss doch vorangehen. Wir kannten ihre Gedanken, ohne dass sie sie auszusprechen brauchte.

»Ist alles nur vorläufig«, war Pauls übliche Antwort. »Im Moment macht eh niemand Urlaub bei uns. Die haben alle andere Sorgen. Und wir auch. So lange können wir diesen armen Leuten doch helfen. Wir müssen ihnen helfen. Noch ist nicht die Zeit, um an uns zu denken. Das kommt. Bald.«

»Aber …«

»Keine Sorge«, sagte er. »Es wird schon werden. Bestimmt.«

Darauf deutete er Richtung Himmel. Ein Farbspiel herrschte dort oben, das wie gemalt wirkte – es hätte von jenem Maler stammen können, der wenige Kilometer von Vidtoft entfernt in seinem bunkerartigen Haus lebte mit großem Blumengarten drum herum; wäre noch mehr Licht gewesen, hätten wir sein Haus, das wie hier üblich auf einer Warft errichtet war, vom Schöpfwerk aus sehen können. Zu diesem Maler hätte gepasst, was dort am Himmel vor sich ging: leuchtende Farben, dick aufgetragen, nur nicht kleinlich sein.

»Du hast recht«, sagte die Chefin. »Sehr schön ist das. Und es wird schon werden.«

Doch wir spürten, wie die Gedanken in ihr weiter kreisten und sich ihre Sorgen auch von einem noch so prächtigen Abendhimmel nicht vertreiben ließen. Es musste schon mehr aufgeboten werden, um sie zu beruhigen und ihr womöglich neue Zuversicht zu schenken. Das konnte eigentlich nur dieses Bild erreichen, ein aus Worten gemachtes Bild, das sich Mal um Mal vor unseren Augen zusammensetzte. Paul beschrieb es uns auf dem Rückweg, und so wie er das machte, konnten wir es wirklich vor uns sehen …

Es ist der Grenzkrug, seht ihr das, und er ist picobello in Schuss, vom Dach bis zum Keller hinunter. Lachende Menschen sitzen auf der Terrasse unter Sonnenschirmen, essen Kuchen mit reichlich Schlagsahne drauf und trinken dampfenden, starken Tee. Drinnen trägt sich eben eine Familie ins Fremdenbuch ein, deren Auto mit noch laufendem Motor vor der Tür steht. Zufällig sind sie hier vorbeigekommen, haben das hübsche Gebäude gesehen und sich kurzfristig entschieden, nicht, wie ursprünglich geplant, weiter Richtung Norden zu fahren, sondern ein paar Tage hier zu bleiben. Gemütlich sieht es ja aus. Mal sehen, ob noch ein Zimmer frei ist. Ja, Sie haben Glück. Wenn Sie einen Moment Geduld haben, helfen wir Ihnen, Ihr Gepäck hinaufzubringen. Oh, das machen wir gern. Und einen schönen Aufenthalt in Vidtoft!

Paul träumte uns dieses Bild vor, und immer war es ein wenig anders. Der Anbau etwa war auf diesem Bild herausgeputzt und zur Ferienwohnung umgebaut. Hübsch könnte das werden, wenn die Alten sich entschließen würden, zurück in die Wohnung unterm Dach zu ziehen: kleine Küche, Bad, Wohn- und Schlafzimmer. Ist doch ’ne Idee. Oder? Sollte außerdem nicht allzu schwierig sein. Ein Lächeln schlich sich beim Zuhören auf unsere Gesichter, weil es so schön war, was Paul uns da ausmalte. Genau so sollte es einmal sein. Das war die Zukunft, wie wir sie uns wünschten. Sogar die Chefin lächelte, auch sie konnte sich der Wirkung des Bildes nicht entziehen. Gelegentlich versuchte sie zwar, Paul zu bremsen, halt, nicht so schnell, du übertreibst, aber dann schüttelte er den Kopf und kam erst richtig in Fahrt, lass mal, bin gerade so schön in Schwung.

»Überhaupt«, sagte er, während wir auf den Vorplatz einbogen, »was passiert denn da hinter dem Haus, dort im Garten, meine ich? Da ist ja wohl einiges los. Kinderlärm ist das, würde ich sagen. Hört ihr es auch? Meine Güte, ein Krach. Da, jetzt sehe ich sie. Und ihr? Mal nachzählen, wie viele das sind, eins, zwei, drei … Moment mal, drei Kinder?«

»Hör auf, Paul.«

»Doch, doch«, fuhr er fort, ein breites Grinsen auf dem Gesicht, »es sind drei. Schau nur hin. Zwei Jungs, die, hol's der Teufel, exakt aussehen wie die zwei, die hier neben uns gehen. Aber wer ist das dritte Kind? Ist es ein Junge, ein Mädchen? Schwer zu sagen.«

Obwohl sie es zu verbergen suchte, bekamen wir mit, wie die Chefin rot wurde, erst ihre Wangen, dann die Ohren. Sie hasste es, wenn ihr das passierte, weil sie nichts dagegen tun konnte, und Nils und ich zwinkerten uns zu.

»Vielleicht irre ich mich ja auch«, sagte Paul.

»Bestimmt tust du das«, sagte die Chefin.

Wir wussten genau, worauf er anspielte. Es war uns schließlich nicht verborgen geblieben, was abends, spätabends mitunter im Elternzimmer vor sich ging. Ganz leise war von dort zu hören, was wir nicht hören sollten. Die Wände waren einfach zu dünn. Einmal schon, das Ohr gegen die Wand gelegt, hatte Nils gesagt: »Ich glaub ja, wir kriegen bald jemanden dazu. Diesmal hat's gesessen.« Er war der Ältere von uns, der in solchen Dingen Bescheid wusste. Und, tatsächlich, er sollte recht behalten.

Überhaupt schien sich ständig etwas zu tun, damals. Der Bauch der Chefin wuchs und wuchs. Die Alten zogen, kaum dass sie von Pauls Ferienwohnungsplan Wind bekamen, zurück in die alte Wohnung unterm Dach des Grenzkrugs, boten ihre Hilfe beim Umbau und auch sonst an, die angenommen wurde. Zimmer nach Zimmer leerte sich im Obergeschoss; selten, dass neue Gäste kamen.

Dann, an einem Aprilmorgen – Tante Eli und eine Hebamme waren bei der Chefin, Paul und der Olle Steensen tigerten in der Stube auf und ab und seufzten abwechselnd –, kam das Kind zur Welt. Ein Mädchen. Nane. Wunderschön war sie. Das sagten alle aus dem Dorf, die in den darauffolgenden Tagen vorbeischauten und Wochenbettsuppe brachten. Und so viele Haare!

Überall Bewegung. Überall Anfang.

Und jeden Morgen wieder weckte uns die Okarina. Zwei hohe, dann zwei absteigende Töne. Es war seltsam, aber für mich klang es fast wie: Alles ist gut.

Aber es war anders. Oder: Es war *auch* anders. Auf die eine oder andere Art hatte es mit dem Lieferwagen zu tun, der in regelmäßigen Abständen aus Nørreby über die Grenze gefahren kam und auf unserem Vorplatz haltmachte, immer um die Mittagszeit herum. Rechtzeitig vorher versammelte sich eine Gruppe von Männern bei uns in der Gaststube. Es waren dies der Fischer Jepp Kardell mit seinem Sohn Mats, der den väterlichen Betrieb bereits weitestgehend übernommen hatte, außerdem Jon Delffs, der einen Hof mit etwas Land gleich hinterm Schöpfwerk besaß, sodann unser Zeppelinveteran Morten Looß, Piet Phillippsen vom Dorfladen und der Olle Steensen, der der Gruppe gewissermaßen vorstand und es sich deshalb nicht nehmen ließ, ihr einen bezeichnenden Namen zu verpassen. Sie nannten sich *Die Aufrechten*, und bei jeder Versammlung, die sie anlässlich des bevorstehenden Lieferwagenbesuches im Grenzkrug abhielten, mussten sie, selbstverständlich, zunächst und vor allen Dingen einen Muntermacher aus Pauls Wunderkiste bekommen, damit sie das Trauerspiel, das sich in wenigen Minuten draußen auf dem Vorplatz ereignen würde, auch schadlos überstehen konnten.

Der Muntermacher war eine Neuerung, die wir Pauls Tätigkeit als Flüchtlingsbeauftragtem zu verdanken hatten. Auf seinen Fahrten übers Land hatte er die Makobens besucht, die außerhalb Vidtofts auf einem Hof untergekommen waren, und dort hinter vorgehaltener Hand erfahren, dass diese beiden, von denen das nun wirklich niemand erwartet hätte, sich schon seit Längerem aufs Schnapsbrennen verlegt hatten und damit ihren Lebensunterhalt recht gut bestritten. In einem Schuppen hinterm Haupthaus wurde ihre Brennhexe niemals kalt, und das, was sie dort zusammenbrauten, war, wie Paul nach einer Probe feststellte, durchaus genießbar. Es war klares Zeug, das nach Kartoffeln und Spiritus roch, angeblich aber vorzüglich schmeckte – kaum nach Kartoffel – und von dem wirklich niemand viel vertrug.

»Auf die Aufrechten unter uns!«, war der Trinkspruch der Männer, zu dem sie die Gläser erhoben und den Muntermacher mit eingefrorenen Mienen aus dem Handgelenk in sich hineinschütteten. Anschließend standen sie beieinander und warteten, hin und wieder kontrollierte jemand durchs Fenster die Lage draußen. In wenigen Minuten musste der Lieferwagen eintreffen. Vielleicht aber fand sich vorher auch noch die Gelegenheit für einen zweiten Muntermacher, einen dritten ... Nein, bedauerlicherweise nicht, denn schon bog der Lieferwagen auf den Vorplatz ein.

Es war ein Gefährt mit kastenartigem Laderaum und zu

kleinen Rädern, die eher an ein Pferdefuhrwerk gepasst hätten als an einen Wagen wie diesen. An beiden Seiten des Fahrerhauses stand mit dickem, an den Rändern leicht verlaufenem Pinselstrich *SYDSLESVIG HJÆLPEN* geschrieben, was so viel bedeutete, als dass dies ein Transport der dänischen Organisation war, die die Angehörigen der dänischen Minderheit auf dieser Seite der Grenze mit Hilfslieferungen unterstützte, mit Fresspaketen also. Der mit Holz verkleidete Laderaum des Wagens war vor nicht allzu langer Zeit frisch gestrichen worden; die dabei verwendete Farbe jedoch war schlecht gewesen, denn sie deckte nicht überall ab, was in übergroßer Schrift dort gestanden hatte: *WÄHLT DEUTSCH, ESST DÄNISCHEN SPECK!*

Es waren die Aufrechten, die für diesen Spruch verantwortlich zeichneten. Sie hatten einige Kinder und Jugendliche aus dem Dorf animiert, ihn in einem unbeobachteten Moment an den Lieferwagen zu schmieren, und sie dafür mit Leiter und Farbe ausgestattet. Die Aufrechten hatten sich nicht mehr anders zu helfen gewusst. Gemeindewahlen hatten bevorgestanden, und aus ihrer Sicht war Schlimmes zu befürchten gewesen. Nachdem die Zahl der Übertritte zu den Dänen in letzter Zeit auch in Vidtoft ständig zugenommen hatte, war ungewiss, ob am Ende genügend Stimmen für einen deutschen Bürgermeister zusammenkommen würden. Nur mit Mühe konnte noch behauptet werden, dass es sich bei den Dänen in Vidtoft um eine Minderheit handelte. Da musste natürlich etwas unternommen werden, und der an den Lieferwagen geschmierte Appell sollte als Aufforderung an die weniger überzeugten Neudänen verstanden werden, ihre Stimme trotz allem dem deutschen Bürgermeisterkandidaten – Jon Delffs' Bruder Matthias, einem unauffälligen Mann, der sich gerne aus allem heraushielt – bei der Wahl zu geben.

Ein Foto existierte, das die jungen Täter nach vollbrachter

Arbeit zeigte, in kurzen Hosen und Kniestrümpfen, die Arme fest vorm Bauch verschränkt oder lässig in die Seite gestützt. Die Farbeimer standen zu ihren Füßen, die Leiter lehnte an der Seite des Lieferwagens. Als ich dieses Foto bei einer Zusammenkunft der Aufrechten zu Gesicht bekam, erkannte ich darauf die Söhne des Dorfladenbesitzers, Heiko und Ove Philippsen, daneben die jungen Zinkekinder Hans und Ute, die sich dazugestellt hatten, obwohl sie als Flüchtlinge eigentlich wenig mit der ganzen Sache zu schaffen hatten, und ich sah Nils, der als Einziger einen hochgeschlossenen Mantel und geputzte Schuhe trug und dessen blondes Haar exakt in der Mitte gescheitelt war. Flott war das Wort, das Erwachsene benutzten, wenn sie ein derart herausgeputztes Kind sahen. Der Olle Steensen höchstpersönlich hatte Nils so zurechtgemacht, da er die Meinung vertrat, dass bei einer Aktion der Aufrechten selbstverständlich jemand aus der Familie in vorderster Front dabei sein musste; als inoffizieller Vorsitzender glaubte er, dies seinen Kumpanen schuldig zu sein, obgleich Nils sich erkennbar unwohl in seiner Haut fühlte. Reichlich unglücklich blickte er auf dem Foto in die Kamera.

Ich war erstaunt gewesen, als ich das Foto zum ersten Mal zu sehen bekam. Ich hatte nichts von allem mitbekommen, nichts von den Vorbereitungen und nichts von der Durchführung, und niemand hatte mich gefragt, ob ich mitmachen wollte. Doch das Gefühl, ausgeschlossen worden zu sein, verflüchtigte sich, als ich mitbekam, dass die Freude und der Stolz der Aufrechten ob ihres gelungenen Coups keineswegs einhellig waren. Zum einen war alles so gehetzt vonstattengegangen, dass die ersten Buchstaben des Appells viel zu groß gerieten und kaum genug Platz blieb, ihn vollständig lesbar auf der Seite unterzubringen; zum anderen schienen den Aufrechten die Maßnahmen, zu denen sie letzthin greifen mussten, um ihren Unmut zu äußern, selbst nicht ganz zu behagen. Zwar

war Matthias Delffs bei der späteren Gemeindewahl zum Bürgermeister Vidtofts gewählt worden, doch ob der Coup der Aufrechten irgendetwas damit zu tun hatte, war durchaus fraglich. Mehrfach hörte ich sie in der Folgezeit darüber sprechen, dass sie unter Umständen doch zu weit gegangen waren, und ich bemerkte, dass Paul hinter dem Tresen für sich nickte.

Den Aufrechten ging es bei allem darum, dass sie sich über die Dänen im Dorf ärgerten, weniger über die alten – wie die Madsens zum Beispiel oder Familie Pau, die schon immer dänisch gewesen waren, da konnte man halt nichts machen –, als vielmehr über jene Familien, die erst kürzlich übergetreten waren, aus durchsichtigen Beweggründen. Die Aufrechten waren überzeugt, dass sie allein der Fresspakete wegen die Seiten gewechselt hatten. Speckdänen, so nannten sie diese Familien, und etwas Schlimmeres war schwer vorstellbar. Allerdings begnügten die Aufrechten sich mittlerweile damit, sich an den Fenstern des Grenzkrugs zu postieren, das Treiben auf dem Vorplatz zu verfolgen und sich dabei, Verachtung im Blick, den einen oder anderen Muntermacher hinter die Binde zu kippen. Wollen mal schauen, wer diesmal umgefallen ist.

Nils und ich liefen nach draußen. Unter der Alten Eiche hatten sich bereits einige Leute aus Vidtoft aufgestellt, die verfolgten, wie der Lieferwagen vor- und zurücksetzte, bevor er in der Mitte des Vorplatzes stehen blieb. Der Motor wurde abgestellt, die Fahrertür geöffnet, und der Wikinger stieg aus.

»Hej!«, sagte er in die Runde, ging um den Wagen herum, öffnete die Heckklappe und kletterte in den Laderaum. Zügig legte er die Pakete zurecht, die für Vidtoft bestimmt waren, und obwohl es nicht nötig war, bewegte er sich dabei in gebückter Haltung, mit eingezogenem Kopf zwischen den Paketstapeln hin und her. Er war ein wirklich hünenhafter Mann, der es sich offenbar angewöhnt hatte, den eigenen Kopf nicht nur vor jedem Türrahmen und niedrigen Decken, sondern vorsichtshalber ständig einzuziehen. Seit Paul einmal von den Wikingern erzählt hatte, die vor Zeiten auch in unserer Gegend ihre Fahrten unternommen hatten, wilden Kerlen, die sich nahmen, was sie wollten, stellten wir sie uns wie diesen Fahrer vor mit seinem roten Kraushaar, dem fleckigen Vollbart und dem Troyer, den er bei jedem Wetter trug und unter dem er ständig und stark schwitzte. Allerdings plünderte dieser Wikinger nicht, ganz im Gegenteil, er brachte etwas mit, und für Nils und mich fiel immer etwas ab, Schokolade, Anisbonbons oder Lakritzstangen, das durften wir uns aussuchen. Nach der Sache mit den Schmierereien am Lieferwagen hatte Nils gezögert, ob er die angebotene Schokolade wirklich annehmen sollte, aber der Wikinger, der aus irgendeinem Grund Bescheid wusste, hatte ihn nur so lange mürrisch angeschaut, bis Nils ein Undskyld hervorbrachte.

Mehr und mehr Leute aus dem Dorf kamen auf den Vorplatz und reihten sich in die Schlange ein, die sich hinter dem Lieferwagen gebildet hatte. Wer dran war, schnappte sich ein Paket, grüßte den Wikinger und zog ab. Fast alle hatten es erstaunlich eilig. Sie hatten zu tun. Jede Menge. Leider. Und die umliegenden Gemeinden erwarteten bestimmt genauso sehnsüchtig den Wikinger mit seinem Lieferwagen. Keine Zeit, um viele Worte zu machen. Farvel og tak. Wenige nur blieben auf einen Plausch am Wagen stehen.

Waren alle Pakete für Vidtoft abgeholt und sämtliche Plausche beendet, begab sich der Wikinger stets noch zum dänischen Grenzhäuschen und nickte im Vorbeigehen Harro Knutzen und Lorenz Tidick zu, die wichtig dreinblickten, weil zur Abwechslung mal was los war. Eine kleine Weile oder auch länger unterhielt der Wikinger sich mit den Blauen, hatte es, ganz anders als die Vidtofter, keineswegs eilig weiterzukommen, und dies war der Moment gewesen, den die Aufrechten vor einigen Wochen für ihren Coup genutzt hatten.

Zu guter Letzt kam der Wikinger zurück an den Wagen, schloss die Ladefläche und sah die Männer hinter den Fenstern dabei unverwandt an. Da standen sie und warfen sich Blicke zu. Auf einmal lächelte der Wikinger, schüttelte den Kopf. Die Aufrechten kippten ihren Muntermacher. Wir sagten dem Wikinger Farvel, er verabschiedete sich auch, und abschließend bat er uns jedes Mal auf Deutsch, Paul von ihm zu grüßen.

Drinnen hatten sich die Aufrechten inzwischen warm geredet, der Muntermacher zeigte Wirkung. Gegenseitig zählten sie sich auf, welche Familien diesmal dazugekommen waren, und nur Jon Delffs hatte sich an einen Tisch in der Ecke zurückgezogen und starrte dort grüblerisch vor sich hin. Niemand hielt es für nötig, sich zu erkundigen, was mit ihm war. Alle hatten mitbekommen, wie Friedel Anders, mit dem Jon Delffs seit Jahren im Clinch lag wegen eines Feldes, das beide Familien für sich beanspruchten – ein sumpfiger Acker war das, auf dem eigentlich nichts wuchs –, an diesem Tag erstmals am Lieferwagen von Sydslesvig Hjælpen erschienen war. Gegrient hatte dieser Friedel Anders, als er sein Paket in Händen hielt, und war dann – sie hatten ihren Augen nicht getraut – arschwackelnd über die Dorfstraße davonstolziert. Jon Delffs hatte das die Sprache verschlagen, und seine Kollegen hielten es anscheinend für das Beste, ihn fürs Erste mit seinen Gedanken in Ruhe zu lassen. Irgendwann kommt der schon wieder zu sich.

Ihre Unterhaltungen verliefen immer ähnlich. Etwa so wie an diesem Tag:

»Wenn mir vielleicht mal einer erklären könnte, wie das möglich ist«, begann etwa Piet Phillippsen, »am einen Tag noch gut deutsch, am nächsten dänisch? Ist mir wirklich ein Rätsel, wie man das mit seinem eignen Gewissen ausmacht.«

»Da sagst du was«, sagte Jepp Kardell.

»Ich mein bloß«, fuhr Piet Phillippsen fort, »es muss doch

mehr dahinterstecken, als dass einem einfach unser Brot nicht mehr schmeckt und man sich einen Danebrog vors Haus hängt.« Das mit dem Brot war für ihn eine existenzielle Frage, die ihn seit Wochen belastete. Ein Bäcker hatte sich in Vidtoft niedergelassen, der sich dänisch nannte und bei dem die Dänen ihr Brød und ihre Rundstykke kauften.

»Traurig ist es auf alle Fälle«, sagte der Olle Steensen. »Denkt mal ein paar Jährchen zurück, da waren manche von denen, die sich heut ihr Fresspaket abholen, noch Hundertfuffzigprozentige.«

»Die Nazis sind bei den Dänen bestimmt nicht willkommen«, sagte Mats Kardell.

»Was heißt hier Nazis? Aber deutsch waren die, nix als wie deutsch, und kann sein, mancher von denen hat bestimmt auch braun gewählt, wie die meisten bei uns.«

»Was wär denn, wenn man heut noch mal 'ne Abstimmung machen würde?«, fragte Jepp Kardell. Es war zwar kein neuer Gedanke, den er damit anbrachte, doch jedes Mal, wenn jemand ihn aussprach, folgte betretenes Schweigen. »Drüben jedenfalls machen die schon wieder große Augen.«

»Wir müssen was machen«, sagte der Olle Steensen.

»Ja, was machen«, sagte Piet Phillippsen.

»So weit kommt es diesmal doch gar nicht«, sagte Mats Kardell. »Das werden die Engländer nicht zulassen.«

»Dein Wort in Montgomerys Ohren.«

»Hört mir bloß auf mit diesen ganzen Engländern«, mischte Morten Looß sich ein, der nur äußerst ungern an seine Kriegserfahrungen erinnert wurde. Von Tondern aus, gleich hinter der jetzigen Grenze, war er im vorletzten Krieg mit Zeppelinen Einsätze über London geflogen. Er sprach nicht gerne davon.

Darauf schwiegen alle einen Moment lang, stellten sich noch einmal am Tresen auf, um einen letzten, wirklich allerletzten Muntermacher zu bekommen, und da geschah es, dass Jon Delffs seine Sprache wiederfand und sich an Paul wandte: »Sag mal, Paul, würde mich wirklich brennend interessieren, was du so zu allem denkst.«

Paul füllte die in Reihe aufgestellten Gläser bis zum Rand. »Weiß gar nicht«, sagte er. »Ich kann die Leute schon verstehen, die sich ihre Pakete abholen. Würde ich vielleicht genauso machen, wenn ich müsste. Aber ich kann euch auch verstehen. Ich finde es nicht immer richtig, wer da draußen auftaucht.«

»Klingt wirklich sehr verständig von dir«, sagte Jon Delffs, »ist aber nix als große Scheiße.« Er schnappte sich seine Jacke und verschwand, ohne sein Glas zu leeren. »Schreib alles an.« Die Tür fiel knallend zu.

»Pardauz«, sagte der Olle Steensen.

Seltsame Stimmung auf einmal. Wie eine Pflicht, die erledigt werden musste, kippten die übrigen Aufrechten ihre Gläser, stellten sie zurück auf den Tresen und zogen ab. Kurz angebunden gaben sie sich. Tschüss denn. Alles anschreiben, wie immer, ist klar.

Paul sammelte gerade die Gläser ein, als Mats Kardell noch einmal in die Gaststube zurückkam. Er hatte seine Tasche vergessen, die an einem der Stehhocker lehnte, und als er sich hinunterbeugte, um sie aufzuheben, zog er ein Buch heraus, das er Paul zuschob. Es war ein dickes Buch, schwarz gebunden und so alt, dass sich die Seiten nach oben bogen. Es hatte offensichtlich Nässe abbekommen.

»Hätte ich fast vergessen, dir zu geben«, sagte er. »Du interessierst dich doch für Geschichte, hast du mir mal gesagt. Dann wird dir das bestimmt gefallen. Hab ich auf dem Speicher gefunden. Weiß gar nicht, wer sich das mal durchgelesen hat.«

»Das ist der Heimreich«, sagte Paul, »die Chronik von Nordfriesland.«

»Irgendwie so was, ja. Kannst was damit anfangen?«

»Und wie.«

»Dann schenk ich es dir. Mach damit, was du willst.«

»Vielleicht lese ich es«, sagte Paul und grinste.

»Wie du magst.« Plötzlich wurde Mats Kardell ernst. »Aber eins wollte ich dir noch sagen. So was wie gerade eben solltest du besser nicht zu oft von dir geben. Die Leute erwarten hier etwas anderes, als dass du für alle und jeden Verständnis aufbringst. Verstehst du? Schlimm genug, was du für die Flüchtlinge machst. Das gefällt so einigen nicht.«

Paul wirkte wie vor den Kopf gestoßen.

»Ich gehöre nicht dazu, das weißt du hoffentlich. Aber ich wollte es dir sagen.«

»Danke«, sagte Paul.

»Hmm.«

Als Mats Kardell endgültig gegangen war, schlug Paul den Buchdeckel auf und ließ ihn nach einem oberflächlichen Blick wieder zufallen. Achtlos wischte er mit einem Lappen über den Tresen. Dann grinste er, nahm sich das Glas, das Jon Delffs hatte stehen lassen, und trank es in einem Zug aus. Nicht dass er trank, war erstaunlich, sondern *wie* er trank: Er schüttete den Muntermacher mit der gleichen versteinerten Miene wie sonst die Aufrechten in sich hinein.

Es war das erste Mal, dass ich ihn aus Unsicherheit trinken sah.

Weiße, gestärkte Decken lagen auf den Tischen, Blumen standen in der Mitte, links und rechts davon Kerzen. Genügend Stühle waren vorhanden, und sollten wider Erwarten später mehr gebraucht werden, lagerten in der Abstellkammer weitere, die nicht so schön aussahen wie jene, die Paul in den letzten Wochen repariert und neu lackiert hatte, aber zur Not eben herhalten mussten. Die Fenster waren mit sauberen Stores verhängt. Neue Vorhänge gab es, auch wenn es die alten waren; in abendlicher Fleißarbeit hatte die Chefin sie so gut ausgebessert, dass es vermutlich niemandem auffallen würde. Der Parkettfußboden war gewischt und gebohnert. Die Wände waren frisch gestrichen, die Täfelung glänzte. Bis in den letzten Winkel war alles sauber. Nicht eine Spinnwebe mehr. Die Lampen brannten, auch der große Leuchter in der Mitte. In der Ecke, vor der kleinen Bühne, war eine Tanzfläche frei gehalten worden. Oben auf der Bühne, die nur wenige Zentimeter erhöht war, standen Musikinstrumente: ein Klavier, Bass, Schlagzeug, etwas zur Seite gerückt ein Akkordeon.

Das also war der Saal, *unser Saal*, man erkannte ihn kaum wieder. Extra für die heutige Feier, zu der jeder aus dem Dorf eingeladen war, der kommen wollte, war er derart hergerichtet und zum Festsaal herausgeputzt worden. Obwohl der Grenzkrug genau genommen nie geschlossen hatte, sollte an diesem Abend die Neueröffnung festlich begangen werden. Wochen, Monate der Vorbereitungen waren vorausgegangen. Immer wieder hatte es anderes zu tun gegeben, und auch wenn es zeitweise nicht danach ausgesehen hatte, als würden wir es irgendwann einmal schaffen, war es nun so weit. Bierkästen waren hinterm Tresen und in der Küche übereinandergestapelt, nicht viele, aber es war schon eine Sache, überhaupt beliefert worden zu sein. Flensburger Pilsener! Wir hatten kaum damit gerechnet, welches zu bekommen. Man konnte stolz darauf sein. Und bevor die ersten Gäste kamen, forderte Paul denn auch noch einmal die Familie auf, sich im Saal zu versammeln, damit wir uns gemeinsam vor Augen führen konnten, was wir in der letzten und eigentlich ziemlich kurzen Zeit alles erreicht hatten. Nach und nach trudelten alle ein, der Olle Steensen zuerst, dann Nils und ich, und selbst die Chefin und Tante Eli, die in der Küche bis über beide Ohren mit letzten Vorbereitungen beschäftigt waren, kamen, nachdem Paul sie ermahnt hatte, um den Saal zu bestaunen. Nicht schlecht. Kann man nicht anders sagen.

Mit Nane auf dem Arm, die müde und quengelig war, drehte Paul eine Runde. Er zeigte ihr die neuen alten Vorhänge, an denen sie vorsichtig ziehen durfte, führte ihr vor, was man mit einem Löffel und einem Glas für wundervolle Musik machen konnte, und apropos Musik – natürlich sollte Nane sich auch die Musikinstrumente einmal genauer ansehen. Dafür aber hatten die Chefin und Tante Eli nun wirklich keine Zeit mehr, sie waren ohnehin eher widerwillig Pauls Aufforderung gefolgt und machten sich Sorgen um Thea Zinke, die allein in der Küche war und das Essen bewachte.

»Einen klitzekleinen Augenblick nur noch«, sagte Paul und trat mit Nane auf die Bühne. Seiner Meinung nach durfte es sich niemand, vor allem nicht die Mutter und die Großmutter, entgehen lassen, wenn das Kind zum ersten Mal in seinem Leben Schlagzeug spielt. Vor dem großen Becken blieb er mit Nane stehen, erklärte ihr, dass das ein Becken ist, und klopfte mit einem Fingerknöchel dagegen, um ihr zu zeigen, was sie machen sollte. Doch das in Schwingung geratene Becken und das dumpfe Scheppern machten ihr Angst. Sie zappelte und weinte auf seinem Arm.

»Großartig, wirklich«, sagte die Chefin, nicht unfreundlich, aber doch voll innerer Unruhe. Gleich darauf verließ sie den Saal durch die Schwingtüren hinterm Tresen. Tante Eli folgte ihr auf dem Fuß.

Paul stand dort mit einem Mal wie neben sich. Nane schrie und kreischte auf seinem Arm und wollte erkennbar weg, bloß weg von diesem unheimlichen Ding, das neben ihr auf- und abschwang. Aber Paul reagierte nicht, war in Gedanken versunken, bis sich der Olle Steensen ein Herz fasste, auf die Bühne trat und ihm Nane abnahm, die, kaum dass sie auf einer anderen Schulter lag, sofort still wurde.

»Mach dir mal keinen Kopf«, sagte der Olle Steensen zu Paul. »Ihr habt das großartig hingekriegt. Hätte ich nie gedacht.« Und eilig verließ er mit Nane den Saal, die, wie er meinte, dringend ins Bett gehörte. Jetzt weinte sie wieder und wollte zurück auf den Arm ihres Vaters.

Paul stand noch immer auf der Bühne, doch nun strahlte er. Genau das hatte er offenbar hören müssen.

Brodelnde, verquarzte Luft. Ein Stimmenwirrwarr. Der Saal war bis zum letzten Platz besetzt, und ich stand am Rand und rätselte, wie um alles in der Welt ich es hinbekommen sollte, mit einem Tablett in den Händen ans andere Ende zu gelangen, ohne dabei jede sich bietende Schulter anzurempeln und alles verschüttet zu haben, bevor auch nur die Hälfte des Weges zurückgelegt war. Aber ich war schließlich gefragt worden, ob ich mir das zutraute, und ich hatte Ja gesagt, gar keine Frage. Dort hinten an einem der Tische war nämlich eine Bestellung aufgegeben worden, die man an die Bedingung geknüpft hatte, dass ich dort bediente. Mir war erklärt worden, wie ich gehen musste, um ans Ziel zu kommen, doch der Weg war weit und führte an Tischen vorbei, an denen ich bekannt war und ausgefragt wurde.

»Wen haben wir denn da?«

»Ich bin Jannis.«

»Ach so, ja, das wusste ich sogar«, sagte ein Mann, den ich zuerst nicht, dann aber als Lehrer Nølle erkannte. Obwohl in Pauls Alter, war er bereits so vergesslich wie ein altgedienter Studienrat, wovon Nils jeden Mittag, wenn er aus der Schule kam, berichten konnte. Das Einzige, was er niemals vergaß und worauf er allergrößten Wert legte, war, dass sein Name dänisch geschrieben wurde; warum ihm das so wichtig war, wusste keiner. Soviel bekannt war, kam er aus der Nähe von Göttingen und war alles andere als ein Däne. »Wann kommst du denn zu mir in die Schule?«, fragte er. »Alt genug bist du doch fast, oder?«

»Ja, fast.«

»Den anderen aus diesem Haus kenne ich ja schon. Wie heißt der noch gleich?«

»Nils.«

»Richtig. Also wann?«

»Weiß ich nicht«, sagte ich.

»Na ja.« Er hatte anscheinend bereits vergessen, worum es gegangen war, und eine Frau am selben Tisch, die ich in der Aufregung nicht einordnen konnte, fragte: »Jetzt sag mal ehrlich, magst du diese Musik hören?«

»Ja«, sagte ich und bewegte mich vorsichtig voran.

Zum Essen – Grünkohl mit allem, was dazugehört – und auch noch danach hatte es ruhige Schunkelmusik gegeben, begleitet vom Akkordeon. Dazu war vereinzelt gesungen worden, aber die Vidtofter waren keine großen Sänger, und wirkliche Stimmung war erst aufgekommen, als der Grenzer Harro Knutzen von seinem Tisch aufgestanden und zu Paul an den Tresen gegangen war. Dort hatten sie sich gegenseitig etwas ins Ohr geflüstert, sich anschließend die Hände gereicht, und seitdem wurde der Muntermacher ausgeschenkt, und die Musiker gaben ihr Bestes. *The Swinging Frisians* nannte sich die Band, die Paul den Gästen mit der Bemerkung vorgestellt hatte, dass er sie während der Gefangenschaft kennengelernt hatte, wo sie von Ort zu Ort getingelt war, um die Stimmung unter den Soldaten aufzubessern; der eine oder andere im Saal wird sich gewiss daran erinnern. Einige hatten genickt. Mittlerweile war die Band zu schnelleren Stücken übergegangen, und die Jüngeren und die Kleinen tanzten, während die Alten sitzen blieben und sich an ihren Getränken festhielten. Gerade spielten sie *In the Mood*, und die Zinketöchter und Hubbatschsöhne schwebten dazu eng umschlungen wie zu einem langsamen Walzer über die Tanzfläche und wechselten nach der Hälfte des Stückes untereinander die Partner.

Ich sah den traurigen Herrn Urbschat an einem der Tische sitzen, der seine Mädchen im Takt der Musik auf den Knien wippen ließ. Die Mädchen winkten mir zu. Am selben Tisch saßen auch die Makobens, die trotz der Enge und der Wärme im Saal ihre Mäntel nicht abgelegt hatten und den Eindruck machten, als wären sie jeden Augenblick bereit, aufzuspringen und zu verschwinden. Sie tranken Tee ohne alles und ließen die Finger von ihrem eigenen Muntermacher, wohl um die Aufmerksamkeit von Harro Knutzen nicht unnötig auf sich zu ziehen, der am Nebentisch mit seiner Frau Gyde und Frauke Tidick zum wiederholten Mal anstieß und seinen Spaß hatte. Es gab etwas zu feiern, denn die Grenzangelegenheiten in Vidtoft waren seit wenigen Tagen wieder allein die Sache von Knutzen und Tidick. Die Engländer hatten die Aufgabe abgetreten, nicht nur hier natürlich, und würden den Grenzern von nun an, wenn sie es denn je gemacht hatten, nicht mehr ins Handwerk pfuschen. Eine Flagge war eingeholt, eine neue gehisst worden, womit die Veränderungen auch schon ein Ende hatten. Der Übergang blieb weiterhin geschlossen. Trotzdem: Endlich war man wieder sein eigener Herr, und das musste begossen werden. Lorenz Tidick schob an diesem Abend draußen den Dienst und kam dann und wann auf einen Sprung und einen Muntermacher herein, wenn Harro Knutzen ihn für eine Viertelstunde ablöste. Die Hubbatschs bemerkte ich aus den Augenwinkeln.

Ich stellte mich an die Seite des Saales und versuchte, mir einen besseren Überblick zu verschaffen. Hier waren die Tische mit den Flüchtlingen, dort der Grenzertisch, daneben Lehrer Nølle und die mir noch immer unbekannte Frau. Matthias

Delffs, der Bürgermeister, redete gerade auf sie ein. Weiter hinten hatten die Aufrechten samt Frauen Platz gefunden, natürlich ohne den Ollen Steensen und Tante Eli, die zu tun hatten. Schließlich kamen die dänischen Familien, also Madsens, Paus, Ingwersens, ich konnte nicht alle sehen. Und ganz hinten stand der Tisch, an dem ich erwartet wurde. Alles war, ohne dass es eine Sitzordnung gegeben hätte, streng nach Zugehörigkeiten aufgeteilt. Man hätte meinen können, dass zwischen den Tischen unsichtbare Markierungen verliefen, mit denen die Territorien abgesteckt waren. An einem Tisch sprach man deutsch, am nächsten dänisch. Überall wurde geraucht.

Bewegung kam immer dann auf, wenn die Band eine Pause einlegte und die Tänzer an ihre Plätze zurückkehrten, um etwas zu trinken, oder wenn die Chefin und Tante Eli sich durch die Reihen zwängten, die Tabletts mit den bestellten Getränken über den Köpfen balancierend. Die meiste Zeit hielt sich Paul hinterm Tresen auf, wo er zusammen mit dem Ollen Steensen den Ausschank erledigte, und nur gelegentlich machte auch er eine Runde durch den Saal. Anscheinend war er bester Stimmung, lachte viel, sehr viel, und ich sah ihn von Tisch zu Tisch gehen und sich mit den Gästen unterhalten. Man zeigte sich erfreut, wenn er kam, lud ihn ein, Platz zu nehmen. Er lehnte freundlich ab, keine Zeit, und setzte seine Runde fort.

Hörte er es? Bekam er mit, wie man ihm nachblickte, wenn er am Nebentisch stehen blieb und die Sprache wechselte? Spürte er das Misstrauen, mit dem er beobachtet wurde? Ich sah es und wagte nicht zu verstehen, was es bedeutete.

»Was machst du hier?«, fragte Paul, der auf einmal neben mir stand. Es war ein anderer Paul als der, den ich kannte. Diese Starrheit in der Haltung. Der angespannte Blick.

»Ich bin da nicht durchgekommen«, sagte ich.

»Dann geh doch außen rum.« Er schob mich unsanft an.

Ein Mann, nicht groß, aber das konnte täuschen. Er saß an der hinteren Seite des Tisches, mit dem Rücken zur Wand, mehrere leer getrunkene Gläser vor sich, und mit einem Auge überblickte er das Treiben im Saal, abschätzig vielleicht, zumindest belustigt. Dort, wo das zweite Auge hätte sein müssen, rechts oberhalb der Nase, saß eine Klappe, die von einem schmalen Band gehalten wurde, das über der tief liegenden Nasenwurzel, der Braue, dann über beiden Ohren um den Kopf herum verlief und sich ein gutes Stück in die Kopfhaut hineindrückte. Vor allem das nahm ich wahr, als ich an den Tisch herantrat, und schon im nächsten Moment wusste ich, mit wem ich es zu tun hatte.

Sein Haubarg überragte alles weit und breit, dieses riesenhafte Gebäude auf der anderen Seite des Tiefs, unter dessen reetgedecktem, steil ansteigendem Dach alles Platz hatte, der Stall, die Lagerräume, die Wohnung. Etwas außerhalb Nørrebys stand es auf einer breit angelegten Warft, und die meisten Felder drum herum sowie ein Teil des Tiefs gehörten zu diesem Anwesen, das eigentlich untypisch für diese Gegend war und nicht so richtig hierher gehörte – genau wie der Mann selbst, der es dort hingesetzt hatte und den man Lüders nannte. Einfach Lüders. Mit seiner Augenklappe und der Prinz-Heinrich-Mütze wirkte er weit weniger bedrohlich, als ich ihn mir nach den Geschichten vorgestellt hatte, die Nils über ihn wusste. Bei Nils hatte es viel mehr nach Pirat geklungen, wenn er davon berichtete, wie dieser einäugige Lüders täglich mit seinem Boot übers Tief gepaddelt war, um hier in den Grenzkrug zu gehen. Vor meiner Zeit in Vidtoft war das gewesen, noch während des Krieges, als Lüders einer der Auserwählten war, die einen Grenzpass besaßen und nach Lust und Laune zwischen den Ländern hin und her pendeln konnten. Er hatte zu den Deutschen in Dänemark gehört, die die Besatzungsarmee belieferten. So einer war das, sagte man, wenn man über ihn sprach, und krauste bedeutungsvoll die Stirn. Außerdem erzählte man gerne und immer wieder von den Abstimmungstagen, als dieser Lüders sich mit beiden Seiten gleichermaßen verkrachte, weil er Verfechter eines dritten Weges war und, anders als die Dänen, anders auch als die Deutschen, von einem unabhängigen Schleswig zwischen den beiden Ländern träumte. Der Bauernrepublik Schleswig. Oder auch einfach Lüders' Land. Eigenes Geld hatte er bereits drucken lassen und in Umlauf gebracht. Eine Bürgerwehr hatte er zusammengestellt, um seine politischen Träume notfalls mit Waffengewalt durchzusetzen. Sehr bald aber war alles im Sande verlaufen, die Aufregung legte sich, die Abstimmung brachte das bekannte Ergebnis, und übrig blieben Geschichten über Lüders und seine paar Mitstreiter; der Olle Steensen soll ganz kurz dazugehört haben, aber darüber sprach niemand. Nicht selten zauberte ein Vidtofter, wenn es ans Zahlen ging, zum Spaß einen Lüders-Schein aus dem Portemonnaie hervor mit der Bemerkung: »Ach, sag bloß, der ist nichts mehr wert? Gibt's das? Dann muss ich mal Lüders fragen, ob der mir das nicht einwechseln kann.« Großes Gelächter. Das waren Zeiten damals. Haha.

»Da kommt ja endlich der Nachschub für uns«, sagte Lüders.

Friedel Anders und dessen Frau Gudrun, die neben ihm am Tisch saßen, waren mir bislang entgangen. Gudrun Anders starrte ihrem Mann, der Mühe hatte, seine Pfeife in Gang zu bekommen, ausdruckslos ins Gesicht.

»Guten Abend«, sagte ich und stellte das Tablett auf dem Tisch ab. »Hatten Sie das bestellt?«

»Ganz richtig«, sagte Lüders. »Aber kannst ruhig Du zu mir sagen. Bin Lüders.«

»Ich weiß«, sagte ich.

»Na denn.«

Alle drei nahmen sich ein Schnapsglas vom Tablett, sodass

eines übrig blieb, das natürlich nicht für mich gedacht sein konnte.

»Ich hab wohl zu viele mitgebracht«, sagte ich.

»Nee, nee, ist schon recht so«, sagte Lüders und winkte mich um den Tisch herum. »Lass dich mal anschauen. Das also ist Jannis.« Etwa in Armlänge hielt er mich auf Abstand, legte den Kopf schief und kniff sein Auge etwas zusammen. Er lächelte, und ich lächelte auch. »Wusst ich's doch, dass der Paul auch was Ordentliches aus der Gefangenschaft mitgebracht hat und nicht bloß diese verrückten Musikanten da vorn.«

Ich sah ihn an.

»Paul hat dich doch mit hierhergebracht?«, fragte er. »Als er zurückgekommen ist?«

»Nein«, sagte ich. »Ich war schon da.«

»Aber du kommst doch von Eiderstedt?«

»Ich weiß nicht.«

Paul stand auf einmal hinter mir und legte mir eine Hand auf die Schulter. Ich hatte ihn nicht kommen sehen, deshalb blickte ich nach oben, um herauszufinden, wessen Hand das war, deren leichten Druck ich mit einem Mal verspürte. Es war der andere Paul, der da hinter mir stand.

»Tag, Lüders«, sagte er.

»Mensch, Paul, Tag auch. Das freut uns aber zu und zu sehr, dass du unsern Tisch auch einmal beehrst. Wo du dich ja mit aller Welt so gut zu verstehen scheinst.«

Die Hand auf meiner Schulter drückte fester zu, ganz leicht nur, aber spürbar.

»Jannis und ich«, fuhr Lüders fort, »wir sprachen gerade über Eiderstedt. Da kommt er doch her, oder?«

»Ja«, sagte Paul.

»Du siehst deiner Mutter schon ähnlich«, sagte Lüders zu mir.

»Kanntest du sie?«, fragte ich.

»Sicher«, sagte Lüders. »Inken. Inken Hamkens. Hat auf demselben Hof gearbeitet wie ich. Als Hauslehrerin. Ist schon ziemlich was her. Du musst nämlich wissen, ich komme ursprünglich auch von Eiderstedt, bin nur irgendwann hierhergezogen in meinen hübschen Haubarg drüben. Eiderstedt, das ist 'ne Halbinsel, ein Stück südlich von hier. Wusstest du das?«

Ich schüttelte den Kopf und wartete auf die Fortsetzung.

»Du hast ihm nie erzählt, wo er herkommt?«, fragte er Paul. »Warum nicht?«

»Weil er mich nicht danach gefragt hat«, sagte Paul. »Darum. Wenn er es hätte wissen wollen, hätte er mich fragen können. Jederzeit. Und das weiß er auch.«

»Eiderstedt haben die Engländer nach dem Krieg zu einem großen Auffanglager für Soldaten gemacht«, sagte Lüders, wieder an mich gerichtet. »Und dort hat Paul dich kennengelernt. Auf dem Hof, auf dem deine Mutter gearbeitet hat. So war es doch, Paul?«

»Ja.«

Lüders nahm das übrig gebliebene Schnapsglas vom Tablett und schob es Paul hin. »Hier, lass uns auf unser Wiedersehen anstoßen. Hatte mir schon gedacht, dass du bei uns vorbeischauen würdest.«

»Besten Dank«, sagte Paul. »Aber ich will lieber einen klaren Kopf behalten.«

»Hab dich doch nicht so.«

»Meine Mutter ist tot«, sagte ich. »Paul hat es mir erzählt.«

»So«, sagte Lüders. »Dann stimmt das auch. Tut mir wirklich leid für dich. Ehrlich.«

Paul zog mich näher zu sich heran, drückte mich gegen seinen Bauch. Plötzlich meldete sich Gudrun Anders zu Wort und erhob ihr Glas.

»Lass uns anstoßen, Paul. Skål!«

Alle drei am Tisch tranken.

»Wie war es denn im Lager?«, wandte Paul sich an Lüders.

»In Frøslev? Kann mich nicht zu sehr beklagen. Bin seit einer Woche zurück. Die Dänen haben mich halt ein bisschen dabehalten wegen meinen Arrangements mit der Wehrmacht damals. Gott hab sie selig.«

»Als Kriegsgewinnler haben sie dich dabehalten, meinst du wohl.«

»Richtig, als værnemager.«

»Und?«

»War doch ihr gutes Recht«, sagte Lüders. »An deren Stelle hätte ich's nicht anders gemacht.«

»Wie einsichtig von dir«, sagte Paul. »Und in dir darf man nun also einen zum Dänen geläuterten Deutschen sehen?«

»Gewissermaßen, ja«, sagte Lüders. »Warum auch nicht? Man muss halt sehen, wo man bleibt. Eigentlich ist es doch ganz einfach. Ich jedenfalls geh danach, wo ich meine Kartoffeln am besten loswerde und man mir am wenigsten reinredet. Und du, Paul?«

»Bisschen sehr einfach. Findest du nicht?«

»Denkst du anders?«

»Vielleicht sollte man Kartoffelpreis und Nationalität einfach etwas auseinanderhalten. Dann hätten wir hier wahrscheinlich auch weniger Ärger.«

Ganz langsam lehnte Lüders sich in seinem Stuhl zurück, blickte zuerst Friedel Anders, dann Gudrun an und fragte schließlich: »Was ist denn los mit dir? Hab ich dir was getan? Das sind ja ganz neue Töne von dir.«

Paul antwortete nicht.

»Ich will dir jetzt mal was sagen«, sagte Lüders und beugte sich wieder vor. »Du gehörst mit Sicherheit zu den Letzten, die das Maul aufreißen sollten. Geht dich alles nix an. Gar nix. Du bist nicht von hier. Und dann mischt man sich besser nicht ein. Vergiss das nicht.«

»Du bist auch nicht von hier.«

»Aber lang genug da.«

»Wann ist genug?«

»Tja, das ist so die Frage.«

Lüders sagte dies auf die gleiche Art wie alles andere auch. Jemand, der das Gespräch aus der Entfernung verfolgt hätte, wäre sicher nicht auf die Idee gekommen, dass sie sich stritten. Auch ich bekam es erst nach und nach mit. Aber worum ging es eigentlich zwischen ihnen?

»Es ist doch so«, sagte Lüders. »Du kannst nicht einfach hierherkommen, alles umkrempeln wollen und gleichzeitig glauben, mit allen auf gutem Fuß stehen zu können. Das geht so nämlich nicht.«

»Wer sagt, dass ich das denke?«, fragte Paul.

»Du glaubst doch zum Beispiel, es wär 'ne gute Sache, diesen Flüchtlingen zu helfen. Schöner Zug von dir, wirklich. Aber das ist ganz und gar dein Bier. Es gibt genügend andere, die dir das Gegenteil sagen, und die haben nicht weniger Gründe dafür als du. Das bekommst du doch auch mit? Oder etwa nicht? Und das ärgert dich doch bestimmt. Aber natürlich sagst du nix. Willst dich um Gottes willen nicht mit ihnen anlegen. Stimmt's, oder hab ich recht?«

»Kann sein.«

»Immer freundlich, unser Paul. Immer verständig.«

»Was soll das Ganze hier eigentlich?«, fragte Paul. »Was willst du von mir?«

»Also, wenn du das noch nicht mitgekriegt hast«, sagte Lüders und schüttelte den Kopf. »Dann vielleicht so: Schau dich mal um.« Er machte eine kreisende Armbewegung, aber Paul blieb in meinem Rücken stehen wie bisher. »Da hast du fast alles, was Vidtoft so zu bieten hat. Hübsch zusammengewürfelten Haufen, würde ich das nennen. Und? Wo ist dein Platz unter ihnen? Sag mir das mal.«

»Ich habe keinen bestimmten.«

»Eben.«

Ich drehte mich zu Paul um, der mich nicht länger festhielt. Aber war das wirklich Paul, den ich da vor mir hatte?

»Wenn du wüsstest, wie kleinkariert das alles klingt«, sagte er.

»Kleinkariert, findest du?«, fragte Lüders. »Kann sein, dass wir das sind. Das ist wohl so, wenn man lebt, wie wir hier leben.«

Paul sagte nichts weiter, er verschwand, und als ich mich mit einem Nicken verabschiedete und ihm durch die Gänge folgte, hörte ich noch einmal Lüders: »Was Kirsten an dem wohl findet.« Er gab sich keine Mühe, seine Stimme zu dämpfen.

Ich hoffte, dass Paul es nicht mitbekommen hatte.

Hinterm Tresen erwartete die Chefin uns bereits. Sie blickte uns eigenartig besorgt an. Was ist denn, schien sie fragen zu wollen, tat es jedoch nicht. Sie sah Paul an, als er sich auf den Tresen stützte, die Augen schloss und durchatmete. Einen Moment zögerte sie, bis sie ihm den Zettel mit den Bestellungen hinschob. Er griff danach, starr der Blick, und machte seine Arbeit. Bierflaschen entkorken. Gläser aufreihen. Einschenken. Alles auf ein Tablett stellen. Fertig. Als die Chefin mit dem Tablett davonging, nahm er sich selbst ein Glas. Füllte es. Trank.

Sperrstunde war längst vorbei. Die meisten Gäste waren rechtzeitig aufgebrochen, um keinen Ärger mit den Engländern heraufzubeschwören, die gerne mal in ihren Jeeps durchs schlafende Vidtoft fuhren und die Einhaltung der Sperrstunde kontrollierten, und nur ein paar, die sich nicht mehr in der Lage gesehen hatten, den Weg nach Hause anzutreten – Gudrun Anders etwa gehörte dazu –, hatten mit den beiden Zimmern im Obergeschoss vorliebnehmen müssen, die wir vorsorglich hergerichtet hatten, eines für die Frauen, eines für die Männer, paar Matratzen rein, Kopfkissen, Wolldecken, da konnten sie ihren Rausch ausschlafen. Auch die Musiker waren früh abgezogen, sie hatten ein weiteres Engagement in dieser Nacht bei den Engländern, bei denen es anscheinend auch irgendetwas zu feiern gab. Im Grenzkrug war alles wie mit einem Schlag vorbei gewesen. Die Türen zu und Licht aus.

Alles schlief bereits, als Nils und ich uns noch einmal aufmachten. Die Stille im Haus war uns verdächtig vorgekommen, irgendwie unheimlich. Wir schlichen zunächst die Treppe ins Obergeschoss hinauf, ohne eigentlich zu wissen, was wir oben suchten, und fuhren auf der letzten Stufe erschrocken zusammen, als wir Stimmen hörten, Gekicher, Geraschel. Im Halbdunkel des Ganges, der von einer verhangenen Lampe auf einem Tischchen schwach erleuchtet wurde, sahen wir vor dem Zimmer der Zinketöchter Ulla und Karl Hubbatsch. Oder es waren Gitte und Joachim. Jedenfalls standen dort eine Zinketochter und ein Hubbatschsohn und waren beschäftigt. Die Zinketochter kniete vor dem Hubbatschsohn, mühte sich an dessen Hosengürtel ab, der sich einfach nicht öffnen ließ. Oben gab der Hubbatschsohn sich lässig, griff mit einer Hand nach der Gürtelschnalle, öffnete sie und packte gleich darauf in die Haare der Zinketochter, die er durchwühlte. Eine Hand fuhr in ihren Ausschnitt, knetete da herum. Die Zinketochter blickte nach oben. Soll ich, oder soll ich nicht? Der Hubbatschsohn brachte kein Wort hervor. Ja oder nein?

»Die können wohl gar nicht abwarten, bis sie dran sind«, flüsterte Nils.

»Womit?«, fragte ich leise zurück.

»Na, du weißt schon«, sagte er und schlug sich mit der rechten Hand auf die linke, die er zur Faust geballt hatte. Patsch. Nils erschrak selbst über das Geräusch, starrte mich mit großen Augen an, und gerade noch bekamen wir mit, wie der Hubbatschsohn blitzschnell seinen Gürtel aus der Hose zog und, während er zur Treppe stapfte, wie mit einer Peitsche in unsere Richtung schlug. Wir flüchteten polternd nach unten, hockten uns unter die Treppe, lauschten, aber oben blieb es still, keine Schritte auf den Stufen.

Auf einmal krachte es hinter der Tür zur Gaststube. Wir fuhren zusammen. Nils meinte sofort, dass wir uns darum nicht kümmern sollten, was auch immer es gewesen sein mochte. Oder wer. Er jedenfalls wollte keinen weiteren Ärger verursachen und blickte sich um; den Niss erwähnte er nicht, aber er dachte offensichtlich an ihn. Seiner Meinung nach sollten wir besser sehen, dass wir ins Bett kamen, und zwar schnell. Ich aber hatte die Klinke bereits heruntergedrückt und die Tür zur Gaststube geöffnet.

Niemand war zu sehen. Die letzten Kerzenstummel brannten auf den Tischen herunter, dicker Qualm wallte zu den angelehnten Fenstern des angrenzenden Saales, es war kalt. Vor dem Tresen lag ein umgestürzter Stehhocker, das Sitzkissen war unter einen der Tische gerutscht. Nils richtete den Hocker auf, ich holte das Kissen unter dem Tisch hervor.

»Gut«, sagte Nils, »und jetzt lass uns abhauen.«

Und dann, ganz leise, hörten wir einen Ton.

Es ist die Okarina. Wir gehen um den Tresen herum und sehen Paul, der, den Rücken gegen die Kiste mit dem Muntermacher gelehnt, auf dem Boden sitzt und auf der Okarina spielt. Es ist immer die gleiche Melodie, erst zwei hohe, dann zwei absteigende Töne. Erst als er nach der Flasche greift, die neben ihm auf dem Boden steht, nimmt er uns wahr und fordert uns in feierlichem Ton auf, uns zu ihm zu setzen.

»Wie schön, dass ihr da seid«, sagt er.

Wir setzen uns zu ihm auf den Boden.

»Was ist denn passiert?«, fragt Nils und deutet in die Richtung, wo hinterm Tresen der Hocker gelegen hat.

»Nix, was soll schon passiert sein«, sagt Paul mit schleppender Stimme. »Hab mich hinsetzen wollen. Hat aber nicht geklappt.«

Wieder spielt er auf der Okarina, die immer gleiche Melodie. Er hält sie zwischen seinen zitternden Fingern. Ich kann es nicht mit ansehen und bitte ihn, sie mir zu geben. Und das tut er auch.

»Gute Idee«, sagt er. »Jannis soll uns was vorspielen. Das kannst du doch, oder nicht?«

Ich lege die Okarina auf den Tresen über mir und sage: »Du wolltest heute doch nichts trinken.«

»Jaja«, sagt er und ist noch immer bei der Okarina. »Die hat eine Geschichte. Wie alles. Und am Ende der Geschichte, da steht man selbst. Versteht ihr das?«

Wir sagen, dass wir es verstehen.

»Na, das glaub ich euch aber nicht. Ich versteh's ja selber nicht.«

Über meinen Kopf hinweg schnappt er sich die Okarina, setzt sie an den Mund, spielt die Melodie. Und dann erzählt er uns die Geschichte.

Ein letztes Mal noch mussten sie sich aufstellen, wie sie es in den zurückliegenden Jahren immer und immer wieder getan hatten. Es nieselte, schon den ganzen Morgen. In Sichtweite des Pritschenwagens, die Entlassungspapiere in den Taschen, standen sie in Dreierreihen vor der Kommandantur des Lagers und erwarteten die Prozedur, die ihnen als Letztes noch bevorstand: das Abwracken. Gerade kamen sie vom Entlausen, sodass der deutsche Leutnant, der als Erster aus der Kommandantur zu ihnen trat, meinte, einen Scherz machen zu müssen.

»So wie ihr stinkt, solltet ihr froh sein, wenn eure Frauen euch überhaupt reinlassen«, sagte er.

Die Soldaten lachten.

Abwracken, das bedeutete: Alle Auszeichnungen, Schulterklappen, Sterne und Führerscheine mussten abgeliefert werden, aber auch Fotografien und Briefe, andere Erinnerungsstücke. Was man behalten durfte, hatte allein der Officer zu entscheiden, der jetzt ebenfalls aus der Kommandantur kam und in der letzten Reihe seine Kontrollen begann. Dinge, die sie unbedingt behalten wollten, hatte der Leutnant ihnen zuvor eingeschärft, sollten sie unauffällig an bereits kontrollierte Kameraden weiterreichen, könnt ihr doch bestimmt, und mit ein bisschen Glück bemerkte es niemand.

In der zweiten Reihe vorn stand Paul. Ihm blieb genügend Zeit zu überlegen, was er mit den Sachen anstellen wollte, die er bei sich trug. Ein zusammengeschnürter Packen Briefe und Postkarten von der Chefin. Jener eilig beschriebene Zettel, den sie ihm zugesteckt hatte, als er zum ersten Mal durch Vidtoft gekommen war. Ein Foto der Familie. Ein zweites, das nicht für ihn, sondern für mich bestimmt war. Und die Okarina, die er in ein graues Taschentuch eingewickelt hatte. Nichts davon hätte er freiwillig hergeben wollen, aber ihm war klar, dass er nicht alles vor den Augen des Officers würde verbergen können. Er musste eine Auswahl treffen, und er begann zu frieren.

Plötzlich hörte er hinter sich Geschrei und dann das Wimmern eines Soldaten, dessen heimlicher Rettungsversuch aufgeflogen war. Ausnahmslos landeten alle Sachen dieses Soldaten in der Kiste, die der deutsche Leutnant neben dem Officer hertrug und in der sich mittlerweile unterschiedlichste Dinge befanden: Abzeichen und Zigarettenschachteln, Bleistifte, Briefe, eine Mundharmonika, Feuerzeuge und nun auch eine

Sammlung seltener Muscheln, die der wimmernde Soldat nicht hatte hergeben wollen.

So was sollten sie besser nicht noch einmal versuchen, riet der Officer ihnen in schlechtem Deutsch, es sei denn, sie wollten noch etwas hierbleiben, und als er wenig später vor Paul stand, zeigte der ausnahmslos alles vor, was er hatte. Er fror immer stärker.

Zunächst trennte der Officer mit einer Nagelschere die Schulterklappen von Pauls Uniformjacke ab und warf sie zusammen mit dem Packen Briefe in die Kiste. Die beiden Fotos interessierten ihn nicht, aber er forderte Paul auf vorzuzeigen, was sich in dem Taschentuch befand. Ungeduldig wartete der Officer, während Paul den doppelten Knoten öffnete. Paul wusste, dass die Entscheidung längst getroffen war. Er konnte nichts dagegen machen.

»What's that?«, fragte der Officer nach einem Blick auf die Okarina.

»A flute, Sir«, sagte Paul. »Very old. From ancient times.«

»Rubbish«, beschied der Officer, knüllte das Tuch um die Okarina zusammen und warf sie in die bereitgehaltene Kiste. Paul wollte etwas einwenden, aber der Leutnant schüttelte scharf den Kopf und befahl ihm, Haltung anzunehmen. Das tat Paul und zitterte.

Nachdem alle Soldaten auf dem Pritschenwagen Platz gefunden hatten, schloss der Leutnant die Heckklappe und ließ ein paar Sprüche fallen, die die Soldaten aufmuntern sollten. Einige lachten tatsächlich. Schräg gegenüber von Paul saß der Soldat, der seine Muschelsammlung eingebüßt hatte, und noch immer wimmerte und schluchzte er leise.

»Gute Fahrt«, rief ihnen der Officer zu, bevor er in die Kommandantur zurückging.

Paul konnte nicht aufhören zu zittern, und unentwegt musste er den wimmernden Soldaten anschauen. Er fragte sich, ob er selbst nicht eigentlich genauso empfand. Ob es ihm nicht guttäte, ebenfalls zu wimmern. Aus den Augenwinkeln sah er, wie der Leutnant, gerade als der Wagen anfuhr, einen kurzen Moment die Kiste über die Heckklappe hielt und mit ein, zwei Schaufelbewegungen das auf den Pritschenwagen kippte, was möglich war. Der Soldat sprang sofort auf und suchte nach seinen Muscheln. Ohne Erfolg. Paul beobachtete ihn und bekam zunächst kaum mit, wie ein Nachbar ihm das Taschentuch mit der Okarina in den Schoß legte. Er nahm das Tuch in die Hand und fühlte durch den Stoff, dass die Okarina alles unbeschadet überstanden hatte.

Es war Zufall gewesen.

Oder, mehr als das: Glück.

Auf einmal taucht die Chefin hinter dem Tresen auf, sie sieht zu uns herunter, und Paul verschränkt die Arme vorm Gesicht und brüllt: »Hau bloß ab! Lass mich in Ruhe, du dämliche Schlampe!« Wie abgesprochen rücken Nils und ich ein Stück von ihm weg.

Die Chefin sagt nichts. Sie steht nur da.

»Glaubst wohl, ich krieg nicht mit, was die Leute sich über dich erzählen? Ich bin doch nicht bescheuert. Das brauchst du nicht zu denken.«

Noch immer steht die Chefin da und sagt nichts.

»Wär nicht alles so lächerlich, könnt's glatt tragisch sein. Ich betrunken, weil meine liebe Gattin, während ich nicht da bin, munter mit dem Einäugigen rumvögelt. Nix als 'n schlechter Witz ist das doch. Ehrlich.«

Er lacht. Aber es klingt unecht. Und die Chefin steht da und schweigt. Plötzlich greift Paul nach der Flasche, holt weit aus. Er will sie an der Chefin vorbei gegen die Wand schleudern. Wir ducken uns.

Was ist? Warum macht er es nicht?

»Lass das sein«, sagt die Chefin, »bitte.«

Paul stellt die Flasche ab, ist mit einem Mal ganz ruhig.

»Ich versteh dich nicht«, sagt die Chefin. »Sonst gibst du auch nichts darauf, was die Leute sich über dich zusammenerzählen.« Sie beugt sich zu ihm hinunter. »Die reden und reden. Und vor allem Quatsch.«

Jetzt weint Paul. »Ich weiß doch auch nicht«, sagt er.

»Lass sie reden«, sagt die Chefin. »Lass sie.«

Noch während sie ihn aus der Gaststube führt, weint Paul, und Nils und ich bleiben hinterm Tresen sitzen und wissen lange nichts zu sagen.

Danach muss sie begonnen haben, diese Unruhe in mir. Ich nahm Paul mit anderen Augen wahr, und mir fielen Dinge an ihm auf, die mir vorher entgangen waren oder die ich für selbstverständlich gehalten hatte. Die Chefin bestimmte, was anstand – Einkaufen, Bestände kontrollieren, Fenster putzen –, und Paul erledigte alles ohne Murren, aber er erledigte es eben nur; es war nichts, was von ihm selbst ausgegangen wäre. Die alltäglichen Aufgaben interessierten ihn nicht, und sooft sich eine Gelegenheit bot, zog er sich zurück. Wurde er nicht gebraucht, verschwand er in dem Bürozimmer, das hinter dem Elternschlafzimmer lag, und blieb dort so lange, bis ich ihm Bescheid sagte, dass seine Hilfe benötigt wurde. Jedes Mal lief das auf die gleiche Art ab. Nach leisem Anklopfen öffnete ich die Tür, trat ein, und es dauerte einige Zeit, ein, zwei Minuten, bis er von dem Buch aufschaute, in dem er, am Schreibtisch sitzend, gelesen hatte. Dabei machte er den Eindruck, als müsste er sich erst wieder hineinfinden in seine Umgebung, so sehr hatte es ihn beim Lesen woandershin verschlagen. Dann klappte er das Buch zu und legte die Okarina, die hier aufbewahrt wurde, auf den Deckel.

»Ich komme schon«, sagte er, und das klang so pflichtschuldig, dass mir nicht klar war, was ich davon halten sollte; damals kannte ich nicht einmal das passende Wort.

Dabei bestand ja kein Zweifel, dass ihm die Arbeit im Krug, vor allem die hinterm Tresen, Spaß machte. Und warum auch nicht? Die Dorfbewohner strömten zwar nicht gerade in Scharen zu uns, aber sie kamen, und ihnen wurde Flensburger Bier, Teepunsch oder Limonade mit Weinbrand ausgeschenkt. Selbst Nostalgiker wie die Aufrechten oder Lüders, die weiterhin auf den Muntermacher schworen und vorerst nichts daneben gelten ließen, mussten nicht leer ausgehen. Bevor die Makobens wie so manche andere Vidtoft verlassen hatten, um zu ihren Kindern zu ziehen, die jetzt irgendwo im Ruhrpott lebten, hatten sie dem Grenzkrug die gesamte Hinterlassenschaft ihres Schuppens vermacht, die Vorräte genauso wie die Brennhexe samt Zubehör, die ungenutzt im Garten herumstand. So war für jeden gesorgt, und Paul hätte zufrieden mit sich sein können, denn er hatte erreicht, was er wollte. Der Grenzkrug begann zu florieren, in bescheidenem Maße, aber immerhin. Niemand hätte doch erwartet, dass die Gaststube sich so bald wieder zum allabendlichen Treffpunkt des Dorfes entwickeln würde. Sogar der Mittagstisch, den wir nach einer Idee der Chefin jeden Samstag anboten und der sich nicht selten bis in die Abendstunden hineinzog, wurde von Mal zu Mal besser besucht. Zum vollständigen Glück fehlte im Grunde nur, dass endlich wieder Feriengäste nach Vidtoft fanden, doch selbst das war letztlich nur eine Frage der Zeit. Paul hätte glücklich sein können; auf eine Art war er es vermutlich sogar.

Aber in immer kürzeren Abständen holte er das Moped aus dem Schuppen und fuhr damit durch die Gegend. Es waren Fahrten, die nichts mit dem Flüchtlingsausschuss zu tun hatten, da neue Flüchtlinge nicht mehr über die Grenze kamen und die anderen entweder untergebracht oder verzogen waren; nur die Zinkes wohnten noch in ihren Zimmern im Obergeschoss, hatten jedoch bereits ein Häuschen ins Auge gefasst, das sie demnächst mieten wollten, nicht weit die Dorfstraße runter. Paul kurvte mit dem Moped herum, als suchte er nach irgendetwas, und manchmal nahm er mich mit. Das war sehr schön, doch die ganze Zeit über machte ich mir Gedanken, die ich nicht zu Ende zu denken wagte. Was war es, das ihn so oft wegtrieb vom Grenzkrug? Wusste er es selbst? Und warum erzählte er es mir nicht?

Kreuz und quer fuhren wir durch die Gegend, zumeist auf Nebenstrecken, auf Feldwegen, und irgendwann gelangten wir stets an die Küste. Dort stellten wir das Moped ab und stiegen über den Deich. Vor uns lag das Watt, weit, flach und von einem Wasserfilm überzogen, in dem sich verschwommen der Himmel spiegelte. Im diesigen Licht war der Hindenburgdamm zu erkennen, auf dem sich ein Zug zur Insel hinüberarbeitete, und weil das erwartete Rattern ausblieb, kein Laut bis an unsere Ohren vordrang, als würden alle Geräusche von der Luft verschluckt, wirkte das so, als schwebe der Zug übers Watt dahin. Immer wenn wir an diese Stelle kamen, sahen wir den Zug gerade über den Damm fahren, immer fuhr er in die eine Richtung, zur Insel hinüber – das konnte kein Zufall sein. Paul schien unsere Fahrten so anzulegen, dass wir, wenn wir auf dem Deich standen, gemeinsam dem dahinschwebenden Zug nachschauen konnten, und da wir zu unterschiedlichen Tageszeiten herkamen, musste er sämtliche Abfahrtszeiten der Züge genau kennen. Das alles irritierte mich, und ich wusste nichts damit anzufangen. Paul schwieg, bis der letzte Waggon aus unserem Blickfeld verschwunden war, als könnte er sich nicht sattsehen an diesem bewegten Bild. Dann sagte er: »Das war doch mal wieder was Schönes, oder?«

Ich stimmte ihm zu, fragte mich jedoch, während wir zum Moped zurückgingen, was genau er eigentlich so schön daran fand. Die Vorstellung, dass er sich womöglich auch ohne mich hierher auf den Deich stellte und dem Zug nachblickte, beunruhigte mich auf eine Art, die neu für mich war.

»Kommst du auch hierher, wenn du allein unterwegs bist?«, fragte ich ihn einmal.

»Manchmal. Warum?«

»Findest du es denn nicht irgendwie traurig, dem Zug nachzuschauen?«

»Wie meinst du das?«

»Na, würdest du manchmal nicht lieber mitfahren wollen?«, fragte ich und wusste selbst nicht genau, worauf ich hinauswollte.

»Du meinst wahrscheinlich, mit einem *anderen* Zug?«, fragte er. »Dieser Zug fährt nur zur Insel rüber, und das ist nicht besonders weit.«

»Ja«, sagte ich, »mit einem anderen Zug. Möchtest du das manchmal?«

Er sah mich an. »Und euch hier zurücklassen, was? Niemals.«

Einen Teil meiner Unruhe hatte er damit vertreiben können, aber etwas blieb zurück. Bis zu jenem kalten Morgen im Herbst.

Ich war spät dran, hatte länger als alle anderen im Bett gelegen und mir auch im Badezimmer unverhältnismäßig viel Zeit gelassen, so lange, bis ich keine Geräusche mehr in der Nähe hörte. Alle mussten mittlerweile in der Küche beim Frühstück sitzen. Ich schlenderte durch die Stube und sah, dass die Tür zum Bürozimmer offen stand. Drinnen war niemand. Obwohl ich befürchtete, dass es eine stillschweigende Abmachung verletzte, wenn ich diesen Raum allein betrat, konnte ich nichts dagegen tun. Eine Ahnung zog mich hinein, und ich wehrte mich nicht. In Wahrheit wäre ich an diesem Morgen auch dann hineingegangen, wenn die Tür geschlossen gewesen wäre. Es war mein Plan gewesen. Es musste einfach sein.

Auf dem Schreibtisch lag das Buch, darauf die Okarina. Ich überlegte nicht lange, setzte mich auf den Stuhl vor dem Tisch und schaute mich um. Bisher war ich nie länger als die wenigen Minuten in diesem Zimmer gewesen, die es brauchte, bis Paul sein »Ich komme schon« sagte und mir folgte. Der Raum maß kaum zwei Meter in der Breite, war dafür lang gezogen wie ein Schlauch. Das Fenster ging auf den Garten hinaus, die Bootsbank war zu sehen. Außer dem Tisch an der Längsseite, dessen Schreibfläche mit grünem, an manchen Stellen gerissenem Leder bezogen war, standen seitlich an den Wänden ein klobiger Schrank und eine Kommode, die den Raum noch schmaler wirken ließen, als er war. Ein paar Notizhefte lagen herum, aufgerissene Briefumschläge und Ordner, in denen vermutlich alte Rechnungen abgeheftet waren. An einer freien Wandfläche hing ein Foto, auf dem ich neben Nils saß, der die wenige Wochen alte Nane auf dem Schoß liegen hatte. Daneben ein weiteres Foto von der Chefin und Paul draußen auf der Terrasse unter dem Grenzkrugschild. Der ganze Raum roch eigenartig nach altem Papier, leicht säuerlich. Das kam von dem Buch, in dem Paul immer las; Mats Kardell hatte es ihm geschenkt. Ich roch daran. Irgendwie faulig. Wie ein alter Putzlappen. Behutsam legte ich die Okarina beiseite, unterdrückte den Drang, ein paar Töne darauf zu spielen, und erneut dachte ich: Warum hat Paul die Okarina gestern nicht erwähnt? Warum hat er den Schleswigern gegenüber nicht erzählt, dass er sie besitzt? Es hatte mich die ganze Nacht über beschäftigt.

Wir waren wieder einmal zum Hindenburgdamm gefahren, hatten dem Zug nachgeschaut, wie er in den Dunst tauchte, und als wir auf der Rückfahrt in einen Feldweg einbogen, der an einem Wäldchen vorbeiführte, ein paar Birken, einige Kiefern, sahen wir einen Wagen, der am Wegrand parkte, und zwei Männer, die eben in den Graben hinabstiegen.

»Was machen die denn da?«, fragte Paul, und anstatt vorbeizufahren, vielleicht grüßend, hielt er das Moped an, stieg ab und schaute zu den beiden hinunter. »Moin«, sagte er. Ich stellte mich gleich neben ihn.

»Guten Tag«, sagte einer der Männer, schütteres Haar, Oberlippenbart. Er hatte Gummistiefel an, hockte in Regenjacke und -hose im Graben und fuhr mit einer kleinen Schaufel durch die Wasserlache, die sich am Boden gebildet hatte, schwarzer Matsch, in dem einige vergammelte Äste steckten, zerbröselnde Blätter und Tannennadeln.

Der andere Mann nickte bloß. Er war genauso gekleidet, schien aber älter zu sein, grauer Bart, Brille, und blickte den Verlauf des Grabens entlang. »Das können wir uns eigentlich wirklich sparen hier«, sagte er, und der Mann mit der Schaufel erhob sich und wischte sich die Hände an der Jacke ab, obwohl er den Boden damit gar nicht berührt hatte.

»Das bringt alles nichts, meinst du?«, fragte er.

»Bestimmt nicht.«

Beide kletterten aus dem Graben herauf, und der Ältere stapfte kommentarlos an uns vorüber. Auf der Beifahrerseite stieg er in den Wagen, warf die Tür zu und schenkte sich aus einer Thermoskanne etwas Dampfendes in einen Becher. Gelangweilt sah er aus.

»Sie kommen aus Schleswig, oder?«, fragte Paul. »Vom Archäologischen Landesamt?«

»Richtig«, sagte der Mann, der die Schaufel in seine Jackentasche gesteckt hatte. »Woher wissen Sie das?«

»Friedel Anders hat mir gesagt, dass er euch informiert hat. Wegen dieses Bechers, den er gefunden hat. Dort in seinem Wäldchen.«

»Ein Holzbecher, ja.«

»Und?«

»Nichts und. Schöner Fund. Siebzehntes Jahrhundert vielleicht. Müssen wir noch untersuchen. Aber mehr war nicht da.« Der Mann reichte Paul die Hand. »Liepert, Wolfgang. Und Sie?«

»Paul Tamm. Vom Grenzkrug in Vidtoft. Und das ist Jannis.«

»Guten Tag.« Liepert deutete eine Verbeugung an, lächelte. An Paul gewandt fragte er: »Interessieren Sie sich für Archäologie?«

»Schon«, sagte Paul, und ich schaute von der Seite an ihm hoch. Plötzlich wurde mir klar, dass wir nicht zufällig hier entlanggefahren waren. Paul hatte die Schleswiger treffen wollen. »Sie untersuchen hier jetzt alles?«, fragte er.

»Normalerweise wären wir gar nicht hergekommen«, sagte Liepert. »Wegen so eines einzelnen Bechers. Den hätten wir abholen lassen. Allerdings ist diese Gegend ja nicht ganz uninteressant. Hat hier einige bedeutende Funde gegeben in der Vergangenheit.«

»Drüben, ja, hinter der Grenze«, sagte Paul. »Bei Gallehus. Die beiden Goldhörner.«

»Wunderbare Runenschrift darauf«, sagte Liepert. »Sind heute im Nationalmuseum in Kopenhagen; genauer Nachbildungen davon. Die Originale hat ein Goldschmied ja leider irgendwann aus der Königlichen Kunstkammer gestohlen und eingeschmolzen. Jammerschade. So was hat man nirgendwo sonst gefunden.«

»Und Sie glauben, hier weitere Goldhörner zu finden?«

»Nein«, sagte Liepert. »Aber die Chance besteht immer. Damals haben zwischen den einzelnen Funden auch mehrere Jahrzehnte gelegen, obwohl die Fundstellen gar nicht weit voneinander entfernt waren. Vielleicht liegt hier was rum, was noch keiner bemerkt hat. Man kann nie wissen. Ich wollte mich wenigstens einmal umgeschaut haben, auch wenn mein Kollege nicht so überzeugt ist von der Idee.«

Liepert schaute zum Wagen. Hinter der spiegelnden Frontscheibe gestikulierte sein Kollege, der anscheinend dringend loswollte.

»Und Rungholt?«, fragte Paul. »Waren Sie da mal? Ich meine, an der Hallig?«

»Natürlich«, antwortete Liepert. »Ist aber schwierig für uns, da was zu machen. Schlechte Voraussetzungen für Archäologen. Denken Sie nur an Ebbe und Flut, schon allein das macht es schwer.«

»Wird das gar nicht untersucht?«

»Doch, aber nicht von uns, jedenfalls nicht ernsthaft. Es gibt viele Leute, die hingehen und Untersuchungen machen.«

»Und das ist in Ihrem Sinne?«

»Solange es ordentlich gemacht wird und man uns informiert.« Er sah Paul an. »Wissen Sie denn was darüber?«

»Nicht viel.« Ich war sicher, dass Paul weitersprechen und von der Okarina erzählen würde, aber das Einzige, was er sagte, war: »Es interessiert mich nur.«

Die Wagenhupe schreckte uns auf, und Liepert, der erschrocken zusammenfuhr, tippte sich an die Stirn.

»Sie müssen dann wohl«, sagte Paul.

»Sieht ganz so aus.« Liepert reichte Paul zum Abschied die Hand. »Vielleicht hören wir von Ihnen?«

Durch das heruntergedrehte Seitenfenster grüßte er noch einmal, als der Wagen an uns vorbeifuhr, und ich bemerkte, dass er etwas zu seinem Kollegen sagte. Dabei deutete er mit den Augen Richtung Paul. Wir schauten ihnen nach. Sand wirbelte hinter den Reifen auf, bevor der Wagen auf die Betonstraße bog und mit hoher Geschwindigkeit davonfuhr. Und plötzlich begann Paul zu reden.

»Vor einigen Jahren«, sagte er, »hat man Reste von Rungholt im Watt gefunden. Ein Landwirt aus Nordstrand, Andreas Busch hieß der, ist mit Pferd und Wagen rausgefahren und hat die Spuren vor der Hallig entdeckt. Pfingsten 1921. Seine Familie war dabei und ein Redakteur der *Husumer Nachrichten*, Felix Schmeißer. Sie waren die Ersten, die da waren. Vieles haben sie gefunden: Deichspuren, Häuserreste, eine Schleuse.« Dann unterbrach er sich, sah mich an: »Ach, ist nicht so wichtig. Lass uns nach Hause fahren.«

»Wie du meinst«, sagte ich.

Ich klappte den Buchdeckel auf. Gleich auf der Innenseite befand sich eine Zeichnung, eine Landkarte. Ich hatte bisher erst ein Mal eine gesehen, als ich Paul danach fragte, ob er mir etwas über Eiderstedt erzählen würde, wo ich herkam. Er hatte eine Karte geholt, sie auseinandergefaltet, ein riesiges Ding, und mir gezeigt, wo es lag, hier sind wir, dort ist Eiderstedt, diese Ausbuchtung da. Die Landkarte in dem Buch aber sah anders aus, sie war viel älter und wirkte fast wie ein Gemälde. Nicht nur Flächen waren darauf zu sehen oder Linien. Auf dem Meer vor dem Land etwa segelten Zweimaster. Überall waren kleine Inseln, schmale Flussläufe dazwischen. Hier und da gab es Kirchengebäude, auch Bäume. Und über alles hatte jemand mit einem Bleistift eine breite Linie gezogen, verschiedenförmige Flächen gezeichnet. An einer Stelle sah ich ein Kreuz.

Das musste Paul gemacht haben. Aber was hatte es zu bedeuten? In diesem Moment wünschte ich mir, lesen zu können, was in der oberen rechten Ecke, umrankt von einem verzierten Rahmen, geschrieben stand.

Ich blätterte in dem Buch, sehr vorsichtig, um die brüchig

wirkenden Seiten nicht einzureißen. Ich fand weitere Karten, die den Text unterbrachen, und an den Rändern war nicht selten etwas in Pauls Handschrift notiert, die ich kannte, ohne sie lesen zu können. Außerdem waren Wörter und ganze Abschnitte im Text markiert.

Dann blätterte ich eine Seite um, und auf einmal stürmte und brauste es vor mir. Häuser standen bis zum Dach unter Wasser, das an zwei Stellen durch den Deich gebrochen war. Draußen vor dem Deich waren Schiffe gekentert oder sie hielten sich mit bedrohlicher Krängung eben noch in den Wogen. Menschen hatten sich auf Dächer und Bäume geflüchtet und winkten von dort aus um Hilfe. Sie hofften alle, dass eines der Boote, die überladen zwischen den Häusern hindurchfuhren, zu ihnen finden würde, um auch sie aufzunehmen und zu retten. Menschen schwammen um ihr Leben. Hielten sich an den Hälsen von Pferden und Kühen fest. Wurden an Seilen auf Dächer gezogen. Ertranken. Am Himmel dunkle, geriffelte Wolken.

Beim Betrachten des Bildes vergaß ich vollkommen die Zeit und merkte nicht, wie lange ich bereits auf dem Stuhl vor dem Schreibtisch saß. Immer wieder stieß ich auf etwas, das mir bislang entgangen war. Einen ertrinkenden Ziegenbock. Ein Liebespaar hinter einem der Fenster, das sich fest umarmt hielt. Ich kam und kam nicht los davon. Und als Paul ins Zimmer trat und meinen Namen sagte, Jannis, was soll das, merkte ich, dass ich die ganze Zeit auf ihn gewartet hatte. Ich musste wissen, was los war. Mit ihm. Mit diesem Buch. Überhaupt.

»Was ist das?«, fragte ich ihn, als er neben mir stand und über meine Schulter auf das Bild blickte.

»Wofür hältst du es denn?«, fragte er zurück.

»Ich weiß nicht«, sagte ich, obgleich es nicht stimmte.

»Es ist die Darstellung einer Sturmflut«, sagte er. »Davon habe ich dir doch schon mal erzählt.«

»Eine Flut wie die, bei der Rungholt zerstört wurde?«

»Ja.«

Er setzte sich auf die Schreibtischkante, sah mich an, und langsam, ganz langsam veränderte sich sein Blick. Er begann zu grinsen, und ich merkte, dass er begriff, worum es mir ging. Er blätterte zurück zu der Karte auf der Innenseite des Buchdeckels und fuhr erklärend mit dem Finger darüber hinweg.

»Die Inseln hier sind fast ausnahmslos zerstört. Vor nur ein paar Hundert Jahren hat es sie alle noch draußen vor der Küste gegeben. Uthlande hat man das Gebiet genannt, also Vorland. Eine sumpfige, matschige Angelegenheit ist das gewesen. Die Flüsse glichen wohl eher moorigen Gräben. An der Bleistiftlinie kannst du sehen, was heute noch von all dem übrig ist. Wenig. Der Bogen unten, das ist Eiderstedt. Darüber, diese zwei fast gleich großen Kreise, sind Pellworm und Nordstrand. Das ist mal eine große Insel gewesen, Alt-Nordstrand. In der Mitte von beidem liegt die Hallig Südfall. Eine kleine Hallig ist das heute. Die war auch mal größer. Das Meer hat daran genagt.« Sein Finger blieb an einer bestimmten Stelle stehen. »Siehst du das Kreuz hier?«, fragte er.

»Ja.«

»Da hat jemand die Okarina gefunden. Und dort hat Rungholt gelegen.«

Er nahm die Okarina in die Hand und führte sie mir vor, als sähe ich sie zum ersten Mal. Einen Finger nach dem anderen drückte er auf die Löcher und fuhr die Risse im Ton mit einem Nagel nach.

»Sie hat alles überstanden«, sagte er. »All diese Verwüstungen.«

»Wie hat sie das geschafft?«, fragte ich.

»Sie hat sich versteckt. Die ganzen Jahre über hat sie versteckt unterm Watt gelegen, bis sie irgendwann an die Oberfläche kam, also freigespült wurde. Zufällig war gerade jemand in der Nähe, der sie fand, bevor sie von der nächsten Flut weggetragen werden konnte. Verstehst du?«

Ich nickte.

»Wirklich?«

»Es hätte anders kommen können«, sagte ich.

»Richtig, sehr leicht sogar. Seit ich das erste Mal davon gehört habe, damals auf Eiderstedt, denke ich darüber nach. Wie viel Land mit der Zeit zerstört worden ist. Unglaublich. Überall hier« – er fuhr wieder mit der Hand über die Karte – »überall haben Menschen gelebt, viele Menschen, und ihre Häuser, ihre Brücken, die Deiche, alles, was sie aufgebaut und errichtet haben, ist vom Meer zerstört und fortgerissen worden. Oder aber es liegt heute noch unterm Watt begraben und wartet darauf, an die Oberfläche zu kommen. Wie die Okarina. Früher haben sich die Leute erzählt, dass ganz Rungholt die Grote Mandränke überstanden hat. Alles steht noch heute unbeschadet auf dem Grund des Meeres, unterm Watt, mit all den Einwohnern, den Tieren, mit den Häusern und der Kirche. Manche wollen sogar die Kirchenglocke gehört haben, wenn sie an der Stelle vorbeigesegelt sind, wo Rungholt einst gestanden hat. Bis heute erzählen das manche. Man hat sich einfach nicht vorstellen können, dass Orte so einfach vom Erdboden verschwinden und nichts von ihnen übrig bleibt. Man glaubt heute natürlich nicht mehr an diese Geschichte. Trotzdem: So ganz falsch ist das nicht einmal. Irgendwie stimmt es. Man hat schließlich nicht nur die Okarina da draußen gefunden. Sondern viel mehr. Und es ist noch jede Menge da. Ganz sicher. Aber die Frage ist: Wer wird da sein, um alles aufzusammeln? Bevor die nächste Flut kommt und sich alles schnappt? Wer? Wenn es niemand macht, ist es verloren. Für immer. Genau wie die Muschelsammlung dieses Soldaten, von dem ich erzählt habe. Erinnerst du dich? Alles weg. Einfach so.«

Noch nie hatte ich Paul derart reden hören, so begeistert,

zugleich jedoch so nachdenklich und seiner Sache so wenig gewiss.

»Du willst dahin?«, fragte ich.

»Schon seit Langem«, sagte er. »Eigentlich.« Und er grinste, als wollte er dem nicht allzu viel Bedeutung beimessen.

Aber ich verstand, wie wichtig ihm das alles war.

Sofort bemühte er sich, seinen üblichen Ton wiederzufinden, der fast alles wie nebensächlich erscheinen ließ, auch wenn es die Hauptsache war. Diesmal gelang es ihm nur ansatzweise.

»Übrigens«, fing er an, »hast du es überhaupt schon mitgekriegt?«

»Was denn?«

»Na, die Grenze …«

»Was ist damit?«

»Sie ist offen«, sagte er. »Bei Tidick und Knutzen am Häuschen hängt heute ein Plakat, dass der Übergang wieder benutzt werden kann. Zumindest zwischen morgens acht und abends zehn. Es gibt jetzt nämlich Öffnungszeiten. Seltsam, aber irgendwie auch wieder typisch. Anstatt gleich richtig aufzumachen. Jedenfalls gehen die Ersten schon rüber nach Nørreby und schauen sich da um. War ja lange genug nicht möglich. Wollen wir das nicht auch machen?«

»Klar«, sagte ich und dann nichts mehr.

Vorsichtig klappte Paul den Buchdeckel zu und führte die Okarina zum Mund. Er spielte darauf und legte sie dann wieder zurück.

Schnee

Noch am späten Nachmittag hatte es zu schneien begonnen, und auch über Nacht hörte und hörte es nicht auf. Die Luft weiß von Schnee. Dazu ein Höllensturm, der über die Felder jagte, alles verwirbelte, alles mitriss, um es schließlich, so schien es, auf unserem Vorplatz abzuladen, wo es sich zu monströsen Verwehungen auftürmte. Es war pulvriges, dennoch pappendes Zeug, das sich überall festsetzte, in jede Ecke kam, kein Gegenankommen, doch ich wühlte mich hindurch, und das nicht zum ersten Mal an diesem Tag. Eisige Flocken schossen in meine tränenden Augen. Durch den Schal, den ich über Kapuze und Mütze gebunden hatte, schmeckte ich die Kälte. Mein Atem gefror. Die Finger pochten trotz dicker Wollhandschuhe. Schaufel für Schaufel arbeitete ich mich voran, immer die Gewissheit im Kopf, dass das, was ich hier versuchte, aussichtslos war. Kaum waren ein, zwei Meter frei geräumt, ein schmaler Pfad durch die Schneemassen, brach alles hinter mir zusammen oder wurde erneut zugeweht. Aber ein Weg zum Anbau und zur Dorfstraße, von der nur zu erahnen war, wo sie wahrscheinlich verlief, musste frei sein, wenigstens das.

Obwohl ich mich zuletzt vor einer knappen Stunde bis zum Anbau durchgegraben hatte, türmte sich der Schnee dort bereits wieder bis hoch über die Türklinke. Von den Fenstern war nur noch der obere Teil zu sehen, und immer wieder kippten Lawinen vom Dach herunter. Als ich die Tür erreichte und begann, die Verwehung davor beiseitezuräumen, tauchte das Gesicht von Heiner Bonatz hinter der Fensterscheibe auf, ein verschlafenes, unausgeruhtes Gesicht. Obgleich ich ihn mit einem Kopfschütteln davon abzuhalten versuchte, zog er die Tür nach innen auf, und ein Schneeschwall ergoss sich in den Flur. Ich hielt die Schaufel davor, steckte sie in die Verwehung, um zumindest einen Teil aufzuhalten, machte einen großen Schritt darüber hinweg und schloss die Tür. Es knirschte, als sie über den zusammengepressten Schnee fuhr.

»Schnee«, sagte Bonatz. Er stand in seinem burgunderfarbenen, längs gestreiften Schlafanzug vor mir, hatte sich eine Wolldecke um die Schultern gelegt, die er mit überkreuzten Armen festhielt, und wiederholte: »Schnee.«

»Ja.«

»Hier?«

»Kommt schon mal vor.«

Ich schob meinen Schal unters Kinn, rieb die Hände aneinander, die sich nass anfühlten. Erst auf dem im Verhältnis zum Vorplatz warmen Flur spürte ich, wie sehr ich fror. Dabei war es auch hier offensichtlich kalt. Dampfwölkchen kamen aus unseren Mündern.

Bonatz beugte sich vor, nahm etwas von dem Schnee auf und ließ ihn, als er sich wieder aufgerichtet hatte, auf seiner Handfläche zerschmelzen. »Schnee«, sagte er noch einmal und sah mich an.

»Ja«, sagte ich. »Ist denn bei Ihnen hier alles in Ordnung?«

»Natürlich«, antwortete er. »Danke der Nachfrage.«

»Es gibt nämlich keinen Strom.«

»Das ist mir noch gar nicht aufgefallen.« Er drückte den Schalter neben der Tür, doch das Licht blieb aus. »Tatsache.«

»Schon seit heute Nacht nicht mehr«, sagte ich.

Ich hatte es noch mitbekommen, als der Strom ausfiel, nachts. Ich hatte in meinem Bett gelegen und, weil ich nicht einschlafen konnte, dem Radiowecker zugesehen, wie er in roter Leuchtschrift die Minuten hochzählte. Mein Kopf hatte keine Ruhe geben wollen. Immer wieder hatte ich an die Chefin denken müssen, wie hilflos sie an diesem Abend gewesen war, wie sehr es sie angestrengt hatte, nett zu den wenigen Gästen zu sein, die sich trotz des Wetters zu Delffs' Achtzigstem eingefunden hatten und zügig das Essen in sich hineinschlangen, den Jubilar hochleben ließen und dann abzogen, viel zu früh, nicht ganz halb elf durch, und wie die Chefin plötzlich in Jacke und Stiefeln zu uns gekommen war, ich fahr jetzt, ich muss zu ihm. Nane hatte sie auf einen Stuhl gedrückt und zu beruhigen versucht, bei *dem* Wetter, das geht nicht. Die Chefin hatte geweint, die Hände vorm Gesicht, aber ich kann doch nicht hier rumsitzen, während Paul …, war dann, als es klingelte, ans Telefon geeilt, ja, ja, wie geht es ihm, ja, hatte aufgelegt und gesagt: »Sie haben ihn operiert. Am Herzen. Ein Bypass. Jetzt schläft er erst mal.«

»Das solltest du auch versuchen«, hatte Nane gesagt.

Wieder war die Chefin in Tränen ausgebrochen. »Morgen wissen wir mehr. Was soll das denn bloß heißen? Verdammt noch mal.«

»Mama, das ist jetzt gar nicht wichtig. Er schläft. Das kann nichts Schlechtes sein. Und wir lassen alles hier stehen und liegen und gehen auch ins Bett. Wir haben alle einen langen Tag gehabt. Ich schlafe bei dir, wenn du willst.«

Die Chefin hatte nur genickt und war Nane gefolgt, und ich hatte mich noch einmal umgesehen, bevor ich das Licht löschte. Die halb leeren Gläser, Wasser- und Bierflaschen überall, die heruntergebrannten Kerzen. Noch nie in all den Jahren hatten wir den Saal derart hinterlassen, eigentlich war das ausgeschlossen. Auf 2:43 hatte der Wecker gestanden, als die Zahlen verschwanden. Stromausfall, hatte ich noch gedacht, und kurz darauf musste ich eingeschlafen sein.

»Wie geht es Herrn Tamm?«, fragte Bonatz. »Ich habe den Krankenwagen gestern gesehen.«

»Heute haben wir noch nichts Genaues gehört«, sagte ich. »Es standen wohl einige Untersuchungen an. Gestern haben sie ihn operiert. Scheint, als wäre es gut gegangen.«

»Ist es was Ernstes?«

»Weiß ich nicht genau. Könnte sein. Ein Bypass.«

»Hoffentlich geht es ihm bald wieder gut.«

»Ja, hoffentlich.«

Während Bonatz mit mir sprach, wischte er beständig mit dem einen seiner nackten Füße über den Schnee, der zu einem matschigen Brei geworden war. Er kam nicht davon los, schob ihn hin und her, benutzte seine Zehen, um ihn zu winzigen Barrieren aufzuhäufen. Mir lief ein Schauer den Rücken hinunter.

»Wollen Sie nicht lieber rüber zu uns in den Krug kommen?«, fragte ich. »Drüben haben wir einen Ofen, der das Haus etwas heizen kann. Die Ölheizung wird nicht funktionieren, ohne Strom.«

»Besten Dank«, sagte Bonatz, »aber fürs Erste bleibe ich lieber hier. Noch ist es auszuhalten.«

»Sind Sie sicher? Ich weiß nicht mal, ob ich bei dem Sturm immer die Tür frei halten kann.«

»Seien Sie unbesorgt. Ich komme schon klar. Und wenn nicht, melde ich mich.«

»Gut«, sagte ich, »dann will ich mal wieder«, schob den Schal zurück über Mund und Nase, stellte den Kragen meines Mantels hoch und öffnete die Tür. Eine Bö schlug mir entgegen und nahm mir beinahe die Luft.

»Schnee«, sagte Bonatz hinter mir. »Das gibt's doch gar nicht.«

Der Pfad zur Dorfstraße fiel etwas leichter, weil der Wind mithalf. Ich brauchte nur etwas Schnee auf meine Schaufel zu nehmen, schon wurde er heruntergeweht und dort verteilt, wo auf dem Vorplatz unser Wagen parkte, der nur noch als eine in den Schnee modellierte Wellenform zu erkennen war. Ich blickte die Dorfstraße hinunter. Alles weiß, zudem wie schräg schraffiert von heranstürmenden Flocken. Hier und da bemühten sich vermummte Gestalten, die Auffahrten zu ihren Häusern oder den Fußweg frei zu schaufeln. Karl Hubbatsch sah ich, zumindest musste er der Mann im Parka vor dem Haus der Zinkes sein, der sich mit einem Gerät, das wie ein an einem Stock befestigtes Wellblech aussah, mehr schlecht als recht durch eine Verwehung buddelte. Weiter hinten konnte ich einen Traktor sehen, Delffs' alten Hanomag, mit vorgespanntem knallgelbem Schneepflug. Männer standen davor, Schaufeln in der Hand. Man hatte sich offenbar festgefahren, was erklärte, weshalb hier bei uns seit Stunden die Straße nicht geräumt worden war.

Als ich zum Eingang des Grenzkrugs zurückging und die Schaufel auf der Terrasse abstellte, bemerkte ich aus den Augenwinkeln, dass Tidick aus dem Grenzhäuschen trat. Kurz darauf fuhr ein Wagen bei ihm vor, rutschte vielmehr heran, ein schmutzig grüner Mercedes, eine Familie mit zwei Kindern drin, über und über beladen, sie kamen sicher vom Weihnachtsurlaub zurück. Die Frau auf dem Nebensitz reichte Tidick die Pässe durchs heruntergelassene Seitenfenster, und ohne dass ich verstehen konnte, was sie besprachen, waren die Gesten doch unmissverständlich. Tidick wollte sie nicht durchlassen, und die Familie bestand darauf. Sie kommen nicht weit. Das ist ja wohl unsere Sache. Schließlich trat Tidick einen Schritt zurück und machte die Handbewegung der Grenzer, ein lässiges Durchwinken mit dem rechten Arm. Der Mercedes fuhr an, die Reifen drehten durch, Tidick schrie etwas durchs Fenster, sachte, ganz sachte, und dann schlidderte der Wagen weiter.

Der Fahrer kurbelte viel am Lenkrad herum, versuchte, größere Schneehaufen zu umfahren, bremste, gab Gas, Meter für Meter, das sah nicht gut aus. Als brauchte er meine Fürsprache, blickte Tidick zu mir, bevor er sich seitwärts wandte, den dänischen Grenzern zu, und sich an den Kopf tippte. Langsam, beinahe genussvoll begab er sich zur Schranke, fummelte aus seiner Innentasche den Schlüssel heraus, steckte ihn ins Schloss und ließ die Schranke herunter. Er grüßte noch einmal militärisch in Richtung der Blauen und verschwand in sein Grenzhäuschen. Sein Gang sagte alles: Schluss. Aus. Ende. Mit mir nicht. Das könnt ihr mir glauben. Hier ist dicht. Nach langer Zeit mal wieder.

Unter der Treppe zum Obergeschoss trat ich mir die Stiefel von den Beinen und schmiss Mantel, Mütze, Schal, Handschuhe nass, wie sie waren, auf einen Haufen. Eigentlich hätte ich alles zum Trocknen aufhängen müssen, drinnen, am hoffentlich warmen Ofen, aber zunächst musste ich an mich selber denken. Ich schlotterte am ganzen Leib. Durch die Gaststube ging ich geradewegs auf den Ofen zu, presste meine Hände gegen die Kacheln, nur lauwarm, riss die Luke auf und legte Holz nach. Wenigstens aus der geöffneten Luke strömte mir heiße Luft entgegen. Ich setzte mich auf die Bank und rieb über meine Oberschenkel, vor und zurück, den Rücken gegen den Ofen gelehnt. Dann bemerkte ich die Chefin.

Sie stand hinterm Tresen, womöglich schon länger, legte den Hörer auf, kreidebleich war sie, rote Augen, und sagte: »Tot.«

Ich erschauerte.

»Nichts mehr«, sagte sie. »Kein Freizeichen. Nichts.«

»Meine Güte …« Ich fuhr mir durch die Haare.

Die Chefin schluckte hörbar. »Wer weiß, vielleicht stimmt's«, sagte sie. »Wie sollten wir das erfahren, wenn das Telefon nicht geht?«

»Nein, bestimmt nicht«, sagte ich. »Es wird schon alles gut sein.« Ich konnte mich nicht vom Fleck rühren.

»Du hast es doch eben selbst gedacht. Oder etwa nicht? Also, warum sollte es dann nicht wahr sein?«

Ich wusste nichts zu antworten.

Nane trat durch die Schwingtüren hinter den Tresen. Sie war ungeschminkt, was sonst nie vorkam, und hatte keinen Blick für mich übrig, nur für die Chefin, der sie eine Hand auf den Arm legte. »Was ist?«, fragte sie.

»Das Telefon, es geht nicht mehr.«

»Das auch noch.«

Die Chefin entzog Nane ihren Arm. »Ich hätte zu ihm fahren müssen. Gestern. Als es noch ging. Eigentlich hätte ich gleich mitfahren müssen. Wäre nicht diese dämliche Feier gewesen, hätte ich es auch getan.«

»Mach dir doch bitte keine Vorwürfe«, sagte Nane. »Niemand konnte wissen, dass wir hier eingeschneit werden.«

»Trotzdem. Ich hätte fahren müssen. Er ist da ganz allein.«

»Komm«, sagte Nane und griff erneut nach ihrem Arm. »Ich habe einen Tee auf dem Herd stehen.«

Die Chefin schüttelte den Kopf.

»Tee ist gut.«

Nane hielt ihr eine der Schwingtüren auf, und die Chefin ließ sich in die Küche schieben. Es war schrecklich, sie so zu sehen, einfach schrecklich; es passte nicht zu ihr.

»Willst du auch einen?«, fragte Nane mich.

»Nein, ich glaube, ich muss ins Bett, mich aufwärmen.«

»Tu das«, sagte sie, und es hatte fast den Anschein, als versuchte sie, mich anzulächeln. Immerhin.

Mit einem Mal fiel mir auf, dass sich draußen auf dem Vorplatz etwas bewegte. Ich trat ans Fenster und sah eine Gestalt, die durch den Schnee stapfte. Heiner Bonatz war es, der sich gegen den Sturm zur Dorfstraße durchkämpfte, in viel zu dünnem Mantel, ohne Handschuhe, den Zeichenblock unterm Arm. Er starrte in die Ferne, ins bewegte Weiß. Mit einem Ärmel wischte er sich Schnee aus dem Gesicht. Ungläubiges Kopfschütteln.

Milchiges Licht drang durch die Eisblumen ins Zimmer. Schneetreiben hinter der Fensterscheibe, dass der Rahmen knackte. Der Sturm draußen wurde hier drinnen zu einem Geräusch, das verstummte, wiederkam, immer wieder, und kalt klang. Mich aber kümmerte das jetzt wenig. Bis zu den Schultern unter zwei Decken, in doppelten Pullovern, einer langen Unterhose, Sporthose, beides in die Wollsocken gestopft, umhüllte mich wohlige Wärme.

Halb aufrecht saß ich im Bett, ein Kissen als Stütze in meinem Rücken, und betrachtete den Stuhl, der neben mir stand. Die Sitzfläche diente als Ablage für die beiden Texte, die ich aus Pauls Zimmer geholt hatte, gleich am Morgen, als ich mich zum ersten Mal zum Anbau durchgewühlt hatte. Es hatte sich zwar falsch angefühlt, sein ausgekühltes Zimmer noch einmal zu betreten, doch ich war zum Schreibtisch gegangen, hatte die Texte an mich genommen, sie zum Schutz vor Schnee und Sturm unter meinen Pullover gesteckt und in mein eigenes Zimmer im Grenzkrug gebracht, für später, wenn ich Zeit hätte, sie zu lesen. Ich hätte nie gedacht, dass ich so lange würde warten müssen. Zu viel Arbeit hatte angestanden für zu wenige Hände, nachdem Tacke sich am Morgen theatralisch hustend krankgemeldet hatte: Saal aufräumen, fegen, wischen, Tische und Stühle zurückstellen, nicht eine ruhige Minute – mehrmals hatte die Chefin zwischendurch mit dem Krankenhaus telefoniert, ohne jemanden an den Apparat zu bekommen, der ihr Auskunft über Pauls Zustand geben konnte – und natürlich hatte ich auf dem Vorplatz Schnee geschippt, Mal um Mal. Der Vormittag war darüber vergangen, sogar ein Teil des

Nachmittags, bis ich mich nun endlich zurückziehen und den Texten widmen konnte, die unangetastet auf dem Stuhl gelegen hatten, links der *Entweder-*, rechts der *Oder*-Text. Und obgleich ich schon eine ganze Weile hier saß und genoss, wie die Wärme meinen Körper durchströmte, hatte ich die Aufsätze noch immer nicht angerührt.

Ich wusste ja, wovon sie handelten. Es war kein Geheimnis, womit Paul sich in den letzten Wochen und Monaten beinahe pausenlos beschäftigt hatte, wann immer er sich von der Arbeit im Grenzkrug losmachen konnte: mit der Scherbe, die wir auf unserer bislang letzten Fahrt zur Hallig im Watt gefunden hatten. Dutzende Briefe hatte er geschrieben, auf Antworten gewartet, die nach und nach eintrudelten, seine Bücher gewälzt, Notizbücher vollgeschrieben und auf der Schreibmaschine getippt. Allerdings hatte er nicht einmal mir gegenüber Details erwähnt, er hatte sich vollkommen bedeckt gehalten und lediglich gesagt, wie aufregend das alles für ihn war, unglaublich, nicht zu fassen, das. Und die Redaktion der Zeitschrift *Die Heimat* hatte er vorgewarnt: Da kommt was, das wird euch gefallen, könnt ihr mir glauben. Diese beiden Texte waren nun das Ergebnis seiner Beschäftigung, und dennoch konnte ich mich vorerst nicht überwinden hineinzuschauen. Eine Scheu, über die ich nicht aufhören konnte nachzugrübeln, hielt mich davon ab, und ich hatte sie von dem Moment an verspürt, als wir die Scherbe fanden.

Ich war nicht unmittelbar dabei gewesen. Ich hatte noch auf unserem Boot zu tun gehabt, mit dem wir uns in der Nähe des Dwarsloch-Priels im Norden der Hallig hatten trockenfallen lassen. Wie immer war es ein heikler, besonderer Augenblick gewesen, als das Wasser unterm Rumpf verschwand und wir nach kurzem Hin- und Herschlingern mit den Kimmkielen aufsetzten und mit hochgezogenem Kielschwert auf dem Watt zu liegen kamen; jedes Mal bekam ich dabei weiche Knie. Wenig später, das Wasser hatte noch etwa drei Finger hoch gestanden, war Paul übers Heck die Leiter hinuntergeklettert und hatte sich schon einmal allein auf den Weg gemacht. Ich selbst ließ mir Zeit bei meinen Verrichtungen; solange das Wasser nicht ganz abgeflossen war, konnten wir ohnehin nichts ausrichten. Ich wusch unser Kochgeschirr ab, räumte es weg, sortierte die leeren Bierflaschen in den Kasten, ging aufs Bordklo und kümmerte mich dann in der Plicht des Bootes um die beiden Kameras, die kleine Leica und die neue Super-8-Kamera, die ich mit einem frischen Filmband ausstattete. Gerade machte ich einen Testfilm, lächelte ins Objektiv und winkte albern, als ich Paul rufen hörte. Seine Stimme überschlug sich.

Später, zurück in Vidtoft, hatten wir uns diesen tonlosen Film einmal gemeinsam angesehen, in Pauls Zimmer, und wir hatten beide über meinen Gesichtsausdruck lachen müssen, diesen übermäßigen Schrecken, der sich darin zeigte. Wie ich da zusammenfahre, die Augen aufreiße und aufspringe – auch wenn ich es Paul nicht erzählt hatte, hatte ich doch genau gewusst, welche Gedanken mir da durch den Kopf geschossen waren: *Etwas ist mit Paul. Etwas ist passiert.* Das Bild verwackelte, ein Teil des Außenbordmotors war zu sehen, bis ich schließlich, weil ich mitbekommen hatte, dass die Kamera weiterhin lief, Paul ins Bild holte, draußen im Watt.

Das aber dauerte einige Zeit, denn ich hatte ihn nicht sofort entdecken können. Zunächst hatte ich in die falsche Richtung geblickt, zur Hallig hin, genauer, an ihr vorbei. Dort, im Nordwesten, wollten wir uns diesmal umschauen, zwei Tage lang. Auf der Herfahrt, die Ruderpinne in der Hand, hatte Paul mir sein Vorhaben genau erklärt; er hatte erfahren, dass eine neue Warft im Watt aufgetaucht war, vor einigen Wochen schon, die er genauer untersuchen wollte, bevor die Herbststürme einsetzten. Jetzt oder nie war die Gelegenheit dazu. Im Frühling würden sehr wahrscheinlich alle Spuren verwischt sein. Das hatten wir schon mehrmals erlebt. Die Herbststürme, das Wintereis, die Sturmfluten nagten gründlich die Wattoberfläche ab, veränderten alles, Priele fraßen sich neue Wege, und beim ersten Besuch im April, Mai war nichts mehr übrig. Neues tauchte auf, vielleicht. Aber alles Alte war verändert. Als betrete man ein Schachbrett, so hatte Paul es einmal beschrieben, und alle Figuren sind verrückt worden. Damals, nach der Flut von 1962, hatte er das gesagt, die nicht nur im Watt vieles verändert, sondern auch auf der Hallig einiges angerichtet hatte; das Stallgebäude war unter den Flutmassen eingestürzt, und anstatt es einfach wieder aufzubauen, hatten sie gleich Nägel mit Köpfen gemacht und ein neues Haupthaus mit einem Schutzraum errichtet, der auf Betonpfeilern ruhte, die sechs Meter in den Halligboden hineingetrieben worden waren. Interessante Dinge hatten wir damals entdeckt, an der Südseite der Hallig, die beiden Schwerter etwa und den Menschenschädel mit Kieferbruch und einiges mehr, wovon im Jahr davor noch nichts zu sehen gewesen war. Anderes dagegen, Deichspuren, die wir deutlich gesehen hatten, eine Warft, war wie vom Erdboden verschwunden. Zur rechten Zeit muss man da sein – Paul hatte es immer gesagt. Doch als ich ihn nun rufen hörte und nach ihm Ausschau hielt, sah ich ihn nicht an der erwarteten Stelle, nicht einmal in der erwarteten Gegend. Ich musste meinen Kopf umwenden und zur anderen Seite des Bootes hinausschauen. Da war er. Weit weg. Ein winkender Mann im Friesennerz mit Mütze auf. Hochgekrempelte Hosenbeine. Komm her, und mach schnell.

Eilig schnappte ich mir die Leica, verstaute sie im Rucksack, den ich mir überschnallte, und kletterte einhändig übers Heck die Leiter hinunter. Noch immer hielt ich die Super-8-Kamera in der Hand und ließ sie filmen. Eine bewegte Szene: Watt huscht am Objektiv vorbei, meine Füße sind zu sehen, wie sie im Schlick verschwinden, verspritzendes Wasser. Ich lief nicht, das war bei diesem Untergrund nicht möglich, aber ich bewegte mich doch, so schnell ich konnte, voran, und irgendwann – »Na endlich«, hatte Paul gesagt, als wir den Film anschauten – hob ich die Kamera, sodass er wieder ins Bild kam, das sich im Rhythmus meiner Schritte bewegte. Er war näher dran jetzt, besser zu erkennen, und er hockte dort, sah auf etwas hinunter, das vor ihm im Watt lag.

Mir war es ein Rätsel, was er da draußen machte, so weit weg von der Hallig. Knappe hundert Meter von seinem Standpunkt entfernt verlief der Wattenstrom Fuhle Schlot, auf dem die Fähre zwischen Nordstrand und Pellworm pendelte. Es war ein Gebiet, das uns bislang nie beschäftigt hatte. Wenn wir zu Fuß zur Hallig gewandert waren, hatte es zu weit entfernt für uns gelegen; und auch von unserem Boot aus waren wir nie dorthin gegangen. Alle, die etwas davon verstanden, waren sich einig, dass es dort nichts zu finden gab, zumindest nichts, was mit Rungholt zu tun hatte. Nachbarsiedlungen hatten womöglich dort gelegen, Fedderingman Capell, Obbenbüll, Ilgrof, wie sie alle hießen, die uns jedoch, weil sie weniger bedeutend und auch nicht so alt waren, kaum interessierten. Was also hatte Paul dort zu suchen?

»Das glaubst du nicht«, rief er, als ich nahe genug war, um seine Worte zu verstehen, und im Aufrichten grinste er mich an.

Atemlos blieb ich vor ihm stehen, filmte sein Gesicht in Großaufnahme. »Alles in Ordnung mit dir?«, fragte ich.

Lachend nickte er. »Natürlich.« Und er gestikulierte mit den Armen, dass ich die Kamera von seinem Gesicht nehmen sollte. »Nicht mich filmen«, sagte er. »Das da.« Er deutete aufs Watt.

Es war ein Stück Metall, das schräg aus dem Schlick hervorlugte, daumendick, tiefschwarz verwittert, im Ganzen etwas größer als die Fläche meiner Hand. Auf der einen Seite hatte sich beim Abfließen des Wassers ein Sandhügel gebildet, die andere Seite war glatt und glänzte vor reflektierender Nässe. Nach oben hin wurde das Stück schmaler und verjüngte sich zu einer abgeflachten Spitze. Die Ränder hatten Zacken und Ecken, so als wäre dieses Stück herausgebrochen aus etwas Größerem. Eine Scherbe also, die leicht in sich gebogen war, und eine Linie fiel ins Auge, die quer zu diesem Bogen verlief, wie eine darauf gesetzte Verzierung.

Ich filmte, ging dazu in die Knie und blickte durch den Sucher. Pauls Hand erschien, die sich der Scherbe näherte und vorsichtig den aufgehäuften Sand beiseitestrich.

»Vom Boot aus habe ich die gesehen«, sagte Paul. »Weiß gar nicht, warum. Hat kaum aus dem Wasser herausgeguckt.« Plötzlich verlor die Scherbe ihren Halt und klatschte flach auf den Schlick. »Siehst du. Der nächsten Flut hätte sie bestimmt nicht standgehalten. Die hätte sie mitgerissen. Irgendwohin.« Er blickte auf, sah mich durch die Kamera an. »Was meinst du dazu?«

»Weiß nicht. Ein Stück Metall, eine Scherbe.«

»Mehr nicht?« Er hob die Scherbe auf und legte sie sich auf die linke Handfläche. Schlick tropfte durch seine Finger. Langsam führte er die Hand vor das Objektiv, verharrte, drehte die Scherbe um, damit ich alles aufnehmen konnte. »Du weißt wirklich nicht, was das ist?«, fragte er, und ich schwenkte erneut auf sein Gesicht. »Oder doch?«

Dieser Blick. Dieser halb geöffnete Mund, der sich zu einem Grinsen weitete.

»Das ist ein Teil von einer Glocke«, sagte er, und weil ich darauf nichts erwiderte, fügte er hinzu: »Rungholts Kirchenglocke.«

Mich durchfuhr es. Es fing in den Beinen an, stieg zügig nach oben, lief durch meinen Körper, erreichte die Arme. Paul erschrak, als er es bemerkte. Seine freie Hand kam auf mich zu, griff nach der Kamera.

»Beruhig dich, Jannis. Ganz ruhig. Du zitterst ja.«

Und damit brach der Film ab.

Als wir den Film einige Wochen später gemeinsam angeschaut hatten, war ich nicht sicher gewesen, wie es sein würde, diesen Moment noch einmal auf der Leinwand zu sehen. Der Projektor hatte ratternd auf dem Schreibtisch gestanden, die Bilder an die Leinwand geworfen, und je näher wir der Stelle gekommen waren, desto mehr hatten sich meine Hände ineinandergekrallt, die ich auf dem Boden sitzend um die angezogenen Beine gelegt hatte. Dann war der Moment gekommen: Pauls Griff nach der Kamera, das plötzliche Weiß. Gleich darauf hatte er den Projektor gestoppt, die Schreibtischlampe angeschaltet und gesagt: »Und hier liegt sie nun, die Scherbe. Ich kann es immer noch nicht glauben.«

Ich war erleichtert gewesen, als er das sagte, zumindest auf eine Art, denn den ganzen Film über hatte ich befürchtet, dass er mich fragen könnte, was damals mit mir los war, und ich hätte es ihm nicht sagen können. Nie hatten wir darüber gesprochen, weder im Watt noch irgendwann danach. Vermutlich hätte ich mir irgendwelche Ausflüchte einfallen lassen, kennst mich doch, und etwas von übermäßiger Anstrengung erzählt, so durch den Schlick zu hasten, wie ich es getan hatte, zudem unausgeruht, ich meine, die ganzen Biere, die wir getrunken hatten, einiges war da zusammengekommen – und alles nur, um nicht sagen zu müssen, was tatsächlich gewesen war.

Wie hätte ich ihm denn auch die Fassungslosigkeit erklären sollen, die mit unerwarteter Wucht über mich gekommen war?

Etwas abgeschwächt, weil ich diesmal darauf vorbereitet gewesen war, hatte ich sie erneut gespürt, als die kurze Sequenz über die Leinwand lief: Paul, die Metallscherbe auf seiner flachen Hand, seine Lippen, die, diesmal tonlos, einen Satz bilden, von dem er mit Sicherheit nie erwartet hat, dass er ihn jemals aussprechen wird. *Das ist ein Teil von einer Glocke – Rungholts Kirchenglocke.*

Ich hatte es nicht fassen können, und damals wie später hatte ich unwillkürlich gedacht: Das glaubt er doch selber nicht. Dann gleich darauf, wie ein Schock: Doch, er glaubt es, und wie er das tut. Nicht weil er es für wahrscheinlich hält. Nein, weil er es *will*. Und dabei wird es bleiben, so oder so.

Es musste sein Blick gewesen sein. Augen wie Steine. Sie ließen keinen Zweifel zu. Seine Erklärung stand fest, vom ersten Augenblick an, und mir war bereits klar, wie es weitergehen würde. Paul würde die Argumente suchen und finden, die seine Überzeugung bestätigten. Himmel und Hölle würde er dafür in Bewegung setzen. Er würde keine Hilfe annehmen, von niemandem, und selbst eine Erklärung suchen. Die Schleswiger würde er so spät wie nur irgend möglich einweihen, erst dann, wenn er mit seinen Mitteln am Ende war und die letzte Bestätigung brauchte: eine Altersbestimmung der Scherbe. Sie würde das Mosaiksteinchen sein, das seiner Erklärung fehlte. So würde es kommen. Und so war es auch gekommen.

Natürlich hätte ich ihm umgehend die Gegenargumente liefern können, die ich genauso kannte wie er selbst. Das Metallstück konnte von überall her angespült worden sein. Ein Lesefund, nichts weiter. Und selbst wenn es stimmte, wenn die Scherbe zu einer Glocke gehörte – wo war dann der Rest? Nichts sprach vorerst dafür, dass die Metallscherbe aus Rungholt stammte. Nichts. Aber ich schwieg. Meine Einwände hätten ihn gewiss nicht erreicht. Außerdem spürte ich deutlich seine innere Unsicherheit oder vielleicht sogar Angst. Schließlich wollte er nur überzeugt sein, war es aber noch nicht.

Daher kam meine Scheu. Sie hatte mich begleitet bis zu diesem Tag und ließ mich auch jetzt noch zögern, ob ich seine Texte, die neben mir bereitlagen, wirklich lesen sollte. Wollte ich überhaupt wissen, wie er sich seine Überzeugung erklärte?

Ich nahm einen der beiden Stapel vom Stuhl auf und legte das Deckblatt beiseite. Es war der *Entweder*-Text, und ich las die ersten Zeilen:

Manchmal bietet sich einem die Chance, einen unerwarteten Blick in die Vergangenheit zu tun. Staunend steht man da und begreift: So war es. So ist es gewesen. Ich kann es sehen.

Zögerlich las ich weiter, las, wie Paul die Bootsfahrt zur Hallig beschrieb, dann den Moment, in dem er die Scherbe erblickte, wie er sich ihr näherte, davor stand und sich sicher war, sofort. Doch die Zeichen verschwammen vor meinen Augen.

Als ich erwachte, war es bereits dunkel im Zimmer. Die Zettel waren von der Bettdecke gerutscht und hatten sich auf dem Boden verteilt. Wie lange hatte ich geschlafen? Ich schaute zum Radiowecker. Keine Zahlen. Noch immer gab es keinen Strom im Haus.

Kerzen brannten auf den Tischen in der Gaststube und im Saal. Bullige Hitze und der Geruch nach herbem Pfeifentabak, vermischt mit Zigarettenqualm und irgendwas Alkoholischem, süßlich roch das, Grog oder Punsch oder so was. Eine Gruppe von Leuten hockte vornübergebeugt an einem Tisch um ein Kofferradio herum und lauschte der metallischen Stimme, die gerade Ratschläge erteilte, wie man Steine ins Kaminfeuer legte, um damit Betten anzuwärmen, und im Anschluss dazu aufrief, Batterien für Taschenlampen und insbesondere für Radios zu schonen, um die halbstündlichen Notnachrichten empfangen zu können, lebenswichtig könne das sein. Es folgte Musik, irgendein Gedudel, jemand schaltete das Radio aus und sagte: »Wieder nichts über uns. Ostsee, Ostsee, Ostsee. Als ob wir hier keinen Schnee hätten.« Es war Mats Kardell, der Fischer, ich erkannte ihn an seiner Bassstimme.

Beinahe wäre ich über den Koffer gestolpert, der im Gang vor dem Tresen stand, und da war nicht nur ein Koffer, sondern ein ganzer Haufen Gepäck, Koffer, Taschen, zwei große Plüschtiere lagen obenauf, ein Bär und etwas, das wie ein Hase aussah. Dann erblickte ich die dazugehörige Familie, sie saß gleich an der Tür, zwei Kinder, eine Frau und ein Mann, der sich erhob, um das große Fremdenbuch an den Tresen zurückzutragen. Er kam mir vage bekannt vor. Es war der Fahrer des Mercedes.

»Hab ich's Ihnen nicht gleich gesagt?« Tidick stand im Durchgang zum Saal, einen Becher in der Hand, aus dem er schlürfend trank; er war sichtlich angetrunken und sagte: »Na, wie weit sind Sie mit Ihrer Familie gekommen? Lassen Sie mich raten – nicht mal bis zum Ortsschild.«

Der Mann legte das Fremdenbuch auf den Tresen und sagte: »Doch, sogar ein bisschen weiter.« Es klang nicht auflehnend, eher traurig.

»Schöpfwerk?«

»Ist das dieses rote Gebäude?«

»Richtig.«

»Kurz dahinter sind wir irgendwie abgerutscht. In einen Graben.«

»Und da sitzen Sie nun fest, was?«

»Wir haben alles versucht, um den Wagen wieder frei zu bekommen«, sagte der Mann. »Nichts zu machen. Bei dem Schneesturm. Dann sind wir hierher zurückgegangen, und das hat über eine Stunde gedauert, wirklich, eine geschlagene Stunde durch den Schnee. Mit den Kindern im Schlepptau.«

»Sie hätten auf mich hören sollen«, sagte Tidick und zeigte mit dem Finger auf den Mann. »Ich sag's Ihnen. Sie hätten auf mich hören sollen.«

»So, Tidick«, sagte die Chefin hinterm Tresen, »nun ist auch gut. Noch ein Grog für dich?«

Er schüttelte den Kopf. »Hab noch, meine Liebe. Besten Dank.« Sehr aufrecht gehend zog er sich ins Dunkel des Saales zurück und setzte sich zu der Gruppe mit dem Radio.

»Können wir Ihnen mit den Koffern helfen?«, fragte die Chefin, als sie dem Mann zwei Zimmerschüssel über den Tresen reichte. Sie blickte auf den Eintrag im Fremdenbuch: »Herr Besgen.«

»Nicht nötig. Das schaffen wir dann auch noch.«

»Ich lass Ihnen ein paar Extradecken hochbringen, damit es heut Nacht nicht zu kalt für Sie wird.«

»Das wäre nett.«

Er gab seiner Familie ein Zeichen, und sie trafen sich am Gepäck. Die Kinder schnappten sich ihre Plüschtiere, die Frau klemmte sich ein Schminktäschchen unter den Arm, nahm einen Sportbeutel auf, der Mann trug die Koffer. Alle trotteten ihm hinterher, raus aus der Gaststube und auf dem Flur gleich nach links zur Treppe ins Obergeschoss.

»Hier ist ja was los«, sagte ich, als ich hinter den Tresen trat.

»Krisensitzung des Gemeinderates«, sagte die Chefin. »Die planen gerade einen Räumdienst oder so.«

»Warum habt ihr mich denn nicht geweckt?«

»Weiß auch nicht«, sagte sie. »Ging irgendwie. Nane hat geholfen und draußen Schnee geschippt.«

»Mensch.«

»Ist egal«, sagte sie. »Vollkommen egal.« Ohne dass sie mir einen Vorwurf machte, fühlte ich mich unsagbar schlecht. »Kannst aber gleich mal bei den Zechbrüdern vorbeigehen und nachschenken, wenn du magst.«

Wenigstens das konnte ich ihr abnehmen. Es war schließlich schon beinahe legendär, wie ungern sie es hatte, wenn jemand zu viel bei uns trank; soweit es sich vermeiden ließ, hielt sie sich von diesen Gästen fern. Spätestens seit der Sache mit Gudrun Anders war das so, die einst auf dem Rückweg vom

Grenzkrug auf der Dorfstraße überfahren worden war, zehn oder mehr Jahre war das her. Volltrunken hatte sie sich mitten auf die Straße gesetzt, nachts um halb zwei, wahrscheinlich um sich auszuruhen, womöglich hatte sie auch einfach nicht weitergewusst, wer kann das sagen, und war dann von einem dieser Inselspinner mit Surfbrett auf dem Dachgepäckträger ungebremst überfahren worden. Äußerst unangenehm war das gewesen, allen, nicht nur dem Fahrer des Wagens, der genau genommen wenig dafür konnte, obwohl er natürlich viel zu schnell gefahren war. Ich hatte die Chefin nie so entsetzt erlebt wie damals, als wir die Nachricht erhielten. Seitdem bedienten entweder Paul oder ich die großen und kleinen Trinker bei uns. Ich konnte irgendwie mit denen.

»Klar«, sagte ich, »das mach ich.«

»Ich hol dir heißes Wasser«, sagte die Chefin, griff zuvor jedoch nach dem Telefon, hielt sich den Hörer ans Ohr, schüttelte den Kopf, nichts, legte auf und ging dann erst in die Küche. Bestimmt konnte sie schon nicht mehr zählen, wie oft sie an diesem Tag in den stummen Hörer hineingelauscht hatte.

Überall Schnee. Die Straßen dicht. Der Hanomag ist abgesoffen und lässt sich nicht mehr starten. Nichts zu machen. Es waren beunruhigende Nachrichten, die die Männer da zusammentrugen. In der Ferne hatte einer von ihnen beobachtet, wie eine Überlandleitung zusammengebrochen war, zwei Mikadostäbchen, die sich einander zuneigten. Mit den Zeigefingern beider Hände machte er das vor, es war Karl Hubbatsch. Bei Delffs draußen drohte, laut Mats Kardell, die Melkmaschine auszufallen, der Generator lief im Moment zwar noch, aber der Diesel würde bald knapp werden, und bei den andern Bauern sah es bestimmt auch nicht rosiger aus. Piet Phillippsen, der vor Jahren ein paar Zapfsäulen vor seinem Dorfladen aufgestellt hatte, zuckte mit den Schultern, heute hätte eigentlich eine Lieferung kommen müssen. Kann denn jemand noch mit der Hand melken? Und die Infrarotlampen für die Schweine, die Ferkel? Wenn die ausfallen, kollabieren die Tiere. Das Geschrei dann, das hält keiner aus. Außerdem müsste jemand mal sicherheitshalber von Haus zu Haus gehen und nachschauen, ob alle zurechtkommen so weit. Die alten Leute in ihren Hütten erfrieren sonst noch, wenn die Heizungen ausfallen. Wer von denen hat schon einen funktionierenden Kamin oder kann ihn befeuern? Man kann wirklich nur hoffen, dass die Schleswag-Leute die Stromleitungen bald repariert bekommen. Ohne Strom geht hier gar nichts. Aber vor allem müsste man irgendwie diesen Schnee loswerden. Sieht ja nett aus, ist aber ein Teufelszeug. Dazu dieser verdammte Sturm. Ah, da kommt der Nachschub.

Kardell drehte sich auf seinem Stuhl um und nahm mir die Thermoskanne und die Flasche Rum ab, danke, Jannis, er schenkte sich großzügig ein, stellte beides neben das Radio, und jemand, ich glaube, es war Phillippsen, ließ den altbekannten Spruch los, den alle schon hundert Mal gehört hatten; im Winter konnte man Wetten abschließen, wie oft er an einem Abend von wem gebracht wurde, das Grogrezept: »Rum mutt, Szucker kann, Water bruukt nich.« Haha.

»Dich haben wir übrigens schon eingeplant«, sagte Kardell. »Für morgen. Schneetrupp 2. Delffs ist dabei, der jüngere natürlich. Und Ove Phillippsen.«

»In Ordnung«, sagte ich.

»Falls Sie mich brauchen können, würde ich auch gerne mithelfen.« Die Stimme kam aus der Ecke des Saales. Dort hockte Heiner Bonatz allein an einem Tisch, Zeichenblock auf dem Schoß, seine riesigen Hände um eine Tasse geschlossen, von der so gut wie nichts zu sehen war.

»Sind Sie sicher?«, fragte ich. »Das müssen Sie nicht.«

»Doch, gerne. Planen Sie mich ruhig ein.«

»Wir können jede Hilfe brauchen«, sagte Kardell und schrieb Bonatz' Namen auf einen Zettel. »Sie gehören dann auch zum Trupp 2.«

»Wunderbar. Danke.«

»Wir haben zu danken«, sagte Kardell und wandte sich daraufhin leiser an mich: »Vielleicht bekommt ihr den Wagen dieser eingeschneiten Familie frei. Versuchen solltet ihr das.«

Er schlürfte von seinem Grog, der zu heiß zum Trinken war, viel zu heiß; mit einem zischenden Laut zog er die Lippen ein. Seine Nachbarn am Tisch lachten. Autsch. Zwei Männer, die sich polternd Stühle heranzogen und Tassen vor sich abstellten, nahmen im selben Moment am Tisch Platz, und nachdem alle mitbekommen hatten, wer die beiden waren, die sich da zu ihnen gesellten, verstummten sie.

»Altså«, sagte der eine.

Troyer, fleckiger Bart, trotz Kälte Schweißperlen auf der Stirn – es war der Wikinger. Neben ihm, rücklings auf dem Stuhl, sodass er die Arme auf der Lehne ablegen konnte, saß einer der Blauen in Zivil, ein junger Mann, farbloses Haar, Kinnbärtchen, Knut hieß er, soviel ich wusste, oder Søren. Zusammen bildeten die beiden anscheinend die offizielle Delegation aus Nørreby, die herübergeschickt worden war, um hier einen bestimmten Sachverhalt zu klären. Jedem war das sofort klar. Am Tresen standen außerdem einige Gestalten, die mit ihnen hereingekommen sein mussten, die Verstärkung, nahm ich an, Friedel Anders, der Madsen von gegenüber und Tacke, der etwas schüchtern um sich blickte; so schlecht, wie er am Morgen behauptet hatte, schien es ihm nicht zu gehen.

Die Art des Schweigens, die am Tisch herrschte, war genau genommen nichts Neues in diesen Räumen; es erinnerte stark an damals, als die Grenze wiedereröffnet worden war und noch am selben Abend einige Dänen die Gaststube betreten hatten, Lüders voran, einige seiner Kumpanen hinterher. Am Tresen hatten sie sich aufgestellt und die Betroffenheit ausgekostet, mit der auf ihr Erscheinen reagiert worden war. Unausgesprochene Vorwürfe hatten in der Luft gehangen. Allzu viel war in den zurückliegenden Jahren von beiden Seiten gesagt oder getan worden, das nicht vergessen war. Misstrauisch hatte man sich gegenseitig beäugt. Dann hatte Paul gesagt: »Lasst uns anstoßen.« Und Lüders: »Worauf denn?« Paul: »Darf sich jeder selber aussuchen.« Lüders: »Darauf können wir uns einigen: Skål!« Alle hatten getrunken und angestoßen, doch das gegenseitige Misstrauen war geblieben, im Grunde all die Jahre hindurch, wenn auch nur unterschwellig, und jedes Mal, wenn es um die Grenze ging, war es wieder zu spüren. Auch jetzt. Man war auf der Hut. Grenzangelegenheiten. Heißes Terrain.

»Was soll das?«, fragte der Wikinger. Er schien beauftragt, das Gespräch zu führen, und Knut oder Søren verschanzte sich hinter seiner Tasse.

»Was soll was?«, fragte Tidick. Er war natürlich angesprochen worden und nahm Haltung auf seinem Stuhl an, was ihm in seinem Zustand nicht ganz leicht fiel.

»Wir verstehen das korrekt, ihr habt den Übergang geschlossen?« Das nuschelige Deutsch des Wikingers war schwer zu verstehen, die Worte gingen ineinander über.

»Jawohl.«

»Ist das abgesprochen?«

»Habt ihr denn drüben kein Radio gehört?«, fragte Kardell. »Alles dicht bei uns. Nichts geht mehr. Um Flensburg haben die schon Katastrophenalarm. Und hier wird das auch nicht mehr lange dauern.«

»Ich will wissen, ob das abgesprochen ist.« Der Wikinger ließ Tidick nicht aus den Augen.

»Wie das denn wohl?«, fragte Tidick. »Das Telefon geht seit Mittag nicht.«

»So ist es nicht abgesprochen.«

Tidick schaute in die Runde, doch niemand kam ihm zur Hilfe.

»Wer übernimmt dann bitte die Verantwortung?«, fragte der Wikinger. »Sagt man doch so bei euch? Verantwortung?«

»Also, mir langt's jetzt«, sagte Tidick und stand auf. »Wenn bei euch weniger Schnee gefallen ist wie bei uns, na, dann freut euch drüber. Hisst euern Danebrog, oder lasst es bleiben. Ganz wie ihr mögt. Aber hier bei uns ist Schnee, viel zu viel davon. Guckt einfach mal aus dem Fenster. Da. Schnee. Die Leute fahren sich fest. Könnt ihr Gift drauf nehmen. Gerade erst ist eine Familie zurückgekommen, die mit dem Wagen in den Graben gerutscht ist. Sollen da jetzt noch mehr in den Graben? Oder wie?« Er stapfte aus dem Saal zum Tresen, setzte sich auf einen der Hocker.

Der Wikinger erhob sich ebenfalls. »Und was ist mit den Urlaubern, die zurückwollen? Was sollen wir mit denen machen, wenn ihr sie nicht ins Land lasst?«

»Da haben wir's doch«, sagte Kardell. »Als Urlauber sind die euch willkommen, aber wenn's mal ernst wird ...«

»Så er det nok«, sagte Knut oder Søren, er drohte sogar mit dem Finger, doch die Geste schien ihm selbst nicht zu behagen. Schnell ließ er die Hand hinter der Rückenlehne seines Stuhls verschwinden. »Das geht so jedenfalls nicht«, sagte er laut durch den Saal in Richtung Tresen.

Dort saß Tidick und fluchte vor sich hin, Spinner sind das, und hinter ihm sah ich die Chefin. Sie winkte nach mir, ihre Lippen formten Pauls Namen, und sie zeigte auf den Hörer, den sie in der Hand hielt. Während ich mit schnellen Schritten durch den Saal zu ihr eilte, hörte sie nicht auf zu winken. Ich verstand, wie sie »er ist gleich da« sagte.

»Es geht wieder?«, fragte ich. »Seit wann?«

Sie antwortete nicht, sondern sagte nur: »Paul. Er will dich sprechen.«

Ich atmete einmal durch, bevor ich ihr den Hörer abnahm. Sofort hatte ich wieder dieses Bild vor mir, das mich seit dem gestrigen Tag nicht losgelassen hatte: Pauls Sessel, sein schlaffer Arm, der an der Seite herunterhängt. Tacke saß direkt vor mir hinterm Tresen, er grüßte schüchtern.

»Jannis?« Paul sprach sehr leise, hustete.

»Ja.«

»Jannis?«, wiederholte er, und ich sagte: »Ja, ich bin da. Wie geht es dir?«

Eine Pause entstand, irgendetwas raschelte. Dann hörte ich wieder seine Stimme: »Tschuldigung. Ist schwierig mit den ganzen Schläuchen hier, die sie in mich reingesteckt haben. Komme mir schon vor wie ein Staubsauger.« Er versuchte zu lachen, doch es wurde nur ein Husten daraus.

Die Gaststubentür knallte auf einmal zu. Ich hatte nicht mitbekommen, wer hinausgegangen war, konnte dann jedoch den Wikinger und den Blauen hinter der Fensterscheibe im Schnee verschwinden sehen, dicht gefolgt von ihrer Verstärkung.

»Was war das denn?«, fragte Paul.

»Tidick hat die Grenze geschlossen«, sagte ich, »und jetzt haben sich die Nørrebyer darüber beschwert.«

Stille am anderen Ende der Leitung.

»Paul?«

Es knisterte.

»... was gehört?« Ich verstand nur das Ende des Satzes. »Ist der Brief aus Schleswig gekommen?«

»Nein«, sagte ich. »Keine Briefe heute. Bei dem Schnee. Da kommt niemand durch.«

»Ach ja«, sagte er. »Der Schnee. Hab ich fast vergessen.«

»Genau.«

»Du sagst mir doch sofort Bescheid, wenn der Brief da ist, ja?«

»Klar.«

Er musste bereits aufgelegt haben, oder die Leitung war unterbrochen worden. Ich blickte zur Chefin, die mir den Hörer abnahm und hineinhorchte. Sie klopfte mit dem Fingerknöchel dagegen, drückte ihn dann kurz auf die Gabel, hielt ihn wieder ans Ohr und schüttelte den Kopf. Nichts. Kein Ton mehr.

Unterwegs

Da fahren wir, Paul und ich, unter uns zieht die geteerte Straße vorbei, die Betonstraße heißt, über uns scheinen die tief hängenden Wolken in ihren Formationen dagegen stillzustehen. Kalt ist es, und aus den Gräben an den Seiten der Straße windet es von Zeit zu Zeit unerwartet herauf, sodass Paul Mühe hat, das Moped in seiner Spur zu halten. Beide haben wir dicke Jacken an und Mützen auf, was die klamme, morgennasse Luft jedoch kaum von unseren Körpern abhalten kann. Ich allerdings habe es vorne auf dem Mopedsitz ohne Frage besser als Paul, denn ich muss nicht meine behandschuhten Hände um den Lenker klammern und den Verlauf der Straße im Blick behalten. Ich kann mich zurücklehnen, den Kopf einziehen und meine Hände in den Ärmeln verbergen. Ich kann sogar die Augen schließen und einfach abwarten, bis wir den Bahnhof erreichen, an dem unsere kleine Reise beginnen wird. Paul hat es so genannt: kleine Reise.

Vor dem roten Bahnhofsgebäude ketten wir das Moped an einen Zaun. Ich erzähle Paul, dass hier damals auch das Fahrrad der Chefin gestanden hat, als ich mit dem Zug angekommen bin. Aber das weiß Paul schon. Meinem Gefühl nach ist nicht viel Zeit vergangen seit jenem Tag, an dem die Chefin mich hier abgeholt und mit nach Vidtoft genommen hat; es könnte gestern gewesen sein. Das aber stimmt natürlich nicht. Einige Jahre sind seitdem vergangen, nur habe ich kein Empfinden dafür gehabt. Das wird von nun an anders sein.

»Kennst noch alles wieder?«, fragt mich Paul.

»Den Zaun, ja«, sage ich, »und das Haus auch.«

Nachdem Paul unsere Handschuhe im Proviantrucksack verstaut und diesen geschultert hat, gehen wir ums Bahnhofsgebäude herum zu den Gleisen. Unter dem Vordach kräuselt sich der Wind und treibt Laub in Spiralen über die Pflastersteine. Es ist nicht mehr kalt, und trotzdem glaubt man zu frieren. Obwohl es so früh am Morgen ist, sind wir nicht die Einzigen, die hier auf einen Zug warten. Einige Männer mit grauen Gesichtern wippen im Schutz einer Mauer vom einen aufs andere Bein, rauchen dazu, um wach zu bleiben, und begrüßen jeden, der am Gleis erscheint, mit einem angedeuteten Nicken. Also auch uns. Wir stellen uns zu diesen Männern, die uns erzählen, dass sie auf dem Weg zur Arbeit sind, nach Hamburg, Hafen und so, morgen geht es wieder auf große Fahrt. Und wohin wir denn wollen?

»Wir machen eine kleine Reise«, sage ich.

Die Männer lächeln, und einer sagt: »Soso. Hoffentlich verschläfst du denn mal nicht alles.«

Einige Minuten dauert es nur, bis der Zug einfährt. Ich weiß, dass es einer der Züge ist, die Paul und ich auf dem Hindenburgdamm beobachtet haben. Dieser hier kommt gerade von der Insel, hat den Damm überquert und wird gleich weiter in Richtung Süden fahren. Das ist auch unsere Richtung. Wir steigen ein und nehmen Platz.

Einer der Männer setzt sich uns gegenüber auf eine der Bänke. Paul kommt sofort ins Gespräch mit ihm, während ich aus dem Fenster schaue, um zu verfolgen, wie der Zug anfährt. Damit versuche ich, mich wach zu halten. Es gelingt mir nicht. Je näher die Abfahrt rückt, desto müder werde ich. Schon werden die Stimmen von Paul und dem Mann undeutlicher. Ich bekomme kaum noch mit, was sie sagen.

»Sind wir schon unterwegs?«, frage ich.

»Ja«, sagt Paul und deckt mich mit seiner Jacke zu. »Schlaf ruhig ein wenig. Es dauert noch lang genug, bis wir in Rungholt sind.«

Richtig, denke ich, Rungholt, und schlafe ein.

Ich verschlief die gesamte Zugfahrt und wurde auch nur für Minuten wach, als wir den Zug verließen und in einen Bus umstiegen, der draußen vor dem Bahnhof bereitstand. Bestimmt fragte ich Paul, wo wir jetzt waren, bekam seine Antwort aber schon nicht mehr mit oder vergaß sie gleich wieder.

Wir nahmen auf der hintersten Bank des Busses Platz, Paul am Fenster, und ich lehnte mich an ihn und schlief weiter unter seiner Jacke. Kaum merkte ich es, wenn Fahrgäste ausstiegen, neue hinzukamen. Nur als es einmal ruckelte, öffnete ich die Augen und sah, dass wir auf dem Watt fuhren. Ich erschrak. Hinter dem Fenster erstreckte sich die graue, endlose Fläche. Erst als ich genauer hinsah, erkannte ich, dass wir nicht auf, sondern über dem Watt fuhren, so als könnte der Bus fliegen.

»Guck mal«, sagte Paul, der mitbekommen hatte, dass ich wach war, »jetzt sind wir auf dem Nordstrander Damm. Da vorne liegt Nordstrand.«

Ich sah die Insel, sah nun auch den Damm und die schnurgerade Straße, auf der wir fuhren, das bewachsene Vorland.

»Zwei, drei Stunden wird das Wasser noch ablaufen, dann haben wir Hohlebbe«, sagte Paul. »Niedriger fällt das Wasser nicht. Außerdem hatten wir Neumond. Wenn alles wie geplant klappt, sind wir spätestens in zwei Stunden draußen. Genau zur rechten Zeit.«

Paul blickte aus dem Fenster, während ich mich wieder an ihn lehnte und mich bemühte, meine Augen offen zu halten. Auch jetzt wollte es mir nicht gelingen, obwohl ich mir fest vorgenommen hatte, nichts auf unserer kleinen Reise zu verpassen. Es half alles nichts.

»Bist du denn überhaupt nicht müde?«, fragte ich.

»Doch, und wie. Aber einer von uns beiden muss ja aufpassen, damit wir da ankommen, wo wir hinwollen.«

»Das kann doch auch ich machen«, sagte ich und richtete mich auf. »Ich hab jetzt genug geschlafen.«

Paul schüttelte den Kopf. »Ist nicht nötig. Mir ist eh nicht nach Schlafen zumute.«

Ich sah ihn an und wusste, was er meinte. Jetzt schlief auch ich nicht mehr. Stattdessen dachte ich an den gestrigen Tag.

Es war ein Freitag gewesen, ein Freitag im April, und für die Gäste unserer üblichen Essen schien es an diesem Tag nur ein Ereignis zu geben, über das es sich zu reden lohnte. Nach dem Ende der Osterferien würde nämlich kommende Woche das neue Schuljahr beginnen, und neben anderen würde auch ich zu denen gehören, die eingeschult wurden. Darüber sprach man also. Wer neu hinzukam, wurde sofort eingeweiht und auf die bevorstehende Veränderung in meinem Leben hingewiesen. Dann nickte man mir zu, wünschte mir viel Glück, und nicht nur ein Mal wurde wiederholt, was Lüders gesagt hatte, als er von meiner bevorstehenden Einschulung erfuhr: »Damit beginnt dann wohl der Ernst des Lebens für dich. Skål, Jannis!« Und so immer wieder.

Ich stellte mich zu Paul hinter den Tresen, um möglichst nicht mehr aufzufallen. Paul jedoch gefiel die Aufmerksamkeit anscheinend, die mir zuteilwurde, und belustigt hörte er der Chefin zu, die eben Lehrer Nølle erklärte, wer denn dieser Jannis ist, von dem alle reden, und worum es geht. Auf seinem Stehhocker sitzend, blickte er sich um, bis er mich entdeckte.

»Du bist also Jannis?«

»Ja.«

Er sah mich an und schien sich dunkel zu entsinnen. »Stimmt. Wie schön, dass du dieses Jahr endlich dabei sein wirst.«

»Ja«, sagte ich, ohne überzeugt zu sein, dass ich genauso darüber dachte.

Die ganze Situation war mir äußerst unangenehm, aber die Gäste hörten nicht auf, über mich und die Schule zu sprechen. Angeregt dadurch begannen einige sogar, Erinnerungen an ihre eigene Schulzeit hervorzukramen, wisst ihr noch, wie schön es damals in Vidtoft gewesen ist und wie sich die Dorfschule einst für die Teilnahme an der Weltausstellung in St. Louis, Illinois, beworben hat? Noch vor dem ersten großen Krieg ist das gewesen. Deich und Schöpfwerk hat es damals nicht gegeben, sodass jedes Haus seinen eigenen Bootssteg unten am Tief besaß. Überall galt Vidtoft als das schönste Dorf in Friesland, und zwar zu Recht, weil's wirklich malerisch gewesen ist, damals, und besonders stolz war man auf die Schule, einen modernen Bau, der dennoch ehrwürdig wirkte. So was gehörte natürlich der Welt gezeigt. Grundrisse des Gebäudes, Aufnahmen vom Schulhaus, von der Lehrerwohnung und den Unterrichtsstunden sollten, so der Plan, dem Weltpublikum einen Eindruck von *Good Old Germany* vermitteln, und Vidtofts Bewerbung ist, man höre und staune, durchaus aussichtsreich gewesen. Dafür hat schon der damalige Lehrer Mellenthin gesorgt, ein waschechter Bismarckianer samt Zwirbelbart und Monokel und entsprechendem Sendungsbewusstsein, der die angereiste Berliner Delegation stolz übers Areal und durchs Dorf führte und seine herausgeputzten Schüler immer aufs Neue patriotisch gestimmte Lieder zum Besten geben ließ. Letztendlich ist dann zwar eine andere Schule ausgesucht worden, Deutschland in Illinois zu vertreten, aber, herrje, was waren das doch für aufregende Zeiten, damals in der Schule.

Sie redeten und redeten, ließen nicht ab von diesem Thema, und ich ärgerte mich, weil ich mich dem nicht entziehen konnte. Dann, auf einmal, standen die Chefin und Paul neben mir.

»Was hat denn unser zukünftiger Schulgänger?«, fragte die Chefin.

»Gar nichts hab ich.«

»Glücklich siehst du aber nicht unbedingt aus«, sagte Paul, und ich sagte nichts mehr.

Denn das kannte ich bereits. Wenn Paul und die Chefin auf diese Art mit mir sprachen, wenn sie mich anlächelten, wie sie es in diesem Moment taten, dann hatten sie immer etwas Bestimmtes mit mir vor. Augenblicklich war mein Ärger verflogen, und ich verfolgte nur noch aufmerksam, was die beiden nun zueinander sagten.

»Paul«, sagte die Chefin, »war da nicht irgendwas, was du Jannis zeigen wolltest?«

Er sah sie erstaunt an, tat jedenfalls erstaunt. »Ich weiß nicht«, sagte er, nachdem er kurz überlegt hatte.

»Weil er nächste Woche doch eingeschult wird.«

Ich wartete, während alles an Paul verriet, wie sehr er sich zu erinnern bemühte.

»Ach so, ja«, sagte er endlich. »Komm doch mal eben mit mir mit.«

Unbemerkt von unseren Gästen, verließ ich hinter Paul die Gaststube und folgte ihm über den Flur in die Stube. Angestrengt dachte ich nach, was es wohl sein konnte, das er mir zeigen wollte, und als ich bemerkte, dass wir uns auf dem Weg ins Bürozimmer befanden, wurde mir klar, dass es etwas mit dem zu tun haben musste, worüber wir am Tag der Grenzöffnung gesprochen hatten. Mit Rungholt also. Zwar hatte Paul Rungholt in der darauffolgenden Zeit nicht mehr erwähnt, doch jedes Mal, wenn wir uns allein begegnet waren – im Garten etwa, auf der Terrasse –, hatte in seinem Blick etwas gelegen, das von einem Geheimnis erzählte, welches nur wir beide kannten, von einem Wissen, das uns verband. So zumindest war es mir vorgekommen.

Im Bürozimmer ging Paul gleich zum Schreibtisch und nahm einen Brief auf, der dort bereitgelegen hatte. Dann setzte er sich auf den Stuhl und winkte mich zu sich heran.

»Das hier«, sagte er und wedelte mit dem Brief, »ist eine Einladung. Für uns beide. Weißt du, wohin?«

»Nach Rungholt«, sagte ich und zweifelte nicht daran, mit meiner Vermutung richtig zu liegen.

»Genau«, sagte er. »Oder doch so ungefähr. Da, wo Rungholt gestanden hat, liegt heute eine Hallig. Das ist eine Art Insel. Sie heißt Südfall. Auf der Hallig steht nur ein einziges Haus, und hin und wieder fährt jemand von Nordstrand aus raus und bringt die Post hin. Diesem Postboten habe ich vor Kurzem geschrieben. Ich habe mir nämlich gedacht, dass wir zwei, du und ich, bevor du eingeschult wirst, noch etwas Besonderes unternehmen sollten. Eine kleine Reise. Für morgen sind wir eingeladen.«

»Und die anderen?«, fragte ich. »Nils? Nane? Und die Chefin?«

»Nein, nein«, sagte Paul. »Das ist ganz allein unsere kleine Reise. Mit dem Zug müssen wir fahren, ganz früh schon, danach mit einem Bus, und dann wird der Postbote uns abholen und mit nach draußen nehmen und uns alles zeigen.«

»Morgen schon?«, fragte ich und konnte es nicht glauben.

»Ja.«

Ich küsste Paul. Ich wusste nicht, was ich anderes machen sollte.

Er grinste. »Weißt du«, sagte er, »ich war mir sicher, dass du dich freuen würdest. Und ich freue mich auch. Ich will das schon so lange machen. Vorher aber, fürchte ich, müssen wir uns noch etwas um unsere Gäste kümmern.«

Darauf sah er mich an, und sein Blick war voller Dinge, die ich nicht verstand.

Erst jetzt, unterwegs im Bus auf dem Nordstrander Damm,

als er neben mir saß und zum Fenster hinaus aufs Watt sah, verstand ich diesen Blick vom gestrigen Abend. Und ich verstand außerdem, weshalb er, obwohl er kaum zwei Stunden geschlafen haben mochte, bevor wir am Morgen aufgebrochen waren, keinesfalls die Augen schließen wollte, um sich auszuruhen. Aber ich verstand alles auf eine andere Art. Ich spürte: Jetzt ist Paul glücklich. Jetzt erst kann er mit mir nach Rungholt fahren. Sehr lange hat er darauf gewartet.

Und bald sind wir da.

Die Straße brach auf einmal ab. Der Bus hielt in unmittelbarer Nähe des Seedeiches, Paul und ich stiegen aus, dann wendete der Bus auf einer sandigen Fläche und fuhr in die Richtung davon, aus der er gekommen war. Wir waren die letzten Fahrgäste gewesen, und wenn man nicht gewusst hätte, dass es hinter dem Deich noch weiterging, wäre es einem durchaus naheliegend erschienen, hier an irgendeinem Ende angelangt zu sein. Ganz und gar windstill war es. Über der Deichkrone hingen einige unvermeidliche Möwen in der Luft, und das Gekreische, das sie zweifellos von sich gaben, drang nicht bis zu uns vor. Dort oben musste es Wind geben, von dem hier unten nichts zu spüren war. An einem Mast flatterte eine zerzauste Schleswig-Holstein-Flagge.

Es gab eine Fortführung der Straße, einen Feldweg, der parallel zum Seedeich verlief, bis er sich in einiger Entfernung teilte, sodass die eine Spur weiter dem Verlauf des Deiches folgte, die andere in sachter Steigung auf ihn hinaufführte. Dort an der Weggabelung stand ein Pferdewagen, den Paul noch vor mir entdeckte. Während wir darauf zugingen, bemerkte ich, dass er sich beständig umblickte, etwas verunsichert anscheinend, weil von dem Postboten, der uns hatte erwarten wollen, nichts zu sehen war. Aber er konnte nicht weit sein. Die zwei Pferde, die in ihrem Geschirr vor dem flachen

Wagen standen, blickten ergeben den Weg hinauf, der auf den Deich führte. Es waren hellbraune, große Tiere, deren blonde Mähnen kaum vom Wind bewegt wurden. Als wir an den Wagen herantraten, sahen sie sich kurz um, ließen sich jedoch nicht lange von uns stören und wandten die Köpfe wieder ab, denn über dem Weg, über dem Deich braute sich etwas zusammen, das ihre Aufmerksamkeit offenbar mehr verdiente. Dort oben stoben Vögel wild durcheinander – Austernfischer sah ich, Möwen natürlich, auch einige Seeschwalben –, da stieg es auf und ab, zuckte und pulsierte, und Paul sagte: »Da muss er sein, der Postbote.«

Wie aus einer Wolke kommend, erschien der Postbote dann tatsächlich oben auf dem Deich. Im Sturzflug schossen einzelne Vögel auf ihn hinab, stießen immer wieder aus dem wirbelnden Knäuel auf ihn nieder und schnappten nach den Brotkrumen, die er aus seinen Jackentaschen hervorkramte und beidhändig über sich in die Luft schleuderte. Bedrohlich nahe kamen die Vögel mitunter seinem Kopf, aber der Postbote lachte nur, während er den Weg hinunterging und die Meute wie Kielwasser hinter sich herzog. Mit jedem Schritt, den er näher kam, zuckten die Pferde stärker in ihrem Geschirr, das leise klirrte, stampften und scharrten mit den Vorderhufen, und als er endlich vor ihnen stand und ihnen von dem gleichen Brot gab, das er zuvor an die Vögel verteilt hatte, wurden sie augenblicklich ruhig.

»Tade Karff.« Er zeigte mit einer Hand auf sich selbst und lachte auf eine Weise, wie sonst Kinder lachen, wenn ihnen etwas Spaß macht. »Ihr seid das also, die mit mir raus zur Hallig wollen?«

»Richtig.« Paul lachte ebenfalls. »Das hier ist Jannis. Und ich bin Paul.«

»Fein.«

Er war braun gebrannt, hatte strohiges Haar, das ihm in

Strähnen am Kopf klebte, und seine Eckzähne, die er beim Lachen entblößte, waren stielig in der Form von Speerspitzen. Unter der Regenjacke, die ihm bis knapp über die Knie reichte, trug er eine kurze Hose, und soviel von dieser zu sehen war, hätte sie eine Reinigung gebrauchen können. Den Saum überzog eine matte Sandkruste. Seine Beine und Füße waren von feuchtem Schlamm und getrockneten Spritzern bedeckt, die Muskelstränge unter der Haut waren genau zu erkennen. Problemlos hätte man sie mit einem Finger nachzeichnen können. Neben und auf ihnen saßen runde, violette Knubbel, selbst die Oberseite der Füße war uneben, blaugrüne Adern verliefen dort, soweit es durch die Schlammschicht zu sehen war, und mir wurde unheimlich zumute bei der Vorstellung, darüber zu streichen.

»Schön, dass es geklappt hat«, sagte Paul.

»Hab schon mal geguckt, wie die Lage gerade ist«, sagte Tade Karff mit einer Kopfbewegung den Deich hinauf. »Sieht eigentlich ziemlich gut aus. Das Wasser läuft noch 'ne Zeit ab, sodass wir ihm einfach ein bisschen hinterherfahren.«

Wieder lachte er, küsste seine Pferde schmatzend auf die Schnauzen und forderte Paul und mich dann auf, mit ihm auf den Wagen zu steigen. Ich nahm zwischen beiden auf der Sitzbank Platz und bemühte mich, nicht zu sehr auf Tade Karffs Beine zu starren, die er schüttelte, sodass sie immer wieder leise patschend gegeneinanderschlugen. Hinter sich zog er eine breite Wolldecke hervor, die nach Pferd roch, faltete sie doppelt zusammen und breitete sie über unsere Beine.

»Sonst geh ich meistens zu Fuß rüber«, sagte er. »Aber manchmal müssen meine dicken Damen hier bewegt werden.«

Er nahm die Zügel in die Hand, ruckte an ihnen, schnalzte, und die Pferde zogen an, zunächst noch aus dem Takt, nach wenigen Schritten jedoch gleichmäßig und kraftvoll.

Wir fuhren auf den Deich hinauf, und wie jedes Mal war der erste Eindruck, den das Watt auf mich machte, mit keinem Mal davor zu vergleichen. Diesmal war es gesprenkelt, von winzigen, perlmuttgrauen Hügeln bedeckt, und Wasser hatte sich hier und da in teichgroßen Pfützen gesammelt. Die Sicht wirkte endlos, verschwamm jedoch in der Ferne zu einem unklaren Grau, sodass sich der Blick wie von selbst auf den einen Flecken einstellte, der den einzigen Anhaltspunkt dort draußen abgab. Es war nicht viel mehr als eine leichte Unebenheit, die sich dunkel vom Hintergrund abhob. Das musste die Hallig sein. Dort wollten wir hin.

Als wir auf die Deichkrone kamen, blies es uns kalt entgegen, sodass man den Kopf zur Seite drehen musste, um weniger stark das Brausen in den Ohren zu haben. Über uns schwebten die Vögel, die nur ihre Flügel auszubreiten brauchten, um wie hingezeichnet in der Luft zu stehen. Jetzt konnte ich auch ihr Kreischen hören. Wenige folgten uns, als wir auf der anderen Seite des Deiches hinunterfuhren. Dort verlief ebenfalls ein Weg, der gesäumt war von einer mit Teer überzogenen Steindecke, und an einer frei gelassenen Stelle schwenkten wir mit dem Wagen aufs Watt. Die letzten Vögel über uns gaben auf.

Den Pferden schien das Laufen auf dem Watt ausnehmend gut zu gefallen, und Tade Karff trieb sie obendrein an, spielte mit den Zügeln, schnalzte gelegentlich und lenkte sie zwischen den dürren Ästen hindurch, die in den Boden eingelassen waren und an denen Tangreste klebten. Wir fragten nicht, aber er erklärte dennoch, was es damit auf sich hatte.

»Die Stöcke, müsst ihr wissen, kennzeichnen die Fahrspur, die im großen Bogen zur Hallig führt. So ist das hier. Bei einsetzender Flut wird die später als die umliegende Gegend überspült. Nur falls ihr euch Sorgen gemacht habt. Man muss auch keine Angst haben, sich hier im Schlick festzufahren. Alles gar kein Problem. Normalerweise dauert die Fahrt, sagen wir, im

Ganzen eine knappe Dreiviertelstunde, aber die beiden dicken Damen sind heute so gut drauf, dass sie die Strecke uns zum Gefallen womöglich sogar schneller zurücklegen. Wollen mal schauen.«

Er redete ununterbrochen vor sich hin, mehr zu sich selbst als zu uns, und bald glaubte ich, dass dies sein Programm war, das er jedem präsentierte, den er auf der Überfahrt zur Hallig mitnahm. Ich war sicher, dass er mit den ständigen Erklärungen bis zur Hallig weitermachen würde: über Ebbe und Flut, Sonne und Mond, Wind und Wetter und nicht zu vergessen über die Wattwürmer, wie sie lebten und wovon …

»Und ihr wollt also einen Blick auf unser Rungholt werfen?«, fragte er unvermittelt.

»Richtig«, antwortete Paul, dessen Blick sich bislang nirgendwo lange aufgehalten hatte, als bemühte er sich, alles, was uns umgab, auf einmal in sich aufzusaugen.

»Darf man fragen, warum?« Die Stimme von Tade Karff hatte eine eigentümliche Färbung angenommen, und für einen Moment lächelte er nicht.

»Ich hab Jannis versprochen, dass wir zusammen etwas Besonderes unternehmen«, sagte Paul. »Nächste Woche kommt er in die Schule.«

»Ach so.« Tade Karff sah mich voller Mitgefühl an, zwinkerte mir zu, und an der Art, wie er das tat, erkannte ich, dass seine Anteilnahme ernst gemeint war.

Während wir weiterfuhren, begann Paul, Tade Karff nach und nach über die Gegebenheiten der Gegend auszufragen. Er fragte sehr speziell und legte kurze Pausen ein, in denen er so wirkte, als ordnete er die Antworten für sich. Wie hoch denn das Wasser bei Flut steht? Knappe drei Meter, erklärte Tade Karff, manchmal auch höher. Und wann die letzte Sturmflut gewesen ist? Irgendwann im Winter, weiß nicht mehr genau. War auch halb so schlimm. Und wie oft die Hallig durchschnittlich im Jahr Land unter liegt? Zehn, fünfzehn Mal schon. Sieht dann wirklich hübsch aus, wenn bloß noch das Haus aus dem Wasser guckt. Wie so ein Schiff fast. Und wie hoch ist die Fließgeschwindigkeit des Wassers bei auflaufender Flut? Tade Karff besah sich Paul aus den Augenwinkeln und wusste Bescheid.

»Erwartet euch nur nicht zu viel von unserm ollen Rungholt«, sagte er. »Gibt ja so einige Geschichten, die alle nach großem Geheimnis klingen. Die Wirklichkeit sieht denn aber doch etwas anders aus.«

»Ich hab darüber gelesen«, sagte Paul.

»So.«

»Und man hat mir davon erzählt.«

»Na so was. Dann hast du bestimmt schon vom Schiffer Jacobsen gehört, der hier vor Jahren mal alles abgesucht hat«, sagte Tade Karff, und obwohl Paul nickte, erzählte er uns von diesem Schiffer. Die Geschichte schien ihm einfach Spaß zu machen.

»Jacobsen gehörte zu den Schatzsuchern, die hier immer mal wieder ihr Glück versuchen. Mit seinem Kahn ist der immer von Nordstrand aus rausgefahren, hat sogar mehrere Arbeiter dabeigehabt, um das Watt abzusuchen und zu graben. Der hatte Geld. Der konnt sich so 'ne Sache leisten. Ist schon ein bisschen was her. Den Leuten hatte er immer große Dinge angekündigt, die er draußen finden wollte. Auf die Kirchenglocke hatte er es besonders abgesehen, und bei jeder Rückkehr haben die Leute im Hafen auf ihn gewartet. Aber nix hat er denen mitgebracht, wie viel er es sich auch hat kosten lassen. Nix als ein paar Krugteile, Scherben und all so was. Dafür aber hätte der weiß Gott nicht so viel Geld auszugeben brauchen. So was findet sich da draußen zuhauf. Rungholt ist schließlich nicht der einzige Ort, der hier untergegangen ist, nicht wahr?«

»Stimmt«, sagte Paul. »Halgeneß, Niedam, Fedderingman Capell, Ilgrof. Und halb Alt-Nordstrand.«

»Unter anderem, ja.«

»Viele kleine Orte. Dutzende, die keiner mehr kennt. Und eben Rungholt. Das kennt jeder.«

»Und jeder will's anscheinend finden«, sagte Tade Karff. »Ihr seid nicht die Ersten, die herkommen. Andreas Busch und Konsorten waren schon da. Und sie sind noch dabei.«

»Ich weiß. Busch hat damals als Erster die Reste entdeckt und mit alten Karten nachgewiesen, dass es Rungholts Spuren sind.«

»Und gleich einen Redakteur mitgebracht hat er«, sagte Tade Karff. »Damit die Welt davon erfährt.«

»Felix Schmeißer war das, genau. Pfingstwochenende 1921. Die haben sich damals auf dem Weg zur Hallig im Übrigen mit ihrem Pferdewagen festgefahren. Haben nicht aufgepasst.«

Sie sahen sich an. Es war wie ein Kräftemessen, das zwischen ihnen ablief.

»Was den Jacobsen angeht«, sagte Paul, »hat der, soviel ich weiß, jedenfalls immer an völlig falscher Stelle gesucht. Der ist immer zum Rungholtsand rausgefahren, weil man damals meinte, dass dort Rungholt gelegen haben muss. Der Sand aber liegt heute an anderer Stelle als damals, zu Rungholts Zeiten, und heißt nur noch so. Sand ist beweglich. Nach Osten ist der abgewandert. Das ist überall an der Küste so.«

Mir fiel auf, wie genau Tade Karff Paul zuhörte.

»Dort jedenfalls« – Paul zeigte mit seinem rechten Arm ins Grau – »dort hätte Jacobsen noch lange suchen können. Für Schatzsucher ist hier draußen sowieso wenig zu holen. Halte auch nicht viel von dieser Spezies.«

Beide lachten.

Ich hörte von diesen Dingen zum ersten Mal, und Paul sprach so selbstverständlich von den Veränderungen, die es in dieser Gegend in der Vergangenheit gegeben hatte, dass ich mich fragte, woher er das alles wusste. »Warst du schon einmal hier?«, fragte ich ihn.

»Nein. Ich hab darüber gelesen, und ich habe gut zugehört, als die auf Eiderstedt davon erzählt haben.«

»Auf Eiderstedt?«, fragte Tade Karff.

»Da war ich bei den Engländern«, sagte Paul. »Nach dem Krieg. Jannis kommt eigentlich daher.«

Tade Karff nickte, deutete dann mit der Hand nach links voraus, kreiste mit ausgestrecktem Zeigefinger in der Luft und sagte: »Da irgendwo, hinterm Heverstrom, den sieht man jetzt schlecht, da liegt Eiderstedt.«

Ich blickte seinem Finger nach, konnte jedoch nichts als Nebel erkennen. Dennoch spürte ich etwas, eine Empfindung, die vollkommen unerwartet war. Dort kam ich her.

Je länger wir fuhren, desto flacher schien die Hallig zu sein. Sie erhob sich kaum über das umliegende Land, und nur die Warft, die seitlich lag, war deutlich als abgeflachter Hügel auszumachen. Zwei Gebäude standen auf der Warft, ein kleineres und ein größeres, lang gezogenes, das eine Veranda und einen Balkon mit weiß gestrichenem Geländer besaß. Aus dem Schornstein stieg Rauch auf, und erst als ich das bemerkte, wurde mir klar, dass dort wirklich jemand lebte. Ich hatte das tatsächlich vergessen, obwohl wir gerade mit Tade Karff dorthin unterwegs waren, der ja schließlich die Post dabeihatte. In meiner Vorstellung aber war diese Hallig, war überhaupt alles hier draußen nur unbelebt vorgekommen. Einsam und verlassen lag es da und wartete darauf, von Paul und mir besucht zu werden. Dem aber war ganz offensichtlich nicht so.

»Wer wohnt denn da?«, fragte ich in der Erwartung, von Tade Karff eine Antwort zu erhalten, aber es war Paul, der auf meine Frage als Erster reagierte.

»Da wohnen mehrere«, sagte er, »und es gehört alles der Gräfin. Vor vielen Jahren hat sie die Hallig gekauft, 1910, glaube ich, und lebt seitdem mit ihrem Personal auf Südfall.«

Als ich Tade Karff anblickte, bestätigte dieser: »Richtig, alles hier gehört der Halliggräfin.«

»Eine Gräfin?«

»Diana von Reventlow-Criminil heißt sie, um genau zu sein«, sagte Paul. »Wirklich eine Dame von Welt. Aufgewachsen ist sie auf einem großen Gut in Holstein, Emkendorf, hat später auch am Kopenhagener Königshof gelebt. Irgendwann aber ist ihr das alles wohl zu viel geworden, dieser ganze Rummel da, der Pomp, und also hat sie sich dieses abgelegene Stück Land hier gekauft. Sie soll auch ein bisschen krank gewesen sein, und die Luft hier draußen tut ihr wohl gut. Vor allem im Sommer lebt sie auf Südfall.«

»Mittlerweile ist sie eigentlich fast das ganze Jahr über auf der Hallig«, sagte Tade Karff, »sie, ihr Personal und die ganzen Tiere, um die sie sich kümmert.«

»Und für sie ist die Post?«, fragte ich.

»Sicher«, sagte Tade Karff. »Von überall her kriegt die Gräfin Karten und Briefe und Päckchen, und sie schreibt auch selbst viel. So hält sie sich die Menschen vom Leib. Die will nämlich nix als ihre Ruhe haben.«

Noch einmal sah ich zur Hallig und behielt den Balkon und die Fenster fest im Blick. Nichts rührte sich. Alle Gardinen waren zugezogen. Das Haus hätte wie ausgestorben gewirkt ohne die Rauchsäule, die schräg über dem Schornstein stand.

Wir waren noch ein ganzes Stück von der Hallig entfernt, als Tade Karff den Wagen zum Stehen brachte. Lahnungen ragten wie Fühler ins Watt hinaus und sollten zusammen mit den schweren Steinpackungen die Halligkante sichern. Allerdings war selbst aus unserer Entfernung zu erkennen, dass die teerüberzogene Steindecke breite Lücken aufwies, durch die das Meer ins Innere der Hallig trieb. Der Boden dahinter war in Schichten abgetragen worden.

»Wie ist denn das passiert?«, fragte Paul.

»Wasserminen. Die sind hier angespült worden und haben so einiges angerichtet. Sieht man ja.«

»Ja.«

»Wie gesagt, die Halliggräfin bekommt nicht gerne ungeladenen Besuch, deshalb kann ich euch nicht mitnehmen.«

»Macht gar nichts«, sagte Paul. »Jannis und ich bleiben hier draußen und schauen uns etwas um. Wenn du dann fertig bist, sammelst du uns hier wieder ein.«

»Genau so hatte ich mir das vorgestellt«, sagte Tade Karff, und wir stiegen, nachdem wir Schuhe und Strümpfe ausgezogen hatten, vom Wagen ab. »Ist warm heute, das Watt, oder?«, fragte er, ganz so, als wäre das sein Verdienst.

Endlich waren wir da. Lange genug hatte es ja gedauert. Schweigend standen wir nebeneinander, blickten uns um, und was auch immer ich erwartet hatte, hier vorzufinden, das, was ich zu sehen bekam, kannte ich bereits. Es war das Watt, das da vor uns lag, bloß das Watt und etwas entfernt die Hallig, auf die Tade Karff eben mit seinem Pferdewagen hinauffuhr. Der Boden hier war von bräunlicher bis grauer Färbung, weich an manchen Stellen, an anderen fest wie Strandsand, den die Wellen erreichen. Die Oberfläche war teilweise geriffelt, die Linien verliefen wellenförmig mit Tälern dazwischen, in denen sich Wasser angesammelt hatte. Überall die Sandhügel der Wattwürmer, Muscheln, Blasentang. Das alles war mir von unseren Ausflügen an die Küste vertraut, und ich suchte nach den Dingen, die ich offenbar übersah. Es musste sie geben, da Paul so angespannt neben mir stand und schwieg, während er seinen Blick wandern ließ. Ich hielt mich an ihn und versuchte zu sehen, was er sah.

»Sag Bescheid, wenn dir was auffällt«, sagte er, und wir gingen los.

Wir bewegten uns auf die Hallig zu. Das Watt wurde schlammiger, sodass unsere Füße immer tiefer einsackten und ein schmatzendes Geräusch machten, wenn wir sie für den nächsten Schritt herauszogen. Kleine, runde Muscheln lagen auf der Oberfläche, die wehtaten, wenn sie unter die nackten Füße gerieten. Wir gingen weiter, stapften durch den Schlamm, es war anstrengender als gedacht, und ich war unsicher, worauf ich achten sollte. Paul bemerkte es und blieb stehen.

»Merkst du, dass der Untergrund hier anders ist?«, fragte er, und ich nickte. Er ging in die Hocke und nahm etwas von dem Boden in die Hand, rieb ihn zwischen den Fingern. Es sah aus wie körniger Brei. »Da vorn«, sagte er und zeigte mit seiner Hand voraus, »da ist der Übergang zwischen dem Boden hier und dem anderen. Wie abgeschnitten sieht das aus. Und auf der anderen Seite von uns ist es genauso. Da verändert sich der Boden auch ganz plötzlich. Beinahe ein Viereck ergibt das.«

»Und warum ist das so?«, fragte ich.

»Das muss sich zeigen«, sagte er. »Hast du eine Vermutung?«

»Nein.«

»Du musst dir vorstellen, dass hier einmal Menschen gelebt haben. Wenn du es dir vorstellst, kannst du vielleicht etwas verstehen von dem, was du siehst.«

»Aber man sieht ja nichts.«

»Doch«, sagte Paul. »Es fällt uns nur noch nicht auf.«

Er erhob sich und schaute nacheinander in alle Richtungen. Dann zog er aus der Innentasche seiner Jacke ein schwarzes Notizbuch hervor, entfernte das Gummiband, das es zusammenhielt, und blätterte einen Moment lang, bis er eine freie Seite fand. Das Notizbuch war bereits bis zur Hälfte mit Eintragungen gefüllt, dabei hatte ich Paul es bisher noch nie benutzen sehen.

»Ich würde gerne ausmessen, wie groß diese Fläche ist«, sagte er. »Willst du mir helfen?«

»Natürlich.«

»Dann geh doch bitte einmal die eine Seite ab, bis der Boden anders wird«, sagte er und kramte währenddessen in der Innentasche, aus der er einen Bleistiftstummel hervorholte. »Du musst aber deine Schritte zählen. Das kannst du doch?«

»Klar.«

»Dann mach mal.«

Es waren genau achtundzwanzig Schritte, die ich zurücklegte, bis der Boden sich veränderte. Auf dem rutschigen Grund zu gehen, gleichmäßige Schritte zu machen und darüber das Zählen nicht zu vergessen, war nicht ganz leicht gewesen. Ich drehte mich um und rief Paul die Zahl zu.

»Sehr gut«, rief er. »Achtundzwanzig von deinen Schritten. Jetzt müssen wir nur noch feststellen, wie es in der Breite aussieht. Kannst du das auch einmal abgehen?«

Während ich die Fläche in der Breite abschritt, bemühte ich mich, auf alles zugleich zu achten. Ich zählte laut vor mich hin, schaute konzentriert auf den Boden vor mir, auf die körnige Oberfläche, ohne zu wissen, wonach ich Ausschau hielt, und ließ auch den Bereich nicht außer Acht, den ich nur aus meinen Augenwinkeln erfassen konnte. Nachdem ich fünfzehn Schritte gemacht hatte, verlor ich bereits den Überblick. Ich wandte mich um, sah zu Paul, der in sein Notizbuch schrieb, und plötzlich bemerkte ich etwas, das nur wenige Meter seitlich von der Strecke lag, die ich soeben abgegangen war. Wasser hatte sich dort angesammelt, eine schmutzig braune Pfütze gebildet, und in der Mitte davon befand sich etwas Kreisrundes, das kaum über die Wasserfläche hinausragte.

»Was ist das da?«, rief ich Paul zu und zeigte auf die Stelle.

Er blickte von seinem Notizbuch auf und orientierte sich. »Hast du was gefunden?«

Wir trafen uns am Rand der Pfütze. Ein ringartiges Gebilde von vielleicht zwei Schritten Durchmesser schimmerte durch das Wasser. Paul zog seine Jacke aus, reichte sie mir und machte einen Schritt in die Pfütze hinein. Bis über die Knie versank er, sodass der Hosenstoff sich mit Wasser vollsog. Er tastete mit den Füßen nach dem Ring, strahlte und war sich sicher.

»Großartig, Jannis. Weißt du, was du gefunden hast?«

»Nein«, sagte ich. »Was ist es denn?«

»Ein Brunnen«, sagte er und fuhr erklärend mit den Fingern über den Rand. »Aus Soden ist der gemacht, die man ausgestochen hat. Siehst du, wie hübsch ordentlich sie übereinandergeschichtet sind?«

Dann schob er seine Hemdsärmel bis weit über die Ellenbogen hoch, griff mit beiden Armen in die Mitte des Brunnens, tauchte sie ins Wasser, fuhr suchend hin und her und hielt plötzlich inne. Den Kopf seitlich gelegt, schien er unter Wasser auf etwas gestoßen zu sein, das er nun betastete.

»Wusst ich's doch.« Er zog seine Arme heraus und hielt etwas in Händen, das im ersten Moment wie ein Lehmklumpen aussah. Mit den Fingern löste er den Schlamm ab, und es zeigte sich, dass das Ding der untere Teil eines Gefäßes war. »Ein Rundtopf«, sagte er. »Oder was davon übrig geblieben ist.«

Hin und her drehte er ihn, um ihn von allen Seiten zu betrachten. Etwa handtellergroß war der Topf, aus Ton gemacht, und er besaß drei Füße, auf denen er stehen konnte. In der Mitte des Bodens war ein Stück herausgebrochen.

»Nimm mal«, sagte Paul und reichte ihn mir.

Ich merkte, dass ich zitterte, als ich ihn entgegennahm. Nicht weil mir kalt war, es lag an etwas anderem.

»Der ist aus Rungholt?«, fragte ich.

»Wahrscheinlich, ja.«

Paul trat aus der Pfütze heraus und versuchte, sich das dreckige Wasser von den Beinen zu wischen. Lehmiger Sand verfing sich in den Haaren auf Wade und Schienbein und trocknete sekundenschnell zu wellenförmigen Mustern. Seine Hemdsärmel waren heruntergerutscht und bis zu den Schultern klitschnass, was ihn jedoch nicht weiter zu stören schien. Er zog seine Jacke einfach darüber.

»Für den Anfang nicht schlecht, was?«

»Ja«, sagte ich.

»Jetzt müssen wir uns also überlegen, welchen Namen wir dem Brunnen geben wollen«, sagte er, wischte sich die Hände an der Hose ab und zog das Notizbuch erneut heraus.

»Einen Namen?«

»Aber klar«, sagte er. »Das macht man so unter Archäologen. Oder wir machen es von jetzt an so. Und weil du den Brunnen gefunden hast, schlage ich vor, dass wir ihn Jannis-Brunnen nennen. Was meinst du?«

Ich sagte nichts.

Er schrieb in sein Buch und hielt es mir zum Beweis hin. Ich erkannte meinen Namen in dem Wort: *Jannis-Brunnen.*

Viel zu schnell verging die Zeit, und es konnte nicht mehr lange dauern, bis Tade Karff von der Hallig herunterkam und uns einsammelte. Fast unmerklich fürs Auge setzte bereits die Flut ein. Wir merkten es daran, dass von unserem Brunnen nach wenigen Minuten schon nichts mehr zu sehen war und der Ring ganz in der Pfütze verschwand. Während wir die nähere Umgebung absuchten – ich fand noch eine größere Tonscherbe, Paul ein Stück Holz, das irgendwie bearbeitet aussah, löffelartig –, erklärte Paul mir, dass man hier draußen nie lange Zeit hatte, um zu suchen, nie viel mehr als eine halbe bis Dreiviertelstunde. Dann beginnt das Auflaufen des Wassers, und nichts ist mehr zu finden. Man muss sich beeilen. Oder einfach im richtigen Augenblick da sein. Paul wickelte Handtücher, die er mitgebracht hatte, um unsere Funde und verstaute alles vorsichtig im Rucksack.

»Weißt du denn jetzt, weshalb der Boden da vorn anders ist?«, fragte ich.

»Ja, weil du den Brunnen gefunden hast.«

Ich sah ihn an. Ich verstand ihn nicht.

»Wenn da einmal ein Brunnen gestanden hat«, sagte er, »dann muss da auch ein Haus gewesen sein. Schließlich werden die, die den Brunnen genutzt haben, irgendwo gewohnt haben. Und wenn hier ein Haus gewesen ist, dann stammt das, was wir gesehen haben, dieser andere Boden, von einer alten Warft. Damals haben die Leute ihre Häuser genau wie heute auf Warften errichtet, obwohl die noch nicht so hoch gewesen sind. Deshalb ist der Boden anders. Der ist aufgeschüttet worden, um darauf zu leben.«

»Hier haben einmal Häuser gestanden?«

»Vielleicht nicht unbedingt an dieser Stelle, aber so ungefähr. Wahrscheinlich ist das, was wir sehen, früher unter der Warftoberfläche gewesen. Den Rest hat das Meer abgetragen. Dein Brunnen da, der hat das überstanden, weil er tief genug lag.«

Ich versuchte, mir vorzustellen, wie es hier einmal ausgesehen haben musste. Eine Warft mit einem Brunnen hatte es gegeben, ein Haus hatte darauf gestanden. Oder waren es sogar mehrere Häuser gewesen? Und wie viele Brunnen? Pauls Augen liefen von hier nach dort und waren geschärft, als könnte er Dinge wahrnehmen, die für mich nicht sichtbar waren. So stand er da neben mir im Watt, und zum ersten Mal malte er für mich mit Worten sein Bild von Rungholt.

»Damals, als es Rungholt noch gab, hat es hier ganz anders ausgesehen. Man würde nicht glauben, dass man sich am selben Ort befindet. Die Ströme zum Beispiel verliefen an vollkommen anderer Stelle und haben sich erst nach und nach ihren Weg gebahnt. Eine karge Landschaft ist das gewesen. Außerhalb, irgendwo dort, hat es einen Wald gegeben, ein krüppliges Gehölz. Daher hat Rungholt im Übrigen auch seinen Namen: Runges Holt. Nichts ist übrig geblieben von diesem Wald. Außerdem gab es sumpfige Äcker und Wiesen. Überall hier. Dazwischen waren Gräben zur Entwässerung gezogen. An einigen Stellen hat man Pfähle oberhalb der Gräben gesetzt und Planken darübergelegt, damit man von Warft zu Warft kommen konnte. Dort, und dort. Da hinten verlief ein Deich. Der ist nicht hoch gewesen, ein gerader Stackdeich, der die Felder schützen sollte. Und eine Schleuse hat es gegeben. Von der See kommend, haben die Schiffe davor geankert. Rungholt war ja ein Umschlagplatz für alles Mögliche, vor allem für Salz. Aus Torf, den sie gestochen haben, ist das Salz herausgekocht worden, in Salzbuden. Ziemlich schwere, mühsame Arbeit. Warften hat es mehrere gegeben. Hier, dahinten, vielleicht auch dort. Mehrere Häuser standen darauf. Die Familien haben sich die Benutzung der Brunnen geteilt. Auf der größten Warft, dahinten, hat natürlich die Kirche gestanden. Aus Holz gebaut war die, und einen Glockenturm hatte sie. Wenn die Flut wieder einmal über den Deich getreten ist, haben sich die Leute in die Kirche geflüchtet. Und das ist oft vorgekommen. Immer wieder. Bis zur letzten Flut, die Rungholt erlebt hat.«

Ich hörte genau zu, während Paul sprach, und bemühte mich, das, was er beschrieb, vor meinen Augen entstehen zu lassen. Es gelang mir kaum.

»Woher weißt du das alles?«, fragte ich, und Paul schaute mich an.

»Ich weiß das eigentlich nicht. Obwohl ich natürlich schon einiges gelesen habe. Ich stelle mir das vor. Um es zu wissen, muss ich noch viel genauer hinsehen.«

»Verstehe«, sagte ich.

Von Weitem winkte Tade Karff uns zu, der bereits von der Hallig heruntergefahren war und am Fahrweg auf uns wartete. Nebeneinander marschierten wir in seine Richtung los, und erst jetzt fiel mir auf, wie durchnässt meine Sachen waren. Als wir den Fahrweg beinahe erreicht hatten, blickte ich am Wagen vorbei in die Ferne, dorthin, wo der Heverstrom sein musste und Eiderstedt. Mittlerweile hatte der Nebel sich etwas gelichtet, aber noch immer war nichts zu erkennen. Unbewusst hatte ich während der ganzen Zeit immer wieder dorthin gesehen.

»Wenn du willst«, sagte Paul, »dann fahren wir irgendwann einmal hin. Nach Eiderstedt, meine ich.«

»Wann denn?«

»Wenn du es willst. Ich werde bestimmt oft hier draußen sein. Und ich nehme doch an, dass du mich bestimmt begleiten wirst. Oder nicht?«

»Klar«, antwortete ich.

Paul bückte sich und hob etwas vom Boden auf. Es waren zwei bläuliche Muschelschalen. Eine legte er mir in die Hand, die andere steckte er sich in die Hosentasche.

»Damit wir es nicht vergessen«, sagte er.

Kam man mittags aus der Schule zurück, brauchte man nach Paul nie lange zu suchen. Es gab nicht allzu viele Möglichkeiten, wo er sich aufhalten konnte. War man sicher, dass er nicht mit Moped und Anhänger nach Süderlügum zum Einkaufen gefahren war, und befand er sich nicht in der Gaststube hinterm Tresen oder bei der Chefin und Thea Zinke in der Küche, wo sich meistens auch die Alten aufhielten und sich nützlich zu machen versuchten, konnte es sein, dass man ihn draußen im Garten fand. Vielleicht hatte er in den Gemüsebeeten zu tun – die mittlerweile um die Plantagenfläche des Ollen

Steensen erweitert worden waren, nachdem diesem von Knutzen und Tidick höchstpersönlich der Tabakanbau untersagt worden war –, oder aber er werkelte im Schuppen herum, den er zur Werkstatt ausgebaut hatte. Traf man ihn hier nicht an, blieb noch das Bürozimmer, in dem alle finanziellen Belange des Grenzkrugs von ihm und der Chefin gemeinsam bearbeitet wurden. Eigentlich aber war das alles eher unwahrscheinlich. Besser man ersparte sich die ganze Lauferei durch Haus und Garten und ging stattdessen gleich in den Anbau hinüber, in dem Paul wochen-, eher monatelang damit beschäftigt war, eine Ferienwohnung für die Gäste herzurichten, mit denen er weiterhin unbeirrt rechnete. Und oben unterm Dach, in dem Zimmer, das man über die schmale Treppe erreichte, die vom Flur abging, richtete er gleichzeitig einen Raum ein, in dem er all seine Rungholtsachen aufbewahren wollte, die sich, da war er sich von Anfang an sicher, nach und nach ansammeln würden. Im Zweifelsfall fand man ihn hier.

Pauls Zimmer. Kaum wüsste ich zu sagen, wie es aussah, als er seine Sachen aus dem Bürozimmer dorthin brachte. Ganz sicher zog das alte Buch mit um, in dem ich das Bild von der Sturmflut gesehen hatte. Solange ich denken kann, hatte es seinen Platz am Rand des Schreibtisches, der aus einer Holzplatte und mehreren übereinandergeschichteten Mauersteinen bestand, bis es Jahre später in eines der Bücherborde wanderte. Vermutlich besaß Paul schon damals einige weitere Bücher, dicke Historienbände, in denen er von Zeit zu Zeit blätterte oder etwas nachschlug: Meyers Lexikon von Blattkäfer bis Königsgrün, Saxens Friesenchronik und ein paar Ausgaben jener Zeitschrift, die er abonniert hatte und auf deren Auslieferung durch den Postboten er jeden Monat gespannt wartete, *Die Heimat.* Sein schwarzes Notizbuch lag bestimmt bereit und neben dem Glas mit den gespitzten Bleistiften jene blaue Muschel, die er auf unserer kleinen Reise aus dem Watt aufgesammelt hatte und die ihn und mich an eine weitere erinnern sollte; die zweite Muschel lag drüben im Grenzkrug neben meinem Bett auf dem schmalen Bord, gleich vor dem gerahmten Foto.

Ringsum an den geraden Wänden und so hoch es ging unter den Dachschrägen verliefen breite Borde, die bis auf den Rundtopf und die anderen Dinge, die wir bislang entdeckt hatten, zunächst frei blieben und Raum für spätere Funde boten. Alles in diesem Zimmer war im Grunde aufs Später, aufs Zukünftige ausgerichtet. Noch schrieb Paul in sein erstes Notizbuch, aber auf einem kleinen Brett über dem Schreibtisch lagen bereits ein gutes Dutzend weitere parat, die unbenutzt, aber schon mit fortlaufenden Nummern versehen waren. Mehrere Ordner hatte er angelegt, deren Beschriftungen manchmal leicht zu verstehen waren – *Briefe*, *Funde*, *Listen* –, anderes dagegen war weniger eindeutig und zunächst nur für Paul selbst verständlich – *Anwachs*, *Clades Rungholtina*, *Grote Mandränke I + II*. Stapelweise Papier lag unterm Schreibtisch, daneben Zeichenblöcke in unterschiedlichen Größen. Ferngläser standen auf einem Bord. Alles war da, bereit und fertig zur Benutzung, sodass selbst ein flüchtiger Blick in dieses Zimmer genügte, um jedem klarzumachen, dass hier jemand eine Sache mit vollem Ernst und großen Plänen anging.

Allerdings kam es nur in Ausnahmefällen vor, dass sich außer mir noch jemand in den Anbau verirrte, um Paul in seinem Zimmer zu besuchen. Nane war in der Anfangszeit zu jung und dann zu ungeduldig, um sich für die Rungholtsachen zu interessieren; außerdem ertrug sie die Einsamkeit und Stille des Zimmers schlecht und verbrachte ihre Zeit lieber in der Küche bei der Chefin, wo immer was los war, oder saß oben bei den Alten und diskutierte mit ihnen über Themen, von denen sie genau genommen keine Ahnung hatte, Maisanbau, Grenzverläufe, Butterfahrten, so was.

Auch Nils war fast nie in Pauls Zimmer anzutreffen. Mit

jedem Jahr entwickelte er sich mehr zum Eigenbrötler. Er half zwar immer, wenn man ihn um etwas bat, er traf sich an den Nachmittagen auch mit Nane, mir und einigen anderen am Schöpfwerk, um Steine gegen die Metallklappen zu werfen und, so unser Plan, die ganze Gegend unter Wasser zu setzen, aber nie bekam man dabei den Eindruck, als machte er sich aus all dem irgendetwas. Er wollte anscheinend nichts anderes als alleine sein, und sooft es ging verschwand er mit seinem Angelzeug am Tief und kam erst spätabends zurück, einen Eimer mit Fischen dabei, Barsch, manchmal auch Schleie, fast nie Hecht. Die einzigen Menschen, die er aus freien Stücken aufsuchte, waren Kardells, die Fischer, mit denen er stundenlang über Köder, Fangplätze und Laichzeiten fachsimpeln konnte. Beim Angeln aber, am Tief oder an der Wiedau, blieb er stets für sich allein; nicht einmal mich nahm er mit. Dass er sich in Pauls Zimmer nicht blicken ließ, fiel da kaum noch ins Gewicht.

Von den Alten war es lediglich der Olle Steensen, der in unregelmäßigen Abständen auf ein Wort vorbeischaute, ohne lange zu bleiben. Sicherlich wäre er gerne öfter vorbeigekommen, weil ihn die Gespräche mit Paul angenehm unterhielten, aber seit einiger Zeit strengte ihn alles sehr an, das Treppensteigen, das Herumsitzen, vor allem das Zuhören. Obgleich er nie ein geduldiger Gesprächspartner gewesen war, fiel eine Veränderung an ihm doch auf, die sich darin äußerte, dass er nervös darauf aus zu sein schien, unbedingt und schnell etwas Freundliches loszuwerden, und sich beim geringsten Anlass zu erstaunlicher Rührung hinreißen ließ. Es musste etwas mit dem Alter zu tun haben. Mit abfälligen Bemerkungen, die ihm früher zu allem und jedem eingefallen waren, hielt er sich nicht länger auf und kam stattdessen immer gleich zur Sache.

Man hörte ihn lange, bevor er in der Tür auftauchte. Schwerfällig und mit nachhängendem, polterndem linken Bein stakste er die Treppe herauf, die Stufen krachten, alle, betrat das Zimmer, schaute sich mit vorgeschobener Unterlippe und anerkennendem Kopfwiegen um und gab schließlich, wie zur Entschuldigung für sein unangemeldetes Erscheinen, seine außerordentliche Freude bekannt, Paul und mich hier wieder einmal vereint zu sehen, schön ist das, wirklich. Nachdem er auf dem Schreibtischstuhl Platz genommen hatte, den Paul für ihn frei machte, sog der Olle Steensen mit leisen Knallgeräuschen an seiner Pfeife, deren Tabak nach wie vor aus seinen Kellervorräten stammte, ließ seinen Blick ein zweites Mal durchs Zimmer schweifen, über die noch fast freien Borde, die Ordner und Bücher, den Schreibtisch, und nickte zufrieden.

Meistens hatte er den beschwerlichen Gang in den Anbau auf sich genommen, um eine Kleinigkeit aus der nordfriesischen Geschichte mitzuteilen, die ihm in den Sinn gekommen war und von der er meinte, dass sie Paul interessieren würde. So berichtete er beispielsweise von der Ermordung König Abels auf dem Milder-Damm, dem der Pellwormer Rademacher Wessel Hummer mit einer Axt den Kopf spaltete, weil der König den Friesen übermäßige Steuern abzupressen versucht hatte. Außerdem sagte er uns bei einer Gelegenheit aus dem Gedächtnis die Ballade von Pidder Lüng auf, der dem Tonderner Amtmann Pogwisch aus dem gleichen Grund wie Wessel Hummer den Kopf in den Grünkohltopf steckte. »Lewer düad as slaav«, rezitierte der Olle Steensen, und Mal um Mal kam er auf jene Liliencron-Ballade zu sprechen, die von den stolzen Rungholtern erzählte, wie diese sich einst dem Blanken Hans entgegenstellten, ihm trotzten und ihn nach Kräften verhöhnten, bis er sich bekanntermaßen eines Nachts an ihnen rächte und sie alle dahinraffte: »*Ein einziger Schrei – die Stadt ist versunken. / Und Hunderttausende sind ertrunken*«; wir hatten das Gedicht für die Schule auswendig gelernt. Der Olle Steensen meinte, uns von diesen Dingen berichten zu müssen, weil er nach langem Grübeln zu einem Schluss gekommen war. Er glaubte, in der Bereitschaft der Friesen, sich mit allem und jedem anzulegen, ob mit Dänenkönigen, ausländischen Kaufleuten oder dem Meer, die Erklärung gefunden zu haben, weshalb letztlich nur ein solcher Menschenschlag hier eine Überlebenschance gehabt hatte, in dieser rauen und unwirtlichen Gegend.

»Gehört schon was Aufbrausendes dazu, sich an dieser Küste niederzulassen«, sagte er. »Sonst hätte man's gleich lassen können. Solltest du immer mit bedenken, Paul. Friesen waren das in Rungholt. Und nicht zufällig.«

Fast immer ließ Paul den Ollen Steensen ohne Einmischung erzählen und amüsierte sich, wenn der Alte wieder gegangen war, über dessen friesisches Sendungsbewusstsein, wie er es nannte. Nur bei der Ballade über die Rungholter machte er eine Ausnahme. Er hörte sich das Gedicht natürlich von der ersten bis zur letzten Zeile an, vom *»Heut bin ich über Rungholt gefahren, / Die Stadt ging unter vor fünfhundert Jahren«* bis zum letzten *»Trutz, Blanke Hans?«* – dem der Olle Steensen mit erhobener Stimme etwas wirklich Anrührendes beizumischen verstand –, doch konnte man Paul ein zunehmendes Unbehagen anmerken, je weiter der Olle Steensen in der Ballade voranschritt. Auch wenn Paul vermutlich gerne darauf verzichtet hätte, musste er nach angemessener Pause seine Meinung preisgeben. Er konnte einfach nicht anders.

»Wenn's man stimmen würde«, sagte er etwa.

»Was denn?«, fragte der Olle Steensen.

»Hunderttausende«, sagte Paul, »das ist denn doch ein bisschen hoch gegriffen. Selbst wenn man großzügig ist, haben damals in ganz Friesland kaum so viele Menschen gelebt. Und Goldblech und Flitter, wie es da heißt, hatten die sicher nicht in den Ohren. War ja schließlich kein Rom, das sie da draußen im Sumpf aufgebaut haben. Weit davon entfernt. Ein Umschlagplatz für alles Mögliche ist es gewesen. Bedeutend, sicher, aber mit dieser Art Reichtum hat das wirklich gar nichts zu tun.«

»Na und«, sagte der Olle Steensen abwesend, noch immer ganz gerührt und aufgewühlt von dem Gedanken, diesem mutigen und tapferen Völkchen anzugehören. »Ist doch egal.« Seine Knochen knackten, als er sich vom Schreibtischstuhl erhob, sie knackten auch bei jedem Schritt Richtung Tür, und bevor er diese von außen schloss, musste er erneut bekräftigen, wie sehr er sich darüber freute, dass Paul sich der Suche nach Rungholt angenommen hatte. Wer hätte damit gerechnet, nech? Nach solchen Besuchen blieben wir stets noch einen Moment lang schweigend auf dem Boden sitzen, denn uns beiden war klar, dass die Veränderung zur uneingeschränkten Milde beim Ollen Steensen auf Dauer nichts Gutes verheißen konnte.

Das war es dann auch schon an Besuchen. Niemand sonst kam in Pauls Zimmer. Augenscheinlich hatte Paul jedoch wenig daran auszusetzen, schließlich hatte er sich diese abseitige Ecke gerade deswegen ausgesucht, um hier in aller Ruhe seiner Tätigkeit nachgehen zu können, die ihn mehr und mehr fesselte. Jede freie Minute verbrachte er in seinem Zimmer und arbeitete geduldig einen inneren Plan ab, der zunächst offenbar vorsah, sich eingehend mit dem vorhandenen Kartenmaterial auseinanderzusetzen, das über Rungholt existierte, bevor er sich erneut vor Ort auf Spurensuche begeben würde. Unterschiedlichste Karten zeichnete er aus den Büchern und Chroniken ab, vergrößerte sie dabei im Maßstab, um die Details hervorheben zu können, und pinnte die Ergebnisse an die Borde und die Balken an der Zimmerdecke. Überall hingen bald selbst gezeichnete Karten, die am Rand mit winzigen Anmerkungen versehen waren. Die aufgefundenen Warften, unsere wie die der anderen Sucher, hatte er durchnummeriert, von 1 bis 28, ebenso die Lahnungen, und immer wieder erklärte er mir die Zeichen und Symbole und sprach über die Kartografen – Meyer, Sax, Wittemack –, die sich, genau wie er selbst, das meiste auf ihren Karten hatten zusammenreimen müssen. Zwei-, dreihundert Jahre nach Rungholts Zerstörung hatten sie gelebt und ihre Karten nach Gesprächen mit den Halligbewohnern gezeichnet, sodass man sich fragen musste, wie exakt diese tatsächlich waren. Paul gefiel die Vorstellung, dass die alten Kartografen es nicht leichter gehabt hatten als er. Genau wie er hatten sie raten müssen, zum großen Teil, und Orte auf ihren Karten verteilt, von denen sie wenig mehr als die Namen wussten. Im Groben allerdings passten alle Karten zueinander: Dort, wo heute die Hallig Südfall lag, hatte damals Rungholt gestanden.

Ich lauschte Pauls Erklärungen, ohne allzu viel zu begreifen, wusste bald Namen von Orten und Flüssen – Niedam, Fals Deep –, und mir war klar, dass meine eigentliche Aufgabe darin bestand, ihm als Zuhörer zu dienen und ihm mit meinen Nachfragen den Anlass zu liefern, mir und vor allem sich selbst bestimmte Sachverhalte noch einmal zu erklären. Es waren schöne Stunden. Wenn wir anschließend gemeinsam die Treppe hinunterstiegen und zurück in den Grenzkrug gingen, war ich mit der Welt und allem zufrieden. Paul ging es offenkundig ebenso. Die Rungholtsuche füllte ihn aus, und es war wohl genau dieses Gefühl, das ihm gefehlt hatte, all die Zeit. Während wir über den Vorplatz gingen, hatte er es erkennbar nicht eilig. Jede Sekunde, die dieser Gang andauerte, kostete er aus.

Doch ich wusste auch, dass ihm immer noch etwas fehlte und dass er insgeheim darauf wartete. Genauer: auf jemanden. Es war deutlich zu spüren. Er hoffte, dass dieser Jemand in den Anbau käme, um sich sein Zimmer und das, was er darin tat, zeigen zu lassen. Nie sprach er es aus. Aber der Wunsch war da. Zumindest am Anfang.

Die Chefin jedoch kam nie in sein Zimmer. Es lag nicht daran, dass sie nicht gerne etwas über Pauls Beschäftigung mit Rungholt erfahren hätte. Wenn er abends gelegentlich das ein oder andere erzählte – was selten vorkam –, etwa die Geschichte von Busch und Schmeißer, wie sie an einem Pfingstwochenende die ersten Rungholtspuren im Watt vor der Hallig Südfall entdeckt hatten, oder die von Jacobsen und dessen Expeditionen, um die Glocke zu finden, dann hörte sie zu und fragte sogar nach, wenn das für ihr Verständnis nötig war. Wieso konnte Jacobsen die Glocke dort nicht finden? Was hatten Busch und Schmeißer entdeckt? In erster Linie war es sogar ihre Idee gewesen, Paul das Zimmer im Anbau zur Verfügung zu stellen, damit er seine Sachen ungestört ausbreiten konnte, ohne auf sie Rücksicht nehmen zu müssen. Das Zimmer sollte ein Bereich sein, der nur ihm zustand. Einmal betonte sie, wie froh sie war, dass er diese Aufgabe für sich entdeckt hatte, und sie wollte ihn wohl dabei unterstützen, indem sie sich nicht einmischte, das Ganze eindeutig zu seiner Sache machte und sich mit Einfällen, vor allem aber mit Kritik zurückhielt.

Als Paul eines Tages im Dorf Holz für die Borde kaufte und mit Moped und Anhänger nach Süderlügum fuhr, um lauter Dinge zu besorgen, die er seiner Meinung nach brauchte – die Ordner, Zeichenmaterialien, ein Fernglas –, fragte die Chefin noch vorsichtig, ob das alles wirklich jetzt schon vonnöten war, ließ sich jedoch von der Aussage überzeugen, dass Paul die ganze Sache ohne eine gewisse Systematik gar nicht erst in Angriff zu nehmen brauchte. Einige Tage später fuhr er dann ein weiteres Mal fort und kam mit einigen Büchern zurück, die er bestellt hatte, dazu einem Atlas, mehreren Landkarten. Er zeigte ihr das alles noch im Anhänger und hob eine Decke an, unter der eine Schreibmaschine lag, nagelneu, klein und grün, eine *Triumph*.

Ich bemerkte, wie die Chefin schluckte. Dann sagte sie: »Das geht so nicht, Paul. Wie sollen wir das alles bezahlen? Wir müssen den Anbau fertig machen, das kostet und kostet.«

Paul beruhigte sie, das wird schon. »Die Schreibmaschine habe ich selbstverständlich nicht nur für mich gekauft, sondern eigentlich für den Grenzkrug, für die Geschäftsbriefe zum Beispiel und alles.«

»Das geht trotzdem nicht«, sagte die Chefin. Es war nicht zu übersehen, wie schwer es ihr fiel, darauf zu bestehen, und zum ersten Mal begriff ich, dass es nicht allzu gut um uns und den Grenzkrug stand.

Die Einnahmen durch den samstäglichen Mittagstisch, der eigentlich immer gut besucht war, und die abendlichen Saufereien der Dorfbewohner deckten kaum die laufenden Ausgaben des Grenzkrugs. Die dauernden Renovierungen, die Arbeiten am Anbau übertrafen bei Weitem das, was durch den normalen Betrieb erwirtschaftet werden konnte. Diese Investitionen allerdings waren notwendig. Weiteren finanziellen Spielraum gab es nicht. Leider. Abends hörte ich, wie die Chefin und Paul das Problem diskutierten, und die Chefin sprach offen davon, dass wir im Moment von der Hand in den Mund lebten.

»Ich weiß ja«, sagte Paul, widersprach der Chefin in keinem Punkt, blickte im Gegensatz zu ihr jedoch voller Optimismus in die nähere Zukunft. Bald, ganz bald wird es aufwärtsgehen. Wege werden sich auftun, von denen wir jetzt noch gar nichts ahnen. Das wird. Das wird. »Außerdem werde ich gleich morgen etwas in Angriff nehmen, das ich schon lange vorhabe. Dafür habe ich die Schreibmaschine eigentlich gebraucht. Wirst sehen.«

Am nächsten Tag saß Paul tatsächlich wie angekündigt in der Stube über der Schreibmaschine, tippte ohne Pause, Buchstaben für Buchstaben auf der Tastatur suchend, fertigte Dutzende Briefe an, die er sowohl an regionale wie überregionale Zeitungen schicken wollte, Bauernblätter, Zeitungen, Illustrierte. Ein Werbefeldzug, nichts weniger als das war sein Plan.

In den Briefen bat er um den kostenlosen Abdruck eines kurzen Textes, und weil es das erste Mal war, dass er etwas Derartiges versuchte, tat er sich ein wenig schwer mit dem Anpreisen des Grenzkrugs und der Gegend um Vidtoft. Einige Überwindung kostete es ihn, die Briefe bei der Post in Süderlügum aufzugeben, denn wie oft er seinen Werbetext auch durchlas, überarbeitete, verschlimmbesserte und neu abtippte, nie stellte ihn das Ergebnis ganz zufrieden.

Der Vidtofter Grenzkrug jedenfalls warb schließlich wie folgt für sich:

> URLAUB IN FRIESLAND
> *Tun Sie sich doch einmal etwas Gutes und kommen Sie zu uns in den hohen Norden. Lernen Sie die Weite unserer Landschaft kennen und erholen Sie sich im deutsch-dänischen Grenzgebiet. Die Horizonte über dem Land und dem nahe gelegenen Meer werden Sie beeindrucken.*
> *Machen Sie Urlaub im Vidtofter Grenzkrug. Familie Tamm freut sich auf Ihren Besuch und verspricht Ihnen schon jetzt unvergessliche, erholsame Tage!*
> *(Kirsten und Paul Tamm, Grenzkrug, Vidtoft)*

Lange dauerte es, Wochen, ganze Monate, bis wir erste Reaktionen auf die Briefe erhielten, durchweg Absagen, förmlich gehalten, in denen namenlose Redakteure zwar Verständnis für unser Anliegen bekundeten, sich jedoch außerstande sahen, irgendetwas ohne Bezahlung abzudrucken; man müsse schließlich auch kostendeckend arbeiten. Sollten wir uns allerdings bereit erklären, einen angemessenen Betrag für einen Abdruck aufzubringen, wolle man die Anzeige mit Vorliebe und in angemessener Aufmachung veröffentlichen. Die kleinsten Blätter stellten die größten Forderungen. Alles nicht bezahlbar für uns.

Vorerst blieb Pauls Werbefeldzug daher ein folgenloser Versuch, was ihn jedoch nicht davon abhielt, gelegentlich weitere Schreiben aufzusetzen und zu verschicken, sobald er an die Anschrift einer neuen Zeitung oder Zeitschrift gelangte. Irgendwann, das war seine Überzeugung, musste einer dieser Briefe auf dem Schreibtisch eines gutherzigen Menschen landen, der einem Unbekannten einen Gefallen zu tun gewillt war, ganz bestimmt, und mit diesem Argument entwand er sich den Diskussionen über die nicht unerheblichen Ausgaben für Briefmarken, Papier und Umschläge.

Zumindest einen Erfolg konnte Paul jedoch schon damals für sich verbuchen, wenn auch auf anderem Gebiet. Die Chefin war froh und glücklich über seinen Einsatz, den er zeigte. Allerdings blieb sie zurückhaltend – vermutlich ahnte sie, dass es nur eine Frage der Zeit war, bis die Probleme erneut auftraten –, und um Paul in seinem Interesse für Rungholt nicht anzuheizen, mied sie sein Zimmer. Vielleicht fürchtete sie, dass sie der Anblick der vielen kleinen Dinge, die er sich mit der Zeit zulegte, verunsichern würde. Sie *wollte* ihm vertrauen können. Und so wurde es zur Selbstverständlichkeit, dass sie nie einen Fuß ins Pauls Zimmer setzte, und niemand fragte mehr, weshalb das so war.

Praktisch gesehen bedeutete das, dass Paul und ich die meiste Zeit im Anbau für uns allein blieben, und jedes Mal, wenn ich die Treppe hinaufstieg, um ihn zu besuchen, bot sich mir das gleiche Bild: Paul an seinem Schreibtisch, ein großes Blatt vor sich ausgebreitet, ein aufgeschlagenes Buch neben sich, einen Bleistift in der Hand, ein Lineal in der anderen, und er zeichnet und zeichnet. Stets vergehen einige Augenblicke, bis er den Kopf hebt und zu mir sieht.

»Guck dir das mal an«, sagt er, und ich gehe zu ihm und schaue es mir an.

Manchmal aber, ganz selten, stehe ich nicht allein hinter Paul.

Jemand steht neben mir und blickt wie ich über seine Schulter auf das Blatt, das auf dem Schreibtisch liegt. Es ist ein Gast. Und nicht irgendeiner. Es ist *der erste Gast*, den der Grenzkrug bei sich begrüßen darf. Endlich ist er da. Gespannt hat man ihn erwartet, wie kaum etwas sonst.

Es ist Heiner Bonatz, der Kunstmaler.

Er hatte sich rechtzeitig vor seiner Ankunft schriftlich bei uns angekündigt; trotzdem wurde es, bevor Heiner Bonatz zum ersten Mal nach Vidtoft in den Grenzkrug kam, noch hektisch. Wie alle Briefe mit unbekanntem oder fehlendem Absender landete auch seiner zunächst in dem Weidenkorb, den Paul dazu auserkoren hatte, die vereinzelt eintrudelnden Antworten der Zeitungen und Zeitschriften aufzunehmen, an die er geschrieben hatte. Er hatte es sich angewöhnt, diese Briefe, die erfahrungsgemäß nur nichtssagende freundliche Absagen enthielten, einige Zeit zu sammeln, um sie bei Gelegenheit und in guter seelischer Verfassung zu sichten. Meistens waren das träge Mittwochnachmittage, an denen er sich mit dem Korb in seinen Sessel setzte und Kuvert nach Kuvert öffnete, die Antworten mit halber Aufmerksamkeit überflog und die Blätter dann sorgfältig in vier gleich große Teile zerriss. Auch den Brief von Heiner Bonatz, der eine handschriftlich beschriebene Karte enthielt, hätte er, ohne genauer hinzusehen, beinahe routinemäßig zerrissen, als ihm die Zeichnung auf der Rückseite auffiel. Er legte die Karte mit der Zeichnung nach oben auf den Tisch und trommelte uns alle zusammen.

Wir wussten sofort, was wir da vor uns hatten. Obwohl die mit schnellen Bleistiftstrichen ausgeführte Zeichnung in der Hauptsache aus einem dunklen Baum bestand, in dessen Schatten ein nur angedeuteter Platz lag, war doch das Haus, das sich dahinter befand und durchs Laub hindurchschimmerte, für jeden von uns auf den ersten Blick zu erkennen. Helles, am Rand bemoostes Reet. Eine Terrasse mit Holztischen und Stühlen. Backsteinmauern. Schmale, viergeteilte Fester. Eine verzierte Eingangstür mit Rundbogen. Und darüber ein Schild, dessen geschwungene Beschriftung nur ausschnittsweise zu lesen war:

ENZKRU
irsten und Pa

Paul nahm die Karte in die Hand und las laut vor, was auf der Rückseite geschrieben stand:

Sehr verehrte Familie Tamm,
es hat mich gefreut, in der hiesigen Presse von Ihrem Grenzkrug zu lesen. Es wäre schön, wenn Sie für den 5. Juli ein Zimmer für mich bereithalten könnten. Ich werde voraussichtlich 6 Wochen bleiben; möglicherweise auch länger. Schon jetzt freue ich mich auf die Horizonte, von denen Sie in Ihrer Anzeige geschrieben haben. Diese haben mir in der Vergangenheit gefallen und werden es gewiss auch diesmal wieder tun.
Herzlich,
Ihr Heiner Bonatz

Wie sahen uns an. Einen Moment lang sagte keiner etwas.

»Sie haben sie tatsächlich gedruckt«, sagte Paul. »Unsere erste Anzeige.«

»Toll«, sagte Nane.

»Klasse«, sagte Nils.

»Genau«, sagte ich.

Die Chefin sagte: »Der 5. Juli – das ist in *drei* Tagen.« In ihrer Stimme schwang Nervosität mit, und doch wussten wir, wie sehr gerade sie sich über diese Nachricht freuen musste. Sie war es ja gewesen, die in der zurückliegenden Zeit immer öfter gemahnt und gedrängt hatte, dass es mit dem Krug vorangehen musste, endlich. Dringend ist das. »Sonst«, hatte sie gesagt und nicht weitergesprochen. Jetzt endlich ging es voran. Ein Gast hatte sich angesagt. Der erste Gast. So ein Glück.

»Stimmt«, sagte Paul, »in drei Tagen.«

»Und wie, bitte, sollen wir das machen?«, fragte die Chefin.

»Was genau meinst du?«

»Na, was soll er zum Beispiel zu essen bekommen?«

»Was du und Thea halt so zusammenzaubern.«

»Und wo soll er unterkommen?«

»Drüben selbstverständlich, in der Ferienwohnung. Das ist doch klar. Die Zimmer oben wollen wir ihm, so wie sie sind, doch sicher nicht zumuten.«

»Aber die Ferienwohnung ist nicht fertig.«

»Sie wird fertig sein«, sagte Paul. »Oder?« Nacheinander fragte er uns mit seinem Blick ab und ließ sich unsere Bereitschaft mit einem Nicken bestätigen. »Das schaffen wir«, sagte er. »Wir haben ganz anderes geschafft.«

Die Chefin nahm ihm die Karte aus der Hand und besah sich noch einmal die Zeichnung. »Hübsch«, sagte sie.

»Finde ich auch.«

»Anscheinend war dieser Bonatz schon einmal hier oben.«

»Sieht ganz danach aus. Muss ihm gefallen haben. Und jetzt will er hier Urlaub machen.« Paul grinste. »Ich hab gesagt, dass es so kommen wird. Oder etwa nicht?«

»Doch«, sagte die Chefin, »das hast du.«

Sie umarmten sich, drückten sich. Ich konnte nicht sehen, ob sie sich auch küssten. Wahrscheinlich schon, auch wenn sie es in unserer Gegenwart meistens vermieden.

Als Erstes mussten die anstehenden Aufgaben sinnvoll verteilt und dann umgehend und gewissenhaft angegangen werden, was sich jedoch als schwierig herausstellte. Für die Malerarbeiten im Anbau, das Abschmirgeln und Lackieren des Holzfußbodens, der Fensterrahmen und Türen, für die abschließende Restaurierung des Bettes und des wuchtigen Eichenschrankes, die seit Generationen in der Familie Steensen in Gebrauch gewesen waren und allem Anschein nach schwere Zeiten hinter sich hatten, benötigte Paul im Grunde genommen jede helfende Hand, doch kaum eine stand ihm uneingeschränkt zur Verfügung. Da der Betrieb im Grenzkrug selbstverständlich weiterging – Lüders sagte am Abend, als er von Bonatz' Anmeldung hörte: »Urlaub in Vidtoft, man glaubt es kaum« –, waren die Chefin und Tante Eli in Küche und Gaststube, aber auch beim Nähen neuer Vorhänge für die Ferienwohnung praktisch unabkömmlich, und Thea Zinke konnte schließlich nicht alles alleine machen. Der Olle Steensen, so sehr er sich wünschte, behilflich sein zu können, war vornehmlich damit beschäftigt, nicht unnötig im Wege zu stehen, und weil wir Kinder vormittags in die Schule mussten und anschließend nach dem Willen der Chefin selbstverständlich nicht von unseren Hausaufgabenpflichten entbunden wurden, fielen auch wir die meiste Zeit des Tages aus. Die mühevollen Arbeiten im Anbau mussten daher beinahe ausschließlich von Paul allein bewältigt werden.

So aber war es natürlich unmöglich zu schaffen. Am ersten Abend war das bereits absehbar, und Paul grübelte nicht lange, sondern entschied, dass es nur einen Menschen gab, der ihm in dieser Situation aus der Patsche helfen konnte, und zwar der traurige Herr Urbschat, wer sonst. Zusammen mit seinen beiden Töchtern, die demnächst das Schulalter erreichen würden, lebte dieser außerhalb Vidtofts auf dem Hof von Jon Delffs. Man sah ihn kaum im Dorf, er vergrub sich in die Arbeit auf dem Hof oder in was auch immer. Kurz entschlossen fuhr Paul mit dem Moped raus zu Delffs und kam eine knappe halbe Stunde später zurück, den »Retter in der Not«, wie er ihn taufte, hinter sich auf dem Sitz.

»Guten Tag«, flüsterte der traurige Herr Urbschat, als er den Grenzkrug betrat. Bevor er dann allerdings ganz zur Verfügung stand, bat er sich noch einen Moment aus, um in sein ehemaliges Zimmer im Obergeschoss zu gehen. Dort wollte er den Rucksack mit seinen Sachen für die nächsten Nächte verstauen, die er vorausschauend mitgebracht hatte, aber vor allem wollte er sich wohl seiner Vergangenheit stellen, den guten und bösen Erinnerungen, die er mit dem Raum verband. Als er die Treppe herunterkam, wirkte er denn auch tief bewegt vom Anblick seines alten Zimmers, in dem sich seit seinem Auszug nichts verändert hatte. Man hätte ihn in den Arm nehmen wollen. Aber er fing sich schnell, verbeugte sich im Vorbeigehen vor der Chefin, die in der Stube über den Vorhängen für die Ferienwohnung saß, und machte sich dann mit Paul im Anbau an die Arbeit, schweigend, wie gewöhnlich.

Auf den Knien hockend, schmirgelten sie den Fußboden ab, jeder in seiner Ecke. Das Licht brannte im Anbau, als wir ins Bett gingen, und am nächsten Morgen, an dem wir ausnahmsweise nicht von der Okarina, sondern vom Ollen Steensen geweckt worden waren, knieten beide noch immer oder schon wieder, mit frischem Schmirgelpapier ausgestattet, auf dem Fußboden, als wir vor der Schule bei ihnen vorbeischauten. Sie zeigten uns ihre Finger, die mittlerweile taub und kaum noch zu gebrauchen waren. Aber irgendwie musste es gehen. Nach gründlicher Reinigung der Wohnung, wobei der Olle Steensen mit breitem Besen zum Einsatz kam, konnten am späten Nachmittag die Maler- und Lackierarbeiten in Angriff genommen werden. Beißende Dämpfe erfüllten die zwei niedrigen Zimmer und das Bad. Da die Farbe sich, natürlich, als schlecht herausstellte, musste ein Großteil der Wände abends nachgestrichen werden, sodass wir wieder das Licht im Anbau brennen sahen, als wir ins Bett gingen. Der nächste Morgen galt dann dem Herrichten des Mobiliars draußen auf dem Vorplatz und letzten Handgriffen im Badezimmer, in dem Paul in den zurückliegenden Wochen ständig gewerkelt hatte, Boden aufreißen, Rohre austauschen, Fliesen verlegen, Wände kacheln, neues Keramikklo und neues Waschbecken einbauen, er hatte geflucht über die Arbeit, die kein Ende genommen hatte, weil ständig etwas fehlte, Fliesen zersprangen, Wasserhähne tropften. Zentimeter für Zentimeter wurde in den Abendstunden der schwere Eichenschrank über den empfindlichen Boden in die Wohnung gewuchtet, das Bett aufgestellt, wurden Gardinenstangen angeschraubt, Sofa, Tisch, eine Wäschetruhe und eine Kommode platziert. Und dann kam die Chefin herüber und übernahm das Kommando.

Sie war fürs Einrichten und Dekorieren der Wohnung zuständig, und sie führte diese Tätigkeit mit äußerster Gewissenhaftigkeit aus. Sie wusste, was sie wollte, nämlich das Beste, was möglich war, darunter machte sie es nicht. Zwei mittelgroße Gemälde, die sie auf dem Boden des Grenzkrugs gefunden hatte und die maritime Szenen darstellten – ein trockenliegender Zweimaster auf flachem Watt, ein zwischen hohen Wellen gefangener Kahn –, mussten ihren Platz bekommen und von Paul an verschiedenen Wänden und in unterschiedlichen Höhen angehalten und aus wechselnden Perspektiven beschaut werden, bevor nach mehrmaliger Versicherung, dass die Morgensonne tatsächlich genau diese eine Wand beschien, die Nägel eingeschlagen und das eine Bild – der in Seenot geratene Kahn – über dem Kopfende des Bettes, das andere – der Zweimaster – über der Kommode im Wohnzimmer aufgehängt wurden. Großartig. Fast noch schöner, als sie es sich gedacht hatte. Sodann mussten selbst gemachte Trockenblumengebinde verteilt, die Gardinen aufgehängt, das Bett bezogen, Handtücher, Seife und Klopapier im Badezimmer ausgelegt werden. Fehlte nur noch ein in Goldpapier verpacktes Schokoladentäfelchen, das aufs aufgeschüttelte Kopfkissen gelegt wurde.

Kurz nach Mitternacht war es, als die Ferienwohnung – trotz des Lackgeruchs, der noch in den Räumen hing – für bezugsreif erklärt wurde. Erst da bemerkten die Chefin und Paul, dass zwar Nane und Nils ins Bett gegangen waren, ich jedoch noch immer auf den Beinen war. Schnell wurde ich in den Grenzkrug rübergeschickt, um mich bettfertig zu machen. Das tat ich auch, bekam jedoch noch mit, dass der traurige Herr Urbschat, wie zuvor von ihm zur Bedingung gemacht, allein in der Gaststube sitzend, eine Schüssel von Thea Zinkes »Königsberger Klopsen« serviert bekam. Mit ernstem Eifer verputzte er in Windeseile die ganze Schüssel und verschwand anschließend, ohne ein Wort des Dankes zuzulassen, noch spät in der Nacht zu Fuß über die Dorfstraße ins Dunkel. Zum Heulen war das.

Wenig später, ich lag in meinem Bett, Nils seufzte leise im Schlaf, hörte ich durch die Wand unseres Zimmers, wie die Chefin und Paul nebenan ins Elternschlafzimmer kamen und sich flüsternd unterhielten. Vom langen Aufbleiben war ich derart übermüdet, dass ich nicht einschlafen konnte, und deshalb lauschte ich ihrer Unterhaltung, die nur ein leises Murmeln war. Ich verstand kaum ein Wort, doch es tat gut zu hören, dass sie miteinander sprachen. Auf einmal vernahm ich auch andere Laute, kein Murmeln mehr, etwas anderes, und versuchte, es so gut wie möglich zu ignorieren.

Der Tag, an dem Heiner Bonatz in Vidtoft eintraf, war ein Samstag, an dem alle verschliefen. Thea Zinke, die gegen neun Uhr den Krug betrat, um bei den Vorbereitungen für den Mittagstisch zu helfen, fand die Küche zu ihrer Verwunderung verlassen vor, und weil so etwas noch nie vorgekommen war, vermutete sie irgendeine Absicht dahinter und machte sich schon einmal leise allein ans Werk. In ihrer Auffassung wurde sie obendrein vom Ollen Steensen bestärkt, der als Einziger seit Stunden wach war und in der Gaststube seine Morgenpfeife schmökte. Fang man an, Thea. Als kurze Zeit später Heiner Bonatz eintraf und die Gaststube betrat, war es der Olle Steensen, der ihn begrüßte, ihm das Fremdenbuch vorlegte – wie lange sich da niemand eingetragen hat – und ihn dann nach drüben in die Ferienwohnung führte.

»Bonatz heißen Sie? Fein. Denn kommen Sie mal mit.«

Schließlich erwachte Nane in ihrem Zimmer, und kurz darauf waren alle auf den Beinen und in Hektik. Besonders die Chefin lief aufgebracht hin und her, entschuldigte sich wiederholt bei Thea Zinke, konnte sich das alles nicht erklären und knöpfte sich den Ollen Steensen vor, der sich keiner Schuld bewusst war. »Ist doch gut, wenn ihr mal ausschlaft«, sagte er. Mürrisch ließ er sie stehen und zog sich in die Wohnung unterm Dach zurück. Die Chefin sah ihm betreten nach, jedoch nur einen Moment lang, um sich dann anderem zuzuwenden. Bald, allzu bald würden die Mittagsgäste kommen, und nichts war vorbereitet. Eilig begann sie, die Aufgaben zu verteilen: Tische zurechtrücken und eindecken. Getränkevorräte überprüfen. Kartoffeln schälen, Fische ausnehmen, Fische anbraten, Pudding kochen. Sie kam kaum hinterher aufzuzählen, was alles dringend, sofort, jetzt gleich erledigt sein musste, verhaspelte sich, und Paul sagte: »Lass uns doch vor allem anfangen.« Die Chefin unterbrach sich, blickte ihn an, prüfte anscheinend, ob sie Anlass hatte, gekränkt zu sein, entschied sich dagegen und begab sich auf schnellstem Wege zu Thea Zinke in die Küche.

»Dann aber richtig«, sagte sie noch.

Mir war die Aufgabe zugefallen, zunächst in die Ferienwohnung hinüberzugehen und dort die Fenster zu schließen, die über Nacht offen gestanden hatten, um den Farb- und Lackgeruch möglichst vor Ankunft des Gastes aus den Räumen zu vertreiben. Schon während ich über den Vorplatz ging, bemerkte ich, dass alle Fenster geschlossen und die Vorhänge fest zugezogen waren. Ich betrat den Anbau und traute meinen Augen nicht. Vor mir, auf dem Boden des schmalen Flurs, standen die Blumengebinde, die die Chefin am Abend zuvor so sorgfältig verteilt hatte, an die Wand gelehnt außerdem die zwei Gemälde, und sofort musste ich an den Ollen Steensen denken, an dessen Anwandlungen, die ihn in letzter Zeit immer häufiger überkamen. Erst vor Kurzem etwa hatte er, weil er es für nötig erachtete, alles Bettzeug aus den Zimmern im Obergeschoss auf den Gang hinausgelegt, und als er eben damit beschäftigt gewesen war, die ersten Decken zum Lüften in den Garten hinauszutragen, hatte die Chefin ihn gesehen und zur Rede gestellt. Was das denn, bitte schön, soll? Er hatte sie nur glasig angeschaut und dabei den Kopf geschüttelt, bis ihm die Decken von den Armen auf den Rasen gerutscht waren und er sich nach oben in die Wohnung unterm Dach geflüchtet hatte. Ich musste auch an die Stühle denken, die er bereits mehrmals, weil seiner Meinung nach Feierabend war, umgedreht auf den Tischen der Gaststube verteilt hatte, noch bevor die ersten Abendgäste eintrafen. Nach solchen Vorkommnissen hatte die Chefin ihn immer fassungslos nach seinen Gründen befragt, aber er hatte nie etwas zu antworten gewusst. Jedes Mal hatte er mir unsagbar leidgetan. Ich blickte auf die Blumen, auf die Bilder und war sicher, dass ich das in Ordnung bringen musste, bevor jemand etwas davon mitbekam.

Behutsam hob ich beide Gemälde an den Drähten auf der Rückseite an, klemmte sie mir links und rechts unter die Arme und öffnete mit dem Ellenbogen die Tür der Ferienwohnung. Es war dunkel, die Vorhänge ließen kein Licht herein. Schritt für Schritt tastete ich mich voran, bis ich mit dem Knie gegen die Kommode stieß. Dort stellte ich eines der Gemälde ab – wenn ich nicht irrte, den Zweimaster –, bewegte mich zu einem der Fenster und zog einhändig den Vorhang beiseite, als ich spürte, dass jemand hinter mir stand. Ich fuhr herum und sah einen Mann als Schatten vor mir stehen. Er griff an mir vorbei und zog den Vorhang erneut zu.

»Sie entschuldigen doch«, sagte er.

Nur wenige Augenblicke hatte ich ihn im Lichtschein sehen können, eine schmale Gestalt, die in einem längs gestreiften Schlafanzug steckte, und unwillkürlich hatten meine Augen sich auf die Hand ausgerichtet, die an meinem Kopf vorbei nach dem Vorhang gefasst hatte, was heißt Hand, eine Pranke, die wie angeschraubt gewirkt hatte an einen dürren Arm. Es war die Hand eines Bauarbeiters, breite, fleischige Finger, die dafür geschaffen schienen, große Maschinen mit riesigen Hebeln zu bedienen oder Ziegelsteine und Gullydeckel zu packen.

»Oh«, sagte ich. »Ich wusste gar nicht, dass Sie schon da sind.«

»Bin ich«, sagte er. »Ein älterer Herr hat mich herübergebracht.«

»Ach so.«

»Heiner Bonatz mein Name.«

»Jannis.«

»Sehr erfreut.« Seine Augen waren offenbar auf die Dunkelheit eingestellt, denn er sagte: »Richtig, die Bilder.«

Ich hatte das Gemälde wie zum Schutz vor mich gehalten.

»Gute Bilder«, sagte er, »zumindest keine schlechten. Aber leider kann ich sie hier nicht um mich haben. Das geht nicht. Der ältere Herr hatte mir erlaubt, dass ich sie auf den Flur hinausstelle, genauso die Blumen.«

»Sicher«, sagte ich. »Kein Problem.«

»Es ist nämlich so, dass ich selber male, wenn Sie verstehen.« Er machte einige Schritte, vermutlich zur Kommode, nahm dort das Gemälde auf und bewegte sich erneut, diesmal Richtung Tür. Ich folgte ihm. »Sie müssen mich jetzt entschuldigen«, sagte er. »Ich bin die ganze Nacht gereist. Ich muss noch etwas Schlaf bekommen.«

Ich stand bereits auf dem Flur, als er das Bild an die Wand lehnte. Er war barfuß, und zum ersten Mal konnte ich sein Gesicht bei Licht sehen, das blass war und eckig. Seine Augen kniff er zu Schlitzen zusammen.

»Auf Wiedersehen«, sagte er und schob die Zimmertür zu.

Sofort trat ich den Rückweg zum Grenzkrug an. Dort schwirrte die Luft, sie stand wie unter Druck, alles war ruhig, aber zum Bersten angespannt, wie immer samstagvormittags, wenn der Mittagstisch bevorstand. Nils verteilte gerade Teller auf den Tischen, als ich die Gaststube betrat, und fragte mich: »Was soll das denn?« Gleich darauf tauchte Paul hinter dem Tresen auf. Ich zeigte das Gemälde vor, das ich mit herübergebracht hatte, als wäre damit bereits alles erklärt. Es war der in Seenot geratene Kahn, wie ich feststellte.

»Was ist?«, fragte er. Mit einem Geschirrtuch wischte er sich die Hände ab.

Ich kam nicht dazu, etwas zu erklären, denn plötzlich öffneten sich die Schwingtüren zur Küche, und die Chefin trat herein. Sie musste mitbekommen haben, dass die Arbeit hier für einen Moment stillgestanden hatte. Ihr Gesicht glühte, auf der Stirn zeigten sich vereinzelte weiße Flecken. Sie blieb stehen, als sie mich sah.

»Also, das gibt's ja nun wirklich nicht«, sagte sie. »Hat mein Vater etwa drüben gewütet?«

»Nein.«

»Aber was soll das dann?« Sie zupfte nervös an ihrer Schürze herum. »Bist du jetzt auch verrückt geworden? Bring sofort das Bild zurück.«

Bevor sie sich umdrehen konnte, um zurück in die Küche zu gehen, sagte ich: »Das kann ich nicht.«

»Was kannst du nicht?«

»Das Bild zurückbringen.«

»Ich glaub's ja nicht«, sagte sie, ohne jemanden anzusehen. »Spinnen jetzt langsam alle hier?«

»Er ist da«, sagte ich, »und er hat die Bilder raus auf den Flur gestellt. Die Blumen auch. Er hat mich gefragt, ob das in Ordnung ist, und ich hab Ja gesagt.«

Es dauerte, bis die Chefin reagierte. Ich wusste, dass sie mich genau verstanden hatte, dennoch fragte sie: »Wer ist da?«

»Bonatz«, sagte ich. »Er ist drüben in der Wohnung und schläft. Der Olle Steensen hat ihn rübergebracht.«

Und mit einem Mal, ohne Vorwarnung, sackte die Chefin in sich zusammen. Die Kräfte verließen sie, und sie zog sich einen Stuhl heran, setzte sich mit halbem Hintern darauf und starrte vor sich hin. Unter großer Anstrengung beugte sie sich vor und vergrub das Gesicht in ihren Händen. Sie sagte nichts. Sie weinte nicht. Kein Laut war zu hören.

Ich spürte Paul hinter mir. Er legte mir eine Hand auf die Schulter, und als ich mich zu ihm umsah, erkannte ich, wie besorgt er war. Aber warum tat er nichts?

Die Chefin rieb sich die Augen, atmete ein Mal tief ein, stand mit einem Ruck auf und verschwand, ohne uns noch einmal anzusehen, durch die Schwingtüren.

»Komm«, sagte Paul zu mir. »Wir beiden bringen jetzt erst mal die Bilder drüben in mein Zimmer.«

»Ja.«

Und ich weiß noch, wie ich darüber erschrak, dass er in dieser Situation nichts Besseres zu sagen wusste.

Er war da und auch wieder nicht. In den ersten Tagen ließ Heiner Bonatz sich nicht ein einziges Mal im Grenzkrug blicken, um sich hier, wie es sich wohl gehört hätte, vorzustellen. Stattdessen verkroch er sich hinter den zugezogenen Vorhängen seiner Zimmer und blieb dort für sich allein. Außer dem Licht, das abends durch einen Spalt hindurchschimmerte, bewies lediglich das leer geräumte Tablett auf der Treppe im Anbau, dass er anwesend und auch wach war.

»Tee«, hatte Paul noch an Bonatz' Anreisetag gesagt, als er nachmittags in die Küche kam. Er hatte einen Zettel dabei, den er drüben auf der Treppe gefunden hatte.

»Tee?«, fragte die Chefin.

»Ja. Viel Tee möchte er. Einmal um fünf und einmal um neun, abends, versteht sich. Und dazu Obst, jede Menge Obst. Was gerade da ist.«

»Sonst nichts?« Sie klang bitter.

»Zucker«, sagte Paul. »Auch jede Menge. Kein Frühstück oder Mittag. Tee und Obst einfach drüben auf die Treppe stellen. Und bitte nicht stören. Steht hier so auf dem Zettel.« Er hielt das gefaltete Blatt hoch. »Außerdem steht da, dass es ihm wie erwartet gut bei uns gefällt. Das ist doch schon mal was, würde ich sagen.«

Die Chefin ging darauf nicht ein. Sie warf einen Blick zur Tafel an der Wand, auf der, unterteilt in die drei Mahlzeiten des Tages, die Bewirtung für die kommende Woche vorgeplant war. »Dann kann ich ja mal Wasser aufsetzen«, sagte sie, »für den Fünfuhrtee des Herrn.« Dabei spitzte sie die Lippen auf eine Art, wie sie es nur tat, wenn ihr etwas gründlich gegen den Strich ging.

Jedes Mal, wenn ich in den folgenden Tagen das in der Küche fertig ausgestattete Tablett in den Anbau hinübertrug, wurde ich Zeuge eines Kampfes, den die Chefin angezettelt hatte und offenbar auch zu Ende zu fechten gewillt war. Na warte, schienen ihre Tabletts zu sagen. So nicht, mein Freundchen. Wirst schon noch einsehen, was gut für dich ist. Neben dem Tee im friesisch blauen Service, dem dazu passenden Stövchen, einem Schälchen mit Kandis und einem hübsch drapierten Körbchen voller Äpfel und Birnen hatte sie stets noch eine Kleinigkeit dazugelegt, die das magere Angebot etwas aufwerten sollte.

Zunächst waren es selbst gebackene Kekse, Bienenstich, Schokoladentäfelchen, dann Herzhaftes wie Schwarzbrot und ein Töpfchen Schmalz, Rohkost, ein Gurkensalat mit saurer Sahne und Dill. Doch bis auf das bestellte Obst und den Tee kam alles unangetastet und vor allem kommentarlos wieder zurück.

»Was ist das eigentlich für einer?«, fragte die Chefin irgendwann. »Wovon lebt der? Und was macht der da eigentlich die ganze Zeit?«

Bis sie darauf Antwort erhielt, vergingen noch einige Tage. Dann aber ließ Bonatz sich plötzlich blicken, man hatte kaum noch damit gerechnet. Ich hockte gerade in Pauls Zimmer auf dem Boden und schrieb aus einem Buch ab, das er mir gegeben hatte; irgendeiner seiner Wälzer war es, die Chronik Nordstrands vielleicht oder eine Sammlung friesischer Sagen, das war letztlich vollkommen unwichtig, da es mir ums Schreiben an sich ging. Seit ich schreiben konnte, tat ich praktisch nichts anderes mehr und übertrug, was ich in die Finger bekam, in meine Schönschreibhefte. Währenddessen saß Paul an seinem Schreibtisch und las in einer Ausgabe der *Heimat*, die ihn bereits vor Tagen erreicht hatte, für die er in dem Trubel jedoch keine Zeit gefunden hatte. Ein Bleistift klemmte hinter seinem rechten Ohr, hin und wieder unterstrich er etwas in dem grau-grünen Heftchen, kritzelte in eines seiner Notizbücher. Manchmal knurrte er auch leise, schnaubte durch die Nase, und ich wusste dann, dass ihm wieder mal ein Artikel missfiel.

Es dauerte nie lange, bis er mich zu sich an den Schreibtisch rief und mir erklärte, was ihn so ärgerte. Er musste mit jemandem darüber sprechen, und ich war da. Obwohl ich im Einzelnen nicht verstand, was so ärgerlich für ihn war, begriff ich doch, dass ihn der Ton störte, der in dieser Zeitschrift gepflegt wurde. Vor allem an den Nachrufen, die in jeder Ausgabe zu finden waren, hatte er so einiges auszusetzen. Alles, was die Verstorbenen in ihrem Leben getan oder unterlassen hatten, klang hier gut und richtig und war mit wohlgesetzten Worten ins rechte Licht gerückt, und für alles andere, was vielleicht außerdem erwähnenswert gewesen wäre, war kein Platz.

»Alles zauberhafte, beneidenswerte Geschöpfe der Gattung Mensch«, sagte Paul einmal. »Jedenfalls für den, der daran glauben mag.«

An diesem Tag aber blieb es nicht bei gelegentlichem Knurren und Schnauben und anschließenden Erklärungen. Plötzlich, aus heiterem Himmel, prustete Paul los. Ein heftiges, explosionsartiges Lachen brach aus ihm hervor, und Tränen schossen ihm in die Augen. Mehrfach unterbrach er sich und versuchte, sich mit möglichst gleichmäßiger Atmung zu beruhigen, als er mir erklärte, was so überaus lustig war. Gleich geht es wieder. Moment. Jetzt.

Um ein Gedicht ging es, ein vierstrophiges Ungetüm, das von Anton Heimreich handelte, dem *Chronisten der großen Flut*, wie es im Titel hieß. Heimreich hatte die Geschichte Nordfrieslands aufgeschrieben, und sein uraltes Buch gehörte zu Pauls wichtigsten Quellen und stand neben den Notizbüchern im Regal, sodass er es stets in Griffnähe hatte. Auch von Rungholts Untergang berichtete Heimreich in dem Buch, von den besoffenen Männern, dem besoffenen Schwein, dem armen Gottesmann, den sie verprügelten, und der Flut, die Gott in der darauffolgenden Nacht als Strafe schickte. Vor Kurzem hatte ich diese Stelle in eines meiner Hefte übertragen, Buchstabe für Buchstabe, ohne viel mit der altertümlichen Sprache anfangen zu können:

… und habe sich alsobald ein ungetümer wind und hohes wasser erhoben, dadurch das gantze land Rungholt – oder, wie andere melden, gantze sieben kirchspiele, worunter Rungholt das vornehmste gewesen – sey untergegangen, und niemand davongekommen, als gemeldeter prediger und zwo – oder, wie andere

setzen, drey – jungfrauen, so den abend zuvor von Rungholt aus auf Bobschlut zur kirchmeß sein gegangen …

Paul hatte mir geholfen, die alte Schrift zu entziffern, er kannte die Stelle sowieso auswendig und erklärte mir, was daran Geschichte war und was Wahrheit. »Nichts stimmt«, sagte er, »und nichts ist ganz falsch.« Dazu hatte er auf seine Art gegrinst. Für ihn was das Lesen dieser uralten Texte die reine Unterhaltung, er amüsierte sich über sie und genoss es, so unbefangen wie nur irgend möglich mit ihnen umzuspringen; andererseits nahm er sie als Quellen durchaus ernst, sehr ernst, zum Teil sogar wortwörtlich. Das Gedicht dagegen, auf das er in der *Heimat* gestoßen war, tat nichts anderes, als den Chronisten Heimreich zu lobpreisen und dessen Bedeutung für die »friesischen Herzen« in den höchsten Tönen zu feiern. Unter Tränen breitete Paul die Zeitschrift auf seinen Händen aus, baute sich auf und deklamierte mit tiefer Opernstimme aus dem Gedicht:

Werden und Vergehen und Wiederauferstehen bleibt in ewigem Wechsel friesischen Schicksals Gang. / Horch, von Rungholts Watten weht es wie versunk'ner, sagenhafter Glocken Auferstehungssang.

»Und weißt du, wer diesen Quatsch verzapft hat?«, fragte Paul und war dabei kaum zu verstehen. »Felix Schmeißer, dieser Redakteur.«

Spät erst bemerkten wir Heiner Bonatz, der vor der geöffneten Tür auf dem Treppenabsatz stand, zu uns ins Zimmer schaute und einen Zettel in der Hand hielt. »Ich möchte nicht stören«, sagte er.

»Ach was«, sagte Paul und schluckte sein Lachen herunter. »Bitte, kommen Sie doch rein.«

Mit geräuschlosen Schritten betrat Heiner Bonatz das Zimmer, seine Schuhe schienen den Boden kaum zu berühren, sondern sachte darüber hinwegzugleiten. Kaum über die Schwelle getreten, blieb er stehen und sah sich um. Während er die Borde betrachtete, die Augen über sie hinwegfahren ließ, schließlich an einer der Karten hängen blieb, die an den Dachbalken befestigt waren, sagte er, jedoch mehr zu sich selbst als zu uns: »Ich hatte hier jemanden gehört.«

»Wir waren wohl zu laut«, sagte Paul.

»Macht gar nichts.«

Er trat an die Karte heran, seine Augen verengten sich. Anscheinend bemühte er sich, die winzigen Zeichen, mit denen Paul einzelne Dinge beschriftet hatte, zu entziffern. Die Hallig war eingezeichnet. In unterschiedlichen Farben zeigten Linien ihre ehemalige Größe an, Jahreszahlen standen daneben: *1807*, *1878*, *1936*. In nur hundertfünfzig Jahren war die Hallig auf die Hälfte ihrer Fläche geschrumpft. Der Jannis-Brunnen war natürlich eingetragen, die Warftreste. Lautlos bildete Bonatz mit dem Mund Worte. Eines konnte ich erkennen, obwohl es nicht weiter auffällig war, zwei Silben, die Lippen kurz zu einem vorgestülpten Oval geformt, dann eine Bewegung des Kinns: Rung-holt. Für einen Augenblick legte er die Stirn in Falten.

»Interessant«, sagte er.

»Das mache ich halt so in meiner Freizeit.«

Heiner Bonatz sah ihn direkt an. Er schien in seinem Gesicht zu lesen. Er nickte.

»Können wir denn etwas für Sie tun?«, fragte Paul und deutete auf den Zettel in Bonatz' Hand.

»Wenn das möglich wäre«, sagte dieser, warf einen Blick auf den Zettel und wieder zu Paul. »Ich brauche ein paar Sachen und hoffe, dass Sie mir bei der Beschaffung behilflich sein können.«

»Gerne. Zeigen Sie mal her.« Paul ging zu ihm, nahm ihm

den Zettel ab und überflog diesen. »Leisten, Nägel – das sollte machbar sein. Wofür brauchen Sie das?«

»Bilderrahmen.«

»Aha. Dann müssen wir mal gemeinsam in meine Werkstatt gehen und gucken, was wir davon alles finden. Sonst fahre ich auch gerne nach Süderlügum und besorg Ihnen den Rest. Das ist gar kein Problem.«

»Großartig«, sagte Bonatz. »Und wann?«

»Jetzt gleich«, antwortete Paul. »Allerdings nur unter einer Bedingung.«

»Und die wäre?«

»Sie kommen später zu uns in den Grenzkrug und trinken einen Tee mit uns. Sagen wir, so gegen drei?«

Ein Lächeln bildete sich um Bonatz' Augen. »Abgemacht«, sagte er. »Überhaupt sollte ich mich Ihnen wohl einmal vorstellen.« Er deutete eine förmliche Verbeugung an. »Mein Name ist …«

»Nachher, nachher«, unterbrach ihn Paul. »Jetzt gehen wir erst einmal in meine Werkstatt.«

Gemeinsam verließen sie das Zimmer. Pauls Gesicht erschien noch einmal in der Tür. »Schließt du hier ab, Jannis? Der Schlüssel steckt.«

»Mach ich«, sagte ich, folgte beiden langsam nach draußen, und dabei fiel mir auf, dass ich in diesem Moment, wenn auch nur für Sekunden, zum ersten Mal allein in Pauls Zimmer war. Seltsam fühlte sich das an. Als wäre es nicht richtig.

Der Tee sollte in der Stube eingenommen werden. Auf den Tisch kamen eine weiße Decke, das dünnwandige Goldrandporzellan, Silberbesteck und zwei Kerzenständer neben einer Vase, in der eines der Blumengebinde steckte, das ursprünglich für die Ferienwohnung gedacht gewesen war; die Chefin hatte darauf bestanden, es auf dem Teetisch zu platzieren.

»Wäre doch schade drum, wenn die Blumen so einfach ungenutzt verkommen.«

Der leicht hämische Unterton, mit dem sie dies sagte, passte zwar nicht ganz zu ihr, zeigte jedoch, wie gekränkt sie war und dass sie weiterhin eine offene Rechnung mit unserem Gast zu begleichen hatte. Seit Tagen wartete sie insgeheim auf ein Zeichen aus der Ferienwohnung, einen Hinweis, dass unser Gast, dieser Heiner Bonatz, ihre Bemühungen um ihn irgendwie zu schätzen wusste oder sie doch zumindest wahrnahm. Sicher auch deshalb war ihre Reaktion auf die Aussicht, ihn bei uns zum Tee zu haben, so kurz und bündig ausgefallen: »Na so was.« Trotzdem hatte sie sich unverzüglich darangemacht, einen gedeckten Apfelkuchen zu backen, Sahne zu schlagen, hatte später eine Kanne Tee gekocht, den Tisch gedeckt, und jeder ihrer Handgriffe hatte so gewirkt, als würde er nur unter Vorbehalt ausgeführt und als müsste sich erst noch erweisen, ob sich die Mühe, die sie sich wieder einmal machte, am Ende überhaupt gelohnt haben würde.

Heiner Bonatz kam pünktlich um drei Uhr herüber und ließ es sich nicht nehmen, jedem zur Begrüßung die Hand zu schütteln und sich vorzustellen, und er begann bei der Chefin. »Angenehm, Heiner Bonatz.« Er verbeugte sich vor ihr und deutete einen Handkuss an. »Ich muss mich natürlich bei Ihnen bedanken für die schönen Dinge, die Sie mir herübergeschickt haben. Leider musste ich auf alles verzichten. Mein Magen, wenn Sie verstehen …« Mit der flachen Hand klopfte er sich auf die Bauchgegend. »Der ist dummerweise äußerst empfindlich. Leider.«

»Verstehe«, sagte die Chefin.

»Ja.«

»Aber – wenn ich das fragen darf – Sie essen wirklich nichts außer Obst?«

»Im Moment nicht, nein. Vielleicht hilft mir das, ich weiß

es noch nicht. Es ist ein Versuch. Natürlich hätte ich Ihnen das früher sagen müssen.«

»Ach, nein«, sagte die Chefin. »Jetzt weiß ich ja Bescheid.«

Darauf setzte Heiner Bonatz seine Begrüßungsrunde fort, schüttelte Nane die Hand, die erstaunlich würdevoll vor ihm knickste und »Nane« sagte, »guten Tag«, ging zu Nils, der ernst war, als er ein Goddag hervorbrachte – »Oh, dänisch, wie schön« –, kam dann zu Paul und schließlich zu mir. Er reichte mir die Hand und beließ es ansonsten bei einem Nicken.

»Der ältere Herr, der mich empfangen hat, wird nicht dabei sein?«

»Meine Eltern lassen sich entschuldigen«, sagte die Chefin. »Es geht ihnen heute nicht gut.«

Sie vermied es, irgendjemanden von uns anzuschauen, schließlich wussten wir, dass das keineswegs der Wahrheit entsprach; sie war eine schlechte Lügnerin. Oben hatten die Alten keine Ahnung von unserem heutigen Teebesuch, die Chefin hatte es mit Absicht unterlassen, ihnen Bescheid zu geben, und uns obendrein strikt untersagt, ihnen gegenüber etwas von dem Besuch zu erwähnen. Noch immer trug sie dem Ollen Steensen nach, es am Tag von Heiner Bonatz' Anreise zugelassen zu haben, dass alle im Haus verschliefen. Paul hatte beim Mittagessen versucht, sie milde zu stimmen, aber vergebens. Niemals! Was denkt der Alte sich? Wenn der kommt, gehe ich.

»Nehmen wir doch Platz«, sagte sie.

Wir setzten uns um den Tisch herum auf die Plätze, der Tee wurde ausgeschenkt, Kuchenstücke verteilt – Heiner Bonatz lehnte dankend ab und klopfte sich auf die Magengegend –, die Schlagsahne ging herum, und während wir Gabel für Gabel den Kuchen verputzten, plauderte Bonatz so freimütig von der Leber weg, wie keiner es von ihm erwartet hätte. Er berichtete von seiner Arbeit als Kunstmaler, der er in seiner Heimatstadt nachging, irgendwas mit »ingen« im Namen, erzählte von den

Porträts wohlhabender Fabrikantengattinen, die er auf überdimensionierten Ölgemälden altmeisterlich verewigen durfte, und von Landschaftsbildern, die als Postkarten über den Ladentisch gingen.

»Alles Auftragsarbeiten, die mich künstlerisch nicht ausfüllen, mit denen ich aber meinen Lebensunterhalt verdiene, der, kann man sagen, kein ganz schlechter ist. Ein Glück, dass mir beim Blättern in der Zeitung die Anzeige des Grenzkrugs ins Auge gefallen ist, rein zufällig. Schon lange habe ich nämlich geplant, endlich einmal nur zu malen, was und wie ich will. Hier, in dieser Umgebung, Vidtoft, Tief, Meer, wird mir das am ehesten gelingen. Das habe ich schon lange gewusst. Die Horizonte, nicht wahr, das Licht hier. Nur zu wissen, dass es da ist, großartig.«

»Sie kannten unseren Grenzkrug bereits?«, fragte Paul. »Waren Sie denn schon einmal hier? Das haben wir uns alle gefragt.«

»Ja«, sagte Bonatz, »damals, nach dem Krieg, als die Grenze noch ganz geschlossen war. Jetzt gibt es ja wohl Öffnungszeiten. Seltsam, oder?«

»Warum?«, fragte die Chefin.

»Weil ich gedacht hätte, dass eine Grenze entweder offen oder geschlossen ist. Aber nicht so halb.«

»Da haben Sie recht«, sagte Paul.

»Damals jedenfalls«, sagte Bonatz, »nach dem Krieg, bin ich durch diese Gegend gereist, und seitdem bin ich davon überzeugt, dass dies der richtige Ort für mich und meine Malerei wäre. Obwohl hier alles anders ist, ich meine anders als dort, wo ich herkomme. Aber vielleicht empfinde ich gerade deshalb so. Manchmal fühlt man sich ja an einem Ort zu Hause, an dem einem eigentlich nichts bekannt vorkommt.«

Paul nickte.

Beiläufig ließ Heiner Bonatz seinen Blick durch die Stube

schweifen, nippte an seinem Tee – ich starrte wieder wie gebannt auf seine Hand, diese Pranke, mit der er die Tasse ganz umfasst hielt –, und auf einmal setzte er die Tasse ab, erhob sich von seinem Stuhl und trat vor die Wand mit den Fotos. Er stand dort einen Moment und schien kaum mitzubekommen, dass alle Augen ihm gefolgt waren. Mit seiner Hand wies er auf das Bild von der Chefin, dieses winzige Aquarell, das sie als Kind zeigte und in einem dünnen Rahmen zwischen den Fotos hing. Er drehte sich zu uns um. Die Hand zeigte weiter auf das Bild.

»Entschuldigung, aber dieses Aquarell hier«, sagte er erstaunlich kurzatmig, »das ist doch nicht – also, ich nehme nicht an, dass es tatsächlich das ist, wofür ich es halte?«

»Was bitte?«, fragte die Chefin.

»Hat *er* das gemalt?« Bonatz nickte zum Fenster hin, und es war die Himmelsrichtung, in der, wenige Kilometer entfernt, der Maler in seinem bunkerartigen Haus lebte.

»Genau«, sagte die Chefin.

»Und, wenn ich das fragen darf, sind Sie dieses Mädchen darauf?«

»Ja, ich hab ihn damals öfter besucht.«

»Wo?«, fragte Bonatz. »Wo besucht?«

»Drüben, als er noch auf der anderen Seite der Wiedau wohnte, bevor das alles dänisch wurde. Zu der Zeit hat er gar nicht gemalt, nur Pläne gezeichnet, wie man die Gegend hier ums Tief herum entwässern könnte. War damals ein großes Problem. Den ganzen Herbst und Winter über war alles überschwemmt. Meilenweit konnte man Schlittschuh laufen. Dagegen wollte man etwas tun. Und er hat helfen wollen. Hatte sich einen hübschen Plan ausgedacht. Aber es ist dann ganz anders gemacht worden. Hat ihn ziemlich gekränkt, glaube ich. Aber er hat wieder zu malen angefangen. Dieses Bild da ist, soviel ich weiß, das Erste, was er nach dieser Zeit wieder gemacht hat.

Zum Geburtstag hat er es mir geschenkt, zum sechsten, wenn ich das noch richtig weiß. Müsste hinten draufstehen.«

Immer noch war Bonatz' Hand erhoben, wenn sie auch nicht mehr auf das Bild zeigte, sondern leicht daneben. Er hatte sich bewegt.

»Das glaube ich ja nicht«, sagte er. »*Er* war das?«

Langsam ließ er seinen Arm sinken und wirkte mit einem Mal eigenartig haltlos, als benötigte er dringend jemanden oder etwas, worauf er sich stützen konnte.

»Kennen Sie ihn denn?«, fragte Paul. »Den Maler?«

»Seine Bilder kenne ich. Und ich bewundere sie. Sie sind für mich so etwas wie …« Bonatz brach ab.

»Warum gehen Sie nicht mal bei ihm vorbei?«, fragte die Chefin. »Es ist ja gar nicht weit. Und hübsch ist es auch. Das Haus nicht, aber der Blumengarten drum rum. Eigentlich fragen sich hier alle, wie der das macht mit den Blumen. Sonst will hier nichts so recht wachsen außer Gemüse. Wie auch immer: Er ist nett. Nein, nett ist er genau genommen wohl nicht, aber er gibt sich Mühe.«

»Das könnte ich nicht«, sagte Bonatz. »Nein. Auf keinen Fall. Das könnte ich nicht.«

»Aber es wäre doch vielleicht interessant für Sie?«

Bonatz fixierte die Chefin einen Moment lang, noch einen. »Ich wusste ja, dass *er* dort wohnt, dort drüben, das habe ich gewusst. Aber dieses Bild hier von Ihnen, das ist – Sie müssen mich entschuldigen.«

Darauf verschwand Heiner Bonatz, er verließ einfach die Stube. Durch die Fenster konnten wir sehen, wie er in den Anbau zurückeilte.

»Der hat es anscheinend auch nicht ganz leicht«, sagte die Chefin, als wir ihn nicht mehr sehen konnten.

»Ist wohl so«, sagte Paul.

Die verbleibenden Tage seines Aufenthaltes waren dann

wieder wie die ersten, und wir ließen Heiner Bonatz in Ruhe. Man bemerkte kaum, dass er da war. Ein Mal nur, als ich abends das Tablett mit der leeren Obstschale von der Treppe holte, stand er hinter dem Anbau, in der Nähe der Bootsbank. Er schaute auf den Deich. Als ich Paul davon erzählte, sagte ich, dass es exakt die entgegengesetzte Richtung zum Haus des Malers gewesen war, in die er geblickt hatte. Irgendwie schien alles, was er tat oder nicht tat, mit dem Maler zu tun zu haben, und Paul sagte: »Ich glaube nicht, dass das alles ist.«

Einen Tag vor seiner Abreise fuhr dann ein Wagen auf den Vorplatz, ein Transporter, hielt vor dem Anbau, und von der Tür aus bewachte Heiner Bonatz die zwei Männer, die seine Bilder verluden; jedes einzelne war sorgsam in Packpapier eingeschlagen, sodass wir keines zu sehen bekamen. Nachdem der Wagen abgefahren war, winkte Heiner Bonatz uns auf der Terrasse zu, bevor er sich für die letzte Nacht in den Anbau zurückzog.

Er zahlte großzügig. Das Geld lag am nächsten Tag in einem Umschlag auf der Treppe.

Der Kiesweg war viel zu lang, zumindest kam er mir um ein Vielfaches länger vor als an jedem anderen Tag, wenn ich auf ihm von der Dorfstraße zum Roten Haus ging. Der Sand knirschte zu laut unter den Schuhen, zumindest so laut, dass er uns früher verriet, als ich gehofft hatte. Und viel zu fröhlich war das Gesicht von Lehrer Nølle, das hinter einer der Fensterscheiben auftauchte, zumindest zu fröhlich für den Umstand, dass Paul und ich an diesem Nachmittag von ihm hier einbestellt worden waren und uns eben dem Eingang näherten, Paul auf seine Art belustigt, ich mit klammem Gefühl im Magen.

»Würde mich gerne mal mit deinem Vater unterhalten«, hatte Nølle einige Tage zuvor gesagt, nachdem er die Aufsatzhefte ausgeteilt und nur meines einbehalten hatte. »Und vielleicht ist es keine schlechte Idee, wenn du dabei bist.«

»Aber er ist ja nicht mein Vater«, hatte ich gesagt, als könnte das etwas ändern.

»Sicher«, hatte Nølle gesagt, »aber fast.«

Jetzt stand er in der Tür und begrüßte uns: »Wie schön, dass Sie es einrichten konnten. Kommen Sie rein, kommen Sie.«

Er ging voraus und lotste uns Richtung Klassenzimmer, das im Parterre des Hauses lag, gleich rechts hinterm Eingang. Ich war erleichtert. Einen Moment lang hatte ich befürchtet, nach oben in die Lehrerwohnung gebeten zu werden. Eine Treppe führte vom Flur aus hinauf, und zu ihr hatte Nølle geschaut, bevor er auf die Tür des Klassenzimmers deutete. Niemand außer Nølle selbst wusste, wie es dort oben aussah. Ganz im Gegensatz zu seinem Vorgänger Mellenthin, der, wie erzählt wurde, Schulchortreffen, aber auch Elterngespräche mit Vorliebe in seinen Privaträumen abgehalten hatte – legendär war seine Sammlung skandinavischer Aquavite, die er dabei präsentierte –, hielt Nølle eine strenge Trennung ein. Alles, was mit Schule zu tun hatte, musste in den dafür vorgesehenen Räumlichkeiten unten stattfinden, oben war privat, und privat hieß in seinem Fall: allein. Soweit bekannt, gab es niemanden, der seit seinem Amtsantritt je einen Fuß in die Lehrerwohnung gesetzt hatte, keinen Schüler, aber auch keinen Erwachsenen. Es wurde so allerhand gemunkelt über diese Wohnung, von der man sich, darin waren sich alle einig, am besten fernhielt. Die Schüler, die sich dennoch die Treppe hinaufwagten, um die Klinke der stets verschlossenen Tür anzufassen und herunterzudrücken – eine dieser Mutproben, die jeder bestehen musste, der ernst genommen werden wollte –, konnten von einem eigenartig müffligen Geruch berichten, der durch die Ritzen strömte. Ich selbst war nie oben gewesen, hatte nie die Klinke berührt. Warum sollte ich, hatte ich immer gesagt.

Es war beruhigend, mit dem Klassenzimmer bekanntes Terrain zu betreten, wenn schon der eigentliche Grund, weshalb Paul und ich hierherkommen mussten, ungewiss war. Aus dem Brief, den Nølle mir mitgegeben hatte, hatten wir nichts Genaueres herauslesen können. »Tja«, hatte Paul dazu gesagt, »gut«, mehr nicht, und als wir nun nebeneinander das Klassenzimmer betraten, flüsterte er mir zu: »Da sind wir beiden doch mal sehr gespannt.«

Das Sonnenlicht fiel als klarer, heller Strahl durch die Fenster und erreichte sogar, was selten vorkam, die gegenüberliegende Wand, an der zwischen zwei Materialschränken ein gerahmtes Foto hing. Paul blieb vor dem Foto stehen. Ein durchreisender Fotograf, der in regelmäßigen Abständen die Schulen im Kreis abklapperte, hatte es im letzten Jahr draußen vorm Roten Haus aufgenommen, und es zeigte einen dem Anlass entsprechend ernst dreinblickenden Nølle inmitten seiner Schüler. Zwischen den Mädchen vorne, die auf Stühlen saßen und ordentlich zurechtdrapiert worden waren – Fuß an Fuß, die Hände artig im Schoß gefaltet, Schleifchen im geflochtenen Haar, den Rock über die zerschrubbten Knie gezuppelt –, saß Nane, die als Einzige nicht in die Kamera, sondern irgendwie seitlich daran vorbeischaute. Die zweite Reihe dahinter war gemischt, jedoch genau aufgeteilt, links neben Nølle, der die Mitte einnahm, die Mädchen, rechts die Jungs; ich war einer von ihnen. Die Großen standen dahinter auf Stühlen und Tischen, die Längsten in der Mitte, sodass sich hinter Nølle alles pyramidenförmig zuspitzte. Nils stand ganz außen rechts, war gelangweilt, ohne dass man hätte sagen können, was an seiner Haltung oder seinem Blick diesen Eindruck vermittelte. Es wirkte so, als wäre er nicht anwesend. Paul betrachtete ihn länger als alle anderen.

»In jeder Reihe einer von uns«, sagte er.

Nølle, der hinters Lehrerpult getreten war, brummte zustimmend, aber ich war sicher, dass er nicht wusste, von wem Paul gesprochen hatte.

Zwei Stühle waren vor dem Pult aufgestellt, Erwachsenenstühle, die dort normalerweise nicht standen. Nølle bat uns mit einer Handbewegung, auf ihnen Platz zu nehmen. Mein Aufsatzheft lag auf dem Pult, mattblau mit weißem Etikett, darauf meine Schrift, und während Nølle sich setzte, dann eine Schieblade öffnete, hineinschaute, darin wühlte und sie schließlich wieder zuschob, offenkundig ohne gefunden zu haben, wonach er gesucht hatte, nutzte Paul die Gelegenheit, sich noch einmal umzuschauen.

»Wo sitzt du?«, fragte er leise.

Ich deutete mit dem Kopf in die Mitte der Bankreihen. »Vierte Reihe.«

»Soso.«

Ich musste ein Lachen unterdrücken, als er mir darauf, mit vorgeschobener Unterlippe, gespielt anerkennend zunickte. Auf dem Hinweg hatte ich ihm von einem Klassenkameraden erzählt, der vor einiger Zeit ebenfalls mit seinem Vater zum Elterngespräch geladen worden war. Beiläufig hatte dieser Vater sich nach dem Sitzplatz seines Sohnes erkundigt, war während des Gespräches freundlich und zuvorkommend gewesen, hatte seinen Sohn sogar gegen den Vorwurf der Faulheit in Schutz genommen, doch als beide schließlich das Rote Haus verlassen hatten und außer Sichtweite waren, hatte dieser Vater seinem Sohn ohne Vorwarnung auf offener Straße eine gescheuert, links und rechts und nicht zu sachte. »Such dir gefälligst einen besseren Platz, Junge«, hatte er gesagt und seinen heulenden Sohn auf der Straße stehen gelassen. Dass es der Grenzer Lorenz Tidick mit seinem Sohn Ingo gewesen war, hatte ich Paul nicht erzählt.

Mit der flachen Hand zog Nølle mein Aufsatzheft zu sich heran, las das Etikett und sagte: »Jannis Hamkens, richtig, der vom Krug, nicht wahr?«

»Richtig«, sagte Paul.

Nølle blickte auf und studierte Pauls Gesicht, biss sich dabei auf die Unterlippe, und Paul, der leicht vorgebeugt auf dem Stuhl saß, blickte zurück. Sie sahen sich an und schienen auszutarieren, was in dem jeweils anderen vorgehen mochte. Während sie die ersten Sätze austauschten, ließen sie sich nicht aus den Augen.

»Im Krug läuft es, wie ich höre, mittlerweile ganz gut«, sagte Nølle. »Sie haben sogar Feriengäste?«

»Einen«, sagte Paul, »um genau zu sein. Aber selbst das hat lange genug gedauert.«

»Das freut mich für Sie.«

»Irgendwann musste es wohl besser laufen. Wir können bestimmt alle ein paar gute Jahre gebrauchen.«

»Da gebe ich Ihnen recht«, sagte Nølle. »Ganz bestimmt können wir das.« Er nickte, und plötzlich sah er mich an und tippte auf das Aufsatzheft. »Kennen Sie das hier?«, fragte er, wieder an Paul gerichtet.

»Das ist das Aufsatzheft von Jannis, oder?«

»Ich meine nicht das Heft.« Mit einer kurzen Bewegung der Hand drehte er das Heft um, schlug es auf und schob es Paul hin. »Den Aufsatz, kennen Sie den? Wissen Sie etwas darüber?«

Auf einmal kommt es mir so vor, als schrumpfe das Klassenzimmer um uns herum zusammen. Paul beugt sich nach vorn und wirft einen Blick ins Heft. Er schüttelt den Kopf. »Ich wüsste nicht, nein.«

»Jannis«, sagt Nølle, und ich zucke zusammen, »erzähl doch mal, was genau die Aufgabe war, die ich euch gegeben hatte.«

Ich zögere.

»Na?«

Leise antworte ich: *»Was arbeiten eure Eltern?«*

»So ist es«, sagt Nølle. »Eine Ferienaufgabe ist das gewesen. Für alle. Und, Jannis, jetzt sag mal, worüber du geschrieben hast. Du kannst ruhig lauter sprechen. Wir sind hier unter uns.«

Ich sage nichts.

»Also, worüber?«

»Über den Engländer im Watt.«

»Aha«, sagt Paul neben mir. Die Stimme ganz ruhig. Ich spüre seinen Blick, der mich von der Seite trifft, und starre geradeaus. »Wieso über ihn?«, fragt er. Als wüsste er das nicht genau.

Ich schweige, denn ich weiß nicht, was ich sagen soll.

Nølle räuspert sich. »Thema verfehlt also?«

Ich nicke.

»Bist du sicher? Soll ich das wirklich darunterschreiben?«

Ich nicke noch einmal. »Tut mir auch leid.«

»Ganz so einfach ist es denn wohl doch nicht«, sagt er und lässt seine Worte im Klassenzimmer nachhallen, was ihnen eine erstaunliche Bedeutung verleiht. Er lehnt sich in seinem Stuhl zurück und lächelt mich an, verschwörerisch und auf eine Art, als habe er mich durchschaut.

Dann wendet er sich an Paul: »Sie beide sind also in den Ferien gemeinsam auf einer Hallig gewesen ...«

Es war lange geplant gewesen. Mehrere Tage hintereinander waren wir von Tade Karffs kleinem Haus aus aufgebrochen, das gleich hinterm Deich auf Nordstrand lag, am Rande der Ortschaft Westen. Mit Rucksäcken bepackt, wanderten wir die Strecke übers Watt bis zur Hallig und trafen dort stets kurz vor Niedrigwasser ein. Immer war es eine andere Zeit, am ersten Tag um zwanzig nach zehn, am nächsten um kurz vor elf, am übernächsten um halb zwölf. Paul versuchte, mir zu erklären, wie das kam und wie überhaupt alles hier draußen zusammenhing: Sonne, Mond und Erde, ihre aufeinander wirkenden Anziehungskräfte, ihre Stellungen zueinander, nicht zu vergessen die Tiefe der Meere, der Ozeane, dazu Windrichtung und Windstärke, der Luftdruck. Obwohl er mit den Füßen eine Zeichnung ins Watt kratzte, die mir das Zusammenspiel aller Elemente verdeutlichen sollte, hatte ich nicht das Gefühl, viel zu begreifen. Aber das war auch nicht unbedingt nötig, solange er es verstand. Und das tat er ohne Zweifel.

Zum Glück spielte das Wetter mit. Bedeckt war es, leichter Wind aus Südost, aber es blieb trocken. Die Wanderungen hinaus dauerten nie länger als zwei Stunden, und um uns jeweils an einer anderen Seite der Hallig umzuschauen, blieb uns eine knappe Stunde, bevor wir sicherheitshalber den Rückweg antreten mussten. Natürlich war das zu kurz, viel zu kurz. Doch Paul wusste, was er sehen wollte, und er wusste auch, wo es vermutlich zu sehen sein würde. Alles war schließlich lange im Voraus von ihm bedacht worden.

Wir waren für alle Eventualitäten ausgestattet, mit Regenzeug und Sonnencreme, Hemden und Hosen zum Wechseln, belegten Broten und Wasserflaschen. Außerdem hatten wir Maßbänder dabei, ein Fernglas, selbstverständlich einen Taschenkompass und den neuen Fotoapparat, den Piet Phillippsen für Paul aufgetrieben hatte, nicht zu teuer, eine Agfa-Kleinbildkamera. Etwas anderes allerdings, das ebenfalls aus dem Dorfladen stammte, erwies sich als noch viel entscheidender auf unseren täglichen Streifzügen. Es waren die neuen Plastiktüten, auf die Phillippsen nach längerem Widerstand von den grauen Papiertüten umgestiegen war und die er mit einem selbst entworfenen Emblem hatte bedrucken lassen, einem in unterschiedlichen Grüntönen gefärbten Deich, über dem zwei kunstvoll ineinander verschlungene Ps schwebten. Paul hatte in den vergangenen Wochen nicht nur alle diese dünnen, leicht reißenden Tüten gesammelt, in denen wir unsere kleineren Einkäufe nach Hause brachten, sondern sich außerdem vor unserer Abfahrt einen weiteren Stoß im Laden gesichert. Jede einzelne Tüte hatte er noch zu Hause mit einer Nummer versehen und ein entsprechendes Register in seinem Notizbuch angelegt, in dem er den genauen Fundort und die Fundzeit für alles festhalten wollte, worauf wir vor der Hallig im Watt stoßen würden. Und das war so einiges.

Gleich am ersten Tag entdeckten wir eine flache Schale aus Holz mit passendem Löffel. Beides lag unter einer schlammigen Sandschicht verborgen, und der Grund, weshalb wir es überhaupt fanden, war, dass ich, während ich allein umherwanderte und Paul Fotos machte, plötzlich etwas unter meinen Füßen spürte. Ich sprang sofort einen Schritt beiseite. Es war keine Muschel und kein Krebs, das hatte ich sofort gemerkt. Ich rief nach Paul, der sich, als ich ihm die Stelle zeigte, hinkniete, mit beiden Händen in den Schlamm fuhr und die Schale und den Löffel hervorholte.

»Wie kommt das hierher?«, fragte ich.

»Ich weiß es nicht«, sagte er, »noch nicht«, wischte sich die Hände an der Hose ab, nahm zwei Tüten aus meinem Rucksack und legte Schale und Löffel vorsichtig hinein. Dann trug er beides in sein Notizbuch ein, das er in der Brusttasche immer zur Hand hatte, und sah sich in der näheren Umgebung um. Er hatte eine Vermutung, eine Ahnung, das war deutlich zu erkennen. Er machte einen Schritt, blickte an sich hinunter, kniete sich in den Schlamm, fuhr erneut mit den Händen hinein und holte nach einigem Tasten und Fühlen Scherben herauf, aus Ton, mehrere, die er aneinanderhielt, um mir zu zeigen, dass sie wahrscheinlich zueinandergehörten. Ich nahm Tüten aus dem Rucksack, Paul legte die Scherben hinein. Wortlos verpackten wir, was er hervorholte, und auf einmal merkte ich, dass er noch auf etwas anderes gestoßen war. Er tastete konzentrierter, den leeren Blick in die Ferne gerichtet. Mit kreisenden, behutsamen Bewegungen zog er an etwas. Seine Hände tauchten auf, und er hielt etwas Graues zwischen den Fingern. Schlammiger Sand tropfte davon herunter.

»Was ist das?«, fragte ich.

»Lass mal schauen.« Er stellte es auf seine flache Hand und betrachtete es.

»Und?«

»Das ist ein Becher, würde ich sagen, oder etwas Ähnliches. Ein Trinkbecher.«

»Wie kommt das denn alles hierher?«, fragte ich

Er sah mich an. »Du hast anscheinend wieder einen Brunnen gefunden. Scheint fast ein besonderes Talent von dir zu sein.«

»Aber man sieht hier doch gar nichts.«

»Richtig, weil das meiste abgetragen worden ist oder zugeschlammt. Aber ich hab was fühlen können. Soden. Die Sachen hier haben ganz unten in dem Brunnen gelegen. Auf dem Grund. Vielleicht sind sie hineingefallen, als jemand versucht hat, sein Geschirr zu waschen.«

»Bist du sicher?«

»Nein«, sagte er, »aber möglich ist es. Sicher sein kann man sich nie. Es könnte natürlich genauso gut sein, dass du hier auf Rungholts Müllhalde gestoßen bist.«

Wir sahen uns an, und Paul grinste.

»Und was machen wir jetzt mit allem?«

»Einpacken und die Stelle hier fotografieren«, sagte er. »Zu Hause können wir versuchen, die Scherben zusammenzusetzen. Vielleicht kriegen wir alles wieder so hin, dass es wie ein Topf aussieht. Oder wie auch immer. Stell dir das mal vor: Vor sechshundert Jahren hat jemand diese Sachen in den Händen gehalten. Aus diesem Trinkbecher hat jemand getrunken. Vielleicht einer der Rungholter, die den Prediger verprügelt haben.«

»Und jetzt haben wir es gefunden.«

»So ist das.«

Einige Male fasste Paul noch in den Schlamm hinein und fuhr mit den Händen hin und her, er fand jedoch nur noch wenige weitere Scherben. Wir verstauten alles in den Rucksäcken und polsterten es, so gut es ging, mit unseren Ersatzkleidern ab, und bevor wir uns auf den Rückweg machten – es wurde langsam Zeit –, baute Paul sich so auf, dass der Wind in seinem Rücken stand, er öffnete den Hosenstall und pinkelte in großem Bogen von sich weg, und ich machte es genauso.

»Das ist es, oder?«, sagte er. »Einfach großartig.«

Während wir aufbrachen, hatte ich mit einem Mal das Gefühl, beobachtet zu werden. Ich merkte, dass ein Augenpaar auf uns gerichtet war. Schon die ganze Zeit über hatte ich es irgendwie gespürt. Ich drehte mich zur Hallig um und bemerkte einen Lichtblitz, eine Reflexion. Sie kam von der oberen Veranda des Halligin hauses.

»Da steht jemand«, sagte ich. »Die beobachten uns.«

»Aber sicher«, sagte Paul, ohne sich umzuwenden. »Du glaubst doch nicht, dass die uns hier so einfach rumwerkeln lassen, ohne ein Auge auf uns zu haben.«

Auch Tade Karff nickte nur bedeutungsvoll, als ich ihm abends davon berichtete. »Ist doch klar.« Und mehr brauchte er seiner Meinung nach nicht zu sagen. Er hob eine Kiste auf den Stubentisch, in der er alles aufbewahrte, was er im Watt vor der Hallig gefunden hatte. Paul hatte ihn brieflich darum gebeten, schon vor einiger Zeit, und er hatte nichts dagegen einzuwenden gehabt. Kein Problem.

»Das ist ja großartig«, sagte Paul, als er in die Kiste sah.

»Tja«, sagte Tade Karff. »Bin ja eigentlich kein großer Sammler. Weiß auch nicht ganz, wozu das nutzt. Wenn's nach mir ginge, könnt das Meer mit den Sachen ruhig anstellen, was es will. So ist das halt da draußen. Da ist nichts von Dauer. Alles in

Bewegung. War schon immer so. Jedenfalls: Mach damit, was du willst.«

Stück für Stück nahm Paul heraus und ließ sich dann berichten, wo es gefunden worden war. Tade Karff konnte einen Zettel zur Hilfe nehmen, den Paul ihm geschickt hatte, ein Register war darauf, wie in seinem eigenen Notizbuch. *Pfahlrest, südlich der Hallig, am Priel. Kohle, an Lahnung 12. Tierknochen, vielleicht Schwein, an Lahnung 12. Lederlappen, vielleicht Schuh, westlich.* Außerdem erzählte Tade Karff von den Beobachtungen, die er gemacht und in eine von Paul vorgezeichnete Karte eingetragen hatte. *Warftreste, Entwässerungsgräben, Deichspuren.* Jeden Abend redeten sie miteinander, begutachteten die Funde, während ich auf dem Sofa lag und vor mich hin döste. Meerluft und Wanderung hatten mich müde gemacht. Mit geschlossenen Augen lauschte ich ihren Stimmen, und es war ein schönes Gefühl, das ich dabei im Bauch verspürte, etwas Warmes, Ruhiges. Wenn sie in der Kiste kramten, um etwas Neues hervorzuholen, wurde ich wach, und dann sah ich stets wie gebannt zu diesem Menschenschädel auf der Kommode, den Tade Karff vor Jahren im Watt gefunden hatte. »Ist mein bester Freund«, hatte er gesagt, als er uns zum ersten Mal in die Stube führte. »Steht da, seit meine Frau nicht mehr ist. Hat auch einen Namen. Aber den verrat ich nicht.« Eine Lampe befand sich neben dem Schädel, sodass er im Licht gelblich grau wirkte. Ich überlegte, welchen Namen ich ihm geben würde, schlief jedoch bereits wieder, bevor mir einer einfallen konnte, und irgendwann trug Paul mich ins Nebenzimmer, wo unsere Betten standen.

Erst am vierten Tag unseres Aufenthaltes begleitete Tade Karff uns nach draußen und nahm uns auf seinem Pferdewagen mit; nur noch eine seiner dicken Damen war vorgespannt, die andere hatte es, wie er sagte, im Winter erwischt. Er ließ uns vor der Hallig absteigen und steuerte den Wagen seitlich hinauf. Wir brauchten nur wenige Schritte zurückzulegen, bis wir die Abbruchkante erreichten, die Paul sich für diesen Tag vorgenommen hatte, und schon aus der Entfernung bemerkten wir die Pflugspuren. Es war eine Fläche von wenigen Metern Länge und Breite. Schwarze Streifen, jeder vielleicht zwei Hände breit, liefen auf die Hallig zu, verschwanden darunter, die Zwischenräume waren von hellerem Schlick zugespült. Ich holte sofort den Fotoapparat aus dem Rucksack und schoss zwei Fotos.

»Sieht fast so aus, als hätten die hier gerade noch gearbeitet, was?«, sagte Paul, während wir die Fläche vermaßen. »Ist aber lange her. Es ist eher so, als würden wir durch ein Fenster schauen: ein Fenster in die Vergangenheit.«

Dann hörten wir Tade Karffs Stimme. Zu Fuß kam er von der Hallig, stapfte durchs Watt und winkte uns zu sich heran.

»Ich schau mal, was er will«, sagte Paul.

Ich hockte mich hin, nahm etwas von der dunkleren Erde zwischen die Finger, zerrieb sie und merkte, wie ich zu zittern begann. Ich blickte auf die Fläche vor mir und zitterte. Angst hatte ich und wusste nicht, woher sie kam. Zum ersten Mal passierte mir das. Und es hörte bald wieder auf.

»Komm«, sagte Paul, als er neben mir stand, »wir sollen zur Halliggräfin. Was essen.«

»Ja«, sagte ich, »ist gut.«

Wir folgten Tade Karff, der uns um eine Lahnung herum auf die Hallig führte. Die Faschinen, die zwischen die Pfahlreihen der Lahnung gestopft waren, hätten mit Sicherheit ausgebessert werden müssen; die Reisigpackungen gaben nicht mehr viel her für den Schutz der Halligkante. Das konnte sogar ich erkennen. Planken lagen über einem Graben, über den wir steigen mussten, schwere Pfähle waren davor und dahinter in die Erde getrieben, an denen man sich festhalten konnte. Der Weg zur Warft war mit klebrigem Matsch überzogen und führte an einer sumpfigen Wiese vorbei. Hier und da blühten die ersten lilafarbenen Pflanzen am Rand.

»Halligflieder«, flüsterte Paul mir zu, und daran merkte ich, wie nervös er war; es gab keinen Grund, hier zu flüstern.

Ein Mann grüßte uns aus der Tür des Stallgebäudes, als wir unsere Beine unter dem Wasserhahn vor dem Haus abspülten, und verschwand dann sofort wieder im Stall.

»Das war Maschmann«, sagte Tade Karff, »der Kutscher hier. Eigentlich ein ganz Netter, bloß ein bisschen schüchtern manchmal.«

Das Hallighaus betraten wir durch die Waschküche, ein kühler Raum mit Steinfußboden, in dem es feucht roch, die Wände weiß gekachelt, zwei Waschbottiche in der Ecke. Auf einer Leine, die quer durch den Raum gespannt war, hingen Wollsocken zum Trocknen. Neben einem Holzschemel stand eine Reihe von Gummistiefeln in unterschiedlichen Größen, alle sauber glänzend, ohne jede Spur von Sand. Tade Karff, der sich auskannte, reichte uns Handtücher, die gefaltet auf einem Bord gelegen hatten.

»Schon was gefunden heute?«, fragte er.

»Pflugspuren«, sagte Paul. »Genau an der Abbruchkante. Da, wo diese Wasserminen explodiert sind.«

»Tatsache? Ist mir noch nie aufgefallen.«

»Als wäre da eben noch gearbeitet worden«, sagte Paul. »Unglaublich eigentlich. Ist ja immerhin fast sechshundert Jahre her. Die Pflugspuren können erst vor Kurzem freigespült worden sein. Man konnte sehen, wie sie genau unter der Hallig verschwanden.«

Mit den Armen machte er Tade Karff vor, was er meinte. Der eine Arm stellte die Pflugspuren dar, der andere, quer übers Handgelenk gelegt, die Halligkante.

»Wie draufgesetzt, verstehst du? Wir haben alles fotografiert. Stimmt's, Jannis?«

»Stimmt«, sagte ich und stellte meinen Rucksack neben seinen.

»Freut mich zu hören«, sagte Tade Karff, »freut mich sehr.« Er stand vor der Tür, die ins eigentliche Haus führte, und bevor er sie öffnete, warf er uns noch einen Blick zu, der nur eines bedeuten konnte. Er sagte es auch und schritt voran: »Denn man tau.«

Sie musste es gewesen sein, die uns in den letzten Tagen ständig von der oberen Veranda aus beobachtet hatte, sie höchstpersönlich. Maschmann kam nicht infrage und auch nicht die junge Frau, die eifrig herumwuselte, als wir die Küche betraten, und die uns von Tade Karff als Wiebke vorgestellt wurde. Nein, sie selbst musste es gewesen sein: die Halliggräfin. Noch jetzt beobachtete sie uns, von der Küchenbank aus. Mit einer Handbewegung forderte sie uns auf, am Tisch Platz zu nehmen, und ließ uns hinter fingerdicken Brillengläsern nicht aus den Augen.

»Denn langen Sie man zu«, sagte sie und begann zu essen.

Warme Waffeln mit Pflaumenmus und dicker Schlagsahne gab es, dazu Tee, der bitter roch und genauso schmeckte. Wiebke sorgte für Nachschub, brachte Waffeln an den Tisch, schraubte, obwohl die anderen kaum angerührt waren, ein drittes Glas Pflaumenmus auf und steckte einen Löffel hinein.

»Wie nett«, sagte Paul, und es war ebenso an Wiebke wie an die Halliggräfin gerichtet, die zum Zeichen, dass sie den Dank wahrgenommen hatte, einmal die Hand hob und wieder senkte. Nu esst man, schien sie zu sagen und schob sich selbst energisch eine weitere Gabel voll in den Mund. Bereits ihre zweite Waffel war es, die sie so in Angriff nahm. Konzentriert kaute sie, eckig die Kieferbewegungen, und sie schluckte sorgsam und mit Bedacht. Nach jedem Bissen trank sie von ihrem Tee und fuhr dabei bereits wieder mit der Gabel durch die Sahne und das Pflaumenmus, trennte ein mundgerechtes Stück ab, und alles begann von Neuem, mit den gleichen energischen Bewegungen, dem gleichen eckigen Kauen, als müsste sie einen inneren Widerstand überbrücken, um überhaupt etwas zu essen. Genießen sieht anders aus. Streng und gerade saß sie da, grau das Gesicht, die Haut dünn und irgendwie durchscheinend, wie gespannt, das Haar zum Dutt gebunden, und mitunter spiegelte sich das Licht in ihren Brillengläsern, sodass ihre Augen für einen Moment verschwanden. Misstrauen in ihrem Blick. Ihr Kopf zuckte. Bisweilen schmatzte sie.

»Schmeckt's dir nicht?«, fragte sie mich unerwartet.

»Doch«, sagte ich. Ich hatte sie die ganze Zeit angestarrt und darüber meine Waffel vergessen. »Natürlich. Sehr gut. Danke.« Ich starrte auf meinen Teller und aß.

Paul gab als Erster auf. Er legte seine Gabel beiseite, nahm einen Schluck Tee und sagte: »Wunderbar war das, aber ich kann nicht mehr. Keinen Bissen.«

»Soso«, sagte die Gräfin.

»Geht mir genauso«, sagte Tade Karff.

»Und der junge Begleiter?«, fragte sie. »Wie steht's mit dem?«

»Auch nicht. Leider.«

»Na denn.«

Die Stille in der Küche wurde jetzt spürbar. Niemand aß mehr. Wiebke wuselte nicht länger herum und lehnte am Küchenschrank. Unangenehm war das.

»Gräfin«, sagte Tade Karff und beendete damit die Stille, »Sie sollten sich mal berichten lassen, was die zwei hier in den letzten Tagen alles gefunden haben. Was war's heut noch, Paul? Pflugspuren?«

»Genau«, sagte Paul. »Eine ganz kleine Fläche ist es zwar bloß, aber man erkennt genau, dass es Spuren von einem Pflug sind.«

Die Gräfin nickte, nickte ein zweites Mal, und darauf sagte sie etwas, das sich in meine Erinnerung eingebrannt hat: »Wir sind ja nicht so für diese Spurensucherei da draußen.«

Paul war überrumpelt, damit hatte er nicht gerechnet, und das Grinsen, das er versuchte, misslang und wirkte aufgesetzt. Vielleicht zum ersten Mal begriff ich, wie unsicher er hinter seiner äußeren Gelassenheit eigentlich war.

»Das verstehe ich gut«, sagte er.

»Aha.« Erneut nickte die Gräfin, leicht schief, und ich erkannte, dass diese Nickerei etwas war, was sie nicht absichtlich tat, sondern was ihr einfach so passierte. »Tun Sie das?«

»Natürlich«, sagte Paul.

»Und trotzdem kommen Sie her? Streunen da draußen tagelang rum? Machen Fotos? Sammeln Sachen ein? Altes Zeugs?«

»Genau das mache ich, ja.«

»Hab ich gesehen«, sagte die Gräfin. »Alles. Aber jetzt sagen Sie mal: Was denken Sie überhaupt zu finden? Sie verzeihen sicher, wenn ich so direkt frage. Was soll das Ganze?«

»Finden?«, fragte Paul. »Weiß nicht. Nichts Besonderes. Warum finden, wenn man auch suchen kann?«

»Hübsch gesagt, aber was bitte soll das heißen?«

»Wenn ich das so genau wüsste, wäre ich vielleicht nicht hier. Aber so viel kann ich wohl sagen, dass ich glaube, es machen zu müssen.«

»Gut, gut. Unter Umständen überrascht es Sie aber zu hören, dass Sie nicht der Erste sind, der hier auf die Suche geht. Sind schon einige vor Ihnen da gewesen. Es werden auch Weitere nach Ihnen kommen, fürchte ich. Das hört anscheinend nie auf.«

»Sicher«, sagte Paul. »Ich habe, glaube ich, das meiste gelesen, was über Rungholt geschrieben worden ist. Und ich habe mit Leuten Kontakt, die sich damit beschäftigen. Busch und Konsorten.«

»Sie entschuldigen wohl, aber das ist doch das Mindeste. Alle da draußen wissen mehr oder weniger Bescheid. Jedenfalls die, die wieder und wieder herkommen. Ich selbst hab ja nie begriffen, was die eigentlich antreibt. Rungholt, nun gut, das hat es hier vor langer Zeit gegeben, so viel ist mal sicher. Viele Orte hat es hier gegeben. Und nicht nur hier. An jeder Küste gibt es das. Überall auf der Welt holt sich das Meer, was es nur kriegen kann.«

»Und überall wird gesucht«, sagte Paul. »Früher oder später kommt jemand, der sich nach den Resten auf die Suche begibt. Nichts anderes mache ich.«

»Die Frage allerdings ist, *warum* Sie es machen«, sagte die Gräfin. »Was ist der Grund dafür? Denn falls Sie keinen nennen können, keinen guten, möchte ich Ihnen den bescheidenen Rat geben, einfach aufzuhören. Lassen Sie es bleiben. Sie tun den armen Rungholtern keinen Gefallen, wenn Sie da draußen im Watt rumstöbern. Vielleicht tun Sie nicht einmal sich selbst einen Gefallen.«

Jetzt musste Paul lachen. Er lachte in sich hinein.

»Eigentlich hatte ich Ihnen eine Frage gestellt, glaube ich.« Die Gräfin ließ sich nicht ablenken.

»Ich weiß, ich weiß«, sagte Paul. »Warum ich das mache? Ich überlege nur, was ich Ihnen antworten soll. Oder wie.«

Darauf griff er mit der Hand unter den Tisch, drehte sich im Sitzen leicht auf dem Stuhl, um an seine Hosentasche zu kommen, fasste hinein und brachte die geschlossene Hand wieder zum Vorschein. Noch zögernd, wie unter Vorbehalt, entstand ein Grinsen auf seinem Gesicht, und diesmal gelang es.

»Vielleicht ja so«, sagte er und legte etwas in die Mitte des Tisches. »Jedenfalls hat es damit angefangen.«

Die Okarina. Sie lag dort zwischen Paul und der Gräfin.

»Guck mal einer an«, sagte Tade Karff, der wie ich die ganze Zeit still dabeigesessen hatte und dem Wortwechsel mit einem irgendwie besorgten Ausdruck gefolgt war, den ich an ihm noch nicht kannte. »Guck an«, sagte er noch einmal.

»*Das* überrascht mich jetzt wirklich«, sagte die Gräfin und griff nach der Okarina. »Ich darf doch?«

»Sicher«, sagte Paul.

»Du hast sie mitgenommen?«, fragte ich ihn. Ich hatte nichts davon gewusst.

»Warum denn nicht«, sagte er. »Ich dachte, sie könnte uns Glück bringen.«

Die Gräfin betrachtete die Okarina aus nächster Nähe, hielt sie sich mit der einen Hand vors Gesicht, während die andere die Brille auf die Stirn schob. Sie hatte viel kleinere Augen als gedacht, die trocken wirkten. Ihr Kopf nickte. Dann setzte sie sich die Brille wieder auf die Nase und legte die Okarina zurück.

»Woher haben Sie die?«, fragte sie.

»Sie haben die Okarina schon einmal gesehen?«, fragte Paul zurück.

»Natürlich habe ich das. Woher also?«

»Jemand hat sie mir vor einigen Jahren geschenkt. Auf Eiderstedt.«

»Eiderstedt, in Ordnung. Aber von wem haben Sie sie?«

»Die Mutter von Jannis hat sie mir gegeben«, sagte Paul und deutete mit dem Kopf auf mich.

Mit einem Blick, der mich unvorbereitet traf, fixierte die Gräfin mich. Ich hatte den Eindruck, als suchte sie etwas an mir. Ich saß wie gebannt auf meinem Stuhl.

»Ist er Ihr Sohn?«, fragte sie.

»Nein«, sagte Paul. »Wir haben ihn bei uns aufgenommen, nachdem seine Mutter gestorben ist.«

»Gestorben«, wiederholte die Gräfin. »Und von wem hatte sie die Okarina?«

»Von einem englischen Soldaten«, sagte Paul.

»Hieß er vielleicht Lubbock?«, fragte die Gräfin. »Wissen Sie das?«

»Ian Lubbock, ja. Ein Soldat der Royal Air Force. Soviel ich weiß, kennen Sie ihn.«

»Ja«, sagte die Gräfin. »Ist lange her, aber: Ja.«

Ian Lubbock. Diesen Namen hatte ich noch nie gehört. Nie zuvor hatte Paul ihn erwähnt, und ich sah ihn von der Seite an. Er merkte es, reagierte aber nicht darauf.

Stattdessen begannen er und die Gräfin, sich gegenseitig zu erzählen, was sie über diesen Ian Lubbock wussten. Über ihn und die Okarina. Sie sprachen abwechselnd und gaben sich Vorlagen. Von einem Flugzeug erzählten sie, von Nebel, von der Okarina, die jetzt vor ihnen auf dem Tisch lag.

Doch nicht nur sie sprechen. Auch Lehrer Nølle spricht, später, einige Wochen danach. Mit langsamen, gesetzten Worten liest er vor, was ich in meinem Aufsatz geschrieben habe.

Und ich höre alle zusammen und gleichzeitig sprechen.

Nebel *(dick wie Suppe)* und Dämmerung *(fahl und kalt)*. Die Geschwader kamen übers Meer, sie flogen selbst bei diesem miesen Wetter, um bei Dunkelheit ihre Ziele im Inland zu erreichen. Irgendwo von der Küste aus feuerten Abwehrbatterien blind in den Himmel und wurden von dort aus beschossen. Die Verbände zogen in sicherer Höhe weiter, während einige Maschinen zum Angriff auf die Flakstellungen ansetzten. Niemand traf. Niemand sah, was dort oben vor sich ging. Oder unten. Plötzlich aber *(am Himmel ein Blitz)* geriet ein Flugzeug ins Straucheln, es verlor an Höhe und donnerte von Norden her die Küste hinunter. Was war geschehen? Ein Maschinenschaden? Ein Glückstreffer? Ohne Sicht, ohne Orientierung stürzte die Maschine in den Nebel. *(Zum Glück war gerade Ebbe.)* Im letzten Moment sprangen zwei Männer ab, doch nur einer der beiden Fallschirme öffnete sich.

Auf Südfall hörten sie, wie das Flugzeug abstürzte, grollend über die Hallig hinwegschoss und aufschlug. Es gab eine Explosion, nicht weit entfernt. Im Nebel war nicht auszumachen, wo genau. Dann herrschte Stille *(beunruhigend und unwirklich)*. Sie gingen vors Haus, stellten sich an die Halligkante und horchten. Nichts war zu hören. *(Gar nichts.)* Die Flakstellungen schwiegen.

Der englische Soldat landete mit seinem Fallschirm auf dem Watt. Es war weiß um ihn herum *(nichts als weiß)*, die Sicht reichte nur wenige Schritte. Er war unverletzt, warf sich den Fallschirm von seinen Schultern und machte sich auf die Suche nach seinem Kameraden. Nach dem Absprung hatten sie sich aus den Augen verloren. *(Er wusste nicht, was geschehen war.)* Er schrie den Namen seines Kameraden hinaus, brüllte ihn in alle Richtungen und merkte bald, dass seine Stimme nicht weit trug und vom Nebel verschluckt wurde. *(Das ist so bei Nebel.)* Einige Schritte lief er, kehrte um, rannte in eine andere Richtung, blieb stehen, rannte erneut, weiter und weiter. *(Es war sinnlos.)* Er kramte seinen Kompass aus der Tasche. Jetzt wusste er, wo Norden, Süden, wo Osten und Westen lagen. Aber was half ihm das? Woher sollte er wissen, welche Richtung er einschlagen musste, um ans Land zu kommen? Und wie weit würde es sein? Panik stieg in ihm auf, als er an die Flut dachte, die unweigerlich kommen würde. *(Wann? Wie lange noch?)* Er brach zusammen, hockte im Schlamm. *(Stieg das Wasser nicht bereits?)* Erst jetzt rief er um Hilfe, sprach vielmehr vor sich hin. *(»Help, help.« Niemand außer ihm selbst konnte das hören.)*

Dann sah er etwas vor sich im Watt liegen. *(Klein und rund lag es da.)* Weil es nur wenige Zentimeter aus dem Schlamm herausragte, hätte es auch eine Muschel sein können oder der

Rückenpanzer eines Krebses. Er griff danach. *(Das Ding bestand aus Ton.)* Er putzte es ab, zog es durch eine Pfütze, schüttelte es, und zum Vorschein kamen mehrere unterschiedlich große Löcher und eine Art abgeflachtes Mundstück. Eine Flöte? *(Wie kam die hierher?)* Er blicke sich um, starrte in den weißen Dunst, versuchte erfolglos, darin etwas zu erkennen. Als er die Flöte an den Mund führte, zitterten seine Lippen, und ohne daran zu glauben, dass es klappen würde, blies er in das Mundstück. Ein Ton entstand. *(Tatsächlich. Es entstand ein Ton.)* Erneut blies er hinein, stärker diesmal, so stark er konnte, und presste dabei seine Finger auf die Löcher. Ein anderer Ton war zu hören, tiefer, lauter. Immer wieder schickte der Soldat Töne in den Nebel hinaus. Es war natürlich sinnlos, das wusste er. Aber es beruhigte ihn, wenigstens etwas zu tun. Alles war besser, als einfach nur dazuhocken und tatenlos auf die Flut zu warten.

Da. Sie hörten etwas! Und wieder. Gerade wollten sie ins Haus zurückkehren, als sie einen Ton vernahmen, und nicht nur einen, mehrere hintereinander. *(Töne, die aus dem Nebel kamen! Das konnte nicht sein. Sie mussten sich irren.)* Doch sie hörten sie wieder und wieder, und es klang so, als kämen die Töne aus nächster Nähe, als müssten sie nur wenige Schritte ins Watt hinausgehen, um dorthin zu gelangen. Sie waren unsicher. *(Niemand ging bei diesem Wetter ins Watt.)* Aber versuchen mussten sie es.

Schritt für Schritt folgten sie den Tönen in den Nebel hinaus. Sie hatten sich eine Grenze gesetzt, die sie, komme was da wolle, nicht überschreiten würden: hundert Schritte, mehr nicht. *(Es war einfach zu gefährlich, weiter hinauszugehen, selbst mit einem Kompass in der Hand.)* Immer klarer wurden die Töne, immer lauter auch. Kamen sie wirklich von vorne? Oder doch von der Seite? Von hinten? Sie schienen aus allen Richtungen gleichzeitig zu kommen.

Auf einmal sahen sie etwas im Dunst vor sich. Einen Mann.

Einen englischen Soldaten. Er hockte im Schlamm, hielt sich beide Hände vor den Mund und blies unablässig in ein Ding, das er zwischen den Fingern hielt. *(Er weinte wohl auch.)*

»Hallo«, sprachen sie ihn an. »Are you okay?«

Der Soldat erschrak, rutschte im ersten Schrecken von ihnen weg. *(Als hätte er Gespenster gesehen.)*

Sie halfen ihm aufzustehen und stützten ihn von beiden Seiten. Er war durchfroren, nass am ganzen Körper.

»We will help you«, sagten sie.

Er sagte: »Thank you. Thank you so much.« Und er wiederholte es den ganzen Weg über bis zur Hallig und ins Haus.

Sein Name war Ian Lubbock. *(Mehr war fürs Erste nicht von ihm zu erfahren.)* Er bekam trockene Kleidung und saß, obwohl in mehrere Decken gewickelt, bibbernd vor dem Kachelofen. Ungläubig blickte er sich um.

»This is an island?«, fragte er.

»Yes. It is.«

Dann schlief er ein, plötzlich, im Sitzen, und sie ließen ihn schlafen.

Der nächste Morgen war klar und kalt. Kaum Wolken am Himmel, ein flirrendes Licht überzog alles. Als sie nach Ian Lubbock schauten, war er verschwunden, doch sie fanden ihn draußen an der Halligkante. *(Da stand er und schaute übers Watt.)* Die Reste seiner Maschine lagen etwa drei bis vier Kilometer von der Hallig entfernt, in der Nähe des Heverstroms, weiter weg, als sie es am Abend zuvor den Geräuschen nach vermutet hatten. Die Explosion hatte die Maschine auseinandergerissen, schwere Teile lagen verstreut herum. *(Kein Anzeichen von Ian Lubbocks Kameraden war zu sehen.)* Selbst wenn dieser den Sturz überlebt hatte, was wenig wahrscheinlich war, hätte die nächtliche Flut ihm keine Chance gelassen.

Sie zeigten Ian Lubbock, wo sie ihn gefunden hatten. *(Bevor er den ersten Schritt aufs Watt hinaus machte, zögerte er.)* Als sie an die Stelle kamen, konnte er es kaum glauben. Er war sprachlos. *(So nahe war er der Hallig gewesen und hatte im Nebel nichts gemerkt!)* Seinen Fallschirm, den er abgeworfen hatte, konnten sie nirgends finden. Er war fortgespült worden. Dann erst zeigte Ian Lubbock ihnen die Flöte, die er im Watt gefunden hatte. Er setzte sie an den Mund und spielte einen Ton.

»I found it somewhere in this area«, sagte er. »It saved my life.«

»You are really lucky«, sagten sie.

»I am«, sagte er. »In a way.«

Fürs Erste versteckten sie ihn bei sich auf der Hallig. Zwar würde irgendwann jemand nachfragen, ob sie womöglich Überlebende des Flugzeugabsturzes bei sich aufgenommen hätten, doch mit etwas Glück würde bis dahin noch ein wenig Zeit verstreichen. *(Früher oder später aber würde es dazu kommen.)* Ian Lubbock hielt sich die meiste Zeit im Haus auf, saß am Kachelofen und drehte in den Abendstunden, wenn es dunkel war, eine Runde über die Hallig. Kaum ein Wort sprach er, sodass sie wenig über ihn erfuhren. *(Aus Schottland kam er.)* An einem Abend erzählten sie ihm dann von Rungholt. Sie erzählten von dem Ort, der hier einst gelegen hatte und bis in diese Tage hinein berühmt war. Durch eine Sturmflut war er zerstört worden. Man fand noch immer Überbleibsel aus jenen Tagen im Watt, und unter Umständen hatte die Flöte einmal einem Rungholter gehört. *(Warum nicht? Das war doch gar nicht mal so unwahrscheinlich.)* Ian Lubbock hörte es sich an, schüttelte den Kopf dazu.

»It's unbelievable«, sagte er und drehte die Flöte in seiner Hand.

Nach einer Woche verließ er im Morgengrauen die Hallig, noch bevor die Bewohner Südfalls erwachten. Beiläufig hatte er sich nach den Ebbzeiten erkundigt, und erst, als sie sein verlassenes Zimmer vorfanden, begriffen sie, weshalb er das so genau hatte wissen wollen. Zum Abschied hinterließ er ihnen einen Brief, in dem er sich noch einmal für seine Rettung und die Gastfreundschaft bedankte. Länger konnte er diese nicht in Anspruch nehmen. Er brachte sie in Gefahr, wenn sie ihm weiterhin Unterschlupf gewährten. *(Er musste sich den Behörden stellen. Eine andere Möglichkeit gab es nicht.)*

Kurz darauf erhielten sie auf Südfall eine schriftliche Vorladung der Polizei, ein Verfahren war gegen sie eingeleitet worden, und sie gingen hin. Man wollte von ihnen wissen, ob sie möglicherweise einen gewissen Ian Lubbock, einen verunglückten Flieger der Royal Air Force, bei sich auf der Hallig vor den Behörden versteckt gehalten hatten. *(Natürlich stritten sie das ab.)* Den Absturz des Flugzeugs hatten sie zwar mitbekommen, doch ein Ian Lubbock war ihnen unbekannt. *(Hatte der denn tatsächlich überlebt? Ja, das hatte er. Wie erstaunlich.)* Nein, sie wussten nichts von Überlebenden. Hatte dieser Ian Lubbock denn etwas anderes behauptet? Nein, musste der sie vernehmende Polizist zugeben, nein, das hatte er nicht. Seiner Aussage nach hatte er sich, ohne dass jemand ihn je zu Gesicht bekommen hatte, im Stallgebäude versteckt gehalten. *(Nur nachts war er aus seinem Versteck geschlichen, um sich etwas zu essen zu besorgen, und er war nie bemerkt worden.)* Na also, sagten sie, dann wird es auch so gewesen sein. Und obwohl der Polizist der Geschichte offenbar keinen Glauben schenkte, wurde das Verfahren eingestellt.

»Was wird denn nun aus ihm?«, fragten sie zum Abschied. »Was geschieht mit Ian Lubbock?«

»Er kommt wohl nach Eiderstedt«, sagte der Polizist. »Wird dort auf einem Hof ackern müssen. Kartoffelernte. Oder Rüben. So was.«

Und das was das Letzte, was sie über Ian Lubbock hörten.

Nølle schlug mein Heft zu. Er hatte nicht lange gebraucht, um meinen Aufsatz vorzulesen, aber für mich hatte die Zeit währenddessen stillgestanden. Es war kaum auszuhalten gewesen, es dauerte und dauerte oder eben nicht. Seine monotone Stimme. Die nach Klassenzimmer riechende Luft im Klassenzimmer. Obgleich ich hätte wegrennen wollen, war mir nichts anderes übrig geblieben, als auf dem Stuhl sitzen zu bleiben und zu hoffen, dass er endlich ans Ende kam.

»Das war das«, sagte er.

»Erstaunlich«, sagte Paul. »Wirklich erstaunlich.«

»Ist es, nicht wahr?«

Beide sahen mich an, und auch wenn ich mich auf meine Oberschenkel konzentrierte, mit den Händen darüberstrich, bis ich die Wärme durch den Stoff spürte, wusste ich genau, *wie* sie mich ansahen. Dafür musste ich nicht erst aufschauen.

Es war genau wie auf der Hallig, als die Gräfin und Paul sich alles über Ian Lubbock erzählt hatten. Auch sie hatten mich angesehen. Und ihre Blicke hatten gebrannt. Damals hatte ich das nicht ausgehalten. Ich hatte es nicht ertragen, war vom Küchentisch aufgestanden und hatte mich an eines der Fenster gestellt.

Dieses Fenster ging nach Südwesten hinaus. Ich konnte über die Warft blicken, über eine Wiese mit grasenden Schafen, über die Halligkante aufs Watt, und dann immer weiter. Alles wirkte wie nahe gerückt und war gestochen scharf zu erkennen. Der Heverstrom lag klar und deutlich vor mir, sein bleifarbenes Wasser glitzerte im schräg einfallenden Licht. Dahinter kam ein Deich, der über der Wasseroberfläche zu schweben schien, und ich sah ein reetgedecktes Dach dahinter, einen rauchenden Schornstein. Als ich meinen Blickwinkel etwas veränderte, hob sich das Dach auf einmal an, stieg höher als die Deichkrone. Ein Haus entstand da vor mir, ein Bauernhaus, und bald sah ich es in Gänze vor mir. Ich kannte es. Irgendwie.

Ganz deutlich konnte ich die Fenster sehen. Die Vorhänge waren zugezogen. Und dort stand jemand. Eine Gestalt. Ein Mann in Uniform. Ich veränderte meine Kopfhaltung erneut, um besser sehen zu können, doch in diesem Augenblick verschwand das Haus, löste sich auf. Es war weg und blieb verschwunden, selbst als ich die ursprüngliche Haltung wieder einnahm. Nur noch der Deich war da, das Dach.

»Kimming nennt man das«, sagte Tade Karff. Er stand neben mir am Fenster. »Ist manchmal im Frühling so. Da kann man plötzlich weiter und weiter gucken. Und alles wirkt ganz nah.«

»Einen Deich kann ich sehen«, sagte ich.

»Eiderstedt«, sagte er. »Eigentlich ist das viel zu weit weg, um es von hier sehen zu können.«

»Und ein Haus«, sagte ich. »Ich hab ein Haus gesehen. Es war überm Deich irgendwie. Aber jetzt ist es weg.«

»Sind Luftspiegelungen, die man sieht«, sagte er. »Schon was Seltsames, dieses Kimming.«

»Aber ich habe das Haus gesehen«, sagte ich.

»Natürlich hast du das.«

»Ein Mann hat am Fenster gestanden.«

»So.«

»Ein Mann in Uniform. Er stand da. Und jetzt kann ich nichts mehr sehen.«

»Tja«, sagte Tade Karff, »es ist halt auch ziemlich weit weg.«

Erst da bemerkte ich, dass sich Paul und die Gräfin weiterhin am Tisch unterhielten. Sie sprachen leise. Mein Name fiel. Und der des englischen Soldaten. Jannis. Ian Lubbock. Mehr konnte ich nicht verstehen. Mehr wollte ich aber auch nicht verstehen.

»Komm man«, sagte Tade Karff. »Wir zwei gehen schon mal raus und schauen nach dem Wagen und meiner alten Dame.«

Das war auf der Hallig gewesen.

Diesmal aber, im Roten Haus, im Klassenzimmer, zwang ich mich, den Blicken standzuhalten. Ich beschloss, ihnen zuzuhören. Schließlich ging es um mich. Zu oft hatte ich in der Vergangenheit weggehört, hatte mich damit begnügt, nur in Teilen zu verstehen, was um mich herum vor sich ging. Das musste anders werden. Ich *wollte*, dass sie von mir sprachen. Mein Aufsatz hatte genau diesen Zweck gehabt. In diesem Augenblick wurde es mir bewusst.

Nølle und Paul aber sprachen miteinander, als könnten sie sich über meinen Kopf hinweg verständigen. Als würde ich nicht mitbekommen, was sie eigentlich sagten. Doch darin irrten sie sich. Ich verstand sie genau. Jedes Wort.

»Wer ist dieser Engländer?«, fragte Nølle. »Kennen Sie ihn eigentlich?« Und er meinte: Sind Sie sicher, dass *er* es ist?

»Nein«, sagte Paul. »Ich habe ihn leider nie kennengelernt.« Und er meinte: Ja, ich bin sicher.

»Kennt Jannis ihn denn?«, fragte Nølle. Und er meinte: Kennt er seinen Vater?

»Nein«, sagte Paul. Und er meinte: Noch kennt er ihn nicht.

Ich war erstaunt und fasziniert, wie selbstverständlich ich mithören konnte, was hinter ihren Sätzen in Wahrheit steckte, und diese neue Fähigkeit bewegte mich fast mehr als die Tatsache, die ich dadurch erfuhr. Ich war darauf vorbereitet gewesen. Niemand hatte es mir gesagt. Auch Paul nicht. Doch ich hatte es gewusst. Irgendwie. Es brauchte nicht erst ausgesprochen zu werden.

»Dann wollen wir dieses Thema mal abschließen«, sagte Nølle. »Ich wollte nur herausfinden, woran ich bin.«

»Das war sehr nett von Ihnen«, sagte Paul. »Danke.«

»Was deinen Aufsatz angeht«, sagte Nølle zu mir, »habe ich mich entschlossen, ihn nicht zu bewerten. Er ist gut geschrieben, das muss ich sagen. Aber ich denke doch, dass es in unser aller Interesse ist, wenn wir es so machen. Oder, Jannis?«

»Ja«, sagte ich. »Wie Sie meinen.«

»Damit wäre das also erledigt«, sagte er und erhob sich.

Er begleitete uns zur Tür und gab erst Paul und dann mir die Hand. Dass er sie auch mir reichte, geschah vermutlich nur aus Verlegenheit. Er wollte Zeit gewinnen und überlegte. Sein Händedruck war kaum spürbar. Ich merkte nur, wie sich seine Finger leicht um meinen Ballen legten. Mein Atem ging schneller.

»Eines noch«, sagte er zu Paul, ohne meine Hand loszulassen.

»Ja?«

»Nils«, sagte er, »das ist doch Ihr Sohn?«

»Ja«, antwortete Paul. »Natürlich.«

»Haben Sie gehört, dass er die Schule wechseln will?«

Ich befreite meine Hand aus Nølles Fingern.

»Was?«, fragte Paul, und seine Augenbrauen zogen sich zusammen. »Hat er das zu Ihnen gesagt?«

»Er will die letzten Jahre drüben zur Schule gehen, in Nørreby.«

»In Nørreby? Wie kommt er darauf?«

»Sie wussten es nicht?«

Paul schüttelte den Kopf, versuchte ein Grinsen.

»Vielleicht reden Sie noch einmal mit ihm«, sagte Nølle. »Kann ja sein, dass das nur so eine fixe Idee ist. Jungs in seinem Alter haben das manchmal.«

»Bestimmt«, sagte Paul. »Ich kümmere mich darum.«

Vor uns, am Ende der Dorfstraße, lag der Grenzkrug. Ich sah den Vorplatz, die Alte Eiche, einen Teil des Daches und die Terrasse. Lorenz Tidick saß an einem der Tische, trank einen Kaffee und aß Kuchen, während Harro Knutzen im Holzhäuschen an der Straße die Stellung hielt. Gerade kam ein Wagen aus Nørreby herangefahren, wurde langsamer, blieb fast stehen und wurde dann durchgewinkt. Alles klar. Weiterfahren, weiterfahren. Es war wie immer. Und doch schlich sich, als Paul und ich uns dem Grenzkrug näherten, bei diesem Anblick ein Gefühl ein, mit dem ich nicht gerechnet hatte.

Alles war unsicher. Nichts war gewiss. Das war mein Gefühl.

Natürlich hatte das mit der Nachricht zu tun, die Nølle uns zum Abschied mit auf den Weg gegeben hatte. Nils wollte die Schule wechseln. Auch für mich war das etwas Neues. Mir gegenüber hatte er nichts von derartigen Plänen erwähnt, und trotzdem konnte ich nicht behaupten, dass es mich ganz und gar unvorbereitet traf. Seit einer ganzen Weile schon arbeitete Nils daran, für sich zu sein. Schleichend meldete er sich aus allen Bindungen ab, die ihn hier in Vidtoft hielten, und der geplante Schulwechsel nach Nørreby war nur ein weiterer, nicht der entscheidende Schritt.

Darüber dachte ich nach und hörte nur mit halbem Ohr zu, was Paul währenddessen neben mir sagte. Von einem Brief erzählte er. Die Gräfin hatte ihm geschrieben und von dem Vorhaben berichtet, demnächst die angefressene Halligkante neu zu befestigen. Neue Steinpackungen sollten angelegt werden, einige Meter hinter der jetzigen Linie, sodass die davor liegende Fläche wohl oder übel dem Meer überlassen würde.

»Begreifst du, was das bedeutet?«, fragte Paul.

»Nein«, sagte ich abwesend, »was denn?«

»Wenn das Meer sich diese Fläche zurückholt, sie Stück für Stück abträgt, wird das, was unter der Hallig liegt, sichtbar. Für einen Moment können wir *unter* die Hallig gucken.«

»Ach so«, sagte ich.

»Das ist unsere Chance.«

Wir bogen auf den Vorplatz und grüßten beide Tidick, der fertig war und zurück zum Holzhäuschen schlenderte. Mit einem Tablett unterm Arm trat gleichzeitig die Chefin aus dem Grenzkrug, stellte das Tablett auf den Tisch und sammelte das benutzte Geschirr ein. Als sie das Tablett wieder aufnahm, sah sie uns. Sie lächelte. Winkte. Ging zurück ins Haus. Ich wusste, weshalb sie so glücklich wirkte. Bevor wir zum Roten Haus aufgebrochen waren, hatte Paul angekündigt, dass er sich nach der Rückkehr zusammen mit mir um den Vorratskeller kümmern würde. Mal sauber machen da unten und aufräumen. Endlich. Seit Wochen hatte er das der Chefin versprochen, und immer war ihm etwas dazwischengekommen.

Er blieb auf einmal stehen. »Mir ist gerade was eingefallen«, sagte er. »Ich muss noch mal in mein Zimmer. Was nachprüfen.« Er vermied es, mich anzusehen. »Ich beeil mich. Geht ganz schnell. Sag denen, dass ich gleich komme.« Und schon wandte er sich Richtung Anbau und ließ mich auf dem Vorplatz stehen.

Ich blickte ihm nach, und als er die Tür hinter sich schloss, wusste ich auf einmal, woher dieses Gefühl der Unsicherheit in mir stammte. Es lag an ihm. An Paul. Er hatte nichts von alldem begriffen, was an diesem Tag geschehen war. Nichts.

Langsam ging ich zur Tür des Grenzkrugs, und bereits jetzt konnte ich das enttäuschte Gesicht der Chefin vor mir sehen, das sie in wenigen Minuten zeigen würde, wenn ich allein in den Vorratskeller hinunterstieg, um schon einmal anzufangen, bis Paul dazukäme.

Schnee

Der Scheibenwischer kam nicht hinterher, er schmierte den heranschießenden Schnee eher von der einen auf die andere Seite, aber durch den für Sekunden entstehenden Ausschnitt bot sich einem sowieso nur der immer gleiche Ausblick: ein zerstiebendes Weiß, ohne Konturen, dazwischen wenige dunkle Flecken. Das musste die Straße sein. Schwer auszumachen, ob wir noch auf ihr fuhren oder bereits daneben, auf dem Seitenstreifen, dem Fußweg oder sogar auf dem freien Feld. Die Straßenlaternen standen hier so weit voneinander entfernt, dass sie nur zur groben Orientierung dienen konnten. Einfach geradeaus fahren – aber wo war das? Claus Delffs, der den Hanomag lenkte, gab sich erkennbar die größte Mühe, der Schneepflug teilte die weiße Masse vor uns und räumte sie als zusammenbrechende Welle aus dem Weg. Trotzdem war irgendwann Schluss, ganz plötzlich, und obwohl wir nur Schritttempo fuhren, warf der Ruck, mit dem wir auf der Höhe des Roten Hauses zum Stehen kamen, Bonatz und mich beinahe von den rutschigen Sitzen in der Fahrerkabine.

»Ein Scheiß ist das«, sagte Delffs.

Krachend legte er den Rückwärtsgang ein, setzte zurück, probierte es zumindest, denn nichts passierte, unternahm einen zweiten Versuch, aber der Schnee pappte zusammen, war in Straßennähe gefroren, die Reifen liefen leer. Nichts zu machen. Wir saßen fest. Zum wievielten Mal eigentlich schon auf dieser kurzen Strecke?

Über Delffs' Kopf hinweg hielt Bonatz mir seinen Zeichenblock hin. Er hatte die Fensterscheibe des Traktors während der Fahrt skizziert, den Ausschnitt, die Flocken, alles ziemlich verwackelt, aber zu erkennen. »Wie nennt man das eigentlich?«, fragte er. »Dieses Dreieck da mit rundem Boden, das der Scheibenwischer gemacht hat?«

»Keine Ahnung«, sagte ich.

»Ist auch nicht so wichtig.«

Er schob den Zeichenblock unter seinen Mantel und schaute mit zusammengekniffenen Lidern aus dem Fenster, und erneut hatte er diese ungläubige Begeisterung im Blick, als könnte er noch immer nicht fassen, was er da vor sich hatte: Schnee. Seit wir uns mit Delffs am späten Vormittag zum Räumdienst getroffen hatten – wir drei allein bildeten den Trupp 2, nachdem Ove Phillippsen aus irgendeinem Grund nicht zum vereinbarten Termin erschienen war –, hatte Bonatz von nichts anderem als von Schnee gesprochen und wie dieser ihn zu immer neuen Bildern inspirierte. Die halbe Nacht und den Morgen hatte er bereits durchgemalt, Aquarelle vor allem, aber auch Kohlezeichnungen, was immer ihm gerade in die Finger geraten war, und während wir uns zunächst in Delffs' Hanomag, dann, weil wir nicht weiterkamen, zu Fuß bis zum Schöpfwerk vorgearbeitet hatten, war er aus dem Schwärmen kaum herausgekommen, hier ein Bild, da eines, er brauchte sich nur umzuschauen: wüstenartige Flächen auf den Feldern, unendlich vielfältige Formen von Verwehungen, die spitz ausliefen und Hohlräume bildeten, wie gemacht für Kinderverstecke, zugeschneite Häuser, bis zum Dach hoch, Blau-, Weiß- und Grautöne überall, vermummte Gestalten in schräg fallenden Flocken, festgefahrene Räumfahrzeuge. Mehrmals hatte er seinen Zeichenblock hervorgeholt, Moment mal, bitte, um ein Motiv mit wenigen Strichen festzuhalten, den Deich etwa, auf dem eine dicht gedrängte Schafherde stand und sich aneinander wärmte, oder den Stock mit flatterndem Schal daran, den er selbst als Markierung für den in den Graben gerutschten Wagen der Familie Besgen in den Schnee gesteckt hatte, als wir nach einstündigem Graben, Ziehen und Schieben hatten einsehen müssen, dass auch wir nichts ausrichten konnten.

»*Ihm* hätte das alles gewiss auch gefallen«, hatte er gesagt, als wir den Rückweg antraten, und dabei in die Richtung gedeutet, in der irgendwo hinterm Gestöber das bunkerartige Haus des Malers liegen musste. Delffs hatte nur den Kopf geschüttelt, vielleicht über Bonatz, vielleicht aber auch über die Gestalt, die sich in der Ferne querfeldein durch den Schnee bewegte. Ein Mann, schwarzer Mantel, kleiner Koffer, mehr war von unserem Standpunkt aus nicht zu erkennen gewesen.

Jetzt schaute Bonatz aus der Fahrerkabine durchs beschlagene Fenster, mit leuchtenden Augen, und sagte: »Hätte ich ja nie gedacht, dass das mein Motiv sein würde: *Norddeutscher Schnee.*«

Delffs schnaubte. »Das ist kein Schnee, mein Guter. Das ist eine Katastrophe.«

Gleich darauf stieg Delffs erstaunlich ungeschickt vom Traktor ab, Bonatz folgte ihm, dann ich. Mit unseren Schaufeln ausgestattet, wollten wir uns wie schon mehrfach auf der Fahrt daran machen, die Reifen des Hanomag aus dem Schnee zu befreien, doch Delffs winkte ab. »Lasst gut sein«, sagte er und duckte sich im Windschatten des Traktors. »Das mach ich. Ihr könnt nach Hause gehen und euch aufwärmen, wenn ihr wollt. Habt da bestimmt genug zu tun.«

»Bist du sicher?«, fragte ich.

»Das dauert hier nicht lange. Wir sehen uns in zwei Stunden. Ich hol euch dann ab. Irgendwie.«

Ein solches Angebot brauchte er nicht zu wiederholen. Mir war eklig kalt, die ganze Zeit schon, und je öfter ich fror, desto schlechter vertrug ich es. Obwohl Bonatz, aufgedreht wie er war, nicht klagte, war ich sicher, dass es ihm nicht anders ging. Hintereinander stapften wir los, ich voran. Es war zwar nicht weit bis zum Grenzkrug, doch es dauerte. Immer wieder rutschte einer von uns knietief in eine Verwehung und verlor das Gleichgewicht. Wenn ich das war, fluchte ich vor mich hin; war es Bonatz, lachte er und geriet wieder ins Schwärmen.

»Großartige Sache, dieser Schnee«, rief er. »Haben Sie einmal davon gekostet? Schmeckt irgendwie metallisch, oder?«

»Kann sein. Kalt jedenfalls.«

»Ja, kalt.«

Schritt für Schritt näherten wir uns dem Grenzkrug, eine Ewigkeit schien das zu dauern, und ich musste mich anstrengen, um die Alte Eiche trotz des Schneetreibens im Blick zu behalten. Sie bog sich stark zur Seite und war beinahe schneefrei bei dem Sturm.

»Wissen Sie eigentlich, was die Schwierigkeit dabei ist, diesen Schnee zu malen?«, fragte Bonatz hinter mir. Er war nahe herangekommen, damit er nicht zu sehr schreien musste. »Die Herausforderung, meine ich?«

Eine Antwort wartete er gar nicht erst ab.

»Es ist der Klang«, sagte er. »Der Klang des Schnees. Der gehört nämlich zwingend dazu, sonst ist es nichts. Ein paar weiße Flecken auf dem Papier, ein bisschen Blau, Grau genügt nicht. Es muss schon mehr sein. Hören Sie doch nur einmal. Das ist kein stilles Rieseln, sondern viel dumpfer, ein Geräusch, das nur der fallende Schnee macht. Dazu der Sturm. Das im Bild einzufangen – das wär's.«

»Eigentlich ist es ja bloß Wasser«, sagte ich.

»Wasser?« Er war in der Auffahrt zum Vorplatz stehen geblieben. »Wie meinen Sie das?«

»In einem anderen Zustand«, sagte ich.

Er sah mich an, sein Mund stand offen, Schneeflocken im Gesicht, auf den Lippen, und er sagte: »Sie haben recht. Selbstverständlich. Viel Wasser. Insofern ist es nicht einmal etwas Besonderes für diese Gegend.«

Hinter den Fenstern der Gaststube schimmerte Kerzenlicht. Warm sah das aus.

»Danke.« Er wandte sich Richtung Anbau.

»Wollen Sie nicht lieber mit in den Krug kommen und sich aufwärmen?«

Aber Heiner Bonatz, der Maler, stapfte davon.

Die Situation war unübersichtlich. Viel zu viele Menschen drängten sich um die Tische in der Gaststube und an den Tresen. So voll war es um diese Uhrzeit lange nicht bei uns gewesen, und ein Geräuschpegel herrschte, der mir, als ich die Mütze abnahm, sofort auf die Ohren schlug. Man war ausnehmend guter Stimmung. Und warum auch nicht? Hier war es warm, hier ließ es sich aushalten. Irgendwo lief ein Radio, doch die Stimme des Moderators kam nicht gegen das Getöse an; sehr wahrscheinlich hatte sie auch nichts wirklich Neues zu verkünden: soundso viele Gemeinden weiterhin von der Außenwelt abgeschnitten, Stromausfall in den und den Landkreisen, Räumfahrzeuge aus Süddeutschland angefordert, der Bahnverkehr eingestellt, Bundeswehr und THW helfen, wo sie können, und so weiter, und so fort. Mittlerweile kannte man die halbstündlichen Meldungen fast auswendig, und niemand schien ihnen noch allzu viel Beachtung zu schenken. Man hatte anderes zu tun. In kleineren und größeren Grüppchen saß und stand man beisammen, beratschlagte, rauchte und trank was Warmes dazu. Vidtofter waren es zumeist, die sich zu uns durchgeschlagen hatten, um nicht allein zu Hause frieren zu müssen, aber es waren auch einige Dänemarkurlauber da, die auf dem Rückweg an der Grenze hängen geblieben waren und, nicht zuletzt aufgrund des nunmehr offiziell ausgesprochenen Fahrverbotes, in Vidtoft festsaßen. Ihre Wagen hatten sie am

Nørrebyer Campingplatz stehen lassen und waren mit leichtem Gepäck über die Holzbrücke zu den Grenzposten gekommen, die sie daraufhin zu uns gelotst hatten. Den ganzen Vormittag über war das so gegangen, die Zimmer im Obergeschoss waren ausnahmslos belegt, so viel Platz hatten wir nun auch nicht, doch es stand zu befürchten, dass dies, sollte der Schneefall weiterhin anhalten, erst der Anfang war, die Vorhut sozusagen, bevor der eigentliche Ansturm einsetzte, nach Neujahr, spätestens in zwei Tagen also. Was dann geschehen sollte, wusste niemand. Wie ich im Vorbeigehen mitbekam, hatte man im Moment allerdings andere Sorgen und plante stattdessen die morgige Silvesterfeier. Wo? Hier natürlich. Alle zusammen im Grenzkrug. Das ganze Dorf und die Gäste. Eine Riesensause wird das. Mal die Chefin fragen.

Am Tresen, eingezwängt zwischen zwei mir unbekannten Frauen, lehnte Ove Phillippsen, die Hände um eine Tasse gelegt, aus der Dampf aufstieg. Die Frauen ignorierten ihn und unterhielten sich unbekümmert über seine Schultern hinweg.

»Wo warst du denn?«, fragte ich ihn. »Wir haben dich vermisst.«

Er drehte sich um, und im Grunde genommen hätte er nichts weiter zu sagen brauchen, um sein Fernbleiben vom Räumdienst zu erklären. Der Anblick seiner umränderten Augen hätte genügt, um sicher zu sein, dass er uns zumindest nicht freiwillig versetzt hatte.

»Ich bin nicht weggekommen«, sagte er und bat mit einem angedeuteten Lächeln bei den Frauen um Entschuldigung, die ihre Unterhaltung unseretwegen unterbrechen mussten. »Bei meinen Eltern sind heut Nacht die Heizungsrohre geplatzt. In der Stube kannst du jetzt Schlittschuh laufen. Muttern hat bloß geheult. Vatern hat gemeckert. Mein Fehler, meint er. Wieso, weiß ich nicht.«

Ich klopfte ihm auf den Rücken. »Schon in Ordnung«, sagte ich. »In knapp zwei Stunden kommt Delffs wieder, für die zweite Runde. Wenn du dabei bist, ist gut; wenn nicht, auch gut.«

Er nippte von seiner Tasse, nickte, und die Frauen setzten nahtlos dort wieder an, wo sie in ihrem Gespräch gestört worden waren. Von Ringkøbing redeten sie, einer Ferienanlage dort, sehr zu empfehlen.

Als ich mich umwandte, trat Mats Kardell aus einer Gruppe heraus und gleich auf mich zu, ein verfrorenes Gesicht, eine bläulich rote Nase, was aber nicht unbedingt mit der Kälte draußen zu tun haben musste. »Wie war's bei euch?«, fragte er.

»Sind kaum bis zum Schöpfwerk gekommen«, sagte ich. »Und den Wagen haben wir nicht frei gekriegt.«

»Habt ihr markiert, wo er steht? Ich meine, falls tatsächlich mal ein echtes Räumfahrzeug zu uns durchdringen sollte?«

»Haben wir.«

»Und sonst?«

»Die Dorfstraße haben wir ein bisschen geräumt, soweit es ging. Aber das wird nicht viel bringen. Weht alles sofort wieder zu.«

»Bringt im Grunde alles nix«, sagte er.

Jemand aus dem Saal rief nach ihm, und als er sich umständlich an mir vorbeidrückte, wehte mich sein Schnapsatem an, der versetzt war mit irgendwas Bitterem, wie frisch aufgestoßen.

»Immerhin haben wir heut Vormittag eine Schafherde draußen ausgebuddelt«, sagte er noch. »Die Viecher hatten sich an den Deich rangedrückt, als der Schnee kam. Über- und untereinander haben die gelegen, um sich gegenseitig warm zu halten. Gehören Friedel Anders. Der Idiot hat sie doch glatt vergessen. Ich hoffe, der holt sie jetzt bald mal zu sich in den Stall.«

»Die haben wir gesehen«, sagte ich. »Arme Tiere.«

»Paar von denen hat es erwischt, die, die am Rand waren«, sagte er. »Tja.« Und verschwand in Richtung Saal.

Mit etwas Abstand folgte ich ihm und bemerkte, wie mir jemand Zeichen machte, von hinten, aus der äußersten Ecke der Gaststube. Es war Herr Besgen, der mit seiner Familie an einem der Tische saß, Teller standen vor ihnen, Gläser, Tassen. Als sich unsere Blicke trafen, hob er fragend die Augenbrauen. Ich zuckte mit den Schultern, und ohne dass ich es auf die Entfernung verstehen konnte, sagte er etwas zu mir, etwas wie »Danke trotzdem« oder dergleichen, und wandte sich an seine Frau. Ihre Lippenbewegungen konnte ich nicht entziffern, allerdings glaubte ich an der Art, wie sie miteinander sprachen, zu erkennen, dass sie sich damit abgefunden hatten, fürs Erste hier nicht wegzukommen. Inzwischen schienen sie ihre Lage ganz lustig zu finden. Was soll man sich auch unnötig aufregen? Ein ungeplant verlängerter Weihnachtsurlaub. Das muss ja nicht unbedingt etwas Schlechtes sein. Sie löffelten aus ihren Tellern, Ochsenschwanzsuppe, nahm ich an.

Hinterm Tresen hantierte Nane, hoch konzentriert, kassierte mit der einen Hand ab, während sie mit der anderen Gläser abwusch, nahm eine Bestellung auf, zapfte ein Bier zu Ende, erledigte wie immer alles gleichzeitig und strahlte dennoch eine Gelassenheit aus, wie nur sie es vermochte. Diese Arbeit lag ihr einfach, mehr als Paul oder mir und viel mehr als der Chefin, die eher Tacke hinter den Tresen schickte, der der Aufgabe keineswegs gewachsen war, als sie selbst zu übernehmen. Ihre Gemütsruhe musste Nane nicht einmal vortäuschen, wie ich es regelmäßig tat; ihr ging das alles leicht von der Hand. Vermutlich lernten sie das auf der Hotelfachschule, die sie seit einigen Monaten besuchte, in Husum. Jahrelang hatte sie es hinausgezögert, hier gearbeitet, dann bei Phillippsen im Laden, doch jetzt schien alles darauf hinauszulaufen, dass sie eines Tages den Grenzkrug übernahm. Es war nicht ganz klar, was sie selbst von dieser Aussicht hielt. Vielleicht sah sie es einfach als ihre Pflicht an.

»Alles in Ordnung hier?«, fragte ich.

»Geht so.« Sie stellte ein Bier vor einen Gast auf den Tresen und malte mit einem Kuli einen Strich auf den Deckel. Dann erst sah sie mich an. »Nein, eigentlich geht es nicht.«

»Was ist denn?« Ich traute mich nicht, nach Paul zu fragen, obwohl ich an nichts anderes denken konnte. Ob sie schon etwas gehört hatten von ihm? Wie es ihm ging?

»Geh man in die Küche«, sagte sie so ernst, dass ich spürte, wie mein Puls aussetzte.

»Warum?«

»Mach es einfach.«

Ich zögerte, bevor ich durch die Schwingtüren trat, und kaum war ich hindurchgegangen, erfasste ich in einem Augenschlag den gesamten Raum: den Haufen Abwasch neben der Spüle, die brodelnden Töpfe auf dem Herd, die Chefin, wie sie an der Seite stand und weinte, und am Küchentisch ein Mann, kurze Haare, Bart, schwarzer Anzug und Schlips, eine Aktentasche lehnte am Stuhlbein.

Mir blieb die Luft weg.

Seltsam war es, ihn zu umarmen, mehr als ungewohnt. Gemächlich schritt er auf mich zu, genoss offensichtlich jede Sekunde, die ich benötigte, um ihn zu erkennen, öffnete die Arme, legte den Kopf schief und sagte, während er mich an sich drückte: »Mensch, Jannis, altes Haus.«

»Hallo«, sagte ich und klopfte ein, zwei Mal auf seinen Rücken. »Hallo Nils.«

Er trat einen Schritt zurück, musterte mich und sagte: »Was ist denn mit dir? Hab ich mich so verändert? Du guckst, als hättest du ein Gespenst gesehen.«

Es war zwar seine Stimme, die ich da hörte, doch die Aussprache passte irgendwie nicht, sie war dänisch eingefärbt, viel scharfes S, keine Pausen zwischen den einzelnen Wörtern. Das war schon früher so gewesen, nachdem er die Schule gewechselt hatte, doch dass es so stark war, dessen konnte ich mich nicht entsinnen. Es musste mehr geworden sein, seit wir uns aus den Augen verloren hatten – wie ich mir angewöhnt hatte, es zu nennen. In Esbjerg lebte er mittlerweile. Arbeitete als Meeresbiologe oder so. Hatte ein Buch veröffentlicht, etwas über Meeresverschmutzung, auf Dänisch. Irgendwo zwischen den Bänden in der Stube musste es stehen.

»Kein Gespenst«, sagte ich. »Aber einen Mann in Schwarz, der aussieht, als würde er schlechte Nachrichten bringen.«

»Das liegt nur am Anzug«, sagte er. »So muss ich manchmal leider rumlaufen. Bin gerade in Hamburg gewesen, langweiliger Kongress, hab gar nichts anderes mit.«

»Wie bist du überhaupt hergekommen?«

»Bundeswehr«, sagte er. »Die haben mich aufgesammelt, als ich durch den Schnee gestiefelt bin. Konnten das nicht mit ansehen, wie ich in diesen Klamotten übers freie Feld wandele. Auf einem Panzer haben die mich mitgenommen, bis irgendwo zwischen Süderlügum und hier. Dann habe ich mich die letzte Strecke durchgeschlagen. War gar nicht so schwer. Immer der Nase nach.«

»Du warst das da draußen?«, fragte ich. »Auf dem Feld?«

»Korrekt«, sagte er. »Warst du einer der Leute am Schöpfwerk? Den Traktor hab ich gesehen.«

»Ja, ich war das, mit Bonatz und Delffs zusammen.«

»Bonatz ist da?«

»Klar. Der kommt wie die Zugvögel jedes Jahr. Kann man sich drauf verlassen.«

Wir verstummten, als die Chefin ein Geräusch machte. Im ersten Moment dachte ich, sie schluchze, doch dann begriff ich, dass sie versuchte, sich möglichst unauffällig die Nase zu putzen. Sie stand bereits mit dem Rücken zu uns, duckte sich jedoch zusätzlich, um uns ihr verweintes Gesicht nicht sehen zu lassen. Ohne hineinzuschauen, hob sie den Deckel von einem Topf an und rührte einmal um. Sie warf Holz in die geöffnete Klappe des Herdes.

»Was ist eigentlich los?«, fragte ich leise. »Habt ihr was von Paul gehört?«

Statt zu antworten, sagte Nils: »Setzen wir uns erst einmal hin.«

»Bringst du doch schlechte Nachrichten?«

»Kann schon sein«, sagte er, trat an die Stirnseite des Küchentisches, setzte sich und klopfte mit der flachen Hand auf den Platz links von sich. »Komm her, Jannis.« Es war, als würde er ein Kind zu sich rufen.

Ich kam nicht umhin, eine gewisse Herablassung in der Geste wahrzunehmen. Wahrscheinlich war sie freundlich gemeint, dennoch kränkte sie mich auf eine überraschend direkte Weise. Ich hatte vergessen, dass das so Nils' Art gewesen war, immer etwas von oben herab, und ich musste einen Widerwillen unterdrücken, um seiner Aufforderung zu folgen. Langsam ging ich um den Tisch herum, nahm neben ihm Platz. Und dann, schweigend, wortlos, hörte ich mir an, was er zu sagen hatte.

Er ist also bei ihm gewesen, gestern, bei Paul. Mit einem der letzten Züge ist er bis nach Niebüll gekommen, Stunden hat die Fahrt von Hamburg gedauert, die immer wieder unterbrochen worden war, bis der Zug endlich den Bahnhof erreichte, am späten Nachmittag. Er ist gleich zum Krankenhaus gegangen, um Paul zu besuchen. Der Pförtner in seinem Glaskasten sagte ihm, wo er ihn finden konnte: Intensivstation, Innere. Alles grün und steril. Mundschutz und Kittel musste er tragen, Plastik über die Schuhe ziehen und sich die Hände mit stinkendem Antiseptikum waschen. Nur durch ein Fenster hat er ihn zunächst sehen dürfen. Da lag er, blass, ein Tropf neben dem Bett mit einer durchsichtigen Flüssigkeit, ein weiterer mit Blut, eine Beatmungsmaschine lief, überall Kabel, ein Gerät zeichnete auf Endlospapier die Herztätigkeit auf, ein unruhig ausschlagender Strich. Paul schlief. Eine Schwester erklärte Nils, dass er vor wenigen Stunden zum zweiten Mal operiert worden war. Ein Röhrchen hatten sie ihm in eine der Herzarterien gelegt, was ganz Neues, einen Stent. Höchste Zeit war es gewesen. Zunächst hatten sie ja gehofft, dass nach dem Bypass eine Blutverdünnung ausreichen würde, um die Zirkulation zu gewährleisten, doch eine weitere Arterie war derart in sich zusammengefallen, dass nur noch tröpfchenweise Blut zum Herzen durchdrang. Einen Millimeter Durchmesser, hatte sie gesagt und es ihm mit gekrümmtem Zeigefinger anschaulich gemacht: so eng wie dieses winzige Loch. Sie hatten versucht, im Grenzkrug anzurufen, um die Zustimmung für den Eingriff einzuholen, aber die Leitungen waren dicht gewesen und die Zeit hatte gedrängt. Jetzt hofften sie, dass die Operation geglückt war. Sein Zustand war kritisch. Man musste abwarten, wie sich alles entwickelte. In einer Stunde würde er wach und wahrscheinlich auch ansprechbar sein.

Nils verbrachte die Wartezeit im Foyer des Krankenhauses, trank Kaffee. Ständig kamen verfrorene Leute durch die Eingangstür, die mehrere Stunden in ihren eingeschneiten Autos zugebracht hatten und jetzt auf Unterkühlungen untersucht werden mussten. Alle schimpften auf den Schnee, den Sturm und insbesondere auf die Straßenwachten, die anscheinend auf alles Mögliche, aber nicht auf ein derartiges Wetter vorbereitet gewesen waren. Manche fluchten. In Dänemark oben hat es doch auch geschneit, trotzdem kommt man da einigermaßen durch. Hier dagegen ist alles zu. Ein Durcheinander sondergleichen. Wie kann so was nur angehen? Die ganze Zeit lief das so. Dann holte ihn die Schwester ab. Er konnte jetzt zu Paul.

Müde Augen, die nicht lange offen bleiben wollten. In der sterilen Aufmachung, die Nils wieder angelegt hatte, hielt Paul ihn zunächst wohl für jemanden vom Krankenhaus, einen Pfleger oder Arzt. »Das war anstrengend«, sagte oder hauchte er vielmehr; es war kaum zu verstehen gewesen. Dann erst bemerkte Paul, wer da an seinem Bett stand. Sein Blick hellte sich auf. Dass Nils es war, schien ihm nicht bewusst zu sein. Aber es war Familie. So viel erkannte er.

»Wie geht es zu Hause?«, fragte Paul, und als Nils sagte: »Das weiß ich nicht genau. Das Telefon geht nicht, und ich komme gerade aus Hamburg«, unterbrach Paul ihn: »Post? Ist Post da?« Paul wurde ganz aufgeregt, versuchte, sich in seinem Bett aufzurichten, doch die Schwester, die auf der anderen Seite stand, drückte ihn vorsichtig in die Kissen zurück.

Nils wusste nicht, was er antworten sollte, er wiederholte nur: »Wie gesagt: Das Telefon funktioniert nicht«, als Paul ihm erneut ins Wort fiel: »Ihr müsst mir gleich Bescheid geben, wenn etwas kommt. Aus Schleswig. Macht ihr das?«

»Werde du erst mal wieder richtig gesund«, sagte Nils.

Die Schwester deutete Richtung Tür. Sie wollte den Besuch abbrechen.

»Macht ihr das?«, fragte Paul. »Ich muss das wissen.«

Da nahm Nils seine Hand, drückte sie und sagte: »Natürlich sagen wir dir Bescheid. Warum sollten wir nicht?«

Als sie das Zimmer verlassen hatten, konnte Nils nicht anders, als die Schwester direkt nach Pauls Chancen zu fragen. Wie sieht es aus? Was kann ich zu Hause sagen? Aber die Schwester konnte oder wollte ihm keine Antwort geben. Warten. Hoffen. Wir tun unser Bestes. Ein letztes Mal noch hat Nils durch das Fenster in das Krankenzimmer geschaut. Paul schlief bereits wieder, hatte zumindest die Augen geschlossen.

Klein sah er aus in diesem hohen Bett, sehr klein. Da es draußen dunkel geworden war, hat Nils sich für die Nacht ein Hotelzimmer genommen, nicht leicht zu finden, bei den vielen Liegengebliebenen, und morgens, gleich nach einem zeitigen Frühstück, ist er aufgebrochen, hierher, nach Vidtoft, immer durch den Schnee.

»Es ist diese verdammte Nachricht aus Schleswig«, sagte die Chefin überraschend.

Nils presste die Lippen zusammen und sagte: »Die Schwester meinte, dass es ihm eigentlich schon länger nicht gut gegangen sein kann. Atemnot, Beklemmungen, schmerzhafte Beklemmungen – das muss er seit einiger Zeit gehabt haben, ohne dass jemand es gemerkt hat.«

Dieser Blick der Chefin, der mich daraufhin traf. Die Aussetzer. Sie wusste es. Und sie wusste, dass ich es wusste.

»Seit wann?«, fragte sie mich, und ich zögerte. Ich war nicht sicher, ob ich es ihr sagen sollte. »Seit wann, Jannis? Jetzt ist es egal.«

»Einige Monate«, sagte ich. »Nein, länger. Seit zwei, drei Jahren vielleicht. Es war erst nicht so schlimm. Dann ist es öfter passiert.«

»Öfter?«

»Jedes Mal.« Ich überlegte. »Und nicht nur ein Mal. Wenn er sich angestrengt hat, ist er zusammengesackt. Auch drüben in seinem Zimmer. Aussetzer hat er das genannt. Er wollte nicht, dass jemand davon erfuhr. Er hielt es wahrscheinlich für etwas, das vorübergeht. Eine Kleinigkeit. Nichts weiter.«

»Du hättest es mir sagen müssen.«

»Paul wollte es nicht.«

»Hat er von dir verlangt, dass du mir nichts sagst?«

»Das brauchte er gar nicht.«

Nils' Augen waren während dieses kurzen Wortwechsels zwischen der Chefin und mir hin und her gewandert. Plötzlich fasste er nach meinem Arm und drückte zu, unauffällig, ruhig, ganz ruhig, und ich entzog ihm den Arm, unbewusst zuerst, dann mit voller Absicht. Was fiel ihm ein? Ich wollte nicht, dass er sich einmischte, nicht jetzt. Er hatte keine Ahnung davon, wie es hier in den letzten Jahren zugegangen war. Wie sich die Stimmung verändert hatte. Wie man wachsam geworden war, was man wann zu wem sagte. Wie sich starre Fronten herausgebildet hatten. Wie belastend das gewesen war. Für alle. Keinen blassen Schimmer hatte er davon. Erstaunen lag auf seinem Gesicht, als er meine Reaktion bemerkte.

»Dieses Ding, das er im Watt gefunden hat, diese Scherbe, hat ihm jedenfalls den Rest gegeben«, sagte die Chefin.

»Das glaube ich nicht«, sagte Nils. »Es wäre so oder so dazu gekommen. Er ist einfach am Herzen erkrankt. Das ist alles.«

»Warum bist du überhaupt hier?«, fragte ich.

Er sah mich an, als hätte ich ihm einen Tritt verpasst.

»Woher wusstest du von Paul?«, fragte ich weiter. »Wer hat dir erzählt, dass er im Krankenhaus liegt?«

Die Chefin sagte: »Ich. Wir telefonieren. Regelmäßig.«

»Interessant.«

»Ich bin einigermaßen auf dem Laufenden«, sagte Nils, doch das Lächeln, das er dabei zeigte, war schüchtern, sodass ich spürte, wie unangenehm es ihm war, diese Telefonate zugeben zu müssen.

»Aber warum bist du hier? Warum bist du nicht bei Paul geblieben?«

»Ich wollte euch informieren«, sagte er. »Ihr wusstet doch gar nicht, wie es ihm geht.«

»Besten Dank«, sagte ich. »Aber wir sind hier genügend Leute, die sich gegenseitig trösten können, wenn das nötig ist. Wir brauchen niemanden. Das kriegen wir schon hin. Haben wir all die Jahre über. Paul dagegen braucht jemanden an seiner Seite. Nicht wir.«

Ich stand auf, doch Nils schob seinen Stuhl zurück und versperrte mir den Weg. Er sagte: »Du hast ja recht. Ich weiß. Ich hätte bei ihm bleiben sollen.«

»Reichlich spät für diese Einsicht«, sagte ich, machte einen Bogen um ihn herum und ging geradewegs zurück in die Gaststube.

Kaum dass mich erneut der Stimmenwirrwarr umgab, ärgerte ich mich, so grob zu Nils gewesen zu sein. Ungerecht war ich gewesen, und obendrein mit voller Absicht. Obwohl ich es an mir selbst nicht leiden mochte, hatte ich ihm noch immer nicht verziehen, dass er von hier abgehauen war, damals. Wie lange war das her? Fünfzehn Jahre? Mehr. Und wann war der letzte seiner ohnehin seltenen Besuche gewesen? Vor zehn Jahren? Etwas weniger wahrscheinlich. Die Zahlen waren nicht wichtig, aber sie bedeuteten etwas. Sie zeigten, wie sehr er sich von uns abgewandt hatte. Dass er sich anscheinend von der Chefin regelmäßig hatte berichten lassen, wie es uns erging, änderte wenig. In meinen Augen machte es alles nur schlimmer. Er hatte uns sitzen gelassen. Das Schlimmste an allem jedoch war, dass ich ihm ernsthaft nichts vorwerfen konnte. Was denn? Er war weggegangen, und ich war hiergeblieben. Wir hatten uns beide entschieden, der eine dafür, der andere dagegen.

Von Nane war nichts zu sehen, sie musste irgendwo im Saal unterwegs sein, um Bestellungen aufzunehmen, Gläser einzusammeln, was auch immer, und ein Mann, der beinahe über den Tresen hing, schob mir einen Schein zu und sagte: »Aquavit, bitte. Drei Stück. Jubi.«

Ich atmete durch, stellte Gläser zurecht, öffnete den Eisschrank, dessen Licht dunkel blieb, und nahm die Flasche heraus. »Ist aber leider nicht mehr ganz eisgekühlt«, sagte ich. »Kein Strom.«

»Egal«, sagte der Mann, und ich schenkte den dickflüssigen Aquavit ein.

Plötzlich spürte ich, wie jemand von hinten meine linke Hand öffnete, die an meiner Seite herunterhing, und etwas hineinsteckte. Ich drehte mich um. Nils stand vor mir.

»Was soll das?«, fragte ich und betrachtete den Schlüsselbund in meiner Hand; zwei Schlüssel waren es, an einem Metallring.

»Hatte ich dir schon lange geben wollen«, sagte er. »Das sind die Schlüssel zu meiner Arbeitswohnung in Esbjerg.«

»Esbjerg?«

»Da lebe ich.«

»Weiß ich«, sagte ich, »aber …«

»Behalt sie«, sagte er. »Falls du es hier nicht mehr aushalten solltest. Jyllandsgade 35, erster Stock. Bin in nächster Zeit kaum da.«

Wir sahen uns an. Einen Moment lang. Dann zwinkerte er. »Du hast zu tun«, sagte er. »Und ich werde jetzt mal mein liebes Schwesterchen suchen und es richtig begrüßen.«

Darauf verschwand er in der Menge, und mehrere Augenpaare folgten ihm. Den kennen wir doch? Oder? Richtig, das ist Pauls Ältester. Nils heißt er. Dass der sich hier mal wieder blicken lässt.

Das Fenster war undicht. Irgendwo zog es herein, die Kerzenflamme flackerte unruhig und warf ein zuckendes Licht auf den Schreibtisch. Meine Augen brannten, und trotz Wolldecke, die ich um die Beine und bis unter die Schultern um mich geschlungen hatte, bibberte ich von den Füßen aufwärts. Es war nicht auszuhalten. Ich hätte schreien mögen. Von der zweiten Runde Schneedienst, bei der diesmal Ove Phillippsen unseren Trupp glücklicherweise verstärkt hatte, war ich eben erst zurückgekommen, und anstatt im Grenzkrug zu bleiben, in dem das halbe Dorf beisammenhockte und sich lautstark betrank, war ich nach einem Umweg über mein Zimmer, wo ich meine

Kleidung gewechselt hatte, Bonatz in den Anbau gefolgt und hier die Treppe hinaufgestiegen. Ruhe haben. Das war es, was ich jetzt brauchte.

Stockduster war es draußen, eine pechschwarze Dunkelheit, in der die Schneeflocken wie Lichtpunkte wirkten, bevor sie gegen die Scheibe flogen und sich am Rand zu einem geschwungenen, gräulich weißen Bilderrahmen sammelten. Und die Schwärze setzte sich im Zimmer fort, alles war in Dunkelheit getaucht, der Kerzenstummel verteilte sein unstetes Licht lediglich auf der Schreibtischfläche und ließ es selten über die Wand blitzen. Der Auerochsenschädel neben mir war ein starrender Schatten. Ich hatte ihn noch nie besonders leiden können, doch jetzt waren seine hervortretenden Augenhöhlen angsteinflößend. Gerne hätte ich das Bild mit meiner Wolldecke verhängt, wäre ich dann nicht ungeschützt der Kälte ausgesetzt gewesen. Ich versuchte, mich auf den Text zu konzentrieren, der vor mir lag. Die Buchstaben zitterten im Kerzenschein, meine Augen tränten. Ich kam nur zeilenweise voran, bis ich mir erneut mit der Hand über Gesicht und Augen wischen musste.

Mit einem Mal vernahm ich ein Knarren, ein Poltern, das war die drittletzte Treppenstufe, und im Dunkeln hörte ich, wie kurz darauf die Tür geöffnet wurde und jemand ins Zimmer trat, ein vager Umriss, schweres Atmen.

»Ich darf doch?«

Es war die Chefin. Sie tappte zum Sofa neben dem Schreibtisch, prüfte mit den Händen, ob sie es erreicht hatte, und setzte sich.

Sie war hier. In Pauls Zimmer.

»Ganz schön kalt«, sagte sie.

»Ja«, antwortete ich, und im gleichen Moment begriff ich etwas, etwas Merkwürdiges. Die Chefin kannte sich in Pauls Zimmer aus. Die Art, wie sie sich zum Sofa hinbewegt hatte, das im absoluten Dunkel stand, bewies es. Ohne dass Paul oder ich eine Ahnung davon gehabt hatten, musste sie das Zimmer in der Vergangenheit aufgesucht haben, wahrscheinlich selten, wahrscheinlich nur dann, wenn wir unterwegs gewesen waren auf unseren Fahrten. Ein Schlüssel hing drüben am Bord in der Küche, sodass es ihr grundsätzlich jederzeit möglich gewesen war, aber ich hätte nie angenommen, dass sie diese Möglichkeit auch tatsächlich nutzte. Was hatte sie hier getan, hier zwischen Pauls Rungholtsachen? Ganz sicher hatte sie das Zimmer nicht betreten, um aufzuräumen, sauber zu machen; das erledigte Paul selbst, schon immer. Hatte sie sich, genau wie jetzt, aufs Sofa gesetzt und die Funde in den Borden betrachtet? Hatte sie womöglich in seinen Aufzeichnungen geblättert? Die Notizbücher gelesen? Aber warum? Sie hätte Paul bitten können, ihr all das zu zeigen und zu erklären, und er hätte es mit Freude getan, nichts lieber als das. Heimlich hatte er lange darauf gewartet, dass sie herüberkommen würde, um sich alles von ihm vorführen zu lassen, bis er irgendwann aufgehört hatte, darauf zu hoffen. Warum nur hatte sie es vorgezogen, allein hier zu sein? Warum?

»Der Sturm hat etwas nachgelassen«, sagte sie. »Ich glaube, es schneit auch weniger.«

»Das wäre gut.«

In der Stille, die darauf folgte, spürte ich, wie sie zögerte. Ich konnte es nicht sehen, doch ich nahm an, dass sie ihren Rücken gerade durchdrückte, sich anspannte, wie sie es immer tat, wenn sie sich zu konzentrieren versuchte. Jedes Mal, wenn sie und Paul aneinandergerieten, wegen diesem oder jenem, hatte sie diese Haltung eingenommen, die wahrscheinlich dazu gedacht war, ihre Unsicherheit zu überspielen. Aber man sah es ihr an, alles, was sie bewegte. Ihre Gemütsregungen hatte sie nie verbergen können. Nicht einmal in der Dunkelheit von Pauls Zimmer gelang es ihr.

»Diese Scherbe, die ihr gefunden habt«, sagte sie und sprach nicht weiter.

»Ja?«

»Was ist so besonders an ihr?«

Ich blickte auf die Blätter vor mir, auf Pauls Text. Wenige Seiten fehlten mir noch, bis ich den *Entweder*-Text endlich ausgelesen hatte. Natürlich hätte ich längst damit fertig sein können, fertig sein müssen, mehrere Anläufe hatte ich hinter mir, doch das Lesen war mir erstaunlich schwergefallen. Jede Seite war mir wie ein Hindernis vorgekommen, das bewältigt werden musste. Meine Abwehr gegen das, was dort stand, war überraschend stark gewesen, und auch die Traurigkeit, die ich empfunden hatte, der Kummer.

»Sie stammt von Rungholts Kirchenglocke«, sagte ich.

»Ist das sicher?«

Ich tippte auf den Text. »Paul hat hier drin alles erklärt und bewiesen. Er hat die Scherbe mit anderen Glocken aus der Zeit verglichen, die Biegung, die Dicke, das Material. Es passt. Aus Zinn und Bronze sind die meisten Glocken hergestellt; die Scherbe wahrscheinlich auch. Die Form glich damals einem Zuckerhut, kaum gebogen; wie die Scherbe. In Konstanz hängt so eine Glocke, in Überlingen auch, Totenglöckchen, fast zwei Zentner schwer. Waren im dreizehnten Jahrhundert gebräuchlich, als in Rungholt die Kirche errichtet worden ist. Eine sogenannte Kollegiatskirche war das, das heißt eine von größerer Bedeutung, keine kleine Kapelle. Hat damals nur vier Stück dieser Art in Dänemark und Schleswig-Holstein gegeben, in – warte mal – Kopenhagen, Hadersleben und Eutin. Und eben in Rungholt. Ganz sicher hat diese Kirche eine Glocke besessen. Bei der Flut ist das Gebäude vollkommen zerstört worden, obwohl es natürlich auf der höchsten und größten Warft stand. Vielleicht war es schon ein Steingebäude, das unter den Wassermassen zusammengebrochen ist. Den Sturz hat die Glocke nicht überstanden, sie ist zerbrochen. In Lübeck, in der Marienkirche, ist das während des Krieges auch passiert. Die Glocke kann man sich heute noch ansehen, schräg im Boden versunken, kaputt. Und genauso war es mit Rungholts Kirchenglocke. In größere und kleinere Metallscherben ist sie zersprungen. Und die kleineren sind nicht liegen geblieben, wo die Kirche stand, auf der Kirchwarft, sondern sind ein Stück weggespült und dann zugeschlammt worden. Als die Überlebenden der Flut in der Folgezeit, nachdem sich der Sturm gelegt hatte, zu den Trümmern Rungholts zurückgekehrt sind, um die Reste zu bergen, haben sie die größeren Stücke zwar gefunden, nicht aber die kleineren, verteilten. Nicht diese Scherbe. Die lag an anderer Stelle. Unterm Watt. Bis jetzt. Und es muss mehr da liegen.«

Paul hatte all das in seinem Text beschrieben, unterlegt mit Darstellungen des Konstanzer Totenglöckchens, einem Foto der Lübecker Glocke, Zitaten aus einem Brief, den ihm ein Münsteraner Glockenexperte geschrieben hatte, Kartenzeichnungen, die die Lage der Kirchwarft und der Fundstelle zeigten, sowie Fotos der Stelle und der Scherbe selbst. Alles war genau belegt. Alles in sich schlüssig. Etwa in der Mitte des Textes hatte er die Altersbestimmung der Scherbe durch das Archäologische Landesamt in Schleswig erwähnt, die seine Vermutung bestätigt und die Herstellung auf den Anfang des dreizehnten Jahrhunderts datiert habe; am Rand daneben die Anmerkung: *Steht noch aus*. Weiter hinten, mit der gleichen Anmerkung versehen, hatte er über das Material der Scherbe geschrieben, das ebenfalls durch die Schleswiger Untersuchung bestätigt worden sei.

Das war sie also, Pauls Erklärung. Auch ohne die letzten Seiten zu kennen, war deutlich, dass sie so aussah. Schon im Watt, in den Stunden, nachdem wir die Scherbe gefunden hatten, hatte sie sich angedeutet. Mehrmals war er die Strecke zwischen dem Platz, an dem die Kirchwarft gelegen hatte, und der Fundstelle abgelaufen – fast zwei Kilometer durch den Schlamm, die Hallig lag dazwischen –, hatte Fotos geschossen, allein, immer allein, bis die nächste Flut gekommen war, während der wir in der Plicht des Bootes hockten, die Scherbe zwischen uns, Bier, Dosenravioli, und er hatte gesagt: »Die Einzelteile sind überall hin verstreut worden.« Ich hatte nicht nachgefragt, was er damit meinte, weil ich ihm ansah, wie angestrengt er war, nicht nur ein Mal hatte er sich mit der Hand über die Brust gestrichen, über den Arm. Wahrscheinlich hatte seine Erklärung da schon festgestanden, sie musste nur noch ausformuliert und mit Argumenten gestützt werden. Nichts anderes hatte er in seinem Text unternommen.

Doch obwohl das alles auf den ersten Blick in sich schlüssig und durchdacht wirkte, konnte oder wollte ich ihm nicht folgen. Wo blieben denn die Zweifel? Die Gegenargumente? Paul hatte sie nicht weggewischt, sondern mit keinem Wort erwähnt. Weshalb nicht? Weil er insgeheim selbst zweifelte. Ich konnte das nur vermuten. Einseitig und rechthaberisch war dieser Text. Und vor allem: Er klang nicht nach Paul. Nicht nach dem Paul, den ich kannte.

Die Chefin schwieg, und ich sagte: »Paul hätte dir das natürlich besser erklären können.«

»Er ist aber nicht da.«

»Nein.«

»Seit Langem nicht.«

Ich verstummte.

»Dir ist doch klar, was ich meine, oder?«, sagte sie. »Es kann dich nicht überraschen.«

Sie hatte recht. Es war mir klar, natürlich, und es war gut, ihr in der Dunkelheit nicht ins Gesicht schauen zu können. Zu oft schon hatte ich die Verlassenheit, die sich darauf abzeichnete, sehen müssen und gespürt, wie allein sie sich fühlte. Zu oft.

»Aber warum sagst du das so?«, fragte ich.

»Weil ich möchte, dass du mich verstehst.«

Ein Hauch, der vom Fenster kam, erfasste die Flamme auf dem Tisch, sie flackerte auf und erlosch. Es roch nach Rauch, und während ich nach dem Feuerzeug tastete, das ich auf der Arbeitsfläche abgelegt hatte, sagte die Chefin: »Lass sie aus. Das macht es leichter.«

Ich lehnte mich im Stuhl zurück, schloss die Augen, es war sowieso nichts zu sehen. »Wie du meinst.«

»Ich glaube«, sagte die Chefin, »ich habe nie wirklich begriffen, was Paul da draußen im Watt mit dir zusammen macht. Was er eigentlich sucht.«

»Das ist auch nicht leicht zu erklären.«

»Du weißt es?«

»Vielleicht«, sagte ich. »Ich bin nicht sicher. Es ist wohl die Aufgabe, als die er es empfindet. Nehme ich an. Seine Aufgabe. Er hat mir gegenüber mal von einem Loch gesprochen, das er in sich spürt. Er sucht, und diese Suche bedeutet ihm etwas. Sie ist ein Teil von ihm oder spricht zu einem Teil von ihm. Sie füllt das Loch. Schwer zu sagen. Er ist jedenfalls davon überzeugt, dass er etwas bewahren kann, das bewahrt werden muss, indem er dort draußen sucht. Am Anfang war es das zumindest.«

»Jetzt nicht mehr?«

»Ich fürchte, nein. Oder es hat sich verändert.«

»Wie denn?«

»Es ist komplizierter geworden, ernster auch.«

»Du meinst, *er* ist ernster geworden?«

»Wenn man das so sagen kann. Er will mehr. Er will etwas erreichen, und nicht nur vor sich selbst. Auch vor der Welt. Vor dir.«

Stille, dann hörte ich, wie die Chefin sich im Sofa zurückfallen ließ.

»Siehst du, das wusste ich nicht«, sagte sie. »Vor mir? Davon hat er nie etwas gesagt. Nie. Ich habe nur gesehen, was diese Suche mit ihm gemacht hat. Er ist rücksichtslos geworden.«

Ich schwieg.

»Warum sagst du darauf nichts? Es ist doch so. Er hat aufgehört, sich um das zu kümmern, was auch seine Aufgabe ist. Der Krug zum Beispiel. Die Familie. Ich. Als würden wir ihm alle nur im Weg stehen. Das war mal anders. Oder irre ich mich? Am Anfang?«

»Es war anders, ja.«

»Eben. Diese Rungholtsachen sind ihm wichtiger als alles sonst. Alles. Dafür riskiert er sogar unsere Existenz.«

»Was meinst du damit?«

»Wir sind pleite, Jannis«, sagte sie. »Fast. Schon lange. Immer am Rand. Und Paul hört trotzdem nicht auf, Geld auszugeben, das wir nicht haben. Er tut es einfach. Man kann ihn nicht davon abbringen. Sein Boot frisst Unsummen, die Untersuchungen, die er in Auftrag gibt, die Fotoausrüstung, immer auf dem neuesten Stand. Jetzt Filme. Das nimmt anscheinend kein Ende. Kein Ende.«

Und ohne es zu wollen, sehe ich uns auf diesem Platz sitzen, am Hafen. Alle. Nane ist da, die Chefin, Paul und ich. Es ist ein Ausflugstag, seit Wochen geplant. Bisschen durch die Innenstadt bummeln, was zum Anziehen kaufen. Ein schneller Besuch im Museum, wenn man schon mal da ist. Die ausgestellten Stücke, die Paul uns erklärt, ein Stackdeich, eine Schleuse, die aus dem Rungholtwatt geborgen worden ist, sehr interessant; selbst die Chefin hat es gemocht. Dann an den Hafen, in ein Café. Die Sonne lässt sich blicken. Eisbecher stehen vor uns, Kaffee. Es ist fast zu schön, als dass es lange so bleiben könnte. Und irgendwann – Paul deutet auf einen Poller am Kai, der zweite von links, seht ihr den –, da ist es vorbei. Das Segelboot, das dort vertäut liegt. Der Name am Bug: *Kirsten*. Die Chefin fährt zusammen, sichtbar, sie springt auf, Paul ebenfalls.

Sie stehen voreinander, fechten einen wortlosen Kampf aus, und bevor Paul etwas sagen kann, schlägt die Chefin zu. Mitten ins Gesicht. Mit dem Handballen. Paul schreit auf, taumelt und sackt in seinem Stuhl zusammen, und die Chefin beobachtet ihn, wie er sich ein Taschentuch gegen die blutende Nase drückt. Da ist sie wieder: die Verlassenheit in ihren Augen. Wie zum Schutz richtet Nane sich neben ihr auf, beide nehmen ihre Taschen, und im Weggehen sagt die Chefin etwas, das ich nicht vergessen habe, nie mehr: »Ich nehme an, du bleibst bei Paul?«

Wie oft hatte ich seitdem an diesen Tag zurückdenken müssen – immer wieder. Mit ihm hatte es zwar nicht angefangen, so zu sein, wie es mittlerweile war, doch nachträglich schien alles auf diesen Ausbruch hinausgelaufen zu sein. Was damals geschah, war nur folgerichtig. Wie sie sich gegenüberstanden. Wie Worte nicht mehr ausreichten. Beide hatten gewusst, was sie taten. Paul, als er das Boot kaufte und es ihr in dieser Art präsentierte. Die Chefin, als sie zuschlug und verschwand.

Etwas war damals zu Ende gegangen zwischen ihnen.

»Aber das ist es gar nicht«, sagte die Chefin. »Mit dem Geldausgeben könnten wir umgehen. Irgendwie. Aber« – sie holte Luft, als müsste sie Anlauf nehmen für den Satz, den sie im Anschluss sagen wollte – »ich kenne Paul nicht mehr. Ich habe keine Ahnung, wie sehr ich noch in seinem Leben vorkomme. Ob ich da noch einen Platz habe. Du wirst es wahrscheinlich besser wissen als ich.«

»Wieso?«

»Spricht er von mir?«, fragte sie. »Du hast gesagt, er will etwas erreichen, auch vor mir. Aber spricht er von mir?«

Meine Augen öffneten sich. Ich starrte ins Dunkel, dorthin, wo die Chefin saß.

»Lass es«, sagte sie. »Du brauchst nichts zu sagen. Ich bin sicher, dass er es nicht tut. Und selbst wenn, ist es egal, denn er lässt es mich nicht spüren.«

»Was willst du machen?«, fragte ich und fürchtete die Antwort, und es dauerte, bis eine kam.

»Ich weiß es nicht«, sagte sie. »Erst einmal hoffe ich, dass er wieder gesund wird. Das ist das Wichtigste. Aber so, wie es in der letzten Zeit gewesen ist, so geht es nicht weiter. Ich kann das nicht länger.«

Sie musste aufgestanden sein, ihre Stimme kam von weiter oben, und sie schien einen Schritt auf mich zugemacht zu haben.

»Was erhofft sich Paul eigentlich von dem Brief aus Schleswig?«, fragte sie. »Erklär mir das.«

»Dass es stimmt, was er vermutet«, sagte ich. »Dass sie ihm zustimmen.«

»Werden sie das? Was meinst du?«

»Keine Ahnung.«

»Und wenn es stimmt, was geschieht dann?«

»Er wird weitersuchen«, sagte ich. »Mehr finden wollen. Sobald er wieder gesund ist. So oder so.«

»Das befürchte ich auch«, sagte sie, und dann fragte sie: »Glaubst du ihm denn?«

»Was glauben?«

»Glaubst du ihm, was diese Scherbe angeht?«

»Nein«, sagte ich, und es war schwer, es auszusprechen. »Ich würde gerne, aber es geht nicht.«

Ihre Hand berührte mich an der Schulter. Ihre Augen mussten im Dunkeln besser zurechtkommen als meine.

»Danke, dass du ehrlich gewesen bist«, sagte sie. »Mir ist klar, was Paul dir bedeutet hat und immer noch bedeutet. Dass er fast so etwas wie ein Vater für dich gewesen ist.«

Meine Brust zog sich zusammen. Wie ein Stechen.

»Ich begreife das. Doch ich würde mir wünschen, dass du auch mich verstehst.«

»Das tue ich.«

»Schön«, sagte sie. Dann nahm sie ihre Hand von meiner Schulter.

Plötzlich ein Geräusch, auf dem Schreibtisch, ein Rascheln. Sie musste etwas abgelegt haben, und ich hörte, wie sie durchs Zimmer ging, dann das Knarren der Treppenstufe. Ich tastete nach dem Feuerzeug, fand und entzündete es. Vor mir, oben auf Pauls Text, lag etwas Braunes, ein Umschlag. An Paul adressiert. Aus Schleswig. Ich sah den langen Absender, hielt die Flamme an den Kerzendocht, bis er brannte, nahm den Umschlag in die Hand und bewegte ihn ins Licht. Neben den Briefmarken der verschmierte Poststempel. Das Datum war kaum zu lesen, verwischt. Meine Augen tränten.

Über zwei Wochen alt.

Ich blies die Kerze aus und war froh, als mich erneut Dunkelheit umgab.

Ebbe und Flut

Sie spielen Fußball zwischen den Schornsteinen. Hin und her geht der Ball, rollt von der einen Seite über den Dachfirst zur anderen, eiert dahin, bis ein gezielter Fußtritt seine Richtung ändert, ein Balanceakt, der beiden Spielern so einiges abverlangt. Bei noch laufendem Motor, den Hintern halb auf dem Mopedsitz, stehe ich am Straßenrand und sehe zu. Nane ist einer der beiden Spieler, sie ist die am linken Schornstein, und sie streckt, als der Ball auf sie zukommt, ihre Arme wie eine Seiltänzerin vom Körper weg nach oben und tritt dann sachte, aber schnörkellos dagegen. Ihr gegenüber, am anderen Schornstein, erwartet Georg den Ball, ein Feriengast, bewegt sich ihm einen Halbschritt entgegen, lässt ein Bein zurückhängen und zieht es im genau richtigen Moment nach vorne durch. Der Ball kommt zu Nane zurück, viel schneller und mit mehr Kraft, als sie es offenbar erwartet hat, und sie versucht gar nicht erst, ihn zu stoppen, sondern tritt, Fußspitze voran, umstandslos dagegen. Er verspringt, fällt hinter das Dach. Und Nane fällt hinterher, verschwindet mit einem Mal. Weg ist sie. Georg, die Arme lässig in die Seiten gestützt, bleibt seelenruhig an seinem Schornstein stehen, schaut ihr nach, als wäre nichts Erstaunliches passiert, schüttelt sogar den Kopf, er hat so was kommen sehen. Dann wendet er sich um, blickt in meine Richtung und bemerkt mich auf der Straße. Er winkt. Und plötzlich taucht Nane wieder auf dem Dach auf und legt sich den Ball zurecht. Georg deutet auf mich, und sie winkt ebenfalls.

Ich kannte diesen Blickwinkel, den man ausschließlich von einer bestimmten Stelle der Straße aus hatte, und zwar zwischen Phillippsens Dorfladen und dem Haus, das die Zinkes bewohnten. Eigentlich standen Nane und Georg nicht auf dem Dach, wie es von dieser Stelle aus wirkte, sondern auf dem Deich, der hinter dem Grenzkrug verlief. Dort auf der Deichkrone spielten sie sich Bälle zu. Über ihnen nichts als wolkenloser, fahlblauer Himmel. Kein Wind an diesem Tag. Der Rauch, hell, fast durchsichtig, stand gerade über den Schornsteinen und umrahmte sie.

Ich gab Gas, und allmählich verschwanden sie aus meinem Blick, zuerst die Beine, danach der Rumpf, schließlich waren nicht einmal mehr ihre Köpfe zu sehen. Im Näherkommen hörte ich, wie Nane erschrocken aufkreischte und lachte, laut lachte. Sie mochte keinen Fußball, das wusste jeder hier, aber sie mochte Georg, dessen Familie sich im Anbau eingemietet hatte. Hellmann hießen sie.

Als ich auf den Vorplatz bog, sah ich Herrn und Frau Hellmann, wie sie eben hinter den Anbau gingen. Sie trugen Badesachen, hatten sich Handtücher unter die Arme geklemmt und begaben sich wie immer um diese Zeit in den Garten hinterm Haus. Bisschen Sonne tanken. In der Bootsbank sitzen und lesen. Braun gebrannt waren sie, was edel aussah, wie überhaupt alles an ihnen edel wirkte und auch war. Sie waren wohlhabend, mindestens das, wahrscheinlich sogar reich, hatten ihr Geld mit Stahl und Zinn gemacht, irgendwie so was, und ihr großer schwarzer Buick, den sie laut Georg extra aus Amerika hatten importieren lassen, parkte vor dem Haus, gleich neben der markierten Fläche, über der ein Schild besagte: *Privat. Bitte frei halten.*

Normalerweise stand dort unser Wagen, ein grüner VW. Im Moment war Paul damit unterwegs, einen Besucher aufsammeln, der sich für heute bei ihm angekündigt hatte, ein Redakteur aus Husum, Herr Wohlert. Wird nicht lang dauern, hatte er gesagt, mit dem neuen Wagen. Die Alten hatten ihn der Chefin und Paul vor Kurzem erst geschenkt, hatten lange darauf gespart, und ursprünglich war der Wagen als Erbe gedacht gewesen, für später, wenn's so weit ist, aber da sie noch immer, wenngleich mehr schlecht als recht, am Leben waren und sich daran, klopf auf Holz, fürs Erste voraussichtlich nichts ändern würde, hatten sie ihr Erbe vorgezogen und es zum Geschenk gemacht, mit noch warmen Händen. Dem Ollen Steensen waren die Tränen übers Gesicht gerollt, als er Paul die Schlüssel überreichte. Hier. Nimm. Ist für euch. Ihr habt's verdient. Eine tolle Sache war das gewesen. Große Freude. Bewegte Worte. Und nebenbei hatte es dazu geführt, dass mir Pauls altes Moped vermacht wurde, auf das ich schon lange aus gewesen war. Wann immer ich mich vom Grenzkrug, der Schule und überhaupt von allem loseisen konnte, fuhr ich damit herum. Ohne Ziel. Von hier nach dort. Einfach so.

Die Hellmanns grüßten mich, als sie mich auf dem Moped hörten. Guten Tag. Hallo. Herrliches Wetter heute, was, Jannis? Es waren nette Leute, anspruchslos und mit allem höchst zufrieden, was wir ihnen hier bieten konnten. Das war schon erstaunlich. Es stellte sich ja die Frage, weshalb sie ausgerechnet bei uns ihre kostbare Urlaubszeit verbrachten und nicht etwa mit dem Autozug über den Hindenburgdamm auf die Insel übersetzten, um dort unter ihresgleichen zu sein. Warum waren sie davon überzeugt, genau hier, in Vidtoft, in unserem Grenzkrug, den idealen Ausgangspunkt entdeckt zu haben, um den Norden des Landes zu erkunden, also die Küste, die Inseln, das Watt, und nicht zuletzt Dänemark? Zumal die Hellmanns nicht einmal die Einzigen waren, die so dachten. Regelmäßig kamen Gäste zu uns, vornehmlich aus Süddeutschland, reich oder zumindest wohlhabend, die sich in die Ferienwohnung einmieteten, und das Merkwürdigste daran war, dass wir selbst nichts dafür zu tun brauchten. Nicht Pauls Anzeigen, die er weiterhin – und mittlerweile gegen Bezahlung – in einschlägigen Zeitschriften schaltete, führten diese Gäste zu uns. Nein, es war Heiner Bonatz, dem wir das zu verdanken hatten. Er hatte sie alle überzeugt und zu uns geschickt, der Kunstmaler.

Allerdings erfuhren wir das nicht von ihm selbst. Er besuchte uns weiterhin im Frühjahr und im Herbst, schloss sich im Anbau ein, war da und auch wieder nicht und kam höchstens an einem frühen Nachmittag mal in den Grenzkrug rüber, um einen Tee zu schlürfen, oder er stieg die Treppe im Anbau hinauf und ließ sich von Paul die neuesten Rungholtfunde zeigen. Nach sechs Wochen zog er immer in einem gemieteten Kleintransporter ab, ohne je zu erwähnen, was er in der Zeit zwischen seinen Aufenthalten alles für uns tat. Erst die Sprögels, ein Pärchen aus Bochum, das vor einigen Sommern Urlaub bei uns gemacht hatte, hatte uns darüber aufgeklärt. Anscheinend hatte Bonatz es sich zur Aufgabe gemacht, bei jeder sich bietenden Gelegenheit fleißig die Werbetrommel für uns zu rühren. Bei jedem seiner Malaufträge, die ihn durchs ganze Land führten, warb er für unseren Grenzkrug, schwärmte von der Ursprünglichkeit hier, von Vidtoft und dem Tief. Er hatte sogar Handzettel entworfen und auf eigene Kosten drucken lassen, die in seinem Ladengeschäft auslagen, und die Sprögels hatten uns einen solchen mitgebracht. Eine Bleistiftzeichnung war darauf zu sehen, die wir gut kannten: ein Baum, eine Terrasse, ein Dach. Und Heiner Bonatz hatte in unserem Namen Erfolg. Die Leute kamen tatsächlich, zahlten, was wir verlangten, und sie waren offenbar zufrieden, schickten Freunde und Bekannte hierher, sodass wir bald von Frühjahr bis Herbst fast durchgängig ausgebucht waren. Das war neu für uns, und es war ein Glück.

Von Dank hatte Heiner Bonatz nichts wissen wollen. Es war ihm sogar unangenehm gewesen, auf seine Aktionen angesprochen zu werden, und das Angebot, die Ferienwohnung umsonst zur Verfügung gestellt zu bekommen, schlug er aus. Ist nicht nötig. Wirklich nicht. Als Paul ihn bat, die Bleistiftzeichnung, die uns allen so gut gefiel, als Emblem des Grenzkrugs benutzen zu dürfen – eine Idee, die er schon länger gehabt hatte –, willigte Bonatz sofort ein; er fertigte eine größere Vorlage an und überließ uns einen Stapel seiner selbst gedruckten Handzettel, die wir fortan in der Gaststube für durchziehende Ausflügler auslegten.

Als ich jetzt an dem Schaukasten vorbeiging, in dem unsere zweisprachige Speisekarte und das Original der Bonatzzeichnung hingen, stellte ich zufrieden fest, dass das Papier hinter dem Glas kaum vergilbt war. Gut sah das aus. Es hing da immerhin schon einige Jahre.

Unsere besten Jahre waren es gewesen.

»Hast alles gekriegt?«

Ich hielt die Plastiktüte hoch. »Klar.«

Die Tische im Saal waren in einem großen U angeordnet, das hatten Paul und ich gleich als Erstes am Morgen erledigt. Die Teller und Gläser für die zweiundvierzig Gäste, die wir erwarteten, waren bereits ausgeteilt, in unregelmäßigen Abständen waren Vasen mit Gebinden aus Trockenblumen auf den Tischen platziert.

»Denn mach man zu, Junge«, sagte Tante Eli und polierte weiter das Besteck, das vor ihr lag.

Ich schüttete den Inhalt der Tüte auf den Tresen, nahm das Päckchen mit den grünen Kerzen, riss es auf, wärmte die Enden mit einem Feuerzeug an und steckte in jeden der Halter, die hinterm Tresen bereitstanden, eine Kerze. Mit Daumen und Zeigefinger richtete ich die Dochte auf und verteilte die Kerzenhalter auf den Tischen.

Um die zwei Plätze in der Mitte verlief ein Blumenband. Hier sollte nachher das Brautpaar sitzen, Ulla Zinke und Karl Hubbatsch, die sich nach Jahren, ach was, fast einem Jahrzehnt dazu durchgerungen hatten zu heiraten. Wie oft hatte Thea Zinke nicht mit der Chefin darüber gesprochen, dass es ihr Herzenswunsch war, endlich, endlich ihre Tochter Ulla zu verheiraten. Schon seit Langem lebten Karl und Ulla im oberen Stock des Zinkehauses zusammen, unabhängig davon, ob sie nun gerade ein Paar waren oder nicht. Bei den beiden ging es ständig hin und her. Mal aufs Engste verbandelt, dann solo, dann fremdliiert und wieder zusammen. Man konnte den Überblick verlieren; vielleicht verloren die beiden ihn bisweilen selbst. Nie in ihrer wechselvollen Beziehung waren sie bisher jedoch so weit gegangen, einen Hochzeitstermin zu verkünden, den sie, anscheinend, auch einzuhalten gedachten. Zumindest hatten wir an diesem Tag noch nichts Gegenteiliges gehört und bereiteten alles für die Feier vor, was ohne die Hilfe von Thea Zinke, die aus naheliegenden Gründen ausfiel, eine gewisse Schwierigkeit darstellte. Tante Eli hatte für sie einspringen müssen, was sie zwar gerne tat, ihr andererseits aber auch erkennbar schwerfiel. Sie war es nicht mehr gewöhnt, mit anzufassen. Bisschen aus der Übung gekommen, nannte sie das. Aber es musste gehen. Und es würde auch gehen. Paul hatte das gesagt.

»Ich hab leider nur rosa Servietten bei Phillippsen gekriegt«, sagte ich.

Tante Eli blickte auf. »Rosa Servietten und grüne Kerzen?«

»Daran hätte früher jemand denken müssen.«

»Muss halt gehen«, sagte sie.

Ich riss die Packung auf und begann, die Papierservietten zu falten, nicht einfach zu profanen Dreiecken, was wohl jeder hinbekommen hätte, sondern zu hübschen Krönchen mit Flügeln links und rechts. Das konnte ich gut, ich war schnell, und ich machte es gern. Es war mir eine der lieberen Tätigkeiten, die ich im Haus übernommen hatte – oder doch bald übernehmen würde. Noch hatte ich nichts offiziell bekannt gegeben, aber für mich war die Entscheidung längst gefallen. Bald würde ich die Schule beenden, im Sommer, wenige Wochen noch, und ohne es mit jemandem besprochen zu haben, war es von meiner Seite eine ausgemachte Sache, dass ich danach in Vidtoft bleiben würde, fürs Erste, um hier im Grenzkrug mit anzupacken. Hier, wo ich gebraucht wurde. Ich wollte nichts anderes. Es gab keinen Grund, etwas anderes zu wollen, und im Geheimen lebte ich schon länger mit diesem Entschluss. Es würde einfach alles so bleiben wie bisher; vielleicht würden Paul und die Chefin nur etwas mehr Geld auf mein Konto überweisen, das auf der Sparkasse in Süderlügum geführt wurde. Für irgendwann. Aber das war nicht entscheidend. Im Moment brauchte ich nicht besonders viel. Wofür denn auch?

Die Schwingtüren hinter mir gingen auf, und die Chefin kam in die Gaststube. Sie hatte ihre üblichen weißen Flecken im Gesicht, inspizierte die Tische im Saal und erfasste mit einem Blick die verteilten Kerzen und die Armada von Servietten vor mir auf dem Tresen. Rosa hier, Grün dort.

»Was machst du denn da?«, fragte sie.

Ich zeigte auf die fertigen Servietten und hielt die Packung hoch.

»Das passt doch hinten und vorne nicht zusammen. Das ist dir doch wohl klar?«

»Phillippsen hatte keine anderen«, sagte ich.

»Phillippsen? So ein Blödsinn.«

Sie schob mich beiseite, hockte sich hin und kramte unterm Tresen, wühlte dort herum, zog alle Handtücher heraus, legte sie wieder an ihren Platz zurück. Ihre Bewegungen waren energisch, ruppig. Schließlich richtete sie sich auf und hielt mir zwei frische Packungen grüner Papierservietten hin.

»Nimm einfach die hier«, sagte sie.

»Paul meinte, wir haben keine mehr.«

Die Chefin schnaubte durch die Nase. »Was der schon meint.« Dann sah sie zu Tante Eli hinüber. »Das kann Jannis zu Ende machen. Ich brauch dich in der Küche.« Und sie verschwand durch die Schwingtüren.

»Gut«, sagte Tante Eli und legte den Teelöffel weg, den sie gerade bearbeitete. Sie humpelte etwas, als sie zum Tresen kam, und ein schiefes Lächeln lag auf ihrem Gesicht. Neben mir blieb sie stehen.

»Ist Paul denn schon zurück?«, fragte sie. Sie sprach so leise, dass ich zusätzlich ihre Lippenbewegungen las, um sie zu verstehen.

»Der müsste gleich kommen«, sagte ich in normaler Lautstärke; ich sah nicht ein, was es zu flüstern gab.

Sie nickte, nachsichtig wirkte das. »Hoffentlich ist das so«, sagte sie, »hoffentlich«, bevor auch sie in die Küche ging.

Etwas bohrte sich in meinen Magen. Aber ich hatte keine Zeit, länger darüber nachzugrübeln. Ich musste mich über das restliche Besteck hermachen, putzte es zu Ende und teilte dann alles aus. Ich hetzte von Platz zu Platz, und ohne es eigentlich zu wollen, achtete ich die ganze Zeit auf die Fenster, die auf den Vorplatz hinausgingen. Jeden Moment musste dort der grüne VW auftauchen. Es konnte nicht mehr lange dauern. Doch der Moment zog sich in die Länge, und erneut dachte ich an das Gespräch, das die Chefin und Paul vor ein paar Tagen geführt hatten. Im Durchgang zur Küche. Beide sehr ernst.

»Er will sich nur ein bisschen mit mir unterhalten«, hatte Paul gesagt.

»Aber wir haben eine Hochzeit an diesem Tag«, hatte die Chefin gesagt, »eine Hochzeit.«

»Ich weiß.«

»Du kannst ihn doch bitten, an einem anderen Tag zu kommen.«

»Das kann ich nicht machen.«

»Warum nicht?«

»Das geht nicht.«

»Natürlich geht das«, hatte die Chefin gesagt. »Du willst es nur nicht.«

Jedes Wort hatte ich erneut in den Ohren, und ich wusste noch genau, wie schwach Pauls abschließende Bemerkung geklungen hatte. »Du wirst überhaupt nicht merken, dass er da ist«, hatte er gesagt. Nicht einmal er selbst hatte sich das geglaubt. Ich hatte es gemerkt, und alle anderen auch.

Endlich hörte ich Geräusche auf dem Flur, Schritte, dann Pauls Stimme. Ich stand hinterm Tresen, hatte eine neue Packung mit grünen Servietten in der Hand und lauschte. Neben Pauls heller, immer etwas heiser klingender Stimme hörte ich eine zweite, die ich nicht kannte; sie war dunkler, lauter auch als seine.

»Also«, hörte ich Paul sagen; er musste genau hinter der Tür stehen, die Hand vielleicht schon auf der Klinke. »Wenn Sie mir bitte unauffällig folgen mögen?«

Als sich die Tür öffnete, riss ich die Packung in meinen Händen auf, rupfte einige Servietten heraus und begann, ohne aufzublicken, die erste zu falten.

»Hallo Jannis«, sagte Paul.

»Hallo«, sagte ich.

»Darf ich dir Herrn Wohlert vorstellen? Er ist gerade aus Husum hergekommen.«

»Guten Tag«, sagte ich und sah von meiner Arbeit auf.

Ein kleiner, eher dicklicher Mann mit Halbglatze. Der Mantel lag über seinem Unterarm.

»Wohlert, angenehm«, sagte er und reichte mir über den Tresen hinweg die Hand. »Und du bist also Jannis?«

»Hm.«

»Dann habe ich schon jede Menge von dir gehört: der ständige Begleiter, nicht wahr?« Er unterbrach sich: »Ich darf doch noch du sagen?«

»Wie Sie mögen.«

»Ihren Mantel bitte«, sagte Paul. Er hielt Wohlert den angewinkelten Arm hin, über den dieser seinen Mantel legen konnte. »Nehmen Sie doch an einem der Tische hier in der Gaststube Platz. Suchen Sie sich einen aus. Ich komme dann gleich zu Ihnen und bringe Kaffee. Oder lieber Tee?«

»Kaffee ist gut«, sagte Wohlert und setzte sich an den ersten Tisch, gleich neben der Tür.

Im Vorbeigehen hängte Paul den Mantel an die Garderobe, kam hinter den Tresen und warf die Kaffeemaschine an, die ich bereits für die Feier nachher vorbereitet hatte. Zwanzig Tassen würden jetzt durch den Filter laufen.

»Wie geht es denn hier?«, fragte er, während er eines der ovalen Kaffeetabletts hervorholte.

»Ist noch viel zu tun«, sagte ich. Kurz standen wir uns Aug' in Auge gegenüber. Er grinste. »Warum hat das denn so lange gedauert?«, flüsterte ich und ärgerte mich schon im nächsten Moment, es gesagt zu haben.

Paul ignorierte die Frage. »Milch und Zucker?«, rief er zu Wohlert hinüber, der in einem Notizbuch blätterte und abwesend nickte.

»Was war denn los?«, fragte ich weiter, ohne es zu wollen.

Klimpernd stellte Paul das Gedeck zusammen – Untertasse, Tasse, Löffel, Zuckertütchen und Sahne, ein Butterkeks seitlich neben der Tasse –, und während er den Kaffee in ein Kännchen laufen ließ, sagte er: »Hab ihm schnell noch mein Zimmer gezeigt. Hat ihm gefallen.«

»Ich dachte, du wolltest gleich zurückkommen, wenn du ihn abgeholt hast.«

»Das bin ich ja.«

»Eben nicht«, sagte ich.

Ich wusste, wie das in seinen Ohren klingen musste. Ich hörte es selbst. Es waren nicht meine Worte, sie klangen wie geliehen aus meinem Mund.

»Sein Kollege ist damals mit dabei gewesen«, sagte Paul. »Damals, als sie Rungholt entdeckt haben.«

Ich sagte nichts.

»Und jetzt will er etwas über uns schreiben. Über uns und Rungholt.«

Er zwinkerte mir zu, nahm das Tablett auf und schob sich an mir vorbei.

Alle waren sie zur Hochzeit erschienen – und sogar einige mehr. Freunde des Brautpaares waren überraschend, das heißt unangemeldet nach der Trauungszeremonie vor der Kirche aufgetaucht, fünf Paare, die heimlich angereist waren, hatten Reis geworfen, Bettlaken ausgebreitet, in die das Brautpaar ein Herz schneiden musste, um gemeinsam hindurchzusteigen, und waren anschließend, gar kein Problem, selbstverständlich zur Feierlichkeit in den Grenzkrug dazugeladen worden. Versteht sich ja von selbst. Während die Gäste in Grüppchen im Saal standen und schon einmal verstohlen auf den Platzkarten nach ihren Namen Ausschau hielten, hatten wir alle Hände voll damit zu tun, möglichst unauffällig und vor allem schnell für zusätzlichen Platz zu sorgen. Zusammen schleppten Paul und ich Tische heran, die wir an den Tafelenden anbauten, bisschen eng wurde es da, ein äußerst schmaler Durchgang blieb nur noch, wir besorgten weitere Stühle und stellten sie auf. Die Chefin und Tante Eli deckten alles ordentlich ein, was etwas dauerte und uns Zeit gab, uns um den Begrüßungstrunk zu kümmern.

»Interessant«, sagte Wohlert, der an den Tresen umgezogen war und mit gerecktem Hals von einem der Stehhocker aus ein Auge auf die Schnapsgläser warf, die Paul und ich in gemeinsamer Arbeit vorbereiteten.

Glas für Glas füllte Paul mit eiskaltem Korn, während ich zentimeterdicke Scheiben von einer Leberwurst herunterschnitt und auf jedes gefüllte Glas einen dieser Wursttaler legte.

»Wollen Sie mal probieren?«, fragte Paul. Er stellte ein Glas vor Wohlert auf den Tresen und kleckste einen Löffel voll Senf auf die Wurst. »Jetzt ist es fertig.«

»Und wie heißt das, wenn ich fragen darf?«

»Möwenschiet«, sagte Paul und machte vor, wie man das Ganze zu sich zu nehmen hatte. Folgendermaßen: Leberwurst mit Senf in den Mund, ordentlich zerkauen, Korn dazu und alles zusammen hinunterschlucken. »Schmeckt wirklich gut. Besser, als es aussieht.«

»Weiß nicht«, sagte Wohlert. »Ich glaube, ich verzichte lieber.«

Ich tippte Paul an und machte ihn auf die Frau aufmerksam, die sich unbemerkt an der Seite des Tresens aufgestellt hatte. Sie trug ein Kostüm aus dunklem Lodenstoff, dazu einen breitkrempigen Hut, der, weil schräg aufgesetzt, ihr Gesicht zur Hälfte verdeckte. Ein geschminkter Mund und ein überpudertes Kinn waren zu sehen, ein halbes Auge. Sie blickte in den Saal, schien aber darauf zu warten, angesprochen zu werden.

»Ja, bitte«, sagte Paul.

»Es tut mir so leid«, sagte die Frau, wandte sich uns zu, und wäre nicht ihre Stimme gewesen, hätten wir sie womöglich auch dann noch nicht als Thea Zinke erkannt. Aber sie war es. Thea. Die ostpreußische Suppenköchin.

»Meine Güte«, sagte Paul. »Gut siehst du aus.«

»Danke.« Sie schien den Tränen nahe. »So unangenehm ist mir das. Das kannst du mir glauben. Ich trau mich gar nicht zur Chefin.«

»Was ist denn los?«

»Die ganzen Leute«, sagte Thea Zinke. »Ich hab nicht gewusst, dass es so viele werden. Das musst du mir glauben. Ich hätte doch sonst Bescheid gesagt.«

»Mach dir deshalb mal keine Sorgen.«

»Gitte hat die alle angeschleppt. Sind extra aus Hannover gekommen. Eine Überraschung für Ulla sollte das sein.«

»Ist doch geglückt.«

Beide schwiegen, als wäre damit alles gesagt. Oder als wüssten sie nicht weiter. Es war vermutlich ohnehin das bislang ausführlichste Gespräch gewesen, das sie in all den Jahren geführt hatten; unter Umständen war es sogar das erste, das mit Recht so bezeichnet werden konnte. Sie hatten keine Übung darin, miteinander zu reden. Nicht, dass sie es bei früheren Gelegenheiten nicht versucht hätten, aber zum einen war Thea Zinke bekannt für ihre einsilbigen Antworten, die jede Unterhaltung sogleich beendeten, und zum anderen besprach sie alles, was unbedingt besprochen werden musste, üblicherweise mit der Chefin, zu der allein sie Vertrauen hatte und bei der sie von ihrer Einsilbigkeit absah.

Thea Zinke lächelte angestrengt. »Es ist nur – die müssen doch irgendwo untergebracht werden. Bei uns zu Hause ist alles voll. Ich weiß gar nicht, wie die sich das gedacht haben, die Kinder.«

»Das regeln wir«, sagte Paul. »Beruhig dich einfach. Wenn du möchtest, bereiten wir oben zusätzlich ein paar Zimmer vor. Geht schon. Und wie ich Kirsten kenne, hat die sowieso mehr als genug zu essen vorbereitet. Sollte alles kein Problem sein.«

»Danke«, sagte Thea Zinke, »danke.«

Paul nahm das Tablett mit den Schnapsgläsern auf und hielt es ihr hin. »Nimm erst mal einen. Dann sieht die Welt gleich ganz anders aus.«

»Danke.«

»Und hör auf, dich zu bedanken. Das ist alles selbstverständlich.«

Thea Zinke nahm ein Glas, schob sich die Leberwurst mit spitzen Fingern in den Mund, kaute bedächtig und kippte den Schnaps hinterher. Für einen kurzen Moment verzog sie das Gesicht, bevor sie schluckte.

»Wir haben keine Musik«, sagte sie, als sie das leere Glas zurückstellte. »Ist mir ein Rätsel, weshalb niemand daran gedacht hat. Aber so ist es.«

»Kann denn einer der Gäste Musik machen?«, fragte Paul.

»Harald, glaube ich«, sagte sie. »Der Freund von Gitte. Akkordeon. Der würde wohl spielen, wenn wir ihn darum bitten.«

»Gut. Wir kümmern uns darum. Ich weiß noch nicht, wie, aber wenn ihr mit dem Essen fertig seid, wird ein Akkordeon bereitstehen.«

»Menschmensch«, sagte Thea Zinke. »Wie soll ich ...«

»Nicht noch mal bedanken, Thea«, unterbrach Paul sie, und als sie erneut ansetzte, sagte er: »Jetzt geh zu deinen Leuten und amüsier dich. Heute hast du hier wirklich keine andere Aufgabe. Lass es dir gut gehen.«

Ohne noch etwas zu sagen, drehte Thea Zinke sich um und stöckelte auf ihren hochhackigen Schuhen los. Jedem ihrer leicht schwankenden Schritte war anzumerken, dass sie das geübt hatte, zu Hause, vorm Spiegel; es gelang ihr gar nicht schlecht.

»Nølle«, sagte ich zu Paul.

»Was?«

»Im Roten Haus drüben. Nølle spielt im Musikunterricht Akkordeon, und wir singen dazu.«

»Na, großartig«, sagte Paul. »Dann gehst du jetzt schnell dahin und leihst das Akkordeon aus. Oder besser noch: Lass Nane das machen. Du kümmerst dich um die Zimmer oben. Wo ist Nane überhaupt?«

»Draußen«, sagte ich. »Spielt Fußball mit Georg.«

»Das kann die auch wann anders machen. Sagst du ihr Bescheid?«

In diesem Augenblick kamen die Chefin und Tante Eli, die mit dem Eindecken fertig waren, hinter den Tresen. Sie sagten nichts, als sie an uns vorbeigingen, aber das war auch nicht nötig. Ein beiläufiger Blick der Chefin auf das Tablett in Pauls Händen genügte. Tropfen liefen an allen Schnapsgläsern hinunter.

»Warte mal kurz«, sagte Paul und hielt sie am Arm fest. »Darf ich dir Herrn Wohlert von den *Husumer Nachrichten* vorstellen?« Er ließ sie los und deutete auf seinen Gast.

»Guten Tag«, sagte die Chefin.

»Sehr erfreut«, sagte Wohlert.

Beide sahen sich an, und es war nicht schwer zu erkennen, dass ihnen die Situation unangenehm war. Sie sagten nichts. Die eine wollte nicht; der andere traute sich nicht.

Endlich sagte die Chefin: »Sie entschuldigen, aber ich muss zurück an die Arbeit.«

»Sicher, sicher.«

Darauf verschwand die Chefin durch die Schwingtüren, die sie achtlos zurückschnellen ließ. Mehrmals schlugen sie hin und her, jedes Mal begleitet von einem Bollern, wenn das Scharnier umklappte. Normalerweise achteten wir darauf, dass die Türen nicht zu sehr nachschwangen, wenn wir hindurchgingen.

»Ich werde dann mal Nane Bescheid geben«, sagte ich und folgte ihr.

Aber als ich die Küche betrat, konnte ich nicht weitergehen. Die Chefin stand in der Mitte des Raumes, mit dem Rücken zu mir. Sie hatte die Arme in die Seiten gestemmt, den Kopf zurückgelegt und starrte an die Decke, als würde sie ein Stoßgebet hinaufschicken. Tante Eli, die über der Spüle hantierte, hatte sie noch nicht bemerkt. Ganz langsam atmete die Chefin ein und wieder aus, dann noch einmal.

Hinter mir, aus der Gaststube, hörte ich die Stimme von Wohlert: »Vielleicht passt es Ihnen heute doch nicht so gut?«

»Nein, nein. Gar kein Problem«, antwortete Paul.

Ich beobachtete den Rücken der Chefin und konnte keine Reaktion feststellen. Sie hatte es nicht gehört. Zum Glück.

Als ich aus dem Obergeschoss zurückkam, war es erstaunlich still im Saal. Kaum jemand sprach, lediglich leises Klacken von Gabeln und Messern auf den Tellern war zu hören. Man war bereits beim Hauptgang angelangt, bediente sich von den silbernen Fleischplatten und aus den Schüsseln mit Kartoffeln und Gemüse. Tante Eli und Nane machten gerade eine Runde und sammelten einige Schüsseln ein, die aufgefüllt werden mussten, und als Tante Eli mich im Durchgang erblickte, gab sie mir mit einem Nicken zu verstehen, dass ich zu ihr kommen sollte. Jetzt. Sofort. Im Vorbeigehen grüßte ich einige bekannte Gesichter, die sich mir kauend zuwandten.

»Da.« Tante Eli reichte mir einen Zettel. »Ist für Paul.« Als ich sie darauf nur fragend anblickte, fügte sie hinzu: »Die Getränke soll er fertig machen.«

»Ist ja gut«, sagte ich. Natürlich hätte sie den Zettel auf dem Weg in die Küche genauso gut selbst am Tresen abgeben können, wie sie es sonst auch machte, aber anscheinend wollte sie genau das vermeiden. Ich ahnte, weshalb, und es gefiel mir nicht. »Wird erledigt.«

In der Ecke des Saales, auf der flachen Bühne, stand ein Stuhl, darauf ein Akkordeon, und erst als ich einige Schritte gemacht hatte, konnte ich den Mann sehen, der auf dem Rand der Bühne hockte und bei geschlossenen Augen die Hände vor den Körper hielt. Auf Wellenlinien bewegte er sie nach beiden Seiten, die Finger tippten in die Luft, und der rechte Fuß wippte im Takt dazu. Es war Lehrer Nølle, in einem dunklen Anzug und schwarzen, geputzten Schuhen, der sich anscheinend mit Luftübungen auf seinen großen Auftritt vorbereitete, den er sich nicht hatte entgehen lassen wollen. Ich hätte es wissen müssen. Als ich hinter Thea Zinke vorbeikam, drehte sie sich etwas umständlich auf ihrem Stuhl um und lächelte mich entschuldigend an. »Schmeckt übrigens ganz wunderbar alles«, sagte sie. »Kannst du in der Küche ausrichten.«

»Mach ich«, sagte ich und eilte zum Tresen.

Paul blickte mir schon entgegen. »Wo kommst du denn jetzt her?«

»Von oben«, sagte ich. »Ich hab die Zimmer fertig gemacht.«

»Und dabei bist du einem Geist begegnet?« Mit gekrümmtem Rücken lehnte er am Tresen, stützte seinen Kopf auf den angewinkelten Arm und grinste mich an.

»Nein«, sagte ich. »Natürlich nicht.«

Mir gefiel nicht, wie er mich in diesem Moment anblickte, so unernst, so gespielt unbefangen; ich mochte auch den Ton seiner Stimme nicht. Konnte er sich denn nicht ein bisschen zusammenreißen? Vielleicht war das ungerecht von mir, aber er musste doch wissen, wie es in mir aussah, schon den ganzen Tag, wie ich ständig befürchtete, dass uns hier alles aus dem Ruder lief. Er musste es spüren, genau wie ich.

»Wahrscheinlich hat ihm sein Lehrer einen Schrecken eingejagt«, sagte er zu Herrn Wohlert, der seine Kaffeetasse zum Mund führte und mir über den Rand hinweg zuwinkerte.

Ich legte den Zettel von Tante Eli auf den Tresen. Paul beachtete ihn nicht einmal.

»Jannis, du solltest dir mal anhören, was Herr Wohlert mir gerade erzählt hat«, sagte er. »Wird dich interessieren.«

»Die Getränke hier sollst du fertig machen.«

Er nahm den Zettel in die Hand, überflog ihn und stellte sich hinter die Zapfanlage. »Mach ich«, sagte er. »Währenddessen kannst du dir alles erzählen lassen.«

Ich sah zu Wohlert, der sein Notizbuch aufgeklappt vor sich liegen hatte. »Da gibt's doch gar nicht viel zu erzählen«, sagte er.

Während Paul Bier aus dem Zapfhahn in ein Glas laufen ließ, sagte er: »Aber natürlich. Jannis ist immer mit dabei, wenn ich draußen bin. Ihn interessiert das alles genauso wie mich. Bitte, erzählen Sie.«

Und dann begann Wohlert, na schön, von jenem Pfingsttag zu berichten, einem Montag, um genau zu sein, an dem Felix Schmeißer, sein Vorgänger bei der Zeitung, und ein Bauer von Nordstrand namens Andreas Busch, der seine gesamte Familie mitnahm, vor der Hallig Südfall auf Rungholts Spuren stießen. Im Jahr 1921 ist das gewesen. Ich blickte Paul an, während Wohlert weiterredete. Mit Pferd und Wagen waren sie von Nordstrand aus zur Hallig gefahren und kurz vorm Ziel von der sicheren Fahrstrecke abgekommen und in einen überschlammten Priel geraten. Halbseitig versank der Wagen im Schlick, die Pferde gerieten ins Wanken. Fürs Erste saßen sie fest. Und so weiter. Und so weiter.

Genau das war es, was ich dachte: und so weiter. All das war ja nun wirklich nichts Neues für mich. Ich hatte es schon gehört, mehrfach sogar, vor Jahren, und zwar von Paul selbst. Er hatte es mir erzählt, mit ganz ähnlichen Worten, und ich sah zu ihm hin, sah ihn Getränke einschenken und konnte es nicht fassen. Wieso ließ er Wohlert alles wiederholen und tat dabei so, als wäre es eine nie gehörte Neuigkeit für ihn? Was versprach er sich davon? Ich sah ihn an und begriff ihn nicht.

»Anscheinend weißt du das alles schon?«, fragte Wohlert, und Paul unterbrach seine Arbeit.

»Ehrlich gesagt, ja.«

»Woher?«

»Von Paul«, sagte ich. »Er hat es mir erzählt. Ist lange her.«

Paul stellte das halb gezapfte Bier beiseite.

»Sie wussten das alles schon, was ich Ihnen erzählt habe?«, fragte Wohlert.

Mit einem Tuch wischte Paul sich die Hände ab und sagte nichts.

»Hätte mich auch gewundert, wenn Sie die Geschichte nicht kennen. Aber warum lassen Sie mich alles wiederholen?«

Paul schwieg weiter.

»Sehen Sie«, sagte Wohlert, »ich habe das seltsame Gefühl, dass Sie den Grund meines Besuches missverstanden haben. Ich werde nicht über Rungholt schreiben, falls Sie das denken sollten. Da muss ich Sie enttäuschen. Was ich vorhabe, hat nichts mit Rungholt zu tun. Gar nichts.«

»Worüber wollen Sie denn dann schreiben?«, fragte Paul.

»Über Sie will ich schreiben. Verstehen Sie, Herr Tamm? Über Leute wie Sie.«

Alle drei drehten wir in diesem Moment unsere Köpfe zum Saal. Lehrer Nølle stimmte sein erstes Stück an, so dezent wie möglich, als Untermalung des Essens, und ich erkannte es nach den ersten Tönen: *So ist das Leben.* Wieder und wieder hatten wir es in der Schule gesungen; diesmal war es die instrumentale Fassung.

Und gleich darauf begann Wohlert, mit wohlgesetzten Worten von seinem Vorhaben zu berichten, das ihn an diesem Tag zu uns nach Vidtoft geführt hatte.

Also: Ein Buch soll es werden, ein eher schmales Bändchen wahrscheinlich, bestehend aus einer Sammlung von Begegnungen, die er für die nächsten Wochen und Monate plant. Das ist ein Vorhaben, welches ihn schon eine ganze Weile beschäftigt. Zunächst werden die Texte in loser Folge in der Zeitung erscheinen, aber das eigentliche Ziel ist das Buch, das am Ende entstehen und alle Porträts, hoffentlich, zu einem Gesamtbild vereinigen wird. Einen Titel hat er auch schon; dieser ist überhaupt das Erste gewesen, was ihm einfiel, sodass er gewissermaßen den Anstoß für alles Weitere geliefert hat. *Die Gestrandeten des Nordens.* Seit er mit der eigentlichen Vorbereitung begonnen hat, sind ihm auch andere in den Sinn gekommen – *Unsere Gestrandeten* etwa oder *Die Versprengten unter uns* –, doch hat er bald zu seinem ursprünglichen Einfall zurückgefunden, bei dem es wohl auch bleiben wird, falls – was ja nie sicher ist – der Verleger mitspielt und keine Einwände hat. Aber warum sollte er Einwände haben, nicht wahr?

Die Gestrandeten des Nordens – klingt das nicht schon so zwiespältig wie die Sache selbst? Mit Absicht nämlich spielt er mit der Doppeldeutigkeit des Begriffs »gestrandet«. Einerseits kann man zweifelsohne das Bedrohliche, Traurige heraushören, das in dem Umstand liegt, irgendwo zu stranden, irgendwo aufzulaufen – als letzte Rettung womöglich, sozusagen gezwungenermaßen –; andererseits steckt gleichzeitig etwas Verheißungsvolles darin, ein Neuanfang. Sicher, man lässt etwas hinter sich, aber man beginnt eben im gleichen Atemzug etwas Neues, Unvorhergesehenes. Und es ist ja keineswegs eine ausgemachte Sache, dass dieses Neue, welches wohl zunächst immer einschüchternd wirkt, in jedem Fall schlechter ist als das, was man zurücklässt.

Genau darum geht es ihm, um diese Ambivalenz. Darin zeigt sich seiner Meinung nach das Leben, wie es ist, zumindest wie es in diesem Jahrhundert aus bekannten Gründen für so viele, viele Menschen gewesen ist. Überall haben Menschen noch einmal von vorne anfangen müssen, und die Hintergründe sind dabei so vielfältig wie das Leben selbst. Das sind Schicksale, die ihn interessieren.

Ob wir begreifen, was er meint? Lebenswege, die plötzlich abbrechen, eine andere Richtung einschlagen. Karrieren, die mit einem Schlag zu Ende gehen oder – nicht weniger spannend – genauso überraschend beginnen. Beziehungen, die beendet oder neu geknüpft werden. Was zuvor wohlgeordnet, planbar, machbar gewirkt hat, ist im nächsten Moment chaotisch, unzumutbar. Das Spielbrett des Lebens, wenn er das so sagen darf, wird leer gefegt und neu besetzt. Alles durcheinander auf den ersten Blick. Nichts scheint mehr in Ordnung zu sein. Doch es muss weitergehen. Irgendwie. Der erste Zug muss gemacht werden.

Und wie nun sieht dieser Zug aus? Mit welchen Erwartungen, Befürchtungen ist er verbunden? Genauer ausgedrückt: Wie hat man sich im neuen Leben eingerichtet? Welche Schwierigkeiten mussten bewältigt werden? Ist einem geholfen worden? Was ist von Widerständen zu spüren gewesen, den eigenen im Kopf und denen, die andere einem entgegengesetzt haben? Und wie sieht die Zukunft aus? Kann man sagen, dass Vergangenes vergangen ist? Oder geht es vielmehr weiter, immer weiter? Anders zwar, aber weiter?

Das sind so die Fragen, die ihn umtreiben. Erste Gesprächspartner hat er auch bereits gefunden und getroffen. Beispielsweise ist er auf einen Mann gestoßen, den es vor mehr als fünfzehn Jahren aus Seiffen – das liegt im Erzgebirge – nach Schleswig verschlagen hat, und dieser Mann betreibt seitdem dort in einem Hinterhof eine Werkstatt, in der er – na, was wohl? – Holzspielzeug, Krippen, Räuchermännchen und eben all diese Erzgebirgssachen herstellt. Wenn man seinen Laden betritt, der über und über geschmückt ist mit rauchenden Holzmännchen, pfeifeschmökenden Gnomen, winzigen Häuschen mit qualmenden Schornsteinen, außerdem mit Spielzeug in jeder Form, mit Holzschmuck und je nach Jahreszeit Weihnachts- oder Osterdekorationen, dann kann man durchaus in Zweifel geraten, ob man sich tatsächlich im Norden des Landes befindet. »Ein Stück Heimat«, so nennt dieser Mann seinen Laden, und dieses Stück hat er, als er seiner großen Liebe hinterherzog, mitgenommen. Er braucht das, um sich wohlfühlen zu können. Für ihn stellt es die Grundlage dar, um hier leben zu können. Erstaunlich, was?

Daran kann man sehen, dass es ihm, wenn er von Gestrandeten spricht, nicht allein um die Flüchtlingsschicksale geht, die den meisten vermutlich als Erstes dazu einfallen. Nein, das wäre zu klein gedacht. Selbstverständlich jedoch wird er die Flüchtlinge und ihre Schicksale nicht ausklammern. Wie denn auch? Er ist mit mehreren Personen in Kontakt, die aus Pommern, aus Ostpreußen, aus Schlesien stammen und hier nach der Flucht einen Neuanfang versucht haben. Traurige Schicksale sind darunter. Zerrissene Familien, Verschleppungen, Schiffsunglücke. Stichworte: *Wilhelm Gustloff*, *Goya*, *Cap Arcona*. Aber eben auch erfreuliche. Paare, die sich auf der Flucht finden, heiraten, Kinder bekommen. Menschen, die in dem Glauben leben, alle ihre Angehörigen verloren zu haben, bis sie zufällig feststellen, dass der andere Teil der Familie in einem Nachbardorf, nur wenige Kilometer entfernt, untergekommen ist. Schicksale, echte Schicksale.

Ein Haufen Arbeit wartet da auf ihn. Unweigerlich wird ihm jede Geschichte, jede einzelne ans Herz wachsen, sodass er wahrscheinlich am Ende auf keine verzichten will. Das sieht er schon voraus. Eine feinfühlige Auswahl wird seiner Meinung nach entscheidend sein. Schon spielt er mit dem Gedanken an einen Folgeband. Aber das ist Zukunftsmusik, die ihn jetzt noch nicht kümmern muss. Jetzt erst einmal Paul.

»Und wie passe ich da hinein?«

Paul war Wohlerts Vortrag zunächst aufmerksam gefolgt, hatte nebenbei die Getränke fertig gemacht, die Tante Eli vom Rand des Tresens abholte, doch schien er bald mit jedem Wort, das er hörte, verschlossener zu werden. Er machte zu, wie ich es sonst nur an ihm erlebte, wenn er in eine Diskussion mit der Chefin verwickelt wurde, eine Diskussion über ihn, den Krug, seinen mangelnden Einsatz, sein Drückebergertum. In unregelmäßigen Abständen kam es zu diesen Auseinandersetzungen, jedes Mal mit dem Ergebnis, dass Paul Besserung gelobte, hoch und heilig. Äußerlich schien er an diesen für beide unangenehmen Gesprächen zwar immer mit allem gebotenen Ernst teilzunehmen, aber ab einem gewissen Punkt – sobald es nämlich um Rungholt ging, seine Sucherei und all das – war er mit seinen Gedanken nicht mehr bei der Sache, war er weit weg und unerreichbar. Die Worte schienen an ihm abzuprallen, drangen nicht durch.

»Ist Ihnen das denn nicht klar geworden?«, fragte Wohlert. »Ich dachte, das müsste klar sein.«

»Nein, nicht ganz. Und ich beginne, mich zu fragen, wie Sie überhaupt auf mich gekommen sind.«

»Tade Karff.«

»Aha.«

»Ursprünglich hatte ich geplant, über die Gräfin zu schreiben, die Reventlow-Criminil«, sagte Wohlert. »Sie kennen sie doch, oder? Bevor sie gestorben ist, haben Sie noch Kontakt zu ihr gehabt? Eine erstaunliche Frau muss das gewesen sein. Lebt da bis ins höchste Alter nur mit ihren Angestellten und den Tieren auf dieser Hallig, lässt kaum jemanden zu sich. Dabei hätte sie doch ein ganz anderes Leben führen können. Mondän. Hübsch. Behaglich. Früher zumindest. Am Ende hätten ihr wohl die Mittel gefehlt. Die Hallig hat schließlich eine Menge gekostet, die Instandhaltung und all das. Wie auch immer – ich hatte jedenfalls gedacht, dass sich die Halliggräfin gut in der Reihe meiner *Gestrandeten* ausgenommen hätte. Also bin ich nach Nordstrand gefahren und habe mich mit dem Postboten getroffen, mit Tade Karff, um über die alte Dame zu sprechen. Er hat mir von Ihnen erzählt.«

»Hat er das?«

»Mittlerweile ist er wohl fast so etwas wie ein Vorposten im

Watt für Sie geworden, den Sie mit gelegentlichen Aufträgen versorgen. Er hat mir Ihre Briefe gezeigt, die Anweisungen, die Sie ihm schicken. Worauf er achten soll, wenn er im Watt ist. Ob da oder dort dies oder das zu sehen ist? Deichspuren etwa? Eine Warft? Andere Auffälligkeiten? Er sagte mir, dass er Ihnen regelmäßig Bericht erstatte, schriftlich. Ihm scheint das Spaß zu machen. Und hin und wieder sind Sie dann ja auch bei ihm zu Besuch, zusammen mit Jannis, natürlich.«

»Schön und gut«, sagte Paul. »Aber ich sehe immer noch nicht, was das mit Ihrem Buch zu tun haben soll.«

»Sie sind doch nicht von hier?«

Das war ein Satz, den Wohlert aussprach, als hätte er ihn schon lange auf der Zunge gehabt. Für Paul schien er so unerwartet zu kommen, dass er einen Moment mit seiner Antwort zögerte.

»Nein«, sagte er.

»Wie sind Sie denn hergekommen?« Ein weiterer Satz, der lange im Voraus fertig gewesen sein musste.

»Durch Zufall.«

»Wie genau? Das würde mich interessieren.« Wohlert blätterte auf eine neue Seite seines Notizbuches.

»Auf einem Wagen der Wehrmacht«, sagte Paul, und er sagte es so, als beträfe es ihn nicht selbst, als spräche er über jemanden, von dem er gehört hatte und den er nur flüchtig kannte. »Nach Dänemark fuhren wir rein. Wir waren die Ersten, die hier die Grenze überschritten, und ich war dazu auserkoren, die Bekanntmachung, die man dafür vorbereitet hatte, am Grenzhäuschen und am Krug aufzuhängen. Dabei bin ich meiner Frau begegnet. Morgens früh. An dem Fenster dort drüben. Im Morgenrock stand sie da, weil sie die Wagen gehört hatte. Sie sagte nur, ich solle ihr schreiben, und gab mir einen Zettel mit ihrem Namen und der Anschrift. Und ich habe ihr geschrieben. Immer wieder. Oft. Eigentlich ständig. Als ich

Urlaub bekam, haben wir uns getroffen, heimlich. Ging alles sehr schnell. Wir haben ein Kind bekommen, geheiratet. Später habe ich mich bemüht, als Grenzsoldat nach Vidtoft verlegt zu werden, was für einige Monate erstaunlicherweise auch geklappt hat, bis ich wieder woanders eingesetzt wurde. Seit alles zu Ende ist, der Krieg, die Gefangenschaft, bin ich nun hier.«

»War Ihnen das immer klar gewesen?«, fragte Wohlert. Er hatte, ohne den Blick von Paul abzuwenden, alles mit notiert. »Ich meine, dass Sie hierbleiben würden. Es hätte doch auch andere Möglichkeiten gegeben. Verstehen Sie mich nicht falsch – aber wie viele haben damals nicht die Chance genutzt, um Reißaus zu nehmen. Ihnen aber war immer klar, dass sie hierher gehen würden?«

»Ja«, sagte Paul. »Natürlich gab es andere Möglichkeiten. Bestimmt gab es die. Allerdings« – es hatte den Anschein, als versuchte er, sich zu erinnern – »habe ich mir darüber nie ernsthaft Gedanken gemacht. Dafür war keine Zeit. Verstehen Sie? Bis ich hierher zurückgekehrt bin, ist das so gewesen. Und dann, als ich hier war, habe ich mich entschieden. Einfach so.«

Ich konnte erkennen, wie Wohlert die letzten beiden Worte notierte: *einfach so*.

»Erinnerst du dich noch?«, fragte Paul mich.

Ich schüttelte den Kopf.

»Am ersten Tag? Wir standen draußen auf dem Vorplatz. Nils, du und ich. Wir haben uns umgeschaut.«

»Das weiß ich noch«, sagte ich.

»Da habe ich mich an alles erinnert und mich entschieden. Ganz einfach. Und ich habe es nicht bereut.«

Er wischte mit einem Tuch über den Tresen, putzte den Zapfhahn, geschäftig sollte das aussehen. Offensichtlich wollte er nicht, dass Wohlert mehr von ihm verlangte, mehr Erinnerung, mehr Geschichte. Aber es wurde mehr verlangt.

»Woher kommen Sie denn eigentlich?«, fragt Wohlert.

»Wie?«, fragt Paul zurück, obgleich er es genau verstanden haben muss.

»Woher Sie kommen. Wo haben Sie vorher gelebt? Vor dem Krieg?«

Paul schweigt, wie getroffen wirkt er, und auf einmal denke ich, dass das, was Wohlert in diesem Moment fragt, *meine* Fragen sind. Nur zufällig kommen sie aus Wohlerts Mund. Im Grunde hätte ich sie stellen müssen, und ich habe sie gestellt, schon oft, aber immer nur mir selbst.

»Es muss doch eine Familie gegeben haben? Eltern? Großeltern?«

Ich höre das und bin mir nicht mehr sicher, wer gesprochen hat. Wohlert? Ich? Ich blicke zu Wohlert, der mich anschaut.

»Hier ist meine Familie«, sagt Paul. »Hier in Vidtoft.«

»Verstehe.«

»Alles andere ist nicht wichtig.«

»Nicht wichtig?«, fragt Wohlert, oder ich frage: »Das sagst ausgerechnet du?«

»Mir bedeutet es nichts, woher ich komme«, sagt Paul und greift nach einem Block und einem Stift. »Mir ist wichtig, wo ich bin. Und was ich mache: nach Rungholt suchen. Zum Beispiel.« Und mit diesen Worten geht er hinüber in den Saal, als habe er dort etwas zu tun. Eigentlich aber ist es nichts anderes als eine Flucht, seine Flucht.

Langsam und ordentlich zog Wohlert einen Strich unter seine Notizen, er hatte anscheinend genug gehört, und obwohl sein Kaffee mittlerweile eiskalt sein musste, nahm er einen tiefen Schluck aus der Tasse. »Tja«, sagte er, presste die Lippen aufeinander und hob die Augenbrauen. »Das war's dann wohl.«

Verhaltenes Gelächter kam aus dem Saal, und ich sah Paul, der hinter dem Brautpaar stand, seine Hände links und rechts auf deren Schultern, und zu den Gästen sprach, das Übliche wahrscheinlich: Hoffe, es gefällt allen, dem Brautpaar vor allem, Gratulation, ein mutiger Schritt, den sie gemeinsam machen und für den er ihnen Hochachtung zollen möchte. Er trat einen Schritt zurück und verbeugte sich hoheitsvoll, verneigte sich vor dem Brautpaar und erntete erneutes Gelächter.

»Sie wollen wirklich über ihn schreiben?«, fragte ich Wohlert.

»Aber natürlich«, sagte er. »Er gehört einfach in mein Buch. Das habe ich bereits vermutet, als Tade Karff mir von ihm erzählt hat. Ich meine, wieso wird jemand, der nicht einmal von hier ist, zum passionierten Heimatforscher? Man fragt sich doch, weshalb er das macht. Nicht wahr? Wie kommt er dazu? Wonach sucht er eigentlich?«

»Er sucht nach Rungholt«, sagte ich.

»Ja, sicher.«

Er wäre so weit. Im Mantel stand Wohlert an der Garderobe und machte Paul, der vor mir ging und wie ich mehrere gebrauchte Teller auf den Händen und Unterarmen balancierte, mit leicht erhobenem Zeigefinger auf sich aufmerksam. Er deutete Richtung Tür. Bin schon mal draußen. Und keine Eile bitte.

»Komme gleich nach«, sagte Paul.

Als wir hintereinander die Küche betraten, stieg die Chefin gerade die Treppe in den Vorratskeller hinunter. Wir ließen die Essensreste von unseren Tellern in den großen Mülleimer in der Spülecke gleiten, schoben, wenn nötig, mit einem bereitliegenden Schaber nach und stellten das Geschirr dann auf dem Bord neben der Spüle ab, wo bereits Saucieren, Schüsseln, Teller, Besteck und verschmierte Platten aufgestapelt waren, an denen noch vereinzelte Salatblätter klebten. Ein fürchterlicher Abwasch würde es werden, später.

Paul drehte den Wasserhahn auf, wusch sich die Hände und

trocknete sie ab. Ich merkte, wie er mir auszuweichen versuchte.

»Ihr schafft das bestimmt auch ein paar Minuten ohne mich«, sagte er und kam damit meiner Frage zuvor, was er jetzt vorhatte. Im gleichen Augenblick rief die Chefin aus dem Keller nach ihm. Die kontrollierte Ruhe, mit der sie seinen Namen betonte, verriet bereits, dass etwas passiert war. Als ahnte er, was ihm bevorstand, atmete Paul tief durch und stellte sich an die Kellertür: »Was ist denn?«

»Komm mal bitte.«

Er stieg hinunter, und ich blickte zu Tante Eli, die am Küchentisch damit beschäftigt war, Dessertteller für den Rollwagen abzuzählen. Mit einem Finger fuhr sie die Stapel ab und murmelte Zahlen vor sich hin. Sie war so konzentriert bei der Sache, als wollte sie es unter allen Umständen vermeiden, auf das zu achten, was im Keller vor sich ging. Obgleich keine Sätze, nicht einmal Wortfetzen nach oben drangen, war es, als flimmerte die Luft auf der Kellertreppe.

»Nimm den Wagen ruhig schon mit nach draußen«, sagte sie. »Kannst die Teller verteilen.«

»In Ordnung«, sagte ich, fasste den Rollwagen am Griff an und zog ihn zu den Schwingtüren. Gerade wollte ich diese rückwärts aufstoßen, als die Chefin die Kellertreppe heraufgestürzt kam, sie war außer Atem, Flecken im Gesicht, und sie weinte. Ohne mich wahrzunehmen, stand sie vor mir. Zwischen uns der Rollwagen. Dann drehte sie sich um und rief die Treppe hinunter: »Nein, Paul, das musst du ganz allein machen. Ich geh da nicht raus und sag das. Du hast das verbockt. Jetzt steh auch dazu.«

Tante Eli machte mir ein Zeichen weiterzugehen, und ich stieß die Türen auf, zog den Wagen hinter mir her, doch bevor ich ganz durch war, schwangen die Seiten zurück, ich schaffte es gerade noch, eine Tür mit vorgestelltem Fuß rechtzeitig zu stoppen, aber die zweite donnerte gegen den Wagen. Es schepperte. Die Tellerberge zitterten, wankten. Zum Glück blieb alles stehen.

»Pass doch auf«, sagte die Chefin und wandte den Blick von mir ab, als ich in ihre verweinten Augen sah.

Im Saal hatte niemand etwas von dem Vorfall mitbekommen. Die Hochzeitsgesellschaft war lautstark beschäftigt und wusste die Pause zwischen Hauptgang und Nachspeise zu nutzen. Man stand in einem lockeren Kreis um das Brautpaar herum, das zu einer äußerst behäbig gespielten *Schönen blauen Donau* seinen Hochzeitswalzer schunkelte, klatschte einigermaßen im Takt dazu, lachte sich an und war ausgelassen. Über die Menge hinaus ragte das rot glühende Gesicht von Lehrer Nølle, der auf sein Instrument blickte und verzückt dem eigenen Fingerspiel folgte.

Ein Schatten fuhr über das Fenster zum Vorplatz, Wohlert ging dort auf und ab und kritzelte in sein Notizbuch.

»Scheint ja allen blendend zu gehen«, sagte Paul. Er stand neben mir und schaute auf die Runde im Saal. Zwei Eispackungen hielt er in den Händen, verschiedene Sorten: Zitrone und Erdbeere. Sie stammten aus dem Vorrat, den die Chefin stets für unsere Feriengäste im Tiefkühler bereithielt, und zu besonderen Gelegenheiten, an Geburtstagen, bei schönem Wetter, durften auch wir uns daraus bedienen.

»Was wird denn das?«, fragte ich.

Paul antwortete nicht. Auch ihm war der Schatten vor dem Fenster aufgefallen.

»Ich möchte nicht, dass er über dich schreibt«, sagte ich, ohne es mir zuvor überlegt zu haben.

»Warum denn nicht?« Er sah mich an.

»Ich will es einfach nicht. Es geht ihn alles überhaupt nichts an. Es ist deine Sache.«

Der Hochzeitstanz kam zu einem abrupten Ende. Durch

eine Lücke im Kreis war zu sehen, wie das Brautpaar strauchelte, sich mit den Füßen verhedderte. Hände suchten Halt, und im letzten Augenblick rettete Karl Hubbatsch sich und seine Frau vor dem Sturz, indem er Ulla wie ein Tangotänzer über sein Bein bog und triumphierend in die Runde blickte, als ihre Körper ein Gleichgewicht gefunden hatten. Die Musik verstummte, Applaus setzte ein, man lachte. Jemand pfiff auf den Fingern. Einen Moment wartete Paul noch ab, dann zog er mich hinter sich her in den Saal.

»Sehr schön«, sagte er laut und klatschte in die Hände, »sehr schön gemacht.« Alle sahen zu ihm. Mit erhobenen Armen stand er außerhalb ihrer Runde. »Wenn ich Sie bitten dürfte, für den Nachtisch Platz zu nehmen.«

Die Runde löste sich auf, und während die Gäste plaudernd zu ihren Plätzen zurückgingen, sah ich mich um und bemerkte, dass die Schwingtüren zur Küche einen Spaltbreit geöffnet waren. Dort musste die Chefin stehen.

»Was soll ich sagen«, begann Paul, zuckte mit den Schultern, wartete, bis er Ruhe hatte. Ein Malheur ist da passiert, leider, ihm, das muss er betonen. Seine Frau trifft keine Schuld. Ursprünglich sollte es jetzt, wie manche wissen, eine Eistorte geben, zwei, um genau zu sein. Zu seiner eigenen Schande muss er allerdings gestehen, dass er aus unerfindlichen Gründen versäumt hat, diese rechtzeitig beim Bäcker abzuholen. Unerklärlich und unverzeihlich ist das, natürlich. Es tut ihm unendlich leid und er möchte sich vielmals entschuldigen, vor allem beim Brautpaar und bei Thea, die hoffentlich weiß, dass er das so meint, wenn er es sagt. Als Ersatz kann er nur anbieten, das Eis auszugeben, von dem seine Frau glücklicherweise stets einen Vorrat im Keller hat. Eis am Stiel also. Zitrone und Erdbeere. Zugegeben, das ist ungewöhnlich, aber dieses spezielle Eis kann er mit gutem Gewissen jedem wärmstens empfehlen, sozusagen. »Was meinst du, Jannis?«

»Ja«, sagte ich, »ich mag's.«

Hinter vorgehaltener Hand begann Thea Zinke zu kichern. Auch anderswo wurde gelacht.

»Du hast gut lachen«, sagte Paul, und Thea Zinke verschluckte sich, hustete und fuchtelte mit den Armen.

»Gib man her, was du hast«, sagte Ulla Zinke. Auch sie lachte. »Ist doch lustig.«

»Gerne.« Paul reichte ihr die beiden Packungen und flüsterte mir anschließend ins Ohr: »Ich beeil mich. Versprochen. Bin gleich zurück.«

Er verschwand nach draußen, und weil die Gäste sich selbst bedienten und ich anscheinend nicht mehr gebraucht wurde, begab ich mich in die Küche. Dort saß die Chefin am Tisch und schaute mich an.

»Wo ist Paul?«, fragte sie, und diesmal schien es ihr nichts auszumachen, dass ich ihre rot unterlaufenen Augen sah.

»Er bringt Wohlert weg«, sagte ich. »Er kommt gleich zurück.«

»Das glaubst du doch selber nicht.«

»Er hat es versprochen.«

Sie legte ihr Gesicht in beide Hände und massierte die Stirn. Zwischen den Fingern strömte Atem hervor, lange, sehr lange, ein Lufthauch, der nicht zu enden schien. Ich wartete darauf, dass sie endlich wieder einatmete.

»Die Gäste sind begeistert vom Eis«, sagte ich, und die Chefin nahm die Hände vom Gesicht.

»Darum geht es nicht«, sagte sie. »Die würden sich auch dann nicht beschweren, wenn wir ihnen den letzten Fraß vorsetzten. Sind viel zu nett dafür.«

»Das stimmt nicht«, sagte ich. »Sie sind sehr zufrieden mit allem. Thea Zinke hat es mir ausdrücklich gesagt. Ich sollte es dir ausrichten.«

»Na und?«

Es klang so traurig, wie sie diese zwei Worte aussprach, dass es kaum zu ertragen war. Am liebsten wäre ich zu ihr gegangen, um sie in den Arm zu nehmen. Aber das ging natürlich nicht. Das hatten wir noch nie gemacht.

»Ich bleibe übrigens hier«, sagte ich.

»Was?«

»Wenn ich mit der Schule fertig bin, bleibe ich hier und helfe mit, in der Gaststube, mit den Gästen. Fürs Erste jedenfalls«, fügte ich hinzu und glaubte schon damals nicht so recht an diesen Zusatz.

»Bist du sicher, dass du das willst?«

»Ja. Das bin ich. Ich habe lange überlegt.«

Sie lächelte, stand vom Tisch auf und kam zu mir. Wir standen voreinander, ich war etwas größer als sie, und ich nehme an, dass auch sie mich in diesem Moment hätte umarmen wollen.

Was war eigentlich mit Nils? Wo steckte er? Und wie ging es ihm? Rückblickend fällt es schwer, ihn überhaupt in dieser Zeit zu sehen. Noch gehörte er zwar zu uns, aber nur er selbst hätte sagen können, ob auch er das so empfand. Mehr und mehr kam er uns abhanden, und eigentlich war er nur deshalb noch bei uns, weil der letzte Schritt nicht gemacht war.

Irgendwann aber war es so weit. Irgendwann verschwand er wirklich. Im Frühjahr muss das gewesen sein, einem nassen, durch und durch tristen Frühjahr, das wenige klare Tage mit sich brachte. An einem dieser Tage geschah es. Die Sonne schien. Ich weiß das noch, weil er mich an diesem Tag auf eine seiner Angeltouren mitnahm. Es war das erste und einzige Mal.

Bereits in seine Angelkluft gekleidet – Troyer, Cordhose, Gummistiefel –, wartete er im Obergeschoss des Grenzkrugs auf mich. Er stand vor seiner Zimmertür, Nummer drei, gleich links von der Treppe, ein ganz normales Fremdenzimmer, in das er sich nach seinem Schulwechsel eingemietet hatte, und ich hatte mich noch immer nicht daran gewöhnt, dass er hier oben wie ein Gast lebte und sein Zimmer sogar bezahlte. Ich erinnerte mich genau, wie er zu Paul an den Tresen getreten war, sich das Fremdenbuch genommen und seinen Namen eingetragen hatte.

»Welches Zimmer kann ich haben?«, hatte er gefragt, und nur zum Spaß hatte Paul geantwortet: »Nummer drei müsste gerade frei sein. Hübschen Blick auf die Grenze hat man da. Ich könnte Ihnen einen Freundschaftspreis machen.«

»Nicht nötig«, hatte Nils gesagt und siebzig Mark auf den Tresen gelegt, die er wahrscheinlich bei den Fischern Kardells verdient hatte, für die er gelegentlich arbeitete. »Wird das reichen für diesen Monat?«

Paul, dem aufging, wie ernst es ihm war, hatte bloß genickt, und ich hatte danebengestanden und nichts begriffen. Noch am selben Tag war Nils in den ersten Stock gezogen. Durch die Wand hatte ich gehört, wie die Chefin die ganze Nacht heulte und mit Paul diskutierte, der sie zu beruhigen versuchte. Zu Nils hatte natürlich niemand etwas gesagt. Es war seine Entscheidung gewesen, mit der man leben musste. Was sollte man da noch groß sagen?

Jetzt stand er vor seiner Tür, er musste auf mich gewartet haben, während ich die Zimmer gemacht hatte, und er sah mich an, als wären wir verabredet gewesen. Ich grüßte ihn, wie ich es immer tat, seemännisch, die gestreckte rechte Hand kurz an die Schläfe gelegt, dann zackig heruntergenommen.

»Kommst mit?«, fragte er.

»Wohin?«

»Raus aufs Tief?«

»Klar«, sagte ich. »Muss mich aber noch umziehen.«

»Gut, wir treffen uns am Boot«, sagte er. »Angeln und was dazugehört hab ich da.«

Als ich eine Viertelstunde später durchs Schilf zur Wiedau hinunterstieg, saß Nils im Boot auf der mittleren Ducht und gab mir Anweisungen, auf welcher Seite des ausgetretenen matschigen Pfades ich am sichersten nach unten käme. Während er das Boot am Poller festhielt, damit es nicht abtrieb, stieg ich über die Bordwand und setzte mich auf die Sitzbank im Bug. Kaum hatte ich Platz genommen, stieß Nils uns ab, schob mit einem Ruder nach und steuerte mit geraden, langen Schlägen Richtung Tief. Unter der Holzbrücke lehnte ich mich zurück, legte den Kopf in den Nacken und betrachtete die Unterseite der Brücke. Das Holz war dunkel, vermoost, die Enden der Bretter wirkten morsch. Oberhalb der Balken, die die Konstruktion stützten, steckten mehrere verlassene, bröckelige Schwalbennester. Es roch modrig, die Ruderschläge hallten, es war dunkler und kälter, und obwohl wir nur wenige Sekunden durch den Schatten fuhren und die Augen sich kaum daran gewöhnt haben konnten, blendete mich die Sonne, als wir auf der anderen Seite der Brücke hinausfuhren.

»Weißt noch?«, fragte ich.

»Aber sicher«, sagte er, bevor ich noch etwas hinzufügen konnte.

Früher hatten wir oben auf der Brücke gestanden und halb geöffnete Miesmuscheln, die wir am Tag zuvor am Meer gesammelt hatten, an Wäscheklammern und einer Schnur ins Wasser gehalten, um Krebse zu fangen.

»Wir haben nicht einen gefangen«, sagte Nils.

»Stimmt.« Ich setzte mich wieder auf.

»Lag aber nicht an uns«, sagte er. »Hier gibt es einfach keine Krebse.«

Mit seinem ganzen Körper stemmte er sich in die Ruder, zog sie kräftig durch, um auf dem Tief, das wir jetzt erreichten, an

Fahrt zuzulegen, und dabei grinste er. Ganz kurz huschte dieser Ausdruck über sein Gesicht, der, wie ich sofort dachte, eigentlich nicht zu ihm passte. Aber ich irrte mich. Obwohl wir uns täglich beim Essen gegenübersaßen, war mir anscheinend entgangen, wie stark er sich in den letzten Jahren verändert hatte. Es war fast unmöglich, Paul nicht in ihm zu erkennen. Ihre Gesichtszüge glichen sich. Zum ersten Mal fiel es mir auf, und ich war sicher, dass es etwas Neues war, etwas, das sich erst herausgebildet hatte.

»Weißt du eigentlich, wie ähnlich du Paul siehst?«

»Findest du?«

»Ist mir gerade aufgefallen.«

»Wie du meinst«, sagte er, und dann murmelte er etwas auf Dänisch, etwas wie »da kann man nichts machen« oder »wie dem auch sei«. Da es stets eines gewissen Anlaufs bedurfte, bis ich mich auf Dänisch umgestellt hatte, verstand ich es nur sinngemäß. Nils dagegen kam es ganz natürlich über die Lippen. Klar, er war die letzten Jahre auf die dänische Schule in Nørreby gegangen.

»Wir haben uns wirklich lange nicht unterhalten«, sagte ich. »Ich fürchte, ich weiß überhaupt nichts mehr über dich.«

»Hättest du dich denn mit mir unterhalten wollen?« Er schaute mich direkt an.

»Aber sicher«, sagte ich.

Als müsste er sich der Richtung vergewissern, in die er uns steuerte, wandte er sich auf seinem Platz um, ruderte dabei unbeirrt weiter und fragte: »Tatsächlich? Ich hätte gedacht, dass ich dich nicht sehr interessiere.«

Ich konnte nicht glauben, was er da sagte. »Wie kommst du darauf?«

»Wie lange ist es denn her, dass du da im Schilf gehockt hast?«, fragte er, und obgleich er hinter sich blickte und ich sein Gesicht nicht sehen konnte, war ich sicher, dass er wieder grinste. Es amüsierte ihn, das aussprechen zu können. »Drei Jahre? Vier? Fünf?«

Es stimmte. Es hatte eine Zeit gegeben – nach seinem Umzug ins Obergeschoss –, in der ich mich regelmäßig im Schilf versteckt hatte, um ihn zu beobachten. Ich hatte wissen wollen, was er hier draußen trieb. Aber vor allem hatte ich herausfinden wollen, was mit ihm los war. War er unglücklich? Keine Ahnung. Ich hatte nur gesehen, dass er angelte, mehr nicht, und ich weiß auch nicht, was ich mir davon versprochen hatte, ihm dabei zuzusehen.

»Du hast mich bemerkt?«, fragte ich.

»Korrekt.«

»Und warum hast du nichts gesagt?«

»Was hätte ich sagen sollen?«

»Du hättest zum Beispiel fragen können, was ich da mache.«

»War doch nicht nötig«, sagte er. »Es hat mich ja nicht weiter gestört. Außerdem war klar, dass du bald aufgeben würdest.« Er saß wieder in gerader Ruderposition vor mir, sah mich herausfordernd an.

»Wieso das?«

»Weil es zu dir passt.«

»Verstehe ich nicht.«

»Bestimmt hast du irgendwann Paul gefragt, was mit mir los ist, oder?«

Darauf wollte ich nicht antworten. Ein Vorwurf lag in der Frage, der mich an einer Stelle traf, von der ich nicht geahnt hatte, wie leicht man mich dort treffen konnte. Ich nickte.

»Und was hat Paul gesagt?«

»Der geht seine eigenen Wege«, sagte ich.

»Fein«, sagte Nils. »Und damit war die Sache für dich erledigt. Fertig. Aus. War schon immer so.«

Ich hatte keine rechte Vorstellung, wie ich darauf reagieren sollte. Auf ein solches Gespräch war ich nicht vorbereitet gewesen, und ich fragte: »Was ist denn los mit dir? Ich habe dir nichts getan, oder?«

»Natürlich nicht«, sagte er. »Wie denn auch.«

»Lass das doch. Sag einfach, was du sagen willst, und ich sage dir, was ich davon halte.«

Aber Nils hatte es nicht eilig, er griff unter die Bank, zog eine Angel hervor und reichte sie mir. »Erst mal sollten wir angeln. Dafür sind wir schließlich hier.«

»Und worauf angeln wir?«

»Was immer wir an den Haken bekommen«, sagte er.

Wir blinkerten, Nils zur einen Seite des Bootes hinaus, ich zur anderen, sodass wir uns mit den Schnüren nicht in die Quere kamen. Ich weiß nicht, wie viel Zeit so verging. Hier draußen verlor man das Gefühl dafür. Mehrmals konnte ich sehen, wie sich die Wasserfläche rillte, dort musste etwas sein. Ich warf den Blinker in die Nähe, holte ihn langsam ein, und jedes Mal tauchte er in Schlangenlinien vor dem Boot auf, hüpfte übers Wasser, der Haken war leer. Nichts wollte beißen. Auch Nils hatte kein Glück. Er fluchte leise, warf zerbröseltes Brot ins Wasser, um die Fische anzulocken. Es half nichts. Lediglich einige kleinere Fische machten sich an dem auf dem Wasser schwimmenden Brot zu schaffen, Rotaugen, Plötze, ein paar Schleien; nichts, was uns interessierte. Wie in Zeitlupe schwamm ein Karpfen wenige Meter entfernt an uns vorbei, kratzte mit der Rückenflosse das Wasser auf, ließ sich von der Sonne bescheinen und tauchte wieder ab.

»Das wird so alles nix«, sagte Nils und rüstete zunächst meine Angel um, brachte Grundblei an, Wirbel, Vorfach, gab dem Haken etwa eine Armlänge Spiel, sodass er in dieser Höhe überm Grund schweben würde, und schob mir ein Kästchen zu, in dem sich eine nicht erkennbare Anzahl Würmer ineinander verknäuelt hatte.

»Beste Tauwürmer«, sagte er. »Hab ich gestern Abend noch vom Rasen gesammelt.«

Mit äußerster Vorsicht zog ich einen heraus. Er streckte sich, bog sich in alle Richtungen und hörte damit nicht einmal auf, als ich ihn auf den Haken steckte. Widerlich war mir das.

»Wohin?«

»Da raus, Richtung Lüders' Land.«

Nachdem Nils seine Angel ebenfalls umgerüstet und einen Wurm am Haken hatte, platzierte er seinen Wurf wenige Meter neben der Stelle, an der mein Köder lag. Wir saßen nebeneinander, die Angelruten in den Händen, und blickten hinaus. Dort war Lüders' Haubarg, Nørreby, ein Schilfgürtel, der sich am Ufer entlangzog und aus dem gelegentlich eine Ente aufflog. Eine Möwe dümpelte, an Nils' Boot gewöhnt, in aller Ruhe auf dem Wasser und wartete auf mögliche Abfälle. Es war schon etwas Besonderes, das von hier aus zu sehen. Die ganze Gegend schien verändert, die Geräusche waren andere. Ein Auto, das, aus Dänemark kommend, über die Brücke nach Vidtoft hineinfuhr, war lediglich als ein leises Brausen zu hören, das sich geringfügig vom Geräusch des Wassers abhob, das alles untermalte, kein Plätschern, eher ein Rauschen und Blubbern. Immer wieder knarzte das Boot.

»Nächsten Monat wollen sie mit dem Bau des Campingplatzes anfangen«, sagte Nils plötzlich, als würde er an ein Gespräch anknüpfen. Es gab keinen ersichtlichen Grund, weshalb er es gerade jetzt sagte, trotzdem wirkte es so, als hätte er genau auf diesen Augenblick gewartet.

»Campingplatz?«, fragte ich. »Wo denn?«

»Da drüben.« Er deutete mit einem Finger Richtung Ufer. »Zwischen Nørreby und Lüders' Land. Das Feld gehört noch Lüders. Ich glaube, diese Woche wollen sie den Pachtvertrag unterzeichnen. Dann geht's los.«

»Das gibt's doch nicht«, sagte ich. »Das ist schlecht.«

»Wieso? Für Nørreby ist das sogar sehr gut.«

»Aber für uns, meine ich. Für den Grenzkrug.«

»Das muss sich zeigen«, sagte Nils. »Übrigens wird der Wikinger den Campingplatz leiten. Die Gemeinde pachtet das Feld von Lüders, betreibt den Platz, und der Wikinger wird Platzwart.«

»Weiß Paul das?«

»Keine Ahnung«, sagte Nils. »Wenn er die Augen und Ohren in der Gaststube offen gehalten hat, dann schon. Lüders redet seit Wochen davon.«

Natürlich wusste Paul es nicht. Ich war sicher, falls er etwas von dem Vorhaben erfahren hätte, wüsste ich es. Und die Chefin wüsste es. Und dann wäre es unvermeidlich gewesen, dass die Gespräche sich wiederholt hätten, die, glücklicherweise, seit einigen Jahren nicht geführt worden waren. Wie soll es weitergehen mit dem Grenzkrug? Was kann man tun? Die Chefin wäre nicht umhingekommen, auf ihre ganz spezielle Art für die Zukunft schwarzzusehen, und Paul hätte zwangsläufig dagegengehalten. Nichts davon war in der letzten Zeit der Fall gewesen.

»Warum sagst du es ihnen dann nicht?«, fragte ich.

»Geht mich nichts an.« Nils zuckte die Achseln.

»Hör doch mal auf, dir das immer einzureden«, sagte ich und war erstaunt, dass ich es sagte. Gedacht hatte ich es schon oft, nur ausgesprochen noch nie. »Natürlich geht dich das was an. Genau wie die Chefin. Und wie Nane.«

»Und wie dich?«

»Ja.«

»Etwa weil du bei denen arbeitest?«

»Darum geht es nicht. Überhaupt nicht.«

»Worum dann?«

»Es sind eben meine Leute«, sagte ich. »Und deine sind es auch, selbst wenn du das nicht wahrhaben willst.«

»Interessant«, sagte Nils. »Und weil das, wie du sagst, meine Leute sind, muss ich aufhören zu denken, was ich denke? Quark mit Soße ist das! Ich bin nämlich der Ansicht, dass es für Nørreby nur gut sein kann, wenn die dort einen Campingplatz bekommen. Die brauchen das. So ist das eben. Damit muss der Grenzkrug zurechtkommen. Genau wie mit den ganzen Leuten, die sich Ferienwohnungen in die Häuser bauen. Stehen doch die ganze Dorfstraße lang, diese Schilder. *Ferienwohnung/Værelse.* Die Zeiten ändern sich, selbst wenn es einem nicht immer gefällt, und es kann gut sein oder schlecht. Kann man vorher nie wissen. Leichter jedenfalls wird es nicht. Und sicher ist gar nichts. Damit du das auch gleich weißt, ich habe denen in Nørreby sogar zugeraten, es mit einem Campingplatz zu probieren, und ein bisschen geholfen bei den Vorbereitungen.«

»Wie das denn?«

»Ich hab den Wikinger auf die Idee gebracht. Beim Kartenspielen. Du hast es wahrscheinlich nicht mitbekommen, weil du zu früh aufgegeben hast, mich zu beobachten, aber ich bin ziemlich regelmäßig drüben bei ihm. Letzte Woche hat er mich gefragt, ob ich mit ihm zusammen den Campingplatz leiten will. Ich habe gesagt, dass ich darüber nachdenken werde.«

Auf einmal legte Nils eine Hand auf meine Hände, eine ruhige Bewegung, die meine Aufmerksamkeit ohne Hektik auf die Angelschnur richten sollte. Ich hatte die Angelrute beinahe vergessen. Tatsächlich lief die Schnur langsam über den geöffneten Bügel der Rolle ab. Etwas machte sich an meinem Köder zu schaffen. Eigenartigerweise erschrak ich, wollte Nils die Rute reichen, doch er schüttelte den Kopf.

»Ganz sachte«, flüsterte er, und ich spürte seine Konzentration. Leise gab er Anweisungen: »Schnur geben ... Bügel schließen ... Pass auf ... Behutsam ... Gleich musst du anschlagen ... Ich sag Bescheid ... Jetzt.«

Mit einem Ruck zog ich die Rute hoch, kurbelte an der Rolle.

»Ist da was?«, fragte Nils. »Merkst du was?«

»Weiß nicht«, sagte ich. »Nein. Glaube nicht.«

»Dann hör auf.«

Wieder legte er seine Hand auf meine Hände, drückte die Rute nach unten, sodass sich die Schnur entspannte. »Lassen wir ihm etwas Zeit. Wenn wir Glück haben, probiert er es ein zweites Mal.«

Ich öffnete den Bügel und ribbelte etwas Schnur von der Rolle. Mit der freien Hand fuhr ich mir durchs Haar. »Was war das denn?«, fragte ich.

»Keine Ahnung«, sagte Nils. »Aal vielleicht. Obwohl der eigentlich abends und nachts unterwegs ist. Kannst dich erst mal ausruhen. Wenn sich in ein paar Minuten nichts getan hat, solltest du deinen Köder überprüfen.«

Die Anspannung, die für eine kurze Zeit geherrscht hatte, verflog, doch noch blieb Nils aufmerksam. Er widmete sich seiner Angel, legte einen Finger oberhalb der Rolle an die Schnur und wartete in dieser Haltung ab. Nachdem sich nach einigen Minuten bei uns beiden nichts getan hatte, ließ er seine Angel sinken, und ich holte meine Schnur ein. Einen Moment lang glaubte ich, mein Haken habe sich irgendwo verfangen, ich spürte einen Widerstand, ruckte an der Schnur, kurbelte gleichmäßig weiter, ich musste mich geirrt haben, und dann, auf einmal, spürte ich es. Etwas war da. Etwas zog.

»Nils«, sagte ich. »Da ist doch was dran.«

»Los«, sagte er. »Dann beeil dich.«

Ich kurbelte an der Rolle, und immer deutlicher war ein Gegenzug zu merken, kein besonders starker. Die Schnur trieb zur Seite. Ich musste gegenan halten. Kurz bevor das Grundblei an die Oberfläche kam, wehrte sich der Fisch an meinem Haken mit ganzer Kraft. Zappelte. Wand sich. Dann tauchte er auf. Tatsächlich. Ein Aal. Er schlug über das Wasser, während ich ihn ans Boot bugsierte.

»Ein verdammt schlaues Viech«, sagte Nils und hielt einen Kescher über Bord.

Beim ersten Versuch gelang es mir nicht, den Aal nahe genug heranzubringen. Noch wehrte er sich, brach nach links aus, nach rechts. Der zweite Versuch war erfolgreich. Als würde er sich einen Moment der Erholung gönnen, ließ der Aal sich ohne sichtbare Gegenwehr ans Boot heranziehen. Erst als Nils ihn im Kescher aus dem Wasser hievte, begann das Zappeln und Winden von Neuem. Etwa unterarmlang war er, und während Nils ihn vom Haken befreite, wickelte der Fisch sich um sein Handgelenk.

»Det var det«, sagte Nils, als er mir den Aal zeigte, um ihn dann in dem Behälter unter der Sitzbank verschwinden zu lassen. Er schob ihn sich einfach vom Arm. »Tot gestellt hat der sich. Ist mitgeschwommen, als du die Schnur eingeholt hast. Deshalb hast du nichts gemerkt.«

»Unglaublich«, sagte ich.

Nils setzte sich wieder und reichte mir das Kästchen mit den Würmern. »Warum willst du in Vidtoft bleiben?«, fragte er.

Es dauerte, bis zu mir vordrang, was er da gefragt hatte. Er war bereits wieder bei der Sache.

»Wie meinst du das?«, fragte ich.

»Was willst du hier? Warum bleibst du hier?«

Das also war es. Darauf hatte er es abgesehen. Diese Frage war der Grund gewesen, weshalb er mich mitgenommen hatte. Ich erkannte es und zögerte.

»Weil ich es möchte«, sagte ich. »Deshalb bleibe ich.«

»Gute Antwort«, sagte er. »Aber auch wiederum keine.«

»Was willst du denn hören?«

»Keine Ahnung. Eigentlich will ich dir nur sagen, dass du andere Möglichkeiten hättest. Du musst nicht in Vidtoft bleiben.

Nicht für den Grenzkrug. Nicht für die Leute. Nicht einmal für Paul. Es gibt jede Menge andere Möglichkeiten für dich.«

»Kann schon sein«, sagte ich.

»Aber?«

»Ich weiß nicht«, sagte ich, und das entsprach dem, was ich in diesem Augenblick dachte. Ich weiß nicht.

»Was ist denn zum Beispiel mit deinem Vater?«

Ich konnte es nicht fassen. Er wusste davon. Er wusste, dass ich einen Vater hatte, der womöglich noch lebte. Eigenartigerweise hatte ich geglaubt, dass niemand außer Paul und mir eingeweiht war. Vielleicht wussten alle um mich herum Bescheid?

»Paul sucht nach ihm«, sagte ich. »Soviel ich weiß.« Ich sagte das, obwohl ich mir nicht einmal sicher war, dass er es tat.

»Und das genügt dir?«

»Ja«, sagte ich.

Nils sah mich ernst an. »Hast du denn überhaupt schon einmal darüber nachgedacht, wie es für dich wäre, von hier wegzugehen?«, fragte er.

Ich antwortete nicht. Es ging nicht.

»Hast du das?«, fragte er noch einmal.

»Und du? Was ist mit dir?«

»Tut mir leid«, sagte er. »Aber um mich geht es hier gerade nicht.«

Und dann, noch am selben Abend, liege ich in meinem Bett, es ist dunkel, bis zum Kinn bin ich zugedeckt, presse die Arme an meinen Körper, reibe über meinen Bauch und friere dennoch. Meine Zähne klappern aufeinander. Die Schultern zittern. Ich reibe zunächst den rechten über den linken, dann den linken über den rechten Fuß. Es bleibt dabei. Ich friere. Es ist eiskalt in meinem Zimmer. Und genau so will ich es. Ich habe beide Fenster sperrangelweit aufgerissen und die Vorhänge zurückgezogen. In kurzen Abständen bauscht der Wind – ein Frühjahrssturm, der ungebremst vom Tief in mein Zimmer weht – die Vorhänge so weit auf, dass sie kurz horizontal ins Zimmer hineinstehen, bis sie mit einem dunklen, flatterigen Laut heruntersinken und sich ausschaukeln. Ich genieße diesen Laut und erwarte mit geschlossenen Augen den nächsten frostigen Schub durch meinen Körper. So brauche ich nicht nachzugrübeln. Nur Kälte spüre ich und vergesse für einen Moment alles andere, vor allem die Wut in mir. Wut. Vielleicht wäre es anders, wenn Nils mir die Chance gegeben hätte, noch einmal mit ihm zu sprechen.

Es ist nur ein paar Stunden her, dass ich im Obergeschoss an seine Tür geklopft habe, einmal, zweimal, bevor ich meine Hand auf die Klinke drückte und erstaunt feststellte, dass die Tür nicht verschlossen war. Der Schlüssel steckte von innen, und ich betrat sein Zimmer, das wie jedes andere im ersten Stock eingerichtet war. Ein Bett, daneben ein Nachttisch mit grüner Lampe, ein Kleiderschrank, ein Waschbecken mit darüber angebrachtem Spiegel, eine Deckenlampe mit ebenfalls grünem Lampenschirm, ein runder Tisch mit zwei gepolsterten Stühlen, vor dem Fenster grüne Vorhänge und weiße Stores. Nichts deutete darauf hin, dass hier jemand wohnte. Alles war sauber, das Bett gemacht. Kein Staub auf der Fensterbank, die vier Scheiben wirkten wie frisch geputzt. Auf der Ablage unter dem Spiegel lehnte ein Zettel, vier Worte standen darauf, so groß und deutlich geschrieben, dass ich sie von der Tür aus lesen konnte:

MACHT EUCH KEINE SORGEN

Auf der Stelle drehte ich mich um, zog den Schlüssel ab, trat zurück auf den Gang und schloss die Tür hinter mir.

Als ich unten in der Gaststube hinter den Tresen ging, war mir bewusst, dass Paul mich beobachtete. Er räumte gerade ein

Kaffeegeschirr ab, wischte über den Tisch und rückte die Stühle zurecht, und während ich mich vor das Schlüsselbord stellte und den Schlüssel mit der Nummer drei über den entsprechenden Nagel hängte, behielt er mich ständig im Blick. Dann richtete er sich auf und kam an den Tresen heran, er lehnte sich auf einen der Stehhocker.

»Was soll das?«, fragte er.

»Nils ist weg«, sagte ich, und mehr brauchte ich nicht zu sagen. Nur für einen Augenblick schien er von dieser Nachricht überrascht zu sein, bevor er nickte. Als hätte er damit gerechnet.

»Na dann«, sagte er, und er sah traurig aus. Das hatte ich so noch nie an ihm gesehen. Über den Tresen hinweg nahm er sich das Fremdenbuch, einen Stift, schlug das Buch auf und blätterte einige Seiten um, bis er die fand, nach der er suchte. Dort, etwa in der Mitte, am Ende der Zeile, trug er etwas ein. Ohne es zu lesen, war mir klar, was er schrieb. Es war das heutige Datum. Nils' Abreisetag.

Auf einmal verändert sich etwas in meinem Zimmer, es wird leiser, dann höre ich, wie die Fenster geschlossen werden, und ich öffne die Augen. Da steht jemand. Ein Schatten vor dem milchigen Mondlicht.

»Darf ich zu dir ins Bett kommen?«

Das ist Nanes Stimme, und gleich darauf wird meine Decke angehoben. Sie legt sich zu mir, schmiegt sich seitlich an mich und deckt uns beide zu, und sie ist so schmal, dass ich nicht einmal beiseiterücken muss, um ihr Platz zu machen.

»Bist du aber kalt«, sagt sie und nimmt meine Hände zwischen ihre, hält sie fest und reibt dann über sie, auch über die Unterarme. Ihr Körper an meiner Seite strahlt so viel Wärme aus, dass ich sofort weniger friere.

»Warum hast du deine Fenster denn nicht zugemacht?«, fragt sie. »Es stürmt doch.«

»Nur so«, sage ich.

Sie lässt meine Hände los, und ich rücke ein Stück näher an die Wand heran, sodass sie sich ebenfalls auf den Rücken legen kann. Beide schauen wir an die Zimmerdecke. Nane scheint ganz ruhig zu sein und liegt so selbstverständlich neben mir, als wäre das ganz normal. Dabei hat sie das noch nie zuvor gemacht.

Sie flüstert etwas.

»Was?«, frage ich, obwohl ich es verstanden habe.

»Warum ist Nils weggegangen?«

Ich sage nichts, schnaube stattdessen einmal durch die Nase, es soll verächtlich klingen.

»Hast du gewusst, dass er es vorhat?«, fragt sie.

»Nein, aber es wundert mich nicht besonders.«

»Mich aber«, sagt sie. »Ich hatte geglaubt, dass er keine Geheimnisse vor mir hat. Das hat er mir schließlich versprochen.«

»Versprochen? Wann?«

»Jedes Mal, wenn ich bei ihm gewesen bin«, sagt sie und macht eine Pause. Sie legt den Kopf auf die Seite, sodass sie direkt in mein Ohr flüstern kann. »Um zu beichten.« Ich spüre den Lufthauch ihrer Stimme, während sie mir alles erzählt.

Nachts, wenn alle schliefen, hat sie sich aus ihrem Zimmer geschlichen, ist die Treppe ins Obergeschoss hinaufgestiegen und hat sich zu Nils ins Bett gelegt. Beim ersten Mal hatte sie nur schlecht geträumt und jemanden gesucht, zu dem sie gehen konnte, der ihr gut zuredete, und sie hatte sich so wohl an Nils' Seite gefühlt, dass sie bald immer häufiger zu ihm ging. Nächtelang haben sie nebeneinander im Bett gelegen und geredet. Nils hat dann das Beichten zwischen ihnen eingeführt und das Beichtgeheimnis. Sie sollten sich die Wahrheit sagen können und wissen, dass niemand sonst davon erfahren würde.

»Manchmal braucht man das, oder?«, fragt Nane. »Dass man sich alles einfach so von der Seele reden kann?«

»Klar«, sage ich.

Ich habe nichts von ihren nächtlichen Beichtstunden gewusst und hätte es, wäre ich gefragt worden, wahrscheinlich nicht für möglich gehalten, dass die beiden eine so enge Beziehung verband.

»Was hat Nils dir denn gebeichtet?«, frage ich.

»Das darf ich nicht sagen. Wir haben uns das versprochen.« Noch immer flüstert sie, ihre Stimme ist ganz nah an meinem Ohr.

»Weißt du von dem Campingplatz?«, frage ich, und da sie mit ihrer Antwort zögert, füge ich hinzu: »Den sie in Nørreby bauen wollen? Nils hat mir davon erzählt.«

»Mir auch«, sagt sie. »Der Wikinger hat ihn gefragt, ob er mit ihm zusammen da arbeiten möchte. Und Nils wollte sich das überlegen.«

»Jetzt wissen wir ja, was bei seiner Überlegung herausgekommen ist.«

»Wieso?«

»Er ist weg«, sage ich.

Nane schweigt, und auf einmal starte ich einen Versuch. Ich frage: »Hat er dir auch von seiner Freundin erzählt?«

»Natürlich«, sagt Nane.

Ich hatte so was vermutet. »Vielleicht ist er weggegangen, weil sie mit ihm Schluss gemacht hat?«

»Wegen Tove? Das glaube ich nicht. Das ist viel zu lange her. Obwohl er sehr traurig gewesen ist, als es vorbei war.«

»Hast du Tove kennengelernt?«, frage ich.

»Nur von Weitem einmal gesehen«, sagt Nane. »Und du?«

»Nein. Nie.«

»Sie hat eine Zeit lang bei Lüders gearbeitet, glaube ich. Ich weiß gar nicht, wo sie jetzt ist. Nils hat nie wieder von ihr erzählt.«

»Das passt alles so genau zu ihm«, sage ich.

»Was denn?«

»Dass er niemandem von seiner Freundin erzählt.«

»Er hat doch jemandem davon erzählt«, sagt Nane.

»Aber nur, weil du es nicht weitererzählen durftest.«

»Du doch auch nicht.«

»Ja, genau.«

Sie rückt noch näher an mich heran, berührt, während sie immer leiser flüstert, beinahe mein Ohr mit ihren Lippen. »Willst du denn gar nicht wissen, was ich Nils gebeichtet habe?«

Ich halte den Atem an. »Wenn du es mir sagen willst.«

»Nur unter der Bedingung, dass du es für dich behältst.«

»Mach ich.«

»Versprochen?«, fragt sie. Ernst klingt das, fast feierlich.

»Ja, sicher.«

Kaum noch hörbar sagt sie: »Ich habe Nils erzählt, dass ich einmal in dich verliebt gewesen bin.«

Ich drehe meinen Kopf, sodass ich ihre Augen im Dunkeln erahnen kann. »Wann war das?«, frage ich.

»Weiß nicht mehr so genau«, sagt sie. »Ist lange her.«

»Wie lange?«

»Lange eben.«

»Und jetzt?«

Kurz sehen wir uns in die Augen. Dann legt Nane sich auf den Rücken und blickt an die Zimmerdecke. »Jetzt nicht mehr.«

Wir schweigen.

»Du bist an der Reihe«, sagt sie schließlich. »Jetzt musst du beichten.«

»Aber ich weiß nichts.«

»Das glaube ich dir nicht«, sagt sie. »Jeder weiß so was.«

Und sie hat recht. Sofort ist mir klar, was ich beichten möchte. Ich schiebe meinen Kopf näher an Nane heran und spreche, so leise es geht, in ihr Ohr: »Ich habe Paul nicht alles gesagt, was ich weiß.«

»Was denn nicht?«, fragt Nane.

»Dass sie drüben einen Campingplatz bauen wollen.«

»Vielleicht weiß er es schon längst.«

»Nein, er hat keine Ahnung.«

»Bist du sicher?«

»Ja. Und ich hätte es ihm sagen müssen.«

»Warum denn?«

»Weil ich es weiß.«

Ich merke, wie Nane die Bettdecke an ihrer Seite anhebt. Ein kalter Luftzug dringt darunter, als sie aus dem Bett steigt.

»Schlaf gut«, sagt sie.

»Du auch«, sage ich.

Es war unsere erste Beichtstunde, nicht die letzte. Und daran erinnere ich mich noch: Nane blieb vor dem Bett stehen. Sie stand dort eine ganze Weile und schaute auf mich herab. Ohne dass ich etwas dagegen unternehmen konnte, fielen mir die Augen zu, und ich schlief bereits, bevor sie mein Zimmer verlassen hatte.

Keine Träume in dieser Nacht.

Ein ockergelber Himmel, nur wenige Wolken am Rand, eher Schlieren. Darunter das Watt, eine farblose Fläche, die nicht zu enden scheint und am Übergang zum Himmel fließend dunkler wird. Also doch nicht farblos, vielmehr grau in mehreren Abstufungen. Denkbar auch, dass es hier und da flimmert, ganz leicht, dort, wo ein Priel entlangläuft oder ein Strom, den man nicht sieht, nur erahnt. Die Hallig wirkt wie zufällig hingepflanzt, ein dunkler, flacher Hügel mit angedeutetem zweiten Hügel darauf. Das ist die Warft mit dem Halighaus und der Scheune. Das Ganze ist zu weit weg, als dass man etwas genauer erkennen könnte, die Wiesen beispielsweise, Schafe, Vogelschwärme; auch nicht die Steinpackungen oder die Lahnungen, die gerade ins Watt hinausragen. Wenn es hoch kommt, dann kann man unter Umständen ein paar Vögel erahnen, die über der Hallig schweben, die üblichen Verdächtigen natürlich: Möwen, zumeist Lach- und Silbermöwen, Küstenseeschwalben im Sturzflug, schwarz-weiße Austernfischer, oder mal was Besonderes, Brandgänse und kastanienbraune Steinwälzer. Die Auswahl ist groß. Aber im Grunde sind es nur schwache Punkte über der Hallig, die, wenn das irgendwie machbar ist, so wirken sollten, als seien sie, obwohl still am Himmel, doch in ständiger Bewegung. So nämlich ist es da draußen: still bewegt.

Und dort sieht man eine Gestalt, einen Schatten. Offensichtlich ein Mann. Er ist nicht eben groß von Statur, wirkt eher etwas gedrungen und dennoch kräftig. Früher einmal muss dieser Mann sportlich gewesen sein. Er steht etwas neben der Hallig, leicht vornübergebeugt, als müsse er sich gegen den Wind anstemmen, der ihm entgegenbläst, und hat den Blick nach unten gerichtet. Einen Rucksack trägt er, wie einen Buckel, und zeigt mit einem dünnen Arm voraus. Dort, wo dieser Arm hindeutet, muss etwas sein. Man kann es nicht sehen. Es ist *im* Watt. Er zeigt *ins Watt hinein.*

Paul ist das. Natürlich.

»Und wo stehen Sie, Jannis?«

»Wie meinen Sie das?«

»Wie ich es sage: Wo stehen Sie, wenn Sie es sich vorstellen?«

»Bei ihm.«

»Wo genau? Vor ihm? Eher seitlich von ihm?«

»Hinter ihm. Aber ganz nah.«

»So in etwa?«

Bonatz reichte mir den Block, auf dem er gezeichnet hatte. Als dick schraffierten Schatten sah ich Paul, so wie ich ihn beschrieben hatte, und hinter ihm, etwa gleich hoch, nur etwas dünner, eine zweite Gestalt. Sie stemmte sich ebenso gegen den Wind. Das musste ich sein.

»Genau so, ja«, sagte ich und gab ihm den Block zurück.

Wir standen auf der Betonplattform hinterm Schöpfwerk. Heiner Bonatz lehnte mit dem Rücken gegen das Backsteingebäude und hielt Block und Kohlestift in den Händen, während ich über das Geländer hinweg auf den Entwässerungskanal hinabblickte. Die metallenen Klappen waren geschlossen und das Wasser staute sich davor. Es hatte schon länger nicht geregnet, sodass es klar und schlammlos vor den Rohren stand. Einige Kaulquappen schwammen zuckend knapp unter der Oberfläche hin und her. Ich beobachtete sie, obwohl sie mich kaum interessierten. Aber es war mir lieber, als aufzublicken und Heiner Bonatz ansehen zu müssen. Denn der sah seltsam aus. Schon als er mir an diesem Tag, viel zu früh für seine Verhältnisse, in der Gaststube gegenübergetreten war, mit diesem Flirren in den Augen, den vielen dünnen Falten auf der Stirn, die als Wulst über der Nase zusammenliefen, und diesen Lippen, die weiß waren vom Zusammenpressen, war ich so sehr erschrocken, dass ich zunächst kein Wort herausbekam.

»Sie müssen mir helfen«, hatte er gesagt. »Unbedingt.«

Es hatte geklungen, als wäre er außer sich vor Sorge, und noch jetzt merkte ich, wie aufgelöst er war. Ich hörte, wie er Luft zwischen den Zähnen einsog, und ohne hinzusehen, spürte ich, dass er von Zeit zu Zeit seinen Blick hinüberwandern ließ zu der flachen Warft mit dem bunkerartigen Haus darauf, in dem bis vor wenigen Jahren noch der Maler gelebt hatte. Von der Betonplattform aus waren die Fenster des Hauses, die wie Schießscharten wirkten, das Flachdach und ein Teil des Gartens gut zu erkennen, und ich wusste, dass Bonatz bei jedem seiner Aufenthalte in Vidtoft mindestens ein Mal zum Schöpfwerk ging, um hier einige Zeit zu verbringen und zu dem Haus zu schauen, das jetzt ein Museum war. Zusammen mit Nane hatte ich ihn einmal dabei beobachtet. Wir waren ihm gefolgt, als wir mitbekamen, dass er entgegen seinen sonstigen Gewohnheiten den Anbau verließ; unseres Wissens nach hatte er das nie zuvor getan. Aus sicherer Entfernung hatten wir gesehen, wie er am Schöpfwerk hinters Gebäude verschwand, sich auf die Plattform stellte und dort stehen blieb, auf einem Fleck, den Blick immer zum Haus des Malers gerichtet. Es war das Jahr gewesen, in dem der Maler gestorben war.

»Was macht der denn da?«, hatte Nane mich auf dem Rückweg gefragt.

»Keine Ahnung«, hatte ich geantwortet und dabei das unbestimmte Gefühl gehabt, dass Bonatz mir leidtat.

Heute nun hatte er mich mit hierhergenommen. Ich sollte ihm erzählen. Von Paul. Von Rungholt. Von unseren Fahrten. Hier, in Sichtweite des Malerhauses, erhoffte Bonatz sich die nötige Inspiration, um seinen Malauftrag erfüllen zu können. Wohlert nämlich, der Redakteur aus Husum, hatte ihn um ein Bild gebeten. Für die Zeitung. Für den Artikel, den er über Paul schreiben wollte.

Und das war so gekommen.

Wir waren auf etwas gestoßen, zufällig. Ein plötzlich einsetzender Sturm hatte Paul und mich auf unserer letzten Fahrt überrascht. Wir waren keine zwanzig Minuten vor der Hallig gewesen, als sich der Himmel mit einem Mal innerhalb weniger Augenblicke schwarz zuzog. Bedrohlich. Sofort holten wir unser Regenzeug aus dem Rucksack. Sturm setzte ein, und schon kam Tade Karff, der uns bei durchwachsenem, aber stabilem Wetter mitgenommen hatte, von der Hallig heruntergefahren, hielt seinen Wagen auf dem Fahrweg und winkte uns energisch zu sich heran. Er brüllte etwas. Was er meinte, war klar: Wir mussten abbrechen und sofort zurück an Land, bevor es hier draußen richtig losging.

Gegen den Sturm arbeiteten wir uns Richtung Fahrweg vor. Unsere Gesichter wurden nass, obwohl es noch nicht regnete. Das Haar klebte an der Stirn. So gut es ging, hielt ich mich in Pauls Windschatten, den Kopf eingezogen, die Augen auf den Boden gerichtet. Ich folgte seinen Schritten, setzte meine Füße dorthin, wo er zuvor seine hingesetzt hatte, und wäre beinahe in ihn hineingelaufen, als er auf einmal stehen blieb. Es waren noch gute fünfzig Meter bis zum Fahrweg.

»Was ist los?«, schrie ich, kam mit meiner Stimme gegen den Sturm jedoch nicht an.

Paul deutete schräg vor sich in den Schlick und sagte: »Wie kommt der denn hierher?« Erstaunlicherweise verstand ich jedes Wort.

Ein Stock oder Pfahl, das dachte ich zunächst, als ich zu der Stelle sah. Ein schmaler Priel verlief dort, und gleich daneben war eine leichte Unebenheit im Watt zu erkennen, die bis auf den herausragenden Stock kaum auffiel. Erst als wir näher herantraten, bemerkte ich die eigenartige Krümmung und erkannte, dass der Stock hohl war und in oder auf etwas steckte. Es war ein Horn, etwa unterarmdick, mit abgebrochener Spitze, und von dem Schädel, zu dem das Horn gehörte, war kaum etwas zu sehen, Schlick hatte ihn zugedeckt, aber auch so war zu erahnen, wie groß er sein musste.

»Schnell«, rief Paul, »mach ein paar Fotos.«

Während ich den Apparat aus meinem Rucksack und aus der Schutzhülle herauskramte, stapfte Paul die letzten Meter bis zum Fahrweg. Ich sah, wie er dort Tade Karff, der sich unter der breiten Decke zurechtgesetzt hatte und die Zügel in der Hand hielt, in die Ohren brüllte und dabei in meine Richtung deutete. Einige Minuten diskutierten sie, so gut das bei diesem Sturm möglich war. Mit beiden Armen gestikulierte

Paul, deutete mit vor den Körper gehaltenen Armen an, wie groß der Schädel sein musste, auf den wir gestoßen waren, bis Tade Karff ihn schließlich mit einem Wink aufforderte, sich neben ihn zu setzen. Er zog an den Zügeln, lenkte das Pferd vom Fahrweg hinunter und in großem Bogen auf mich zu. Ich schoss meine Fotos, ging nahe an das Horn heran, sodass ich die vielen Seepocken mit aufs Bild bekam, die sich daran festgesetzt hatten, nahm die Umgebung auf und hatte bereits alles wieder im Rucksack verstaut, als der Wagen neben mir hielt. Der Regen setzte in dem Moment ein, als beide abstiegen.

»Bist du fertig?«, rief Paul. »Hast du alles draufbekommen?«

»Klar. Und was machen wir jetzt mit dem hier?«

»Wir nehmen ihn mit«, rief er. »Und zwar schnell.«

Hinter der Sitzbank kramte Tade Karff einen Spaten hervor, den er Paul in die Hand drückte. »Was ist das denn eigentlich?«, brüllte er in einem Ton, der deutlich machte, wie unwohl er sich fühlte. Er schaute zum Himmel und zu dem Unwetter, das sich dort oben zusammenbraute.

»Weiß ich auch nicht. Mal schauen.«

Paul stocherte behutsam mit dem Spaten um das Horn herum und stieß ihn erst dann fest in den Boden, als er sicher war, den Schädel nicht zu treffen. Mit kurzen, rüttelnden Bewegungen versuchte er, den Boden zu lösen, aber er war zu nass, zu fest, pappte zusammen und ließ sich nicht herausheben. Ein winziges Häufchen nassen Schlicks blieb an dem Spaten kleben, als Paul ihn unter Mühen herauszog; er musste ihn mit den Füßen vom Metall herunterschieben, und sofort rann Wasser in die flache ausgehobene Kuhle und schwemmte alles zu. Noch einmal stieß Paul den Spaten in den Boden, ruckelte daran, aber nichts tat sich. Es war sichtlich anstrengend für ihn.

»Das geht so nicht«, rief er und gab Tade Karff den Spaten zurück. Dann kniete er sich hin. »Komm, Jannis, hilf mir mal.«

Er auf der einen, ich auf der anderen Seite des Schädels, so hockten wir im Schlamm und kratzten Schicht um Schicht mit unseren Händen herunter. Bald schon arbeiteten wir im selben Rhythmus, gruben gleichzeitig mit den Händen und warfen den Schlick hinter uns. Es goss in Strömen, ohne dass ich es überhaupt wahrnahm. Tade Karff stand bei seinem Pferd und sprach auf es ein. Plötzlich spürte ich ein Ziehen in meiner Hand, einen stechenden Schmerz. Ich zog sie heraus und konnte im ersten Moment nichts feststellen, bis Blut durch die Sandschicht sickerte, die die Handinnenfläche bedeckte. Eine winzige Muschelschale steckte noch in der Wunde, die ich vom Regen ausspülen ließ. Es brannte höllisch, als ich sie herauspulte. Paul nahm meine Hand, sah mich an.

»Halb so schlimm«, rief ich und wickelte ein Taschentuch darum.

Und wir machten weiter. Immer mehr wurde von dem Schädel sichtbar, zuerst die flache, eingedrückte Stirn, dann eine der hervorstehenden Augenhöhlen, die groß genug war, dass Paul drei Finger hineinstecken konnte. Wir lachten beide, als er mich dabei ansah. Der Schädel lag seitlich im Watt, mit der linken Seite nach oben, und noch war nicht zu erkennen, wie tief wir würden graben müssen, um ihn unbeschadet herausheben zu können. Wir legten einen Oberkiefer frei, in dem vereinzelt einige Zähne steckten, und als Letztes die Aushöhlung für die Schnauze. Hier war der Schädel nur etwas mehr als eine Hand breit. Paul holte ein Maßband aus dem Rucksack und maß von der Stirn bis zum Kiefer. Dann hielt er mir das Band hin. Mehr als sechzig Zentimeter lang war der Schädel.

»Menschenskinder, nun seht aber mal ein bisschen zu«, rief Tade Karff, der Mühe hatte, sein Pferd ruhig zu halten.

Aber es dauerte noch, bis wir tief genug gebuddelt hatten, um einen ersten Versuch zu wagen. Es gelang uns nicht, den Schädel herauszuhieven, er saß noch fest. Ich grub mit der unversehrten Hand, während es in der anderen pochte und zog.

»Kannst auch aufhören«, rief Paul mir zu, aber ich wollte weitermachen. Ich genoss jede Sekunde, die wir, über den Schädel gebeugt, im Schlick hockten. Es war lange her, dass ich etwas so sehr genossen hatte.

Endlich schafften wir es. Der Schädel ließ sich aus dem Watt heben, und mit Tade Karffs Hilfe stemmten wir ihn hoch und legten ihn hinten auf den Pferdewagen. Einen Moment standen wir davor und sahen ihn an, den lang gezogenen, zur Schnauze hin schmaler werdenden Schädel mit den nach vorne hin gebogenen Hörnern. Schlick troff aus ihnen heraus, lief aus den Augenhöhlen. Ich schoss noch ein letztes Foto.

»Das ist ein Auerochse«, rief Paul. »Unglaublich. Die sind schon lange ausgestorben.«

Tade Karff inspizierte zum wiederholten Mal den Himmel. »Nu aber los«, rief er.

»Gleich. Ich will nur nachschauen, ob nicht noch mehr von dem hier zu finden ist.«

Aber wir fanden nichts weiter, auch nicht im näheren Umkreis der Fundstelle. Wir stiegen auf den Wagen, setzten uns zu Tade Karff unter die Decke, und als wir losfuhren, zurück Richtung Nordstrand, lehnte Paul sich zu mir herüber und sagte: »Das wird die in Schleswig bestimmt interessieren.«

Und so war es auch. Noch von Tade Karffs Haus aus informierte Paul die in Schleswig telefonisch über unseren Fund, und dort war man interessiert, sehr sogar. Am nächsten Morgen würde jemand zu uns nach Vidtoft kommen, um sich des Auerochsenschädels anzunehmen. Paul präsentierte Tade Karff und mir diese Ankündigung wie einen Triumph. Unterm Gartenschlauch befreiten wir den Schädel noch vom gröbsten Schlick, bevor wir ihn auf der Rückbank unseres Wagens verstauten. Bei Sturm und Regen fuhren wir zurück, und auf der

Fahrt setzte Paul dann fort, womit er bereits auf dem Pferdewagen begonnen hatte: Er dachte über den Schädel und dessen Geschichte nach. Noch konnte er kaum etwas über Auerochsen erzählen. Er wusste nur, dass es große Ur-Rinder waren, die vor einigen Hundert Jahren ausstarben. Wie und vor allem wann unser Schädel ins Watt vor die Hallig gekommen war, vermochte er nicht zu sagen. Was war geschehen? Wo war der restliche Körper geblieben? Fragen über Fragen.

Bevor wir den Schädel in Vidtoft in den Anbau hinauftrugen und ihn in Pauls Zimmer auf ausgebreitete Zeitungen legten, holten wir die Chefin und Nane trotz des Regens auf den Vorplatz, um ihnen unseren Fund zu zeigen. Nane mochte ihn von Anfang an nicht. Die leeren Augenhöhlen starrten ihr zu seltsam, und die gelblich weiße Farbe des Schädels, die ins Braun der Hörner überging, fand sie hässlich.

»Ekelhaft«, sagte sie und eilte zurück ins Haus.

Die Chefin ließ sich unterm Regenschirm, den sie mit beiden Händen festhalten musste, zumindest in einer Schnellfassung berichten, wie wir den Schädel gefunden und geborgen hatten.

»Schön für euch«, sagte sie – und meinte es auch so.

Als sie jedoch von dem Schnitt in meiner Hand erfuhr und sich die Wunde zeigen ließ, die, als wir das Taschentuch abzogen, sofort wieder zu bluten begann, war sie vor allem besorgt und schickte mich hinein, um mich fachgerecht verarzten zu können. Nur unter der Bedingung, dass ich ihr gleich darauf ins Haus folgen würde, erlaubte sie mir noch, Paul zu helfen, den Auerochsenschädel in sein Zimmer zu verfrachten.

»Geh man«, sagte er, nachdem wir ihn auf den Zeitungen abgelegt hatten. »Ich bleib noch ein bisschen hier.«

Am nächsten Morgen fand ich Paul im Schneidersitz auf dem Boden seines Zimmers, vor ihm der Schädel und um ihn herum aufgeschlagene Bücher und verstreute Zettel. Er war so sehr bei der Sache, dass er nicht einmal zu mir aufblickte, um mich zu begrüßen, sondern unbeirrt weiter in einem der Bücher blätterte. Einen Moment lang konnte ich ihn in Ruhe betrachten, wie er da vor dem Auerochsen auf dem Boden hockte. Bevor ich in den Anbau hinübergegangen war, hatte die Chefin mir, während sie Jod auf die Wunde tupfte und mir einen neuen Verband anlegte, aufgetragen, bei Paul nachzufragen, ob er denn wohl im Laufe des Vormittags, wie sie es ausdrückte, »die Güte besitzen« würde, etwas im Krug mitzuhelfen. Ich hatte nicht gleich begriffen, weshalb sie ihn nicht selbst am Morgen gefragt hatte, aber als ich nun in seinem Zimmer stand und sah, wie er den Schädel aus nächster Nähe betrachtete, und als ich dann noch die Wolldecke bemerkte, die zerknüllt auf dem Sofa lag, wusste ich, dass sie keine Gelegenheit dazu gehabt hatte. Paul hatte die Nacht hier verbracht, hier, bei seinem Schädel, dessen ungewisse Geschichte ihn nicht zur Ruhe hatte kommen lassen. Vermutlich hatte er nur wenige Stunden auf dem Sofa gelegen, ohne ein Auge zuzutun. Trotzdem wirkte er nicht müde, eher aufgedreht. Es war das erste Mal gewesen, dass er über Nacht im Anbau geblieben war, und es würde nicht das letzte Mal gewesen sein.

»Drüben vermisst man dich«, sagte ich, und Paul klopfte mit der flachen Hand neben sich auf den Boden.

»Setz dich mal her zu mir«, sagte er.

Einige Bücher musste ich beiseiteschieben, bis ich genügend Platz neben ihm fand. Den Schädel und vor allem dessen leere Augenhöhlen wieder so nahe vor mir zu haben, war seltsam und irgendwie beunruhigend. Ich dachte daran, dass Paul genau so auch in der Nacht vor dem Schädel gesessen haben musste, fast wie im Zwiegespräch mit ihm; nur die Lampe auf dem Arbeitstisch hatte wohl ihr schummriges Licht verbreitet.

»Was meinst du«, fragte er, »wie ist dieses Ding vor die Hallig gekommen?«

»Weiß ich nicht«, sagte ich.

Ich kannte diese Art Fragen von ihm, die stets mehr an ihn selbst als an mich gerichtet waren. Immer wenn wir auf unseren Fahrten etwas fanden, machte er es so, um dann selbst zu antworten oder doch, zu mir sprechend, einer Antwort näherzukommen. Ich war sein Zuhörer und der gelegentliche Stichwortgeber; nicht mehr, aber auch nicht weniger. Wie aus der Welt gefallen wirkte er zumeist dabei und war doch wahrscheinlich nie so sehr bei sich selbst wie in diesen Momenten.

»Der letzte Auerochse«, sagte er, »ist irgendwann Anfang des siebzehnten Jahrhunderts in einem Reservat bei Warschau verendet. Damit war diese Art ausgestorben. Riesige Tiere sind das gewesen, bis einsneunzig hoch und fast eine Tonne schwer. Das hier war auch so ein Riese. Die Hörner haben fast dreizehn Zentimeter Durchmesser in Schädelnähe. Im Übrigen ist es ein Mann, ein Auerochsenbulle, jedenfalls der Größe nach zu urteilen. Pflanzenfresser natürlich. Es wird nicht so besonders viele von denen bei uns gegeben haben. Schon was ganz Besonderes. Fragt sich nur, wo der Rest dieses Burschen geblieben ist. Es war schließlich nur dieser Kopf dort. Er könnte eine Opfergabe gewesen sein. Wer weiß?«

»Und wie alt ist er?«, fragte ich.

»Schwer zu sagen. Ziemlich alt, nehme ich an. Späte Steinzeit vielleicht? Viel älter jedenfalls als Rungholt und alles, was damit zu tun hat. Der Bursche hat sicher ein paar Hundert oder Tausend Jahre mehr auf dem Buckel. Wahrscheinlich haben wir ihn nicht einmal an der Stelle gefunden, wo er ursprünglich gelegen hat. Den hat die See irgendwann angespült, keine Ahnung, woher, dann ist er verlandet und zugeschlammt worden.

Der Priel, der da jetzt verläuft, hat ihn wieder freigelegt. Keiner kann wissen, wo er eigentlich herkommt. Das werden nicht einmal die in Schleswig herausfinden. Trotzdem kann der denen sicher so einiges erzählen. Uns auch, aber nichts von Rungholt. So ist das.«

Ich sah Paul von der Seite an, um herauszubekommen, wie er diese Einsicht aufnahm. Wir hatten etwas entdeckt, was nur selten gefunden wurde, und dennoch konnte es ihm bei seiner eigentlichen Suche nicht helfen. Er schien es ganz gelassen zu nehmen.

»Hast du auch etwas geschlafen heute Nacht?«, fragte ich.

»Kaum«, sagte er.

Draußen bog ein Wagen auf den Vorplatz, ich stand auf und schaute aus dem Fenster. Ein grüner Kleintransporter mit Schleswiger Kennzeichen hielt vor dem Grenzkrug, und ein junger Mann stieg aus.

»Da ist jemand gekommen«, sagte ich. »Aus Schleswig.«

»Na dann«, sagte Paul.

Der junge Mann lehnte rauchend am Transporter, als wir auf den Vorplatz kamen. Er war schmal, beinahe dürr, trug ein weißes Hemd und Hosenträger, die eine ausgebeulte Jeans davon abhielten, über seine nicht vorhandenen Hüftknochen zu rutschen. Keine zwanzig Jahre war er alt und somit, wie ich im Herangehen dachte, viel zu jung, um bei den Schleswigern zu arbeiten. Paul begrüßte ihn mit Handschlag. Ich nickte ihm zu.

»Ich soll hier was abholen«, sagte er.

»Richtig.«

»Und wo ist das Teil?«

Für den Bruchteil einer Sekunde schien Paul zu zögern, und er musterte den jungen Mann. »Im Anbau oben«, sagte er. »Aber wie ist denn eigentlich Ihr Name, wenn ich fragen darf?«

»Ist der wichtig?« Rauch strömte aus seinen Mundwinkeln.

»Kann ich nicht wissen«, sagte Paul.

»Reese«, sagte er, nahm, die Zigarette zwischen die Schneidezähne geklemmt, einen letzten Zug und warf den Stummel im Bogen hinter sich. »Dann wollen wir mal, oder?«

»Sie arbeiten in Schleswig?«, fragte Paul

»Im Landesamt, ja. Aushilfsweise.«

»Als Fahrer?«

»Stimmt. Und ich muss auch gleich weiter. Runter nach Meldorf. Da hat jemand ein Schwert oder so was beim Umgraben des Gartens gefunden.«

»Viel zu tun für Sie.«

»Kann man so nun auch wieder nicht sagen, aber ich muss heute schließlich noch ganz nach Schleswig zurück. Die warten da auf die Sachen.«

»Aha«, sagte Paul.

Sand rieselte aufs Zeitungspapier, als wir den Schädel im Anbau gemeinsam anhoben. Zu dritt trugen wir ihn die Treppe hinunter, Paul und ich hielten ihn an den Hörnern, Reese griff unter den Kiefer und gab kommandierend die Geschwindigkeit vor, mit der wir die Stufen nehmen sollten. Eins, zwei. Eins, zwei. Unten an der Treppe stand Heiner Bonatz. Unsere Schritte und die Kommandos mussten ihn geweckt haben, er trug seinen längs gestreiften Schlafanzug und starrte aus müden Augen den Schädel an.

»Entschuldigung«, sagte Paul. »Wir sind gleich wieder leise.«

»Kein Problem«, sagte Bonatz. »Gar kein Problem.«

Mehrere Decken lagen ausgebreitet im Transporter bereit, auf denen wir den Schädel ablegten, und ohne unsere weitere Hilfe zu benötigen, sicherte Reese ihn von verschiedenen Seiten mit Bändern, sodass er während der Fahrt nicht verrutschen und beschädigt werden konnte. Zur Probe rüttelte er mit beiden Händen am Schädel, der sich nicht bewegte. Dann schlug er die Türen zu, ging um den Wagen herum und setzte sich hinters Steuer.

»Die werden sich bestimmt bald bei Ihnen melden«, sagte er und ließ den Motor an.

»Möchten Sie nicht noch einen Kaffee bei uns trinken?«, fragte Paul.

»Danke, nein. Ein andermal vielleicht.«

Schwungvoll setzte er den Wagen zurück, zündete sich dabei eine Zigarette an und fuhr, ohne nach links oder rechts zu schauen, vom Vorplatz hinunter auf die Dorfstraße.

»Da fährt er hin«, sagte Paul.

Enttäuschung schwang in seinen Worten mit, sicher unbeabsichtigt. Er selbst hätte es bestimmt nicht zugegeben, aber er hatte doch eine gewisse Hoffnung mit diesem Morgen verbunden, die sich nicht bewahrheitet hatte. Es war anders gewesen, als er es sich gewünscht hatte. Ganz anders. Niemand hatte ihn um eine Erklärung gebeten. Und er hätte erklären wollen. Niemand hatte von ihm wissen wollen, wie sich alles zugetragen hatte. Und er wäre allzu gerne gefragt worden. Ich spürte, dass es so war.

»Bestimmt wartet die Chefin drinnen auf uns«, sagte ich.

»Das nehme ich an«, sagte Paul und folgte mir über den Vorplatz Richtung Terrasse.

Dann tauchte Wohlert auf, zum zweiten Mal und diesmal ganz ohne Vorankündigung. Am frühen Nachmittag stand er in der Gaststube, die wie meistens zwischen Mittags- und Kaffeezeit wie ausgestorben war, drückte zweimal den Klingelknopf auf dem Tresen und begrüßte die Chefin, die aus der Küche trat und in den geöffneten Schwingtüren stehen blieb, mit einer angedeuteten Verbeugung. Wir sahen es, als wir aus dem Vorratskeller heraufkamen.

»Warte mal hier«, sagte Paul und zwang mich, das Bierfass, das wir gerade gemeinsam hinauftrugen – ich am unteren Ende, er oben –, in der Treppentür abzusetzen. »Bin gleich zurück.«

Ich blieb auf der Treppe stehen. Normalerweise schaffte Paul es allein, die Fässer aus dem Keller nach oben zu bringen, doch an diesem Tag hatte er über Rückenschmerzen geklagt. Das Graben im Watt, als wir den Schädel freilegten, und auch die Nacht auf dem Fußboden seines Zimmers waren zu viel für sein Kreuz gewesen. Nur zu mir hatte er das gesagt, nicht zur Chefin, die es mit kritischem Blick quittiert hatte, als wir gemeinsam in den Vorratskeller hinunterstiegen. Auf das Fass gestützt, konnte ich sehen, wie die Chefin und Paul nebeneinander in den Schwingtüren standen und sich mit Wohlert unterhielten.

»Was höre ich da aus meinen Schleswiger Quellen«, sagte Wohlert. »Sie haben einen bedeutenden Fund gemacht?«

Paul lachte. »So kann man das nennen, ja.«

»Glückwunsch. Haben Sie es sich schon angeschaut, Frau Tamm?«

»Natürlich«, sagte die Chefin. »Gestern Abend.«

»Und?«

»Seltsames Ding.«

»Das ist wahr, nach allem, was ich bislang darüber gehört habe. In Schleswig hat man mir bestätigt, dass so ein Fund eigentlich nie gemacht wird, nicht dort draußen im Watt. Die vom Landesamt waren für ihre Verhältnisse ganz aus dem Häuschen. So kenne ich die gar nicht.«

»Wie schön«, sagte die Chefin.

»Darüber muss natürlich in der Zeitung berichtet werden«, sagte Wohlert. »Nicht wahr?«

Paul sagte: »Welche Ehre.« Ein kurzer Blick zur Chefin, dann wieder zu Wohlert. »Ich würde vorschlagen, wir zwei gehen dann gleich mal rüber in mein Zimmer, und ich erzähle

Ihnen alles. Wo wir den Schädel gefunden haben. Wie das für uns gewesen ist. Alles.«

»Sehr gern.« An die Chefin gewandt, sagte Wohlert: »Tut mir leid, wenn ich Ihren Mann kurz entführen muss. Aber Sie bekommen ihn in Gänze und wohlbehalten zurück, das verspreche ich Ihnen hiermit. Wird nicht lange dauern.«

»Wenn's denn sein muss«, sagte die Chefin und mischte ihren Worten einen undefinierbaren Ton bei, der entweder amüsiert oder aber ernst klang; man konnte es sich gewissermaßen aussuchen.

»Du schaffst das doch sicher auch ohne mich?«, rief Paul mir zu, während er um den Tresen herumging.

»Klar«, sagte ich.

Weil die Chefin sich bereits umgedreht hatte, konnte er den Ausdruck nicht wahrnehmen, der sich auf ihrem Gesicht abzeichnete. Allerdings: Hätte es etwas geändert, wenn er ihn gesehen hätte? Sie war außer sich. Mit Schwung ließ sie ihre Seite der Tür zufallen, hielt sie fest, als sie zurückschnellte, sodass der Durchgang zur Gaststube geschlossen war, und sagte zu mir: »Untersteh dich, dieses Fass auch nur einen Zentimeter allein zu bewegen.«

»Das schaffe ich schon«, sagte ich.

»Ich weiß, dass du das schaffst. Aber es ist Pauls Aufgabe. Nicht deine.«

»Er kann ja gerade nicht.«

Sie sah mich an, taxierend, so als fragte sie sich, auf welcher Seite ich eigentlich stand. Auf einmal schien es das zu geben: zwei Seiten. Oder war das schon früher so gewesen, und ich hatte es nur nicht mitbekommen?

»Geht ganz schnell«, sagte ich, weil sie nichts sagte.

»Weißt du«, sie wandte sich ab, »mach doch, was du willst.«

Sie verließ die Küche durch die Gartentür, und nachdem ich das Fass beiseitegeschoben hatte und von der Kellertreppe heruntergetreten war, konnte ich sie durch die Fenster draußen zwischen den Gemüsebeeten sehen. Sie schnitt Rhabarber, warf die zeitungsgroßen Blätter, die teilweise angewelkt waren, auf den Kompost und sammelte die grün-roten Stangen in einen Eimer, den sie sich über den Unterarm gehängt hatte. Nebenbei rupfte sie hier und da Unkraut zwischen den Pflanzen. Es war offensichtlich. Wie sie da den Eimer abstellte, die Hacke nahm, jätete – das hatte etwas zu bedeuten. Sie wollte dabei gesehen werden. So konnte sie zeigen, was sie dachte. Ich kann mir nicht aussuchen, wann ich was mache, dachte sie. Ich nicht. Noch nie.

Ich brauchte nicht lange, um das alte gegen das neue Fass Bier auszutauschen, und rollte das leere Fass anschließend durch die Gartentür nach draußen. Ich stellte es zu den anderen, die hinterm Schuppen gelagert wurden, bis der nächste Getränketransport aus Flensburg kam, und zwang mich, nicht zur Chefin zu schauen, die weiter in den Beeten hantierte. Auch sie schien es zu vermeiden, zu mir zu sehen.

Statt wieder hineinzugehen, um eventuell verfrühte Kaffeegäste zu begrüßen, ging ich außen ums Haus herum und trat zwischen Grenzkrug und Anbau auf den Vorplatz. Unter der Alten Eiche parkte ein Kleinwagen, auf dessen Motorhaube der geschwungene Namenszug der *Husumer Nachrichten* verlief. Ich blickte zu Pauls Fenster im Anbau und konnte keinerlei Bewegung dahinter feststellen. Natürlich hätte ich wissen wollen, was er und Wohlert in diesem Moment besprachen. Ich wäre gerne dabei gewesen. Und auch wiederum nicht. Ich war unsicher, was ich eigentlich wollte, starrte zum Fenster hoch, und auf einmal merkte ich, dass sich weiter unten in meinem Blickfeld etwas tat. Die Tür des Anbaus wurde geöffnet, nur einen Spaltbreit, und ein Arm schob sich nach draußen, Bonatz' Arm, der mich heranwinkte. Ich sollte mal kommen. Schnell.

Er wanderte unruhig in seinem Zimmer auf und ab. Ich hörte es mehr, als dass ich es sah, denn die Vorhänge waren zugezogen, und selbst das Licht, das vom Flur hereinschien, änderte wenig an dem schummrigen Halbdunkel in der Ferienwohnung. Bei diesen Sichtverhältnissen seinen Weg zwischen den Blättern hindurch zu finden, die anscheinend einen Großteil des Bodens bedeckten, bedurfte schon einiger Übung. Zielgenau setzte Bonatz seine Schritte, ohne je ein Blatt zu treffen. Ich bekam sofort eines unter die Füße, als ich eintrat.

»Das tut mir leid«, sagte ich, machte einen Ausfallschritt und erwischte ein weiteres.

»Egal«, sagte er. »Aber machen Sie bitte die Tür hinter sich zu.«

Als die Tür geschlossen war, wurde es noch einmal dunkler; ich sah fast nichts mehr, roch Terpentin, stickige Luft.

»Sie können auch Licht machen, wenn Sie möchten.«

Es wurde nur unerheblich heller, als ich den Schalter betätigte. Ein Tuch war um den Lampenschirm gebunden, sodass das Licht als gerade Säule direkt in die Mitte des Zimmers auf den Boden gelenkt wurde. Als würde er eine Bühne betreten, bewegte Bonatz sich geräuschlos in den Lichtschein, bis sein Gesicht zur Hälfte von oben beschienen wurde. Kreidebleich war er und ganz offensichtlich ratlos. Er machte eine Bewegung mit den Unterarmen und zeigte dabei seine übergroßen Handflächen. Schauen Sie sich ruhig um, sollte das wohl bedeuten, und es wirkte so, als streckte er die Waffen.

Kahle Wände. Nur oberhalb der Kommode steckte ein Nagel in der Wand, unter dem ein hellerer, viereckiger Fleck erkennbar war. Dort hing normalerweise das Gemälde des Zweimasters, das wir vorsorglich stets abnahmen, bevor Bonatz anreiste. Zusammen mit dem zweiten Gemälde aus dem Schlafzimmer sowie den Blumengebinden und Ziererereien, mit denen die Chefin die Ferienwohnung sonst schmückte – einer Porzellanentenfamilie etwa, die auf der Kommode ihren Platz hatte, oder einem von der Decke herabhängenden Zweig einer Korkenzieherweide –, wurde alles in einer Abseite neben Pauls Zimmer verwahrt. Sofa und Tisch hatte Bonatz beiseitegerückt, sodass eine einzige freie Fläche in der Mitte des Zimmers entstand. Eine Staffelei, unter der zum Schutz des Fußbodens Zeitungen lagen, konnte ich in einer Ecke ausmachen, außerdem Gläser mit Pinseln, schwarze und weiße Farbtuben, eine Palette. Und überall auf dem Boden lagen Blätter, kaum zu sagen, wie viele, meist mehrere übereinander, manche gewellt von getrockneter Farbe. Sie unterschieden sich im Format, von postkartengroß bis plakatartig ausladend, waren hochkant oder quer bemalt, alle in dunklem Schwarz-Weiß. Tintig verlief Farbe an den Rändern, und jedes dieser Bilder zeigte das gleiche Motiv: eine wogende Fläche. Vielleicht Schilf oder Strandhafer? Ein aufgepeitschtes, schäumendes Meer? Aufgewirbelter Dünensand? Genau war das nicht zu bestimmen, denn alle diese Bilder, die hier auf dem Boden herumlagen, waren erkennbar unfertig. Allzu deutlich war ihnen anzusehen, dass sie nach wenigen schwungvoll gesetzten Strichen abgebrochen worden waren, als hätte denjenigen, der sie nach einer offenbar heftigen, überschäumenden Inspiration in Angriff genommen hatte, gleich darauf der Mut verlassen. Als wäre ihm das Motiv, das er eben noch klar vor seinem inneren Auge gesehen hatte, bereits nach den ersten Strichen abhandengekommen.

Erschrocken sah ich zu Heiner Bonatz, in sein zur Hälfte beschienenes Gesicht.

»Sie sind noch oben«, sagte er.

»Wer?«, fragte ich, obwohl ich wusste, wen er meinte.

»Herr Tamm und dieser Redakteur, dieser – meine Güte, ich weiß den Namen nicht mehr.«

»Wohlert«, sagte ich.

»Richtig, so heißt der.«

»Sie kennen ihn?«

»Gerade eben kennengelernt«, sagte Bonatz. »Das ist es ja.«

»Wie meinen Sie das?«

Es knarrte, zweimal hintereinander und lang gezogen. Von oben kam das, von der Treppe, und ich vernahm Stimmen auf dem Flur.

»Sie kommen runter«, sagte Bonatz, und dabei trat er aus dem Licht und schlich zum Sofa. Mit angezogenen Beinen setzte er sich hin, und zwar nicht auf das Sofa, sondern daneben, auf den Boden, er kauerte dort und war in der Dunkelheit nicht mehr vom Tisch zu unterscheiden, der vor dem Sofa stand. Schon klopfte es an der Tür. Ich fuhr zusammen.

»Herr Bonatz?« Pauls Stimme war das. Bonatz antwortete nicht. »Hallo, sind Sie da?«

Keine Antwort. Nichts regte sich in Bonatz' Ecke, und ohne zu wissen, weshalb, löschte ich das Licht, drückte mich an die Wand und ging in die Hocke. Gleich darauf wurde die Tür geöffnet. Der Lichtkegel, der vom Flur hereinfiel, verlief nur wenige Zentimeter neben meinem Fuß. Ich hielt den Atem an.

»Entschuldigen Sie, dass wir Sie noch einmal stören«, sagte Paul und schob seinen Kopf durch den Türspalt ins Zimmer. »Hallo, Herr Bonatz?«

»Ausgeflogen«, sagte Wohlert, der hinter Paul auf dem Flur stehen musste.

»Sieht so aus.«

Paul schloss die Tür. Augenblicklich wurde es stockfinster, und ich traute mich wieder zu atmen.

»Danke«, flüsterte Bonatz aus seiner Ecke.

»Kein Problem«, flüsterte ich zurück. Dabei war mir schleierhaft, was hier gerade vor sich ging. Vor der Tür waren die Stimmen von Wohlert und Paul zu hören, die sich voneinander verabschiedeten. Meine Atmung ging unregelmäßig, und ich richtete mich zur Hälfte auf und krabbelte vor die Tür. Meine

Hände stützte ich an der Wand ab, schloss ein Auge und spähte mit dem anderen durch das Schlüsselloch. Eigenartigerweise störte es mich nicht, dass Bonatz mitbekommen würde, wie ich Paul und Wohlert belauschte. Ich konnte einfach nicht anders.

Gerade gaben sie sich die Hände, wobei Wohlert auch die zweite Hand benutzte, um Pauls Unterarm festzuhalten. »Das wird eine runde Sache«, sagte er. »Daraus machen wir was Besonderes. Gar keine Frage. Sie machen das überhaupt alles großartig, finde ich. Auch Ihr Zimmer da oben, diese ganzen Karten, die Sie gezeichnet haben, die Funde und wie Sie von dem Ganzen erzählen – einfach beeindruckend.«

»Freut mich«, sagte Paul.

Wohlert ließ seinen Unterarm los und klatschte sich mit der frei gewordenen Hand vor die Stirn. »Mensch, jetzt hätte ich beinahe vergessen …« Er unterbrach sich, deutete mit dem Finger in die Luft. »Warten Sie hier einen Moment? Ich muss nur etwas aus dem Wagen für Sie holen. Bin gleich zurück.«

»Ich warte.«

Wohlert trat hinaus auf den Vorplatz, und es war eigenartig, Paul durch das Schlüsselloch dort stehen zu sehen. Er grinste auf eine Art, wie ich es noch nie an ihm gesehen hatte, und jeder hätte daran ablesen können, was ihm in diesem Moment durch den Kopf ging. Er hatte es geschafft. Seine Bemühungen wurden wahrgenommen. Endlich. So sehr hatte er auf diese Bestätigung gewartet. Es war sein Moment, den er dort auf dem Flur erlebte. Und er genoss ihn. Kostete ihn aus. Ganz für sich allein stand er da, grinste und drehte sich einmal um die eigene Achse, wie ein Kind, das seine Freude nicht im Zaum halten kann, und sofort versicherte er sich, von draußen nicht gesehen worden zu sein. Er wischte sich über Wangen, Augen und Stirn, als versuchte er, das empfundene Glück rechtzeitig von seinem Gesicht verschwinden zu lassen. Ich aber sah es. Paul konnte nicht wissen, dass er von mir beobachtet wurde.

Ein Päckchen hielt Wohlert in Händen, als er wieder auf den Flur trat. In graues Packpapier war da etwas eingeschlagen und ein Band darum geknotet worden, und ich zweifelte nicht eine Sekunde, was es war. Auch Paul wusste es sofort, als er das Päckchen überreicht bekam.

»Ihr Buch, nehme ich an?«, fragte er, während er es in der Hand wog.

»Richtig, meine *Gestrandeten*«, sagte Wohlert. »Es ist tatsächlich fertig geworden. Und auch erschienen. Schon etwas her. Sie haben bestimmt davon gehört? Hat in der Zeitung gestanden. Ist auch gelobt worden, wie ich bescheiden anmerken möchte. Meine Finger habe ich, versteht sich, dabei nicht im Spiel gehabt, das kann ich Ihnen versichern. Es war ein unabhängiger Rezensent, der bei uns über die *Gestrandeten* geschrieben hat. Na ja. Sogar überregional ist das Buch wahrgenommen worden. Hier und da. ›Vorbildlich‹ hat es jemand, glaube ich, in einer Besprechung genannt, ›hochinteressant‹, ›ein Zeitdokument‹. Weiß gar nicht mehr, in welcher Zeitung das gestanden hat. Jedenfalls hatte ich Ihnen das Buch schon längst zukommen lassen wollen, aber Sie wissen ja, wie das ist. Nicht wahr? Man hat so viel um die Ohren, dass man mitunter ausgerechnet die Dinge nicht schafft, die einem am Herzen liegen. Sie verstehen das?«

»Sicher. Ich gratuliere zu den guten Kritiken.«

»Geschenkt, geschenkt. Zumindest kann ich Ihnen das Buch nun persönlich überreichen. Das ist doch auch was.«

»Vielen Dank«, sagte Paul. »Ich werde in Ruhe reinschauen.«

»Das wäre auch mein Vorschlag gewesen.«

Zum zweiten Mal schüttelten sie sich die Hände, diesmal so übereilt, dass ich auf einmal das Gefühl bekam, den wahren Grund zu durchschauen, weshalb Wohlert an diesem Tag hergekommen war. Mit dem Buch hatte es zu tun. Mit den *Gestran-*

deten. Ich glaubte Wohlert nicht, dass er nur versäumt hatte, es Paul zu schicken. Etwas daran war ihm unangenehm, und vielleicht glaubte er es durch den Artikel über den Auerochsenschädel wiedergutmachen zu müssen. Durchs Schlüsselloch sah ich ihm das an.

Was aber konnte er über Paul geschrieben haben, das ihm so unangenehm war? Was stand in dem Buch? Etwas, was Paul ihm zwar nicht gesagt, was er aber herausgefunden hatte? Etwas über Pauls Vergangenheit? Über die Zeit *vor* Vidtoft?

Ich befürchtete das Schlimmste, und für den Bruchteil einer Sekunde musste ich den Impuls unterdrücken, die Tür aufzustoßen, auf den Flur hinauszustürzen und Paul das Buch aus den Händen zu reißen. Er sollte es nicht lesen. Auch wenn ich nicht wissen konnte, was Wohlert geschrieben hatte, wollte ich es Paul ersparen. Es konnte nicht gut für ihn sein. Schließlich würde er seine Gründe haben, weshalb er nie über die Zeit sprach, bevor er nach Vidtoft gekommen war. Seine Sache war das, und man sollte es respektieren.

»Sie reden dann noch einmal mit Herrn Bonatz?«, fragte Wohlert. »Ich kann mich darauf verlassen? Ich meine« – er lachte kurz auf – »ich gehe da ein gewisses Risiko ein. Immerhin gebe ich ein Bild bei einem Künstler in Auftrag, von dem ich bislang nicht ein einziges gesehen habe. Schon verrückt irgendwie.«

»Sie kennen doch das Bild vom Grenzkrug auf unseren Karten drüben«, sagte Paul.

»Stimmt«, sagte Wohlert. »Das muss dann also reichen. Aber wie auch immer: Ich brauche das Bild spätestens in, sagen wir, drei Tagen. Wird das klappen? Am Freitag muss ich den Artikel samt Bild für den Druck fertig machen, damit er dann in die Wochenendausgabe kommt.«

»Natürlich«, sagte Paul. »Herr Bonatz wird das rechtzeitig und gut hinbekommen.«

Sie traten nach draußen, und ich konnte sehen, wie Paul Wohlerts Wagen nachwinkte. Dann verschwand auch er aus meinem Blickfeld, legte zuvor jedoch noch das graue Päckchen auf der Treppe im Anbau ab, um es vermutlich später nach oben in sein Zimmer zu bringen. Im Moment hatte er Wichtigeres vor. Als mir klar wurde, was es war, schämte ich mich. Er wollte in den Grenzkrug gehen, um mir von allem zu berichten. Er wollte mich an seinem Glück teilhaben lassen. Und ich hockte hier in Bonatz' Zimmer hinter der Tür.

Ich nahm mein Auge vom Schlüsselloch und lehnte mich mit dem Rücken gegen die Tür. Erst da bemerkte ich, dass Bonatz neben mir stand. Er schaltete das Licht ein.

»Verstehen Sie jetzt?«, fragte er und wiederholte seine präsentierende Geste, zeigte auf die unfertigen Bilder, ohne seinen Blick von mir zu lösen. »Verstehen Sie, was mein Problem ist?«

»Waren die hier drinnen bei Ihnen?«, fragte ich.

»Zum Glück nicht.« Bonatz standen Schweißperlen auf der Stirn. »Ich bin den beiden vorhin in die Arme gelaufen. Ich hatte eigentlich zum Schöpfwerk gehen wollen. Das mache ich manchmal. Nein, sogar immer, wenn ich hier bin. Hat sich so ergeben.«

»Ich weiß.«

»Das wissen Sie?«

»Seit der Maler gestorben ist, gehen Sie da hin, oder?«

Seine Augen weiteten sich. Ich hatte den Eindruck, dass auch seine Schultern etwas zusammensackten. »Tja«, sagte er. Unerwartet setzte er sich neben mich auf den Boden, und mir wurde ganz beklommen zumute, ihm so nahe zu sein.

»Und Sie sollen ein Bild für die Zeitung malen?«, fragte ich.

»Ein Bild, genau«, sagte er. »Können Sie sich das vorstellen? Über diesen Schädel, den Sie und Herr Tamm gefunden haben. Über Rungholt und all das. Die beiden waren begeistert von der Idee, kein Foto, sondern ein Bild für diesen Artikel zu bekommen, den Herr Wohlert schreiben will. Und das Schönste an allem, ich kann machen, was ich will. Habe absolut freie Hand. Begreifen Sie das? Das ist ein unglaubliches Angebot. Unfassbar geradezu. Eine Chance, die ich noch nie gehabt habe. Noch nie.«

Er schluchzte. Im ersten Augenblick traute ich meinen Ohren nicht, dann aber war es deutlich zu hören, ein kurzatmiges, abgehacktes Schluchzen. Ich wagte nicht, zur Seite zu schauen.

»Sie müssen mich verstehen«, sagte er und schaffte es, seine Stimme unter Kontrolle zu bringen. »Niemand hat bisher je ein Bild von mir haben wollen. Ich meine, keines, das ich selbst gemalt habe. Einen Bonatz, verstehen Sie. Das hat noch niemand gewollt.«

»Aber Sie malen doch diese Porträts«, sagte ich. »Das haben Sie uns erzählt. Sie leben davon. Vom Malen.«

»Stimmt ja auch«, sagte er. »Aber das ist was anderes. Etwas ganz anderes.«

Wieder brach ein Schluchzen aus ihm hervor. Er nahm seine Hände vors Gesicht, rieb sich wohl Tränen aus den Augen. Ich starrte zu Boden und fixierte irgendeinen Fleck. Dann stand ich auf und legte die Hand auf die Türklinke.

»Entschuldigen Sie, Herr Bonatz«, sagte ich. »Aber ich weiß wirklich nicht, wie ich Ihnen da helfen soll.« Unvorsichtigerweise sah ich ihn dabei an. Er weinte tatsächlich. »Sie schaffen das schon«, sagte ich, öffnete die Tür und ließ ihn allein.

Mit beiden Händen fuhr ich mir durchs Haar, als ich auf dem Flur stand und die Tür zur Ferienwohnung geschlossen hatte. Mein Blick fiel auf das graue Päckchen, es lag da auf der Treppe, und ich konnte nicht anders, ich ging hin, nahm es auf und schob es mir unters Hemd. Es fühlte sich eigenartig kalt auf meiner Haut an. Ich spürte die spitzen Ecken, während ich nach draußen ging und den Vorplatz überquerte, und noch war mir unklar, was ich Paul sagen würde, wenn er mich nach dem Verbleib des Buches fragen sollte. Irgendwann würde er herausbekommen, dass ich es genommen hatte. Ich würde es ihm nicht verschweigen können. Noch nie hatte ich das gekonnt.

Aber Paul fragte nicht, weder an jenem noch an irgendeinem Tag danach.

Spinnen, erst vereinzelt, dann waren sie überall, winzige schwarze Tierchen, nicht Dutzende, nicht Hunderte, Tausende waren es, die die Betonplattform erklommen. Ich kannte das. Jedes Jahr um diese Zeit war es so, sobald die Sonne zu wärmen begann. Man hätte die Spinnen übersehen können, so unscheinbar waren sie, wenig mehr als aneinandergereihte Punkte auf dem Boden. Das Geländer erreichten sie zuerst. Von unten kamen sie herauf, vom Entwässerungskanal und vom Schilfgürtel, auf dem die pralle Sonne stand. Als hätten sie ein Zeichen erhalten, das ihnen befohlen hatte auszuschwärmen, krochen sie aus ihren Löchern, alle auf einmal, und begannen wie auf Kommando ihren Eroberungsfeldzug. Kaum hatten sie die Plattform erreicht, bildeten sie Kolonnen, die stoßweise vorrückten, sich zunächst sicherheitshalber am Rand hielten, dann in die Mitte ausschwärmten, mehrere aus Punkten zusammengesetzte Linien. Mehr und mehr Raum nahmen sie ein, bis sie endlich das Schöpfwerk erreichten. An der Regenrinne kletterten sie empor, hinauf zu den Fenstern, wo ein Trupp durch einen Fugenriss den Weg nach innen fand. Plötzlich krabbelte es auf meinen Füßen, dann am Schienbein, zwei Späher hatten sich vorgewagt, und ich fegte sie mit einem Handschlag weg. Auch an Bonatz' Hosenbein sah ich Spinnen, die bereits Kniehöhe erreicht hatten. Ihm fiel es nicht auf. Er war zu sehr mit seinem Zeichenblock beschäftigt.

»An Ihrem rechten Bein«, sagte ich. »Da sind Spinnen.«

Mit zwei Fingern krallte er sich das Hosenbein, schüttelte es ein paarmal. Die Spinnen flogen eine nach der anderen ab, blieben nach dem Aufschlag wie betäubt auf dem Beton liegen, bis sie wieder zu sich kamen und unkoordiniert in verschiedene Richtungen den Rückzug antraten.

»Sind sie weg?«, fragte er.

»Ja«, sagte ich.

Er hatte nicht einmal von seinem Zeichenblock aufgesehen, so wenig interessierten ihn diese Spinnen, und er hatte recht damit. Es musste schließlich nicht alles, was einem seltsam erschien, etwas zu bedeuten haben.

»Was meinen Sie dazu?«, fragte er und deutete auf den Block.

»Großartig«, sagte ich, »und erstaunlich.« Denn tatsächlich war ich erstaunt gewesen über das, was ich auf der Skizze gesehen hatte. Es war richtig, erstaunlich richtig. So hatte ich es vor mir gehabt, als ich es ihm beschrieb. Wenige Striche hatten Bonatz genügt, um es aufs Blatt zu bringen. Eine weite schraffierte Fläche, die fast das gesamte Bild bedeckte. Das Watt. Es erstreckte sich bis zu einer Linie, über der ein hellerer, vielleicht daumenbreiter Streifen verlief. Ein flacher Hügel war in diesen Streifen hineingezeichnet, die Hallig, und etwas entfernt davon zwei gebückt stehende Personen, hintereinander, zwei Schatten, die Rucksäcke trugen, Paul und ich. Obwohl das alles so einfach wirkte, glaubte ich doch etwas in der Skizze wahrzunehmen, was eigentlich gar nicht zu sehen war. Es fehlte und war doch da, irgendwo unterm Watt, unter dieser weiten Fläche, die alles bedeckte. Ein Gefühl war es: Abwesenheit. Sie war in der Skizze angelegt, nur als Ahnung, und ich war sprachlos. Damit hatte ich nicht gerechnet.

Ich lehnte mich übers Geländer, spürte Bonatz' wandernden Blick hinter mir, der das Haus des Malers suchte.

»Aber es ist noch nicht fertig, oder?«, fragte er.

»Nicht ganz«, sagte ich. »Etwas fehlt noch.«

»Aber was? Was fehlt?«

»Die Geschichte hinter allem«, sagte ich. »Sie ist noch nicht da.«

»Weil ich sie nicht kenne«, sagte Bonatz.

»Ja.«

»Mir ist das alles ein Rätsel«, sagte er. »Sooft ich mir die Karten im Zimmer von Herrn Tamm angeschaut habe, auch die Funde, die da liegen, habe ich mich gefragt, wie das eigentlich sein kann. Wie kommt es, dass man vor der Hallig überhaupt etwas findet, das vor fünfhundert, vor sechshundert und noch mehr Jahren untergegangen ist? Für mich ist das unbegreiflich. Immer noch. Untergegangen und dann wieder aufgetaucht. Plötzlich. Es ist Zufall. Oder etwa nicht?«

»Vielleicht«, sagte ich.

»Was sonst?«

»Weiß nicht. Ich kann nur versuchen, Ihnen davon zu erzählen.«

»Was können Sie erzählen?«

»Von der Okarina«, sagte ich.

»Okarina«, sagte er. »In Ordnung. Erzählen Sie, Jannis, ich bitte Sie darum. Und ich höre zu.«

Wenn ich daran denke, sehe ich Hände vor mir, eine Abfolge, ich kann nichts dagegen tun. Aus einem Tonklumpen formen die ersten die Okarina, bohren mit einem spitzen Messer die Löcher hinein, bearbeiten das abgeflachte Mundstück, bepinseln sie nach dem Trocknen mit farbloser Glasur, bevor sie in einem Ofen gebrannt wird. Zum ersten Mal wird ein Ton auf der Okarina gespielt. Sie ist fertig. Kann verkauft werden.

Dann liegt sie zwischen anderen auf dem Tisch eines Marktstandes, nicht in Rungholt, nein, woanders, in Brügge, in Hamburg, Bremen, einem dieser großen Handelsorte, von dem aus die Schiffe in alle Welt aufbrechen. Ein Händler bleibt stehen, er braucht Souvenirs für seine nächste Fahrt, und die Okarina gefällt ihm. Er wiegt sie in der Hand, fühlt sich gut an, er kauft sie und nimmt sie mit auf Reisen. Hoch in den Norden fährt er. Nach Rungholt. Eine lange Fahrt ist das, am Ende durch den Heverstrom, dann ins Fallstief, bis an die Rungholtschleuse, vor der das Schiff, eine Kogge, vor Anker geht. Es ist schon die neuere Schleuse, die alte ist zugeschlammt und nicht mehr zu gebrauchen.

Ein ramponierter Landstrich. Fluten haben in den vergangenen Jahren viel zerstört, Deiche zum Teil umgerissen, die nur provisorisch wieder ausgebessert worden sind; jedes Mal scheinen die Wasserstände höher zu werden. Auch Krankheiten haben unter den Menschen und den Tieren gewütet. Die Pest. Eine Rinderseuche. Lange Dürrezeiten wechseln sich mit Regenperioden ab. Wochenlang kein Sonnenschein. Nicht sehr angenehm, hier zu leben. Trotzdem bleiben die Menschen. Wo sollen sie auch hin? Haben Arbeit, Beschäftigung, ein Auskommen. Sie stechen Torf, kochen in Salzbuden das Salz heraus. Sammeln Bernstein. Töpfern. Viehzucht betreiben sie, beinahe wie heute. Schafherden, die von Wiese zu Wiese getrieben werden – Salzwiesenlamm, eine Delikatesse. Sie können Handel treiben und Geld machen. Von weit her kommen die Handelsschiffe, um Salz zu laden, das weiße Gold. Warum soll man da aufgeben?

Kinderhände sind es, die als Nächstes die Okarina halten. Der Kaufmann wird sie dem Sohn oder der Tochter des Salzsieders geschenkt haben, mit dem er Handel treibt. Das hebt die Stimmung, bessert die Ausgangslage für die anstehenden Preisverhandlungen. Und?, fragt er. Wie geht es? Schwierige Zeiten. Kann man nicht anders sagen. Ihr habt Steinlieferungen bekommen, wie ich sehe? Für die Kirche, nehme ich an? Ja, wir müssen sie ausbessern. Und einen Glockenturm bauen. Schön, schön. Und nun zum Geschäftlichen.

Matschig kann man sich das alles vorstellen. Die Straßen, die Felder, alles immer leicht unter Wasser. Da helfen auch die Entwässerungsgräben nicht viel. Überhaupt ein großes Problem: Wasser. Obwohl man jede Menge vor der Tür hat, ist das Salzwasser natürlich nicht zu gebrauchen. Regenwasser ist kostbar. In Fethingen sammeln sie das, fürs Vieh, in Brunnen für die Menschen. Zwei Familien teilen sich je einen der Brunnen, die aus Soden gemacht sind. Und bei jeder Sturmflut besteht die Gefahr, dass die Brunnen versalzen. Fürchterlicher Schicksalsschlag für jede Familie. Lebenswichtig, so ein Brunnen. Und kalt ist es. Die Häuserwände sind im Winter von außen mit Grassoden verstärkt, gegen den Wind und die Feuchtigkeit. Geheizt wird mit Ditten, das ist getrockneter Kuhdung; wird zum Teil auf den Halligen noch heute so gemacht.

Und da sehe ich wieder die Okarina. Eine Hand greift nach ihr, versucht, sie zu fangen, schafft es nicht. Sie stürzt ins Dunkel eines dieser Brunnen. Ein Missgeschick, wahrscheinlich. Ein Kinderspiel. Zum Spaß über den Brunnenrand hin und her geworfen, bis ein Wurf zu kurz ist. Mit einem Eimer, der an einer Leine befestigt ist, wird noch versucht, die Okarina herauszufischen. Doch vergeblich. Sie liegt auf dem Grund, zwischen anderem alten Geschirr, das man zufällig oder mit Absicht hineingeworfen hat.

Und bereits wenige Augenblicke darauf – jedenfalls für mich, wenn ich es mir vorstelle – schießt Wasser über die Brunnenöffnung. Eine schlammige, teerfarbene Welle, die sogleich den Rand des Brunnens einreißt, Soden brechen herunter, ersterbendes Geschrei überall. Alles schreit. Mensch und Tier. Die Kirchenglocke läutet.

Schon einmal gesehen, wie das ist, wenn ein Deich bricht? Wie zunächst nur eine Welle über die Krone leckt und schäumend auf der Rückseite herunterfließt? Sieht erst gar nicht so schlimm aus. Das aber wiederholt sich, immer wieder, bis der Deich durchgeweicht ist und das erste Stück herausbricht. Ich sag Ihnen, wenn man das sieht, versteht man, was es heißt, Angst zu haben.

Die modernen Deiche heute sind riesige Kunstwerke, die durch ihre Form, ihr Material dafür sorgen, dass dem anströmenden Wasser zumindest etwas von seiner Wucht genommen wird. Nicht so damals. Viel zu niedrig. Vielleicht war der Deichfuß seewärts mit Bohlen und Brettern befestigt. Ein Stackdeich also. Das explodiert förmlich, wenn genügend Druck dagegentrifft. Und die Flutwelle rollt über das Land. Nagt alles ab, was ihr in den Weg kommt. Die Häuser und Ställe, aus Lehm und Reet gemacht, werden einfach weggeschwemmt. Die Warften sind viel zu niedrig für diese Flut. Wohin? Auf die Kirchwarft. Aber auch die hält nicht lange stand. Alles wird umgerissen, zerstört, überrollt. Die erste Grote Mandränke. 16. Januar 1362. Bis dahin nicht erreichte Wasserhöhen. Vier Ellen über den höchsten Deichen soll das Wasser gestanden haben, fast zweieinhalb Meter. Rungholt und viele, viele andere Orte sind zerstört worden. Namen? Ilgrof, Brunock, Stintebüll, Halgeneß. Zahlen? Wer kann schon genaue Zahlen nennen? Knapp tausend Menschen haben in Rungholt gelebt, wenn man die gefundenen Warften und Brunnen zugrunde legt, doppelt bis dreimal so viel Vieh, dazu die umliegenden Ortschaften – das genügt wohl, um sich eine ungefähre Vorstellung zu machen.

Danach Dunkel, lange Dunkel.

Was ist passiert? Schon bei der ersten Flut, die alles zerstörte, hat es begonnen. Sobald das Wasser zum Stillstand kommt, rieseln Sedimente, winzige Sände auf den Grund, und nicht alles wird bei abfließendem Wasser wieder mitgenommen. Manches bleibt hängen, an Gräsern, Steinen, an den Trümmern der Stadt. Eine hauchdünne Schicht überzieht alles, und bei der nächsten Flut, die hoch genug steigt, um das alles zu überspülen, geht es weiter. Anwachs, so nennt man das. Sehr bald ist nichts mehr von den Trümmern zu sehen, nur Sandfläche. Und die höchste Stelle kann schon bald wieder besiedelt werden. Tatsächlich. Die Menschen lassen sich nicht lange entmutigen. Kaum ist es ihnen wieder möglich, etwas aufzubauen, tun sie das. Der Meeresspiegelanstieg scheint eine Pause einzulegen. Die Hallig, die aus dem Anwachs entstanden ist, wird neu besiedelt, sodass Südfall auf den Trümmern Rungholts steht, das genau genommen also nie aufgehört hat zu existieren. Es liegt zerstört und zerschlagen unter der Hallig.

Vieles liegt dort. Alles, was die große Flut nicht hat wegreißen können. Auch die Okarina.

Und wie kommt sie zurück an die Oberfläche? Das Meer sorgt dafür. Regelmäßig wird dort draußen alles umgewälzt, Strömungen verändern sich. Die zweite Grote Mandränke, 1634, etwa zerschlägt halb Alt-Nordstrand. Die Norderhever entsteht, ein riesiger Wattenstrom. Frisst sich da durch. Der Meeresspiegel steigt außerdem beständig. Beinahe dreißig Zentimeter pro Jahrhundert. Eine Hallig hat da normalerweise wenig zu befürchten. Wenn sie überflutet wird, was mehrmals im Jahr vorkommt, wächst sie mit. Die Sedimente setzen sich zwischen Andelgras, Queller und diesen ganzen Gräsern fest. Außerdem versucht man, mit Lahnungen, die vor die Hallig ins Watt hinausgebaut sind, dem Anwachs nachzuhelfen. Jedes Schulkind lernt das hier, wie man Landgewinnung an der Küste betreibt.

Trotzdem nagt das Meer an der Halligkante. Die Hallig

schrumpft. In hundertfünfzig Jahren hat sie drei Viertel ihrer Größe verloren. Von den ursprünglich drei Warften, die es im neunzehnten Jahrhundert auf der Hallig gab – sogar eine Gaststätte wurde da zeitweilig betrieben –, bleibt Anfang des zwanzigsten nur eine einzige übrig. Und unter dem Rand, dem Kaob, wie er genannt wird, im Nordwesten, taucht das wieder auf, was Jahrhunderte verborgen gewesen ist: Rungholts Spuren. Für kurze Zeit sind sie noch einmal zu sehen, bis das Meer sie vernichtet. Diesmal allerdings endgültig. Was jetzt von der Flut mitgerissen wird, ist endgültig verloren.

Jetzt erst wird Rungholt ganz zerstört. Wenn nicht jemand da ist, der die Funde aufsammelt.

Und damit taucht die Okarina wieder auf. Grau und mit einigen winzigen Rissen in der Oberfläche steckt sie nur noch wenige Zentimeter im Watt, sie ist gut erhalten – das Watt hat alles wunderbarerweise luftdicht konserviert –, doch es kann nicht mehr lange dauern, bis eine Flut sie herausreißt und mitnimmt. Alles, was mit ihr in dem Brunnen gelegen hat, das alte Geschirr, die Soden, ist schon weggespült worden.

Nebel. Ein Flugzeug schießt übers Watt hinweg, stürzt ab, ein ohrenbetäubender Lärm, und wenig später ist die Stimme eines Mannes zu hören, der um Hilfe ruft. Help! Seine Hände sind es, die die Okarina aus dem Watt herausziehen. Er wäscht den Schlick von ihr ab, hält sie sich an den Mund, und es ist kaum zu glauben, aber er schafft es: Ein Ton entsteht. Und dieser Ton wird gehört. Auf der Hallig. Von dort aus gehen sie hinaus ins Watt, um diesen Mann zu retten.

»Wer war das?«, fragte Bonatz.

»Wie bitte?«, fragte ich zurück.

Ich lehnte über dem Geländer und hatte bis jetzt die Augen geschlossen gehalten, um mir alles besser vorstellen zu können, und als Erstes suchte ich nach den Spinnen, kontrollierte meine Beine, blickte mich um, doch keine einzige war zu sehen. Sie waren verschwunden.

»Wer war dieser Mann, der die Okarina geborgen hat?«, fragte er.

»Ein englischer Soldat. Mit seiner Maschine ist er überm Watt abgestürzt«, sagte ich. »Ian Lubbock hieß er.«

»Von der Royal Air Force?«

»Ja. Es waren die ersten Angriffe, die damals geflogen worden sind.«

»Kennen Sie ihn?«, fragte er. »Diesen Ian Lubbock?«

»Nein«, sagte ich, drehte mich um und sah ihn an. »Er ist mein Vater.«

»Oh«, sagte Bonatz, schaute auf seinen Zeichenblock und machte einige schnelle Striche. »Verstehe.«

Er ist mein Vater.

Obwohl ich das noch nie zu jemandem gesagt hatte, war es mir erstaunlich leicht über die Lippen gegangen, genauso wie die Geschichte der Okarina. Zum ersten Mal hatte ich den Versuch unternommen, so zu erzählen, wie es sonst Paul machte. Es war *meine* Geschichte, wenngleich vieles von ihm stammte, aus seinen Erzählungen. Aber nur ich erzählte sie auf diese Weise, und ich nahm an, dass meine Fassung nach seinem Geschmack gewesen wäre, selbst wenn er seine Einwände dagegen gehabt hätte.

»Hübsch«, hätte er vermutlich gesagt, »sehr hübsch. Ist nur leider äußerst unwahrscheinlich.«

Seit Langem schon war uns klar, dass die Okarina vermutlich nicht aus Rungholt stammte. Paul hatte es irgendwann herausgefunden und mir gesagt. Erst Mitte des neunzehnten Jahrhunderts waren die ersten Exemplare in Italien hergestellt worden, und wie die Okarina dann vor die Hallig Südfall ins Watt gekommen sein konnte, war ein nicht leicht zu lösendes Rätsel. Vielleicht war sie von einem Schiff ins Wasser gefallen und dorthin gespült worden? Oder war sie doch alt genug? Niemand konnte das sagen.

»Klingt aber gut«, hätte ich wohl zu Paul gesagt, und er hätte gegrinst. Zumindest früher hätte er das getan. Jetzt war ich mir nicht mehr so sicher.

Bonatz gab mir seinen Zeichenblock, und ich sah alles darauf, was ich ihm beschrieben hatte. Ins Watt, in diese weite Fläche unterhalb der Hallig, hatte er alles hineingezeichnet, wie eine Erinnerung, mit dünnen Strichen. Der Glockenturm war da, Menschen, Tiere, Lebende, Tote, Skelette, der Auerochsenschädel, zerbrochenes Geschirr, alles übereinander, untereinander, und am Rand sah ich ein Flugzeugwrack und eine Männerhand, die nach etwas griff.

»Was meinen Sie?«, fragte er. »Gut so?«

»Sehr schön«, sagte ich und reichte ihm den Block zurück. »Genau so.«

Er war sichtlich erleichtert, schaute zum Haus des Malers, und gemeinsam traten wir von der Plattform hinunter und gingen am Schöpfwerk vorbei auf die Dorfstraße.

»Wir sollten das wiederholen«, sagte er. »Sie beschreiben mir, was Sie sehen, und ich zeichne oder male es.«

»Das können wir machen«, sagte ich und sah zum Grenzkrug am Ende der Straße. »Warum nicht?«

Schnee

Kein Name an der Tür, aber der Schlüssel passte. Für mich hätte es der Hausnummer über dem Türrahmen kaum bedurft – eine zierlose weiße 35 auf blauem Schild –, um sicher zu sein, vor dem richtigen Haus zu stehen. Bereits als ich in die zum Hafen hin leicht abschüssige Straße eingebogen war, war mir das niedrige Häuschen aufgefallen, das eingefasst lag zwischen dreigeschossigen Stadthäusern, so als würde es sich verbergen wollen. Im Grunde waren es sogar zwei Häuschen in einem, wie aneinandergesetzt, die eine Hälfte in Leuchtendorange gestrichen, die andere in Hellgrau, zwei Eingänge gab es, schmale Fenster, schmale Türen. Die linke war es, jene, die zum grauen Teil gehörte. Gar keine Frage, hier hatte Nils seine Arbeitswohnung. Die Ähnlichkeit zum Vidtofter Anbau, nicht im Detail, aber im Prinzip, war zu groß, als dass sie Zufall sein konnte. Ohne Widerstand fuhr der Schlüssel ins Schloss, eine halbe Drehung, und die Tür sprang nach innen auf.

Ich betrat einen Flur, keine drei Schritte lang, gefliest, am Ende eine Tür, die zur unteren Wohnung gehörte, und gleich links hing ein Filzvorhang, heller als der in Vidtoft. Dahinter musste sich die Treppe befinden, die nach oben führte. Als ich die Eingangstür zufallen ließ, wozu ich mich an die Wand drückte, es war einfach zu wenig Platz, tauchte im Spalt der halb geöffneten Wohnungstür ein Männergesicht auf, Zigarette im Mundwinkel, die ein Mal auf- und abwippte bei dem Wort »Ja?«. Sehr dänisch klang das.

»Nils«, sagte ich und wies die beiden Schlüssel vor, die er mir gegeben hatte.

»Ja.«

Das Gesicht verschwand, und lautlos wurde die Tür geschlossen. Eilends schob ich den Vorhang beiseite und stieg die Treppe hinauf; die Stufen gaben kein Geräusch von sich, sie waren aus Stein und gefliest wie der Flur.

Zwei Dinge waren es, die ich vor allem anderen erledigen musste, nachdem ich die Arbeitswohnung betreten hatte. Ich musste die beiden Heizkörper aufdrehen, um möglichst bald Wärme in die Wohnung zu bekommen, aber vorher noch der Toilette einen Besuch abstatten, unmöglich, das länger hinauszuschieben. Seit ich den Bahnhof von Esbjerg verlassen und mit der Karte in der Hand den Weg zur Jyllandsgade gesucht hatte – eigentlich war es ganz leicht gewesen, immer geradeaus, dann über den Stadtfriedhof und auf einem Fußpfad zwischen zwei Häusern hindurch –, hatte ich erfolglos eine Stelle gesucht, einen Baum vielleicht, einen Strauch, um dahinter verschwinden zu können. Aber es war ja unangenehmerweise nicht damit getan, dass ich pinkeln musste. Mein Magen rumorte seit Stunden. Mir war schlecht. Ich ließ meinen Rucksack mitten im Raum auf den Boden gleiten und öffnete die Tür, hinter der ich das Bad vermutete. Richtig, ein Klo, ein Waschbecken, ein Fenster. Hektisch schob ich meine Hose in die Kniekehlen und setzte mich – gerade noch rechtzeitig.

Danach fühlte ich mich kaum besser als davor, und während ich sitzen blieb, um zur Ruhe zu kommen, betrachtete ich das, was ich von der Arbeitswohnung einsehen konnte. Ein Fenster, das in die Dachschräge eingelassen war und zum Hinterhof hinausging, die Spitze eines Kirchturms war zu sehen, Dachbalken, die Seite eines Schreibtisches, darauf eine flache grüne Schreibmaschine und ein Telefon, eine Landkarte, die an der Wand darüber befestigt war, überall rote Fähnchen darangepinnt. An der einen Wand, das hatte ich beim Eintreten gesehen, stand ein Schlafsofa, und die andere, die ich teilweise im Blick hatte, war vom Boden bis zur Decke mit Bücherborden bedeckt. Mehrere Atlanten sah ich, Lexika, verschiedensprachige Bücher mit Titeln wie *Golfstrømmen*, *The North Sea* oder *Fossilien der Meere*. Ein Buchrücken kam mir von der Farbe her bekannt vor, es musste Nils' eigenes Buch sein.

Ein Knall, genau vor dem Fenster, schreckte mich auf, ein verspäteter Silvesterböller, und ich sah Funken, die in den grauen Mittagshimmel sprühten, eine bunte Fontäne, hörte einen weiteren Knall, dann schrilles Heulen. Offenbar verbrauchte jemand im Hinterhof die Reste vom nächtlichen Feuerwerk. Auf dem Weg durch die Stadt hatte ich hier und da angekokelte und zerfetzte Böllerreste gesehen, in den Schnee gebohrte Raketenstäbe, ausgebrannte bunte Plastikhülsen, Sekt- und Weinflaschen, zerknautschte Pappbecher. Es war nicht viel gewesen, was da herumlag, weit weniger jedenfalls als das, was an einem normalen Silvester in Vidtoft anfiel. Ob sie sich dort an das Feuerwerksverbot gehalten hatten, das über die Radios verbreitet worden war? Ob sie, wie angedacht, im Grenzkrug gefeiert hatten, das ganze Dorf und die Gäste, freiwillige wie hängen gebliebene?

Das Feuerwerk verhallte, und ich zog mich an, wusch mir die Hände und ging zurück ins Zimmer. Mir war nicht gut, ich war wackelig auf den Beinen und spürte kalten Schweiß auf der Stirn. Alles drehte sich vor meinen Augen. Ich wollte mir die Stiefel von den Beinen treten, bekam es jedoch nicht hin. Ich schwankte und hielt mich im letzten Moment am Schreibtischstuhl fest. Das kleine Passfoto, das über dem Schreibtisch an der Wand hing, konnte ich kaum erkennen. Drei Personen waren darauf. Ein Kind, eine Frau und ein Mann. Nils musste das sein. Alles verschwamm vor meinen Augen. Ob ich krank war? Erkältet? Ob ich Fieber hatte? Es wäre kein Wunder nach allem. Ein Tag war gerade mal verstrichen, seit ich vom Grenzkrug weggegangen war, und keine drei Stunden, seit ich mich von Paul verabschiedet hatte. Das musste zu viel für mich gewesen sein. Alles wirbelte in meinem Kopf durcheinander. Nanes Beichte. Der Schnee. Paul.

Da stand ich, gestern, in Pauls Zimmer, fertig zum Aufbruch. Die Wolldecke, unter der ich in der Nacht mehr gefroren als geschlafen hatte, lag zusammengeknüllt auf dem Sofa, ich hatte mir nicht die Mühe gemacht, sie ordentlich zusammenzufalten. Ich hatte hier nichts mehr zu tun, und eigentlich hatte ich schon längst unterwegs sein wollen. Meine Sachen hatte ich aus meinem Zimmer im Grenzkrug geholt, sie passten ohne Probleme in den Rucksack, den ich geschultert hatte, und während ich über den Vorplatz zur Dorfstraße gegangen war, hatte ich plötzlich, mitten in der Bewegung, nicht weitergekonnt und mich entschlossen, ein allerletztes Mal in Pauls Zimmer zu gehen. Abschied nehmen also – nicht unbedingt eine meiner besonderen Fähigkeiten.

Plötzlich war Nane da, sie hielt ein Tablett auf den Unterarmen, Frühstück für mich, und es überraschte mich weniger, dass sie in diesem Moment auftauchte – sie musste mich aus der Gaststube gesehen haben, ich hatte im Vorbeigehen Frühstückslärm vernommen –, sondern viel eher, dass sie das Tablett samt Brotkorb bei dem Sturm unbeschadet über den Vorplatz gebracht hatte.

»Willst du etwa weggehen?«, fragte sie, und statt zu antworten, fragte ich zurück: »Willst du beichten?«

Sie ging an mir vorbei und stellte das Tablett auf dem Schreibtisch ab. »Muss ich das noch?«

»Nein«, sagte ich. »Die Chefin hat mir den Brief aus Schleswig gestern gegeben. Das weißt du.«

»Ja.«

Sie trat vor das Sofa, nahm die Wolldecke auf und faltete sie zusammen. »Du hättest nicht hier schlafen müssen«, sagte sie, als sie fertig war. »Ist doch bestimmt eiskalt gewesen.«

»Egal«, sagte ich. »Besser, als nach drüben zu gehen und so zu tun, als wäre alles in Ordnung.«

Nane zeigte auf das bereitstehende Frühstück, setzte sich und bedeutete mir, auf dem Schreibtischstuhl Platz zu nehmen, nun iss wenigstens was, aber ich wollte nicht. Ich konnte nicht. Auch wenn ich hungrig war, durfte ich keine Zeit verstreichen lassen und meinen Aufbruch nicht länger hinausschieben. Ansonsten, das war klar, würde der Entschluss, den ich in der Nacht gefasst hatte, seine Überzeugungskraft verlieren. Ich musste hier weg, es war beschlossene Sache.

»Du weißt hoffentlich, dass es nichts mit dir zu tun hatte, wenn wir Paul den Brief nicht gezeigt haben, oder?«

»Das ist doch Blödsinn, Nane. Über zwei Wochen habt ihr Paul vorgespielt, dass nichts aus Schleswig gekommen ist. Ich hab's versucht, aber ich begreife es nicht. Warum habt ihr das getan? Und noch viel weniger begreife ich, warum ich nichts davon wissen durfte. Sag du es mir. Warum?«

»Weil du es ihm gesagt hättest.«

»Bist du dir da so sicher? Ihr habt nicht einmal versucht, mit mir zu reden.«

»Wir haben uns Sorgen gemacht«, sagte Nane.

»Was für Sorgen denn, bitte schön?«

»Um Paul. Dass er das alles nicht durchsteht. Dass ihn das zu sehr aufregt.« Sie sah mich mit einer eigentümlichen Mischung aus Bitte und Vorwurf an. »Und wir haben recht behalten.«

»Etwa weil er jetzt im Krankenhaus liegt?«, fragte ich. »Als ob das eine etwas mit dem anderen zu tun hätte. Er ist krank. Das ist alles. So schlimm es ist.«

»Trotzdem«, sagte sie. »Das waren unsere Gründe, ob du sie nun nachvollziehen kannst oder nicht.«

»Und Nils?«, fragte ich. »Wusste er davon?«

»Wir haben telefoniert mit ihm. Auch er war der Meinung, dass Paul sich erst einmal beruhigen sollte. Du hast ihn doch genauso erlebt in der letzten Zeit. Erinnerst du dich nicht daran? Er war ja gar nicht mehr richtig da. Nicht einmal Weihnachten. Hat nur hier gesessen und seinen Kram gemacht. Und sah immer schlechter aus. Er hat sich so sehr in alles reingesteigert. Wir wollten ihn schonen.«

»Hat großartig geklappt«, sagte ich.

»Jetzt bist du ungerecht«, sagte Nane. »Wir haben es nicht böse gemeint.«

Wir sahen uns an und wussten beide, dass damit alles gesagt war. Nane erhob sich vom Sofa, kam auf mich zu, und auf einmal umarmte sie mich, drückte mich an sich. Sie küsste mich. Auf den Mund. Ich hatte nicht damit gerechnet und zuckte zurück. Dann flüsterte sie etwas in mein Ohr, vier Wörter, doch durch die Mütze verstand ich sie nicht richtig, nur »auf« und »dich«. Sie küsste mich erneut, und als sie einen Schritt zurücktrat, sah ich, dass ihr Tränen in den Augen standen.

»Ich muss los«, sagte ich.

»Willst du dich nicht wenigstens verabschieden?«, fragte sie. »Drüben?«

»Das habe ich gestern bereits erledigt«, sagte ich, obwohl das genau genommen nicht stimmte. Das jedoch, was ich empfunden hatte, als die Chefin gegangen und ich, den Umschlag in der Hand, in Pauls Zimmer sitzen geblieben war, hatte sich genau so angefühlt: wie ein Abschied.

»Du musst nicht weggehen«, sagte Nane und griff mit einer Hand nach mir, sie versuchte, mich am Ärmel festzuhalten, doch ich wandte mich ab, strich ihre Hand von meinem Arm, so vorsichtig ich konnte, und dann ging ich zur Tür, dann die Treppe hinunter, jeder Schritt zählte. Die Tür, der Vorplatz, die Dorfstraße. Um mich herum nichts als Weiß. Ein Stechen auf meinem Gesicht. Schnee, der mir entgegenstürmte. Nicht umdrehen. Das sagte ich mir bei jedem stapfenden Schritt. Nicht umdrehen.

Nein, nicht auf der Intensivstation. Der Pförtner hatte hinter der Scheibe in einem Karteikasten geblättert. Sein Arbeitsplatz war mit Papierschlangen und Konfetti geschmückt, und er hatte ein buntes Plastikhütchen schief auf dem Kopf sitzen. Zimmer 231. Innere. Zweiter Stock. Einfach den Schildern folgen, ist ganz leicht, und auf der Station dann bei einer der Schwestern melden. Außerdem: Guten Rutsch!

»Ihnen auch«, sagte ich und machte mich auf den Weg.

Es war tatsächlich nicht besonders schwer, zur Station zu finden, und ich ging direkt aufs Schwesternzimmer zu. Leise klopfte ich an den Türrahmen. Die Schwester, die, auf einem Tisch stehend, eine Girlande an einer Hängelampe befestigte, schaute sich kaum nach mir um, Moment bitte, stieg dann herunter und trat auf den Gang.

»Zu Herrn Tamm möchte ich«, sagte ich. »Zimmer 231, soviel ich weiß.«

»Sind Sie Familie?«, fragte sie.

Es gefiel mir nicht, aber ich zögerte. »Ja.«

»Dann gehe ich mal vor.«

Es war gleich die erste Tür hinter einem offen stehenden Wäscheraum. Die Schwester schob sie halb auf, schlüpfte hindurch, Herr Tamm, Besuch für Sie, und keine Sekunde später kam sie wieder heraus. Sie nickte.

»Aber nur kurz«, sagte sie. »Besuchszeit ist gleich um, und er ist erst am frühen Nachmittag von der Intensivstation herverlegt worden. Er steht noch unter Beobachtung und braucht vor allem Ruhe.«

»Wie geht es ihm denn?«, fragte ich.

»Besser«, sagte sie, hielt mir die Tür auf, und ich ging hinein.

Bis zuletzt hatte ich befürchtet, dass Paul mich nicht erkennen würde. Aber er blickte mir aus seinem Bett entgegen, dessen Kopfende schräg gestellt war, sodass er in dem Buch lesen konnte, das aufgeschlagen auf der Decke lag, und dazu grinste er und zeigte auf den Hocker in der Ecke des Zimmers. Aus den Augenwinkeln sah ich, dass er sich über die verbundene Hand strich, von der ein durchsichtiger Schlauch zu dem Tropf neben seinem Bett führte. Die Bewegung hatte ihm offenbar wehgetan. Er legte die Hand zurück auf die Decke und klopfte mit der anderen, unverbundenen auf das Buch.

»Bin ich froh, dass ich wenigstens wieder lesen kann«, sagte er. »Obwohl ich ständig wegdöse.«

Er klappte das Buch zu und reichte es mir. Es war ein Geschenk gewesen, das Bonatz ihm zu Weihnachten gemacht hatte, richtig förmlich überreicht hatte er es, mit den besten Wünschen, ein Archäologen-Buch, *Götter, Gräber und Gelehrte*, hoffentlich gefällt es, und Paul hatte lachen müssen, weil er ebenfalls ein Buch für Bonatz besorgt hatte, einen Roman, über den Maler, auch wenn er in dem Buch anders hieß. Es war das erste Mal, dass Bonatz über die Weihnachtstage bei uns zu Gast war, und beide hatten sich lange im Voraus ihre Geschenke füreinander überlegt. Bevor Paul vom Notarzt abgeholt worden war, musste die Chefin ihm das Buch eingepackt haben.

»Solltest du auch mal reinschauen«, sagte Paul. »Gerade hab ich gelesen, wie man im Krieg versucht hat, Teile von Schliemanns Schatz aus Berlin rauszubringen. Weg von den Fliegerbomben. Wertvolle Sachen. Unersetzbar.«

Er wirkte erschöpft, doch gleichzeitig froh, endlich mit jemandem reden zu können. Mit jedem Wort kehrte Farbe in sein blasses Gesicht zurück, und ich ließ ihn reden. Ich war froh, dass er nicht schwieg.

»Überall haben sie das verteilt, heimlich, in Schächten, in Kellern, in Schlössern. Alles fein säuberlich in Kisten verpackt, damit nichts kaputtgeht. Hat auch so weit geklappt. Aber in einem Dorf hat man nach dem Krieg eine Hochzeit feiern wollen, und weil die kein Geschirr für den Polterabend übrig hatten, haben sie sich an diese Kisten mit dem alten Tonzeugs erinnert, die im Keller des verlassenen Schlosses lagerten. Kannst du dir das vorstellen? Mehrere Tausend Jahre alte Krüge zerscheppern vor der Eingangstür eines Hochzeitspaares. Braut und Bräutigam fegen anschließend die Reste zusammen und schmeißen sie weg.«

Ihm fielen die Augen zu. Ich schluckte und legte das Buch auf den Beistelltisch. Eine Wasserflasche stand dort. Ein Glas. Keine Blumen.

»Werde ich lesen, wenn du damit durch bist«, sagte ich.

Auf der anderen Seite des Bettes, vor dem schon dunklen Fenster, stand ein Gerät, aus dem schraffiertes Endlospapier lief; eine Feder zeichnete einen rhythmisch zuckenden Strich darauf. Pauls Herzschlag. Kabel verliefen von dem Gerät zu seinem Bett und verschwanden unter der Decke.

»Wie bist du überhaupt hergekommen?«, fragte Paul, ohne die Augen zu öffnen. Es schien ihm bei geschlossenen Lidern leichter zu fallen, mit mir zu sprechen. »Die Schwestern haben mir erzählt, dass kein Durchkommen ist da draußen. Chaos. Hier im Krankenhaus haben sie alle Hände voll zu tun gehabt.«

»Stimmt auch«, sagte ich. »Ist noch so. Überall Schnee.«

»Also wie?«

»Immer der Nase nach.«

»Na, wer's glaubt.« Paul grinste.

»Ich hatte natürlich meinen Kompass dabei«, sagte ich.

Er kicherte, zwinkerte, ohne dabei die Augen zu öffnen. »Hätte mich auch überrascht, wenn nicht«, sagte er, und ich konnte nicht anders, als mit einem Lächeln zu antworten.

Es war ein altes Spiel zwischen uns. Bei jeder sich bietenden Gelegenheit zog Paul mich damit auf, dass ich keinen Schritt vor die Tür setzte ohne den Kompass, den er mir vor Jahren geschenkt hatte, ein fünfmarkgroßes, flaches Ding, das in einem Lederetui steckte und in jede Hosentasche passte. Es stimmte, ich hatte ihn immer dabei, nicht nur im Watt draußen, immer, inzwischen allerdings mehr aus Gewohnheit als aus Furcht, die Orientierung zu verlieren, was der Grund gewesen war, weshalb ich ihn einst bekommen hatte. Diese Furcht hatte mit den Nebelspielen begonnen, die Paul mit unseren Gästen durchführte; drei, vier Mal hatte er diese Ausflüge angeboten, mit dem Boot ins Watt, Rungholts Spuren zeigen und überhaupt, hatte es dann aber aufgegeben, angeblich weil es sich nicht lohnte, in Wirklichkeit wohl aber, weil er, von mir abgesehen, allein sein wollte, wenn er es schon einmal schaffte, ins Watt zu kommen. Damals jedoch hatte er sich angestrengt und ein Programm für die Gäste vorbereitet, trockenfallen lassen, Picknick, kleine Wattführung. Die Nebelspiele stellten dabei eine recht effektvolle Methode dar, den Gästen zu veranschaulichen, welche Gefahren im Watt lauerten. Er begnügte sich nicht mit dem bloßen Benennen – hinterhältige Strömungen in Prielen, Treibsand, Gewitter, Wetter im Allgemeinen –, sondern wollte die Gäste fühlen lassen, wie es sein konnte, wenn man hier draußen in Not geriet. Dafür hatte er Augenbinden mitgebracht, die sie anlegen sollten, sobald ich einhundert Schritte ins Watt hinausgegangen war und meine Position eingenommen hatte. Folgende Situation: Warmer Ostwind, und plötzlich, innerhalb von Minuten, bildet sich ein Nebel, der einen kaum die Hand vor Augen sehen lässt, kein Orientierungspunkt; trotzdem muss man zurück ans Land, schließlich kommt irgendwann die Flut, und die ist pünktlich, darauf ist Verlass. Also los. Augenbinden auf und zu Jannis hingehen. Ganz leicht. Zeigen Sie mal, wie Sie sich zurechtfinden. Die Gäste lachten, tappten los, blieben die ersten Meter noch auf Kurs, doch dann teilte sich die Gruppe, sie wandelten nach links, nach rechts, manche drehten sich gar um, und nach etwa einhundert Schritten rief Paul das Kommando: Stopp, Augenbinden abnehmen. Da standen sie, kreuz und quer verteilt, nur nicht bei mir. Lachten. Hätten schwören können, ganz in der Nähe zu sein. Gibt's doch nicht. Und Paul rief ihnen zu: »Jetzt stellen Sie sich mal vor, um Sie herum steigt das Wasser.«

Mich hatte er damit erwischt, mehr noch als die Gäste, die anerkennend nickten, amüsiert waren, sehr interessant. Die Vorstellung sprach etwas in mir an, gegen das ich nichts unternehmen konnte. Als alle Gäste sich wieder am Boot versammelt hatten, erzählte Paul noch, wie die meisten Menschen hier draußen umkamen. Nicht Ertrinken, sondern Herzinfarkt. Aus Furcht. Ich hatte nicht länger zuhören können und mich in die Kajüte verzogen, und dort war ich geblieben, bis wir wieder an Land waren. »Ich weiß, was dagegen hilft«, hatte Paul gesagt und war mit mir in ein Geschäft gegangen, in dem ich den Kompass bekam. »Du Schisshase, du«, hatte er gesagt, als er mir das Lederetui überreichte, und schon damals auf diese Art gegrinst.

Mit den Jahren hatte sich meine Furcht gelegt, sie hatte sich abgenutzt und war zu etwas geworden, worüber wir beide scherzen konnten. Doch an diesem Tag war sie wieder da gewesen. Draußen. Im Schnee. Hätte ich nicht die Sicherheit gehabt, auf die zuckende Nadel unter der beschlagenen Glasscheibe des Kompasses sehen zu können, während ich mich querfeldein vorwärtsbewegte, ich wäre verloren gewesen. Der Drang, sich einfach hinzusetzen, mitten im Nichts, obwohl alles dagegen spricht – ich hätte nicht für möglich gehalten, wie schwer es sein konnte, diesem *nicht* nachzugeben. Immer Richtung Südosten hatte ich mich durchgeschlagen, stundenlang, und schließlich eine Straße erreicht, die frisch geräumt war. Eigenartig war es, Asphalt unter den Stiefeln zu haben, und es dauerte nicht lange, bis mich jemand aufsammelte. Ein Milchlaster. Beinahe schmerzhaft war es, als die Wärme der Fahrzeugbelüftung Zentimeter für Zentimeter von meinen Füßen an aufwärtsstieg. Den ganzen Weg über schimpfte der Fahrer auf seine Bauern, die seit Tagen auf ihrer Milch sitzen geblieben waren und so taten, als hätte er sich das mit dem Schnee einfallen lassen. Andererseits konnte er es ihnen kaum verübeln. Hatten so einiges auszustehen gehabt. Schreiende Kühe. Gruselig ist das, sag ich Ihnen. Einer seiner Bauern hatte sogar geweint. Ich hatte dagesessen und stumm zugehört, meine Hand um das Lederetui in der Hosentasche geschlossen; noch jetzt tat es gut, den leichten Druck an meinem Bein zu spüren.

»Jedenfalls schön, dass du da bist«, sagte Paul.

»Wie geht es dir denn?«, fragte ich. »Wie fühlst du dich?«

»Bescheiden.«

»Haben die Ärzte was gesagt?«

»Ja.« Kurze Pause. »Dass es knapp gewesen ist.«

Er schlug die Augen auf, blickte an die Zimmerdecke, als wartete er darauf, dass ich etwas sagte. Aber ich wusste nicht, was.

»Der andere, der mich hier besucht hat«, sagte er schließlich, »das war Nils, oder?«

»Richtig«, sagte ich. »Er hat sich anschließend nach Vidtoft durchgeschlagen, um uns zu erzählen, wie es dir geht.«

»Nett von ihm.«

»Das war es, ja.«

»Wie geht es zu Hause?«, fragte er, und noch während ich überlegte, was ich antworten sollte, bekam ich einen Schreck. Obwohl Paul an die Decke sah, hatte ich den Eindruck, dass sein Blick leer war, und ich konnte nicht feststellen, ob sein Brustkorb sich bewegte. Keine erkennbare Regung. Wie eingefroren wirkte er. Ich sah zu dem Gerät hinter dem Bett. Die Nadel malte ruhige, gleichmäßige Ausschläge auf das Papier. War das ein gutes Zeichen? Ich wollte Paul anfassen, an seinem

Arm rütteln, irgendetwas tun, bis mir der Gedanke kam, dass er eingeschlafen sein musste, mit offenen Augen, und als ich wieder in sein Gesicht blickte, hatten sich seine Lider etwas geschlossen, nur das Weiß der Augäpfel war noch zu erkennen.

Es war ein beunruhigender Anblick. Ich konnte nicht hinsehen, ohne Angst um Paul zu haben. Minuten vergingen, die mir quälend lang erschienen. Dann griff ich nach dem Rucksack, den ich zu meinen Füßen abgestellt hatte, öffnete ihn und nahm den braunen Umschlag heraus, den ich obenauf gelegt hatte. Es half nichts. Sobald Paul aufgewacht war, würde ich ihm den Umschlag geben. Deshalb war ich hergekommen. Ich legte ihn auf seine Decke.

»Was ist das?«

Wie erwischt zog ich meine Hand zurück. »Ein Brief für dich«, sagte ich. »Aus Schleswig.« Ich wich seinem Blick aus, der von mir zu dem Umschlag wanderte.

»Er ist angekommen?«

»Ja«, sagte ich und presste die Lippen aufeinander. Ich hatte mir fest vorgenommen, ihm nicht zu sagen, wann der Brief eingetroffen war. Er würde das noch früh genug herausbekommen, und es war an der Chefin, ihm zu erklären, was sie getan hatte und warum.

»Hast du ihn gelesen?«

Ich schüttelte den Kopf. »Nein, er ist doch für dich.«

»Für mich, ja«, sagte Paul. Mit der unverbundenen Hand griff er nach dem Umschlag, seine Finger zitterten. »Würdest du ihn bitte für mich öffnen?«

»Natürlich«, sagte ich und wollte den Umschlag von der Decke an mich nehmen, doch Paul hielt ihn fest, als hätte er vergessen, worum er mich eben gebeten hatte. Er ließ den Brief auch dann nicht los, als ich sachte daran zog, sodass wir beide eine Seite zwischen den Fingern hielten.

In diesem Augenblick wurde die Zimmertür lautlos geöffnet. Die Schwester trat ein, tippte auf die Armbanduhr an ihrem Handgelenk, und dann fiel ihr Blick auf das Gerät neben dem Bett. Ich erschrak. Größere, eckigere Ausschläge hatte die Feder gezeichnet. Ob sie im Schwesternzimmer eine Möglichkeit hatte, die Messdaten von diesem Gerät zu sehen? Ob sie deshalb hergeeilt war? Sie trat neben das Bett und riss das sich bereits auf dem Boden wellende Ende des Papiers ab.

»Ich muss Sie bitten, gleich zu gehen«, sagte sie zu mir und nahm für wenige Sekunden Pauls Handgelenk, um seinen Puls zu fühlen. Den Umschlag hatte Paul dafür loslassen müssen, und die Schwester schob ihn zu mir.

»Zwei Minuten noch«, sagte ich.

Sie nickte, an Paul war das gerichtet, ging zur Tür, und die Klinke in der Hand, sagte sie: »Aber keinesfalls länger.«

»Bestimmt nicht«, sagte ich. Sie war bereits wieder draußen.

Ich riss den Umschlag mit dem Zeigefinger auf, und das Geräusch schien Paul zurückzuholen. Er hatte wie abwesend gewirkt, während die Schwester im Zimmer war. Mehrere Blätter entnahm ich dem Umschlag, die oben zusammengetackert waren, sowie einen Brief, Datum: *Schleswig, den 13. Dezember 1978*, und ohne es darauf abgesehen zu haben, las ich den Betreff und die Anredezeile: *Altersbestimmung und Einschätzung Ihres Metallfundes aus dem Rungholtwatt*, und darunter: *Sehr geehrter Herr Tamm*. Unterschrieben war alles von Wolfgang Liepert. *Mit besten Grüßen*. Mehr las ich nicht. Mehr wollte ich auch nicht lesen. Ich legte alles auf die Bettdecke und steckte Paul, als er nicht reagierte, den Brief vorsichtig zwischen die Finger.

»Danke«, sagte er.

Was hatte ich erwartet? Dass es ihn überwältigte? Dass er triumphierte? Hatte ich geglaubt, er würde von allzu großen Gefühlen aufgewühlt sein, wenn er mit den Ergebnissen konfrontiert wurde? Ich wusste es nicht. Nach den zurückliegenden Wochen war mir in Bezug auf Paul vieles möglich und nichts gewiss erschienen, und mit dieser Unsicherheit war ich nicht allein gewesen. Alle hatten ihre Befürchtungen gehabt, die Chefin, Nane und Nils und nicht zuletzt Paul selbst. Anders war nicht zu erklären, weshalb er sich nicht getraut hatte, noch vor Weihnachten bei den Schleswigern anzurufen und nachzufragen. Bis es gar nicht mehr auszuhalten gewesen war, so lange hatte er es aufgeschoben, und zwar deshalb – das wurde mir jetzt klar –, weil er sich seiner Reaktion nicht sicher gewesen war. Er hatte Angst gehabt davor, genau wie ich, und ich wusste nur, dass ich mit dem, was ich an ihm nun beobachten konnte, während er den Brief las, auf keinen Fall gerechnet hatte. Dieses Grinsen, das sich auf seinem Gesicht ausbreitete, hatte ich nicht vorhergesehen. Weil es wie früher war. Fast.

»Was ist?«, fragte ich. »Was sagen sie?«

»Weder Ja noch Nein.« Er lachte durch die Nase und reichte mir den Brief. Es hatte den Anschein, als wäre etwas von ihm abgefallen. »Guck nicht so«, sagte er. »Genau genommen steht da, dass ich recht haben *könnte.* Ein wichtiger Fund, schreiben sie. Die Metallart stimmt. Die Beschaffenheit auch. Kein Grund, enttäuscht zu sein.«

»Aber was soll das heißen?«

»Es ist nicht ausgeschlossen, dass die Scherbe von einer Glocke stammt. Sie könnte aber genauso gut von etwas anderem sein. Einem größeren Kessel, das schlagen die Schleswiger vor, einem Bronzegrapen, so was. Und die Fundstelle gibt ihnen zu denken. Ist doch sehr weit weg von allen anderen Rungholtfunden. Um sicher zu sein, dass die Scherbe zu einer Glocke gehört hat, müsste man weitere Teile finden. Das aber dürfte schwierig werden. Muss auch nicht sein.«

Ich war nicht sicher, ob ich seine letzten Worte richtig verstanden hatte: *Muss auch nicht sein.* »Und was bedeutet das?«, fragte ich.

»Dass ich fertig bin«, sagte Paul.

»Das ist nicht dein Ernst.«

»Wieso nicht?«

»Da draußen liegt noch so vieles, was wir nicht gefunden haben«, sagte ich, und es klang sonderbar aus meinem Mund. Es war ein Satz, den eigentlich nur Paul sagen konnte.

»Das wird auch so bleiben, egal, wie lange wir suchen.«

Ich berührte seinen Arm.

»Ich kann das nicht mehr«, sagte er. »Nicht nur, weil die Ärzte es verbieten. Irgendwann ist es einfach zu Ende.«

Es erstaunte mich, aber ich musste ihm zustimmen. Es war zu Ende. Unwillkürlich dachte ich an sein Zimmer, an die Borde, an all das, was wir gemeinsam zusammengetragen hatten, und ich rief mir in Erinnerung, wie es gewesen war, allein in diesem Raum zu sein. Wie falsch es sich angefühlt hatte. Deutlicher als je zuvor wurde mir bewusst, dass es Pauls Suche gewesen war. Die ganzen Jahre über. Ich hatte nur dabei sein wollen.

Die Zimmertür stand offen. Die Schwester war nicht eingetreten, sie musste draußen auf dem Gang geblieben sein, doch auch so war deutlich, was sie mir mitteilen wollte.

»Schon in Ordnung«, sagte Paul. »Geh ruhig.«

»Bist du sicher?«, fragte ich, und er nickte. Brief und Zettel legte ich auf den Beistelltisch, setzte mir den Rucksack auf und stellte den Hocker zurück in die Ecke. »Ich komme morgen dann noch mal vorbei.«

»Hast du meine Aufsätze gelesen?«, fragte er.

»Ja«, sagte ich, wohl wissend, dass es nur zur Hälfte der Wahrheit entsprach.

»Stimmen beide nicht so ganz, was? Sind aber auch nicht ganz falsch. Welcher hat dir besser gefallen?«

»Das erfährst du morgen«, sagte ich und ging zur Tür. »Komm gut ins neue Jahr.«

»Genau«, sagte er. »Du auch.«

Ein Pfleger weckte mich. Unsanft rüttelte er an meiner Schulter, und als ich ihn blinzelnd anblickte, sagte er: »Einen guten Rutsch gehabt?«

Ich richtete mich auf, grelles Neonlicht umgab mich, und im ersten Moment begriff ich nicht, was er mir da in die Hände drückte, irgendwelche Blätter. Es war Pauls *Oder*-Aufsatz, der mir beim Aufrichten heruntergerutscht sein musste. Nur langsam orientierte ich mich. Mehrere mit Plastik überzogene Liegen standen in dem Raum. Auf einer hatte ich geschlafen.

»Was machen Sie eigentlich hier?«, fragte der Mann.

»Tut mir leid, ich wusste nicht, wohin«, sagte ich und wischte mir übers Gesicht. »Bei dem Schnee draußen.«

Er schüttelte den Kopf. »Die ganze Nacht waren Sie hier? Wie sind Sie denn hergekommen?«

»Falschen Knopf im Lift gedrückt«, sagte ich. Zögerlich stand ich auf.

»Mensch, Mensch, Silvester im Krankenhauskeller. Auch eine Art zu feiern. Nichts von allem mitgekriegt?«

»Nein, gibt hier ja keine Fenster. Wie spät ist es denn?«

»Kurz nach acht«, sagte er. »War noch niemand hier?« Wieder schüttelte er den Kopf und zog eine der Liegen zu sich heran. »Dann sehen Sie mal zu, dass Sie ans Licht zurückkommen. Und passen Sie auf, dass Sie keiner Schwester begegnen, sonst gibt's noch Terz.«

»Danke«, sagte ich und nahm meinen Rucksack vom Boden auf. »Und frohes Neues.«

»Kein Problem«, sagte er, nickte und deutete nach rechts. »Da lang müssen Sie.«

Im Erdgeschoss stieg eine Frau zu. Sie drückte auf den Knopf mit der Nummer 4, *Geriatrie*, das war zwei Stockwerke über meinem Ziel; sie hatte Blumen dabei und schaute verstohlen und irgendwie besorgt auf die Blätter, die ich in Händen hielt, als wollte sie herausfinden, ob ich zum Krankenhauspersonal gehörte. Ihrer Reaktion nach zu urteilen, als sie mich, an die Wand gelehnt, in dem Lift gesehen hatte, diesem mitfühlenden Lächeln, musste ich fürchterlich aussehen, vielleicht hielt sie mich für das Opfer einer überlangen Silvesterfete, und ähnlich fühlte ich mich.

Die Nacht jedenfalls war alles andere als erholsam gewesen. Am frühen Abend, es musste kurz nach sieben Uhr gewesen sein, war ich in den Keller hinuntergefahren, ursprünglich nur aus Zufall, aber als ich unten angekommen und auf den schwach erleuchteten Gang hinausgetreten war, hatte ich beschlossen hierzubleiben, in Pauls Nähe. Die Aussicht, noch einmal in den Schnee hinauszumüssen, war mir wenig verlockend erschienen. Und wohin hätte ich auch gehen sollen? In dem Raum mit den Liegen hatte ich mich hingelegt, sofort die Augen geschlossen, doch obwohl ich erschöpft war von dem Schneemarsch und der Begegnung mit Paul, hatte ich nicht einschlafen können. Hin- und hergewälzt hatte ich mich und irgendwann den *Oder*-Aufsatz aus dem Rucksack herausgeholt. Im schummrigen Licht, das vom Gang hereinfiel, hatte ich ihn dann gelesen, endlich, Seite für Seite, mehr und mehr gebannt.

Zunächst hatte alles sehr bekannt geklungen. Der Aufsatz begann mit den gleichen Worten wie der andere – *Manchmal bietet sich einem die Chance, einen unerwarteten Blick in die Vergangenheit zu tun* –, er erzählte genauso von dem Moment, als Paul die Scherbe im Watt entdeckte, aber bereits hier, ganz unauffällig, in einem eingeschobenen Nebensatz etwa, einem veränderten Wort, schimmerte etwas durch, das auch die weiteren Seiten durchzog: leiser Zweifel. Er war hineingewoben in die Deutung des Scherbenfundes, die mit nur minimalen Abweichungen dem entsprach, was in dem anderen Aufsatz mit viel Akribie ausgebreitet worden war. Kein Wort jedoch darüber, was die Schleswiger Untersuchungen an Fakten liefern würden, ganz so, als käme es darauf nicht an. Wie ein Augenzwinkern wirkte das, als würde hinter allem, was an Argumenten und Beweisen vorgetragen wurde, die Haltung stehen, es nicht allzu ernst zu nehmen. Etwas Spielerisches hatte das, ein Sichhingeben an das Ausfantasieren, und ich kannte das von Paul. Damit hatte es begonnen, damals. Wenig hatte ihm genügt – ein Brunnenfund, eine verblasste Deichlinie, Pflugspuren –, um eine Welt vor sich entstehen zu lassen, die er mir beschrieb, als könnte er sie sehen. Diese Welt war wandelbar gewesen. Sie hatte sich verändert und war nach jedem neuen Fund angepasst worden, mal mehr, mal weniger. Lange war es her, dass Paul sie mir beschrieben hatte, und während ich seinen Aufsatz las, merkte ich, wie sehr ich das vermisst hatte. Es war, als hätte er diese Fähigkeit, die ich stets an ihm bewundert hatte, mit den Jahren verlernt oder doch aus den Augen verloren und als wäre er stattdessen zu etwas geworden, wovon er selbst erklärtermaßen wenig hielt. Zu einem Schatzsucher. Jemandem, der bedeutende Funde brauchte, um zu rechtfertigen, dass er suchte. Paul hatte seine Suche früher nicht rechtfertigen müssen. Sie war etwas Natürliches gewesen. *Warum finden, wenn man auch suchen kann.* Das hatte er einmal gesagt. Und in diesem Aufsatz war es wieder da. Endlich. Denn das Großartige war, dass die Deutung, die er darin lieferte, nicht weniger überzeugend daherkam. Sie hatte Bestand, obwohl sie den Zweifel gleich mitlieferte. Wahrscheinlich machte der Zweifel alles erst glaubhaft, und ich war froh zu sehen, dass aus dieser Haltung nicht ein Aufgeben vor der Herausforderung, sondern Stärke sprach. *Niemand kann wissen, ob diese Scherbe von Rungholts Kirchenglocke stammt*, hieß der letzte Satz, und ich hatte für mich hinzugefügt: *Muss auch nicht sein.*

»Zweiter Stock?«, fragte die Frau; die Lifttüren standen offen. »Wollten Sie hier raus?«

»Ja, danke«, sagte ich. »Entschuldigung.«

Der Gang war menschenleer. Frühstückswagen standen an den Wänden, Stimmen kamen aus dem Schwesternzimmer. Ein Sektkorken knallte und polterte von der Decke auf einen Tisch oder Stuhl herunter. Unterdrücktes Kreischen und Kichern. Zum Glück bemerkte mich niemand. Ich spürte, wie angespannt ich war. Wollte ich Paul wirklich sprechen? Wollte ich ihm erklären, was ich vorhatte? Ich war nicht sicher. Wieder musste ich Abschied nehmen, und nach allem, was geschehen war, fühlte ich mich dem kaum gewachsen.

Ich schob die Zimmertür auf, der Raum war abgedunkelt, grünes Licht drang durch die zugezogenen Vorhänge. Die Luft war stickig, und ich vernahm Schlafatem, leises Schnarchen. Pauls Bett war umgestellt worden, näher ans Fenster, und ein zweites, noch freies Bett stand vor einer Trennwand. Sicher würde es nicht mehr lange dauern, bis er jemanden ins Zimmer bekam, jemanden zum Reden, und das beruhigte mich ungemein. Nichts hatte mich in dieser Nacht mehr bedrängt als die Vorstellung, Paul allein in seinem Krankenhauszimmer liegen zu lassen; es war schwer zu ertragen gewesen.

Am Fußende seines Bettes stehend, schaute ich ihn an. Seinen halb geöffneten Mund. Die vom Schlafen plattgedrückten Haare. Die seltsam sorgenvolle Stirn. Dann musste ich wegsehen.

Ich kniete mich vor den Hocker in der Ecke und kramte in meinem Rucksack. Der *Entweder*-Aufsatz war noch darin. Ich nahm ihn heraus und legte ihn auf den Hocker, darauf den *Oder*-Aufsatz. Es war keine Frage, welcher der beiden mir besser gefallen hatte. Allerdings bezweifelte ich, dass dieser etwas für die *Heimat* war; gewiss entsprach er nicht deren Vorstellungen. Paul musste es gewusst haben, als er mich danach fragte, natürlich. Mit einem Bleistift, der in der Außentasche des Rucksacks steckte, malte ich ein dickes Kreuz auf das Deckblatt. Dann stand ich auf, nahm die Aufsätze und trat wieder ans Bett heran. Ich wollte sie einfach auf dem Beistelltisch ablegen und das Zimmer verlassen, doch das ging nicht. Es war zu wenig. Im Stehen schrieb ich eine Nachricht unter das Kreuz. Paul wird mich verstehen, dachte ich. Er hat mich immer verstanden.

Mach dir bitte keine Sorgen!

Und auf einmal war ich sicher, dass Paul sich nur schlafend stellte. Ich sah ihn an, bemerkte keine Veränderung. Lächelte. Dann legte ich die Aufsätze auf seine Decke und ging hinaus.

Auf dem Flur vernahm ich eine bekannte Stimme. Sie kam aus dem Schwesternzimmer. Einem Impuls folgend, sprang ich in den Wäscheraum und versteckte mich. Klackende Schritte. Für eine Sekunde sah ich sie vorbeigehen, einen langen Lodenmantel trug sie, Hut, hochhackige Schuhe. In der Hand hielt sie einen Blumenstrauß, und ich bemerkte Flecken in ihrem Gesicht. Die Schwester, die sie begleitete, öffnete die Tür zu Pauls Zimmer, und ich hörte, wie sie laut sagte: »Herr Tamm, sind Sie wach? Ihre Frau ist zu Besuch.«

Ich lehnte mich gegen die Wand und wartete, bis die Schwester vorbeigegangen war. Dann erst trat ich wieder hinaus auf den Gang.

Die Fähre hieß *Winston Churchill*. Von meinem Standpunkt aus – oben auf dem Hang, neben dem Gebäude der Havneadministration – konnte ich hinter dem Hafenbecken und Containern, in der Lücke zwischen einem Zollgebäude und einem riesigen Getreidesilo, die Fähre sehen, den blauen Bug, den weißen Brückenaufbau und den blauen Schornstein; der Name jedoch war auf diese Entfernung nicht zu entziffern. Den hatte ich der Broschüre entnommen, die am Bahnhof auslag: *DFDS Seaways, Esbjerg Newcastle*. Darin hatte der Name der Fähre gestanden sowie die Abfahrtszeiten, und ich war die Jyllandsgade bis zu ihrem Ende hinuntergegangen, keine fünf Minuten Fußweg, als wollte ich kontrollieren, ob sie tatsächlich dort am Smørkaj lag. Das tat sie. Zweifellos. In etwa vier Stunden würde sie ablegen, zwischen der Halbinsel Skallingen und Fanø hindurchfahren, raus aufs offene Meer. Über neunzehn Stunden würde die Überfahrt dauern, nach England, und bei dem Gedanken daran wurde mir flau im Magen. Ich drehte mich um und ging zurück, die Straße hinauf.

Wollte ich das wirklich?

Ständig geisterte diese Frage in meinem Kopf herum. Seit Wochen war sie mir nicht aus dem Sinn gegangen, und wie oft hatte ich nicht wach gelegen in meinem Bett und gegrübelt. Eine Unruhe hatte mich ergriffen, gegen die ich hilflos war, und der kleine Zettel auf dem Bord neben meinem Bett war der Anlass. Ich hatte ihn in den Bilderrahmen mit dem Foto meiner Mutter geklemmt, um ihn leichter sehen zu können, wenn ich das Licht einschaltete. Immer wieder hatte ich das getan. Licht ein. Licht aus. Im Dunkeln hatte ich ihn weiter vor mir gehabt, als hätte er sich in meine Netzhaut eingebrannt. Vier handgeschriebene Zeilen. Eine Adresse in England. Paul hatte sie mir gegeben, auf dem Boot.

Auf der Rückfahrt von der Hallig hatte er das getan. Wir hockten in der Plicht, tranken beide ein Bier, obwohl es eigentlich laut Paul hätte Sekt geben müssen, weil wir schließlich etwas zu feiern hatten – die Scherbe lag neben ihm auf ausgebreitetem Zeitungspapier –, aber da nichts anderes vorrätig war, mussten wir uns mit Bier begnügen. Prost! Gelöste Stimmung herrschte nach der Aufregung der letzten beiden Tage, die Anspannung fiel nach und nach von uns ab; außerdem schien Paul sich erholt zu haben von seinem letzten Aussetzer, der ihn am Morgen ereilt hatte, in der Nähe der Fundstelle. Eine leichte Brise. Bedeckter Himmel. Angenehmes Segelwetter. Paul hielt die Ruderpinne in der Hand und sprach nicht sonderlich viel. Das war ungewöhnlich, weil er sonst nicht aus dem Reden herausfand nach unseren Fahrten zur Hallig, erste Deutungen vornahm, alles rekapitulierte, aber es war andererseits nicht so eigenartig, dass ich mir Sorgen machte. Nach dem in seinen Augen sensationellen Scherbenfund war er in Gedanken – so erklärte ich mir seine Schweigsamkeit, ohne zu ahnen, *welche* Gedanken er sich machte.

»Jannis«, sagte er irgendwann, und sofort war ich alarmiert. Selten sprach er mich mit Namen an. »Ich hab da was für dich.«

Er zog den Reißverschluss seiner Jacke ein Stück auf, fingerte in der Innentasche herum und holte einen zusammengefalteten Zettel heraus, den er mir reichte.

»Hatte ich dir schon längst geben wollen«, sagte er.

»Was ist das?«, fragte ich. Den Zettel hielt ich in meiner geschlossenen Hand, damit der Wind ihn nicht wegblies.

»Schau nach, dann begreifst du schon.«

Ich faltete ihn auseinander, und das Erste, was zum Vorschein kam, war ein Name. Ich stockte. *Ian Lubbock*.

Als stürzte eine Lawine auf mich ein.

Darunter stand eine vollständige Adresse. Die Einzelheiten nahm ich auf den ersten Blick nicht wahr. Nur: *United Kingdom*. Ich starrte darauf und weigerte mich, zu verstehen.

»Du wusstest, dass ich nach ihm gesucht habe«, sagte Paul. »Oder? Das wusstest du?«

Ich konnte ihn nicht ansehen, nichts sagen.

»Ich habe selbst kaum damit gerechnet, dass ich ihn noch finden würde.«

Wieder dieses Zittern. Ich spürte es in mir. Doch meine Hände waren ruhig, die Beine auch. Es drang nicht nach außen. Dumpf, wie durch einen Vorhang, hörte ich Pauls Stimme, seine Worte erreichten mich erst mit Verspätung.

»In Gullane lebt er. Schottland. Ein Ort in der Nähe von Edinburgh. Die britischen Besatzungstruppen haben ihn damals zurückgeschickt, gleich nach Kriegsende, als sie von dem Verhältnis mit deiner Mutter erfuhren. Und von dir. Das war strengstens untersagt. Fraternisierung. Es war auch vorher, unter den Deutschen, verboten gewesen, aber da hat sich niemand drum gekümmert. Nur geredet hat man. Deine Mutter hat sich einiges anhören müssen, und solange sie noch nicht krank gewesen ist, hat sie es ertragen. Dann nicht mehr. Als er weg war. Es ist sehr schnell gegangen. Nachdem er nach England zurückgekehrt war, hat er mit seiner Familie in Gullane gelebt und im Nachbarort, in Drem, gearbeitet. Einen Flugplatz der Royal Air Force gibt es dort. Flugtrainer ist er gewesen.«

»Er hat Familie?«, fragte ich.

»Soviel ich weiß, ja.«

Ich schaute aufs bleifarbene Wasser.

»Mehr weiß ich leider nicht«, sagte Paul. »Der Suchdienst des Roten Kreuzes hat mir nur die Adresse geschickt und wenige weitere Angaben. Ich habe noch nichts unternommen. Nicht hingeschrieben. Ich dachte, das ist deine Sache.«

Ich sah ihn an. »Warum jetzt?«, fragte ich. »Du hast doch all die Jahre nach ihm gesucht. Warum dann ausgerechnet jetzt?«

»Weil er nach dir sucht«, sagte Paul, und ich musste zurück aufs Wasser schauen. »Du kannst mir glauben, dass ich alles, was möglich war, getan habe. Rotes Kreuz. Internationaler Sozialdienst. Royal Airmen's Record. Ministry of Defence. Alle Geburtenregister Englands. Überall habe ich nachgefragt, aber man hat mir keine Auskunft gegeben. Bis er selbst Nachforschungen angestellt hat. Da hat sich der Suchdienst bei mir gemeldet.«

»Wann?«, fragte ich, und weil Paul nicht antwortete, wiederholte ich es: »Wann hat der Suchdienst sich gemeldet?«

»Vor ein paar Wochen«, sagte er.

Da erst merkte ich, dass ich weinte. Trockenes, tränenloses Weinen.

»Ich habe einfach nicht gewusst, wann ich dir die Adresse geben sollte. Und wie. Es tut mir leid, Jannis.«

Der plötzliche Gedanke, von Bord zu springen und sich auf den Grund sinken zu lassen.

Ich stand auf und stieg hinunter in die Kajüte. Alleine sein, nichts anderes wollte ich jetzt, und in meiner Koje las ich die vier Zeilen des Zettels noch einmal genauer: *Ian Lubbock, 14 Hamilton Rd., Gullane/East Lothian EH31 2HP, United Kingdom.* Und ohne darauf vorbereitet gewesen zu sein, war auf einmal diese Frage in mir. Sie war wie aus heiterem Himmel da gewesen, als hätte ich unbewusst bereits eine Entscheidung getroffen.

Wollte ich das wirklich?

Auf der Höhe von *Sand's Restauration* konnte ich das graue Häuschen sehen, und ich ging sofort zügiger. Ich wollte möglichst schnell zurück in Nils' Arbeitswohnung und mich hinlegen. Nachdem ich die Kreuzung überquert hatte, bemerkte ich, dass die Eingangstür des Häuschens aufgezogen wurde, eine Frau trat heraus, schloss die Tür und verschwand die Straße hinauf. Dunkler Mantel, eine Stoffmütze, etwas blondes Haar hing über ihren Rücken. Einen kurzen Moment wollte ich nach ihr rufen, sie aufhalten, doch ich zögerte. Dann war es zu spät, sie war in den Fußpfad eingebogen, der zum Friedhof führte, sodass ich ihr hätte nachrennen müssen, wenn ich sie einholen wollte. Ich ging ins Haus und stieg die Treppe hinauf.

Kaum hatte ich die Arbeitswohnung betreten, war ich sicher, dass sie hier gewesen war. Ein veränderter Geruch hing in der Luft, süßlich, nach Honig vielleicht, und mir fiel sofort auf, dass der benutzte Topf und die Suppendose, die ich vorhin im Schrank gefunden hatte, von der Spüle weggeräumt waren. Hatte Nils jemanden angestellt, der hier regelmäßig sauber machte? Mein Rucksack lag nicht mehr mitten im Zimmer, sondern auf dem Sofa. Ich sah mich um, und erst beim zweiten Mal, als mein Blick über den Schreibtisch hinwegging, fiel mir das beschriebene Blatt neben der Schreibmaschine auf. Mehrere Blätter lagen dort, Briefanfänge, die ich formuliert hatte, aber das da war nicht meine Schrift. Ich trat vor den Schreibtisch, und mein Herz pochte, als ich das Blatt aufnahm.

Hej,
det er mig, Tove. Er du Jannis? Jeg ville gerne have mødt dig, men jeg skal hente Merle. Som har besøgt sine Bedsteforældre i Ribe indtil i dag. Måske ses vi i morgen? Vi kommer ca. klokken tre. Forhåbentlig er du der stadig.
Hilsen
Tove

Ich blickte zu dem kleinen Passfoto an der Wand über dem Schreibtisch. Ich hatte es ganz vergessen. Tatsächlich. In einem Fotoautomaten musste es gemacht worden sein. Nils war darauf, ein Mädchen, das wohl Merle hieß, und eine Frau. Das musste Tove sein. Nils' alte Liebe aus Nørreby. Sie waren wieder zusammengekommen, irgendwann, und ich konnte nicht anders, ich freute mich aufrichtig für ihn. Es musste das gewesen sein, was er gewollt hatte, als er von Vidtoft wegging. Tove wiedergewinnen und mit ihr zusammen eine Familie gründen. Es berührte mich zu erkennen, dass sich anscheinend alles nach seinen Wünschen entwickelt hatte, und ich konnte mir vorstellen, wie glücklich er darüber sein musste.

Dann blickte ich erneut auf das Blatt. Es gab einen Satz, den ich noch nicht gelesen hatte, er war auf Deutsch, unten auf der Seite, und ein Pfeil war darüber gezeichnet, der nach oben wies.

PS: Ist das die Okarina, von der Nils mir erzählt hat?

»Ja«, sagte ich. »Das ist sie.«

Sie lag da auf dem Schreibtisch, vor dem Telefon. Ich hatte sie mitgenommen aus Vidtoft, den ganzen Weg durch den Schnee, im Zug von Niebüll nach Esbjerg, denn ich hatte sie ansehen wollen, während ich den Brief zu schreiben versuchte: den Brief an Ian Lubbock, meinen Vater, der erklärte, weshalb ich ihm die Okarina schickte – und selbst fortblieb. Dutzende Anfänge hatte ich ausprobiert, auf Englisch, auf Deutsch, nichts war so gewesen, dass es mir genügte. Was wollte ich auch schreiben? Wie wollte ich ihn anreden? *Dear Mr. Lubbock? Lieber Vater?* Undenkbar. *I was told that this ancient flute once belonged to you. Sie hat Dein Leben gerettet.* Ausgeschlossen. Als ich mich auf dem Schreibtischstuhl niederließ und erneut die verschiedenen Anfänge durchsah, wurde mir plötzlich klar, dass dieser Brief, selbst wenn ich ihn irgendwie schreiben könnte, nichts anderes wäre als ein Ausweichen von mir. Und das kam nicht infrage. Nicht mehr. Zu oft in meinem Leben hatte ich das getan.

Tove wollte mich morgen sehen, hatte sie geschrieben. Zusammen mit Merle. Um drei Uhr. Hier in Nils' Arbeitswohnung. Es tat mir leid, aber die beiden würden eine leere Wohnung vorfinden.

»Newcastle«, sagte ich zu der Frau hinter dem Schalter.

»Returrejse?«

»Nej. Enkelt.«

Sie nannte einen Betrag, den ich nicht verstand. Ich legte vier Fünfzigmarkscheine auf den Tresen, das sollte reichen. Einen Schein schob sie mir gleich zurück.

»Vi giver kun tilbage i kroner. Er det ok?«

Ich nickte, steckte die Kronen ins Portemonnaie und ertappte mich bei dem eigentümlichen Gedanken, was ich denn bitte schön mit Kronen in England anfangen sollte. Als ich die

Fahrkarte entgegennahm, deutete die Frau auf eine Tür, dort entlang; ein Schild, das darüber befestigt war, hätte mir das auch gesagt: *Til færgen.*

»Farvel og god rejse«, sagte sie.

»Tak i lige måde«, antwortete ich, und sie lächelte auf eine Art, die mir signalisierte, nicht ganz das Richtige gesagt zu haben.

Nachdem ich beiseitegetreten war, stellte sich ein Mann zusammen mit einem etwa vierjährigen Jungen vor den Schalter. Sie kamen auch aus Deutschland, wie ich mitbekommen hatte, wollten eine Tante besuchen, irgendwie so was, und sie sprachen deutsch mit der Frau, die ihnen akzentfrei antwortete.

»Nach Carlisle wollen wir, das ist in England«, sagte der Junge. Er schien besorgt zu sein, die falschen Fahrkarten zu bekommen, und der Mann nahm ihn auf den Arm, sodass er kontrollieren konnte, ob auch alles mit rechten Dingen zuging. Kritisch verfolgte er jeden Handgriff und zählte das Rückgeld nach.

»Wieso Kronen?«, fragte er, und der Mann sagte: »Ist halt so.«

Es blieb noch Zeit, bis die Fähre ablegte, über eine halbe Stunde, aber ich hatte mir vorgenommen, an Bord zu gehen, sobald es möglich war. Außer einer Theke, an der man Getränke und Hotdogs bekam, hatte das Pakhus, in dem sich der Fahrkartenschalter befand, sowieso wenig zu bieten, und als ich die rundherum geschlossene Brücke betrat, über die man zur Fähre gelangte, konnte ich durch die Fensterfront an der rechten Seite beobachten, dass die in Kolonnen wartenden Fahrzeuge bereits aufs Parkdeck fuhren. Im Dunkeln lösten sich die Scheinwerferreihen geordnet auf, Männer in gelbem Ölzeug gaben mit Handzeichen Anweisungen, ein für mich tonloser Aufbruch, der eigentlich nichts Beunruhigendes an sich hatte. Mich aber machte er nervös. Er rief mir in Erinnerung, was ich gerade im Begriff war zu tun, und ich biss die Zähne aufeinander, so heftig, dass ich es bis in die Ohren spürte.

Die Brücke war ein langer gerader Schlauch, am Ende befand sich der Zugang zur Fähre, eine grell erleuchtete Öffnung. Dahinter, schon an Deck, stand ein blau gekleideter Mann, der ein älteres Ehepaar begrüßte und sie nach einem Blick auf die Fahrkarten einwies. Niemand sonst war jetzt noch vor mir. Durch die Fenster auf der anderen Seite konnte ich einige Lichter erkennen, das musste Fanø sein, und ich bemerkte, dass ich mit jedem Schritt, den ich auf der Brücke zurücklegte, langsamer wurde. Vierzig, vielleicht auch fünfzig Schritte fehlten, dann würde ich an Bord der Fähre sein. Es war seltsam, aber ich kannte das Gefühl. Ich hatte so schon einmal empfunden, Jahre war das her, als ich nach Eiderstedt gefahren war. Allein.

Den Wagen hatte ich damals an der Hauptstraße abgestellt, einfach auf dem Seitenstreifen, um zu Fuß die Strecke bis zu dem Häuschen zurückzulegen, das am Ende der schmalen Seitenstraße stand. Gleich dahinter verlief der Deich. Oft hatte ich mir vorzustellen versucht, wie es hier aussehen würde. Von Paul hatte ich erfahren, dass nichts mehr wie früher war. Ein Brand, wenige Jahre nach dem Krieg, hatte das Haus zerstört, in dem meine Mutter gelebt hatte und in dem auch Paul während der Kriegsgefangenschaft untergebracht war. Ian Lubbock war hier einst aus- und eingegangen, und ich war darin geboren worden. Es hatte zu einem Anwesen gehört, das ich in der Ferne sehen konnte, ein Langhaus, mehrere Schuppen daneben, dort hatte meine Mutter als Hauslehrerin gearbeitet, Ian Lubbock und Paul zu unterschiedlichen Zeiten als Erntehelfer. Das Haus, das jetzt am Ende der Seitenstraße stand, war ein Neubau; es sah aus wie viele andere, und sosehr ich mich bemühte, meinem Gang über diese Straße keine allzu große Bedeutung beizumessen – es war eine Straße, mehr nicht, die vermutlich ebenfalls erneuert worden war –, fühlte es sich doch eigenartig an.

Im Grunde hatte ich an jenem Tag gar nicht dort sein sollen. Am Morgen war ich mit Paul nach Nordstrand gefahren, um wieder einmal ins Watt hinauszugehen, auf Rungholts Spuren, unser Frühjahrsbesuch, diesmal ohne Boot, das noch im Winterquartier war, zu Fuß, wie früher, und wir hatten uns bei Tade Karff angemeldet, der uns für die Nacht beherbergen wollte. Doch als wir in seine Auffahrt einbogen, hatte ich plötzlich gewusst, was ich *eigentlich* machen wollte. Ich war am Steuer sitzen geblieben.

»Würde es dir was ausmachen, wenn du allein ins Watt rausgehst?«

»Warum?«, hatte Paul durch die offene Seitentür gefragt.

»Ich muss nach Eiderstedt.«

Er hatte mich angeschaut, mit einer Mischung aus Überraschung und Verstehen, hatte dann in seine Jackentasche gegriffen und etwas auf das Armaturenbrett des Wagens gelegt: eine blaue Muschel. »Hab mich schon gefragt, wann du mich endlich bitten würdest, mein Versprechen einzulösen.«

»Du hast sie dabei?«

»Immer.«

Wir hatten uns angesehen, und ich hatte meine dazugelegt.

»Du willst bestimmt nicht, dass ich mitkomme?«, fragte er.

»Nein, nicht nötig.«

Er hatte die Tür zugeworfen, und ich war losgefahren. Schon lange hatte ich es gewollt, aber noch nie wirklich geplant. Den Weg wusste ich auswendig; oft genug war ich auf der Landkarte in Pauls Zimmer die Strecke mit dem Finger abgefahren. Über Husum, dann über die Köge, immer in der Nähe des Deiches. Die Seitenstraße hatte ich auf Anhieb gefunden.

Keine Erinnerung. Nichts. Ich schritt die Straße entlang und forschte vergeblich in mir nach einem Bild, einem Geruch, nach irgendetwas, das mich mit dem verbinden würde, was ich hier vor mir hatte. Ich ging an dem Haus vorbei und stieg den Deich hinauf. Ebbe.

Dort irgendwo, hinter dem Heverstrom, vom Deich aus nicht zu erkennen, lag die Hallig. Paul würde mittlerweile draußen angekommen sein, und ich sah ihn vor mir: barfuß, hochgekrempelte Hose, Windjacke, Rucksack. Ich stellte mir vor, dass auch er zu mir herüberblickte. Beide konnten wir uns auf die Entfernung nicht sehen, und mir wurde klar, dass das etwas zu bedeuten hatte. Was ich hier machte, auf diesem Deich, an diesem Haus, an dieser Straße, war ganz allein meine Sache. Niemand konnte mir dabei helfen, und das fühlte sich einsam an – einsam, aber richtig.

»Wie lange dauert die Überfahrt denn?«, fragte der Junge. »Wann sind wir da?«

Ich war so zögerlich über die Brücke gegangen, dass der Mann und der Junge mich in diesem Moment überholten. Sie gingen an mir vorbei, und der Mann sagte: »Das dauert noch ein wenig. Gleich essen wir Abendbrot, dann legen wir uns schlafen, morgen gibt es Frühstück, und nach dem Mittagessen, kurz vor dem Kaffee, sind wir da.«

»Werden wir abgeholt?«

»Nein, aber das schaffen wir auch so.«

Unwillkürlich passte ich mich ihrem Schritt an. So gesehen war es ganz leicht.